»Hallo, ich bin Anna. Aber geboren wurde ich als Sky und ich glaube, dass du meine leibliche Mutter bist.« Diese Nachricht trifft Susie wie ein Schlag in die Magengrube. Tatsächlich hat sie vor 15 Jahren als junge, mittellose Musikerin ihre Tochter zur Adoption freigegeben – und diese Entscheidung seitdem stets bitter bereut. Als Anna dann über ihre strengen Adoptiveltern berichtet, ist Susie überzeugt, dass das Mädchen Hilfe braucht. In der Hoffnung, ihren Fehler aus der Vergangenheit wieder gutzumachen, nimmt sie Anna bei sich auf. Doch das Mädchen verhält sich seltsam und verstrickt sich mehr und mehr in Lügen. Eine nur verständliche Reaktion auf die traumatischen Zustände in ihrer Adoptivfamilie? Oder steckt mehr dahinter? Was sind die wirklichen Gründe für die Adoption vor 15 Jahren? Und wer hütet hier welches Geheimnis?

JP Delaney wurde mit seinem ersten Thriller »The Girl Before« weltweit zum Star: Der Roman erschien in 45 Ländern und stand an der Spitze der internationalen Bestsellerlisten. Seitdem setzt JP Delaney mit seinen genialen Ideen und rasanten Romanen neue Standards im Thriller-Genre.

Außerdem von JP Delaney lieferbar:

The Girl Before
Believe Me
Tot bist du perfekt
Du gehörst uns
Die Erbin

JP DELANEY

DIE
FREMDE
IN MEINEM HAUS

Thriller

Aus dem Englischen
von Sibylle Schmidt

 PENGUIN VERLAG

Die Originalausgabe erschien 2022
unter dem Titel *My Darling Daughter*
bei Quercus, London.

MIX
Papier | Fördert
gute Waldnutzung
FSC® C014496

Penguin Random House Verlagsgruppe FSC® N001967

2. Auflage
Copyright © 2022 der Originalausgabe by JP Delaney
Copyright © 2023 der deutschsprachigen Ausgabe by Penguin Verlag
in der Penguin Random House Verlagsgruppe GmbH,
Neumarkter Straße 28, 81673 München
Redaktion: Ulla Mothes
Covergestaltung: www.buerosued.de
Covermotiv: © Maria Petkova / Trevillion Images, www.buerosued.de
Druck und Bindung: GGP Media GmbH, Pößneck
Printed in Germany 2024
ISBN 978-3-328-10983-9
www.penguin-verlag.de

Für Caradoc:
Literaturagent, Freund und Beweis dafür,
dass solche Geschichten gut ausgehen können.

1

GABE

ALLES beginnt mit einer Nachricht in den Social Media.
Was an sich nichts Ungewöhnliches ist, Susie bekommt täglich mindestens zwanzig; wenn ein Gig ansteht oder die Band gerade einen neuen Song veröffentlicht hat, oft auch viel mehr. Sie wartet meist, bis sich einige angesammelt haben, und beantwortet dann alle in einem Aufwasch. *Hi, danke für deine lieben Worte! Schön, dass euch unsere Musik gefällt …*

Aber diese Nachricht muss sich für Susie anfühlen, als reiße jemand die Haut über einer fünfzehn Jahre alten Wunde ab.

Hallo, Susie. Ich heiße Anna Mulcahy, aber mein Geburtsname ist Sky Jukes. Ich bin fünfzehn Jahre alt. Wenn du am 6. März 2007 um etwa fünf Uhr nachmittags in der Klinik St George's ein Mädchen geboren hast, das später adoptiert wurde – könnten wir uns dann mal treffen? Ich glaube, dass du meine leibliche Mutter bist.

Viele Grüße

Anna

Das wäre an sich schon Schock genug. Aber was Susie dann dazu bringt, kreidebleich und tränenüberströmt in mein Studio zu stürzen und mir stumm ihr iPad hinzuhalten, ist der letzte Satz:

P. S. Ich bin schrecklich unglücklich.

2

GABE

SUSIE brachte das Kind mit zwanzig zur Welt, als sie gerade ihre ersten Engagements als Backgroundsängerin bekam. Damals kannten wir uns noch nicht. Die Schwangerschaft, Ergebnis einer flüchtigen Beziehung, war nicht geplant. Jobs für Backing Vocals waren mit langen Tourneen verbunden, ein Baby hätte für Susie bedeutet, ihren geliebten Beruf aufgeben zu müssen. Allerdings wusste sie zu diesem Zeitpunkt noch nichts von ihren Myomen. Heute, nach fünf Fehlgeburten und zahllosen weiteren Versuchen, schwanger zu werden, bereut sie ihre Entscheidung von damals.

Die meisten Menschen denken wahrscheinlich, wer ein Kind zur Adoption freigibt, hat sich das gut überlegt und kann mit den Folgen umgehen. Diese Leute machen sich nicht klar, dass man die Entscheidung lange vor der Geburt des Kindes trifft, während man noch versucht, vernünftig zu sein und alles richtig zu machen. Während man sich einredet, einem kinderlosen Paar einen Herzenswunsch zu erfüllen und dem eigenen Kind ein besseres Leben zu ermöglichen. Während anderes wie die Berufslaufbahn – und ja, auch Partys und das wilde Leben in den Zwanzigern – so viel wichtiger erscheint.

Vielen Menschen ist nicht klar, dass sich eine Adoption auch anfühlen kann, als entscheide man sich für den Tod. Und man fühlt sich verantwortlich dafür, weil man ihn selbst gewollt hat –

einen Tod, den man von Jahr zu Jahr mehr bereut, weil man von seinen Fantasien gequält wird. Weil man sich einbildet, das eigene Kind im Supermarkt zu sehen oder beim Einsteigen in einen Bus. Und das kann unter Umständen fast noch qualvoller sein, als wäre das Kind tatsächlich tot.

Ich kenne mich damit aus, weil meine eigene Tochter mit knapp drei Jahren an Leukämie gestorben ist. Das war grauenhaft und unerträglich und bedeutete zugleich das Ende meiner ersten Ehe. Aber es war auch final; daran ließ sich nichts ändern, man konnte nur versuchen, den schmerzhaften Verlust im Laufe der Zeit irgendwie zu bewältigen. Für Susie dagegen war das anstrengendste Gefühl von allen Hoffnung, aber in Kombination mit Verzweiflung. Ständig gingen ihr Fragen durch den Kopf wie: Was macht Sky wohl heute? Hat sie schon das Alphabet erlernt? Kann sie bereits schwimmen? Hat sie ihren ersten Kuss erlebt?

Wenn wir beide gefragt werden, wie wir uns kennengelernt haben, sagen wir oft im Scherz, Susie sei mein Groupie gewesen. Damals war ich … na ja, nicht gerade in aller Munde, aber meine Band Wandering Hand Trouble (blödsinniger Vorschlag der Plattenfirma, heute würde sich keine Band mehr einen Namen geben, der mit sexueller Belästigung zu tun hat) hatte den Übergang von der Boygroup zur Rockband ziemlich mühelos geschafft. Wir planten, im besten Einvernehmen getrennte Wege zu gehen, um es uns mit unserem verdienten Geld gut gehen zu lassen, solange wir noch einigermaßen jung waren. *Going, Going, Gone* war der Titel unserer Abschiedstour, bei der Susie eine der Backgroundsängerinnen war.

Was wir den Leuten normalerweise nicht erzählen, ist, dass ich Susie eines Tages weinend im Backstage-Bereich vorfand und sie fragte, ob ich ihr helfen könne. Es stellte sich heraus, dass Sky an diesem Tag sechs Jahre alt wurde. Susie offenbarte mir etwas von ihrer Geschichte, ich erzählte von Leah, und wir begannen eine Beziehung. Nicht gerade typischer Rock'n'Roll-Lifestyle.

Aber ein paar Attribute dieser Art gibt es schon in unserem Leben. Wir wohnen in einem wunderschönen Farmhaus am Rande von London, zusammen mit ein paar Pferden und Hühnern und einem Hund namens Sandy, den wir aus dem Tierheim gerettet haben. Innen ist das Haus hell und modern, an den Wänden hängen Werke der jungen britischen Kunstszene. Wir haben sechs Schlafzimmer; als wir uns das Haus zum ersten Mal ansahen, wies der Makler uns darauf hin, wie ideal es für eine große Familie sei, wie viele Kinder hätten wir denn? Bei diesem Thema wissen wir immer beide nicht, wie wir reagieren sollen, und sind deshalb oft schroffer als beabsichtigt. Als ich damals antwortete »keine«, murmelte der Makler hastig, es sei auch bestens für Partys geeignet.

Auf dem Grundstück gibt es eine kleine Scheune, die ich mir zum Studio habe ausbauen lassen; nur für Demo-Tapes allerdings, nicht für die richtigen Aufnahmen. Mittlerweile schreibe ich hauptsächlich Songs für andere. Es kann gut sein, dass ihr von jungen Singer-Songwritern schon Stücke gehört habt, die nicht aus deren Feder, sondern aus meiner stammen.

Dass Susie und ich keine Kinder haben, ist aber wirklich tragisch, vor allem für sie, denn sie sehnt sich danach und wäre garantiert eine wunderbare Mutter. Andererseits haben wir auch noch Zeit, und gegenwärtig hat sie viel Freude daran, endlich mit ihrer eigenen Band Silverlink, die Folkrock spielt, nicht mehr nur in Pubs und kleinen Clubs aufzutreten, sondern als Vorband bei größeren Konzerten. Viel Geld lässt sich damit nicht verdienen – diese Zeiten sind in der Musikbranche ohnehin vorbei –, aber sie liebt dieses Leben. Und mir gefällt es, dass mich bei ihren Auftritten kaum noch jemand erkennt; ich bin einfach nur ihr Partner am Bühnenrand. Für die Band habe ich auch einen Song geschrieben, »Lullaby for Leah«, der bei den Streaming-Portalen ein kleiner Hit wurde. Und mein Herz fließt immer über vor Liebe, wenn ich im Publikum stehe und Susie meine Worte singt und sich in diesem ekstatischen Moment alle Teile meines Lebens zu verbinden scheinen.

Als sie in mein Studio stürzt, ohne vorher durch die Trennscheibe zu schauen, um zu checken, ob ich am Aufnehmen bin, weiß ich sofort, dass etwas Dramatisches passiert sein muss. Mit einer unguten Vorahnung lese ich die Nachricht auf ihrem iPad. Und auch, als ich in Susies Augen eine Mischung aus allerlei Emotionen sehe – Angst, Schock, Sorge, aber auch etwas wie Euphorie, dass dieser Moment tatsächlich gekommen ist –, lässt das vage bedrohliche Gefühl nicht nach. Obwohl wir bislang kinderlos sind, haben wir eine Zufriedenheit erreicht, die ich gern bewahren möchte. Und ich weiß sehr wohl, wie angreifbar sie ist.

3

SUSIE

GABES erste Frage war: »Bist du ganz sicher, dass es wirklich *sie* ist?«

Ich nickte wortlos, meine Kehle war wie zugeschnürt.

»Aber … woher weiß sie das alles? Diese ganzen Details?« Er las die Nachricht noch mal. »Deinen Nachnamen. Den genauen Zeitpunkt ihrer Geburt.«

»Es gibt da dieses … Dokument.« Ich holte tief Luft. »Einen Brief, in den bei der Adoption alles reingeschrieben wird über die Mutter, die Geburt, den Adoptionsvorgang, damit das Kind später über seine Herkunft Bescheid weiß. Diesen Brief bekommen die Kinder, wenn sie alt genug sind, ihn zu verstehen.«

»Aber sie soll doch keinen Kontakt mit dir aufnehmen, oder?«

Ich schüttelte den Kopf. »Die Geburtsurkunde bleibt bis zum achtzehnten Geburtstag versiegelt. Aber ich bin nun mal leicht zu finden, vor allem, falls man ihr gesagt hat, ich sei Sängerin bei einer Band.« Wir sind natürlich auch bei Instagram, Facebook und Twitter, das ist Teil unserer PR-Arbeit.

Gabe runzelte die Stirn. »Dann sollen wir sicher auch nicht darauf reagieren, oder?«

»Also, ich werde das ganz bestimmt nicht ignorieren.« Meine Stimme klang schärfer als beabsichtigt. Aber Gabe, so großherzig er auch ist, erweist sich immer wieder als erstaunlich gesetzestreu, vor allem für einen Rockmusiker. »Und sie scheint ja auch meine Hilfe zu brauchen.«

»Na ja, sie hat dich indirekt um Hilfe gebeten. Was nicht unbedingt das Gleiche sein muss.« Als er meinen Blick bemerkte, fügte er hinzu: »Sie ist in der Pubertät, Susie. Da ist man oft melodramatisch, das war bei mir nicht anders.«

»Aber sie hat mit mir *Kontakt* aufgenommen, Gabe. Wie du selbst sagst: Das soll nicht passieren, es muss also einen massiven Grund geben. Außerdem …« Ich hielt inne, einen Moment lang zu überwältigt, um weiterzusprechen. Dann sagte ich leise: »Ich habe fünfzehn Jahre lang darauf gewartet. Unter keinen Umständen werde ich diese Chance jetzt versäumen.«

Es war eine sonderbare Trauer, denn sie wurde mit den Jahren stärker statt schwächer.

Am Anfang stand die Verzweiflung, dieses scheußlich schmerzhafte Gefühl, dass mir etwas entrissen wurde, das ich geliebt hatte. Dieser Schmerz ließ im Lauf der Zeit nach, wenn er auch nie vollständig verschwand. Eine Therapeutin sagte mir einmal, dass dieses Verlustgefühl nicht weniger wird, dass wir aber unser Leben darum herum gestalten können, so wie ein Baum um einen Nagel in seiner Rinde weiterwächst. Als meine Karriere als Musikerin Fahrt aufnahm – kein großer Glamour und kein Leben als Star, aber doch kontinuierlich und befriedigend –, empfand ich mein Leben als vollständiger. Und, klar, eine Zeitlang war ich wild drauf, arbeitete viel und feierte viel, was aber vielleicht auch Teil meiner Bewältigungsstrategie war.

Dann lernte ich Gabe kennen, und meine biologische Uhr machte sich bemerkbar. Vielleicht war es auch umgekehrt, und ich hatte unbewusst angefangen, nach einem Mann Ausschau zu halten, mit dem ich eine Familie gründen wollte. Einem Mann, der fürsorglicher und verlässlicher war als die klischeehaft zügellosen

Rockmusiker, mit denen ich mich vergnügte, bis ich plötzlich keinen Spaß mehr daran hatte.

Ein Jahr nach unserer Hochzeit beschlossen wir gemeinsam, dass ich die Pille absetzen sollte. Und da ging es mit den Schmerzen los. Bei Myomen ist es offenbar häufiger so, dass die Symptome durch Hormongaben gedämpft werden. Weshalb man sich ausgerechnet dann beim Sex unwohl fühlt, wenn man häufig welchen haben will, um schwanger zu werden.

Als ich mich in Behandlung begab, hatte ich bereits recherchiert und wusste, was mich erwartete. Dennoch wurde das Ganze für mich erst richtig real, als ich es zu hören bekam. Verstärkte Menstruationsbeschwerden. Eingeschränkte Empfängnisfähigkeit. Erhöhte Gefahr von Fehlgeburten. Deshalb entschied ich mich für eine Operation und war selig, als ich drei Monate danach schwanger wurde. Ich kam mir vor, als habe ich dem Schicksal ein Schnippchen geschlagen.

Meine erste Fehlgeburt kam früh – ein jäher Schmerz im unteren Rücken, ich rannte aufs Klo, wo ich einen Fleck in meinem Höschen entdeckte, den ich im ersten verwirrten Moment für meine Regel hielt. Schreckliche Krämpfe, dann ein braunroter Schwall, der an Kaffeesatz erinnerte. Es dauerte ein paar Stunden, aber ich weinte noch Tage später.

Die folgenden Fehlgeburten passierten dann sukzessive zu späteren Zeitpunkten in der Schwangerschaft. Was besonders grausam war, weil ich jedes Mal glaubte, diesmal sei ich über den Berg. Beim zweiten Mal war es in der neunten Woche. Ich rief in der Klinik an, wo man mir sagte, ich solle zu Hause bleiben, es sei denn, die Blutung würde abnorm stark. Die hörten sich an, als hätte ich mir lediglich das Knie aufgeschlagen. Danach brauchte ich Ewigkeiten, bis ich mich wieder auf die Straße wagte. Ich wollte keine Mütter mit Babys sehen. Sogar der kleine Sitz am Einkaufswagen im Supermarkt trieb mir Tränen in die Augen.

Beim dritten Mal sagte man mir beim Ultraschall nach zwölf Wochen: *Es tut uns sehr leid, es gibt keinen Herzschlag mehr.* Gabe unkontrolliert weinen zu sehen, war fast das Schlimmste dabei. Ich bekam Medikamente zum Einleiten, und nach vier Stunden entsetzlicher Krämpfe verlor ich das Baby in unserem Badezimmer. Es hatte die Farbe und Größe einer Pflaume, war aber vollständig ausgebildet.

Danach hörte ich auf, etwaige Geburtstermine im iPad-Kalender zu vermerken; es deprimierte mich zu sehr, sie löschen zu müssen. Noch schlimmer war es, als einer Monate später plötzlich auf meinem Display auftauchte. Als ich nach sechzehn Wochen eine Ausschabung zur Entfernung von Geweberesten hatte, begann ich mich ebenso vor einer Schwangerschaft zu fürchten, wie ich sie herbeisehnte.

An einem besonders trostlosen Muttertag nach meiner dritten Fehlgeburt begann ich wieder an Sky zu denken. Denn bei allen Problemen und Fehlschlägen sagte ich mir, dass ich doch schließlich bereits Mutter sei – mein Kind war irgendwo draußen in der Welt. Meine Tochter. Und all die angestaute Liebe und Hoffnung auf ein weiteres Kind begann, sich auf sie zu konzentrieren, auf das bezaubernde kleine Wesen, das ich kurz im Arm halten durfte, bevor es seinen neuen Eltern übergeben wurde. (In Großbritannien kann man erst nach sechs Wochen offiziell in eine Adoption einwilligen. Manchmal werden Kinder aber für diese Zeitspanne bei einer Pflegeperson untergebracht.) Ich versuchte mir Sky in ihrer Schuluniform vorzustellen. Welche Sportarten machte sie wohl? Hatte sie rotblonde Haare wie ich, und wenn ja, waren sie lang und glatt wie bei mir in meiner Jugend? Würde sie so rebellisch sein wie ich, oder hatte sie das nicht von mir geerbt? War sie musikalisch?

Und manchmal, wenn ich ein Glas Wein zu viel getrunken hatte, begann ich wie besessen das Internet nach ihr zu durchforsten. Es war zu verlockend, beim Schreiben von Posts – *Wow! Unsere neue Single hat schon über fünfhundert Plays!* – eine Suche zu starten.

Anfänglich, wenn ich glaubte, sie gefunden zu haben, erzählte ich noch Gabe davon, und eine Zeitlang freute er sich mit mir. Erst als er dann einmal schweigend das Bild eines jungen Mädchens auf meinem iPad betrachtete, wurde mir klar, dass er das alles für Wunschdenken hielt. Was es natürlich auch war. Und von den ganz schlimmen Erlebnissen, die mir heute noch die Schamröte ins Gesicht treiben, wusste er gar nichts – von meinen betrunkenen Nachrichten auf Instagram oder Snapchat, die mit den Worten begannen: *Hallo, du kennst mich nicht, aber …*

Damit hörte ich auf, nachdem eine Vierzehnjährige meine private Nachricht öffentlich gepostet hatte, mit dem Kommentar: *Wie krass gruselig ist das denn wohl?*

Natürlich suchte ich nach Mädchen, die Sky hießen. Ich kam nicht auf die Idee, dass die neuen Eltern ihr einen anderen Vornamen gegeben hatten. Denn heutzutage gilt es als identitätsstärkend, den Geburtsnamen beizubehalten, das legt man den Adoptiveltern auch nahe. Bei meinen endlosen Recherchen hatte ich zwar gelesen, dass manche Eltern das umgehen, indem sie stattdessen den zweiten Vornamen des Kindes benutzen. Aber letztlich kommt das wohl eher selten vor.

Als ich nun merkte, dass die Eltern wirklich den Namen meiner Tochter geändert hatten, überlegte ich, was für Menschen das wohl waren. Auf jeden Fall offenbar solche, denen Anna besser gefiel als Sky.

Und genau das hatte Gabe nicht erfasst, als ich ihm die Nachricht zeigte. Ich freute mich nicht nur darüber, dass Sky und ich uns endlich gefunden hatten. Sondern ich hatte die Befürchtung, vor fünfzehn Jahren einen schrecklichen Fehler gemacht zu haben. Meine Entscheidung hatte ein riesiges Loch in meinem Leben hinterlassen, weil ich weggegeben hatte, wonach ich mich jetzt sehnte. Aber zumindest hatte ich mir bislang einreden können, dass ich etwas Gutes für meine Tochter getan hatte – dass Sky in einer liebevollen Familie geborgen aufwachsen konnte und geförtert wurde.

Doch wenn das gar nicht so war? Wenn sie bei Menschen gelandet war, die sie nicht zu schätzen wussten, sie womöglich nicht liebten? In Adoptionsforen war schließlich von so etwas immer wieder die Rede.

Und deshalb kam für mich nichts anderes infrage, als die Nachricht zu beantworten. Ich musste herausfinden, ob es meiner Tochter gut ging, auch wenn ich gegen die Regeln verstieß. Sogar wenn – und das machte mir weitaus mehr Angst, als Gesetze nicht einzuhalten – dabei all meine Geheimnisse, die ich bislang in meiner Ehe verborgen halten konnte, zum Vorschein kommen würden.

4

ANNA

SCHEISSE Scheiße Scheiße.

In dem Moment, in dem ich die Nachricht abschicke, merke ich, dass sie total misslungen ist. In dem P. S. höre ich mich wie die klassische pubertierende Zicke an, wie eine verwöhnte egomanische Heulsuse, die rumjammert, weil sie nicht *Love Island* gucken darf oder so. Ich hätte mich nicht so jämmerlich anhören sollen, sondern mehr darauf vertrauen, dass Susie mich auf jeden Fall treffen will.

Aber vielleicht will sie das ja gar nicht. Vielleicht hat sie in den fünfzehn Jahren nicht ein einziges Mal an mich gedacht. Vielleicht hat sie eine glückliche Familie, ein paar süße Kinder, von denen sie nirgendwo Bilder postet, um die Kids aus der Öffentlichkeit rauszuhalten. Kann sein, dass ich nur eine knappe Abfuhr kriege, so was wie *Danke für deine Nachricht. Ich bin nicht an Kontakt interessiert.*

Jedenfalls bin ich ganz sicher, dass sie es ist. Durch den Lebensbrief war es leicht, sie zu finden. Und als ich Bilder von ihrer Band gesehen habe, gab es keinen Zweifel mehr. *Wow, sie sieht ja aus wie ich.* Und sogar eine viel coolere Version von mir, ehrlich gesagt … die rotblonden Haare stylish geschnitten mit Pony, strahlend weiße Zähne dicht am Mikro, als sie einen hohen Ton singt, Diamant-Nasenpiercing, das im Scheinwerferlicht glitzert. Auf der sonnenbraunen Schulter ein Schmetterlingstattoo, und ich denke: *Im Ernst jetzt, das ist meine echte Mum?*

Sie ist das absolute Gegenteil von der Frau, die ich jetzt Mum nenne. Susie ist etwa zwanzig Jahre jünger, und vor allem ihr Lächeln macht mich völlig fertig. Auf allen Bildern strahlt sie. Meine Mutter dagegen hat von früh bis spät diesen säuerlichen, missbilligenden Gesichtsausdruck – zumindest mir gegenüber.

Jedenfalls seit ich ihr erzählt habe, was wirklich abgeht mit dem Mann, den ich »Dad« nennen muss.

Susie Jukes. Ich lasse mir den Namen auf der Zunge zergehen. Sie ist verheiratet, hat aber den Namen ihres Mannes nicht angenommen. Der sieht noch cooler aus als sie – Gabriel Thompson, der sich aber »Gabe« nennt. Wenn man ihn googelt, kriegt man seitenweise Titel von Songs, die er geschrieben hat, und Schwärmereien über ihn. Sind zwar etwa zwanzig Jahre alt, aber trotzdem.

Werden die mit mir reden?

Werden sie mir glauben?

Werden sie mich vielleicht sogar lieben?

Erwarte nicht zu viel. Dass du geschrieben hast, ist schon ein Riesenschritt.

Außerdem hat sie zurzeit viel zu tun, morgen treten sie im Roundhouse auf. Als Vorband zwar, aber bei ihrem letzten Gig in Camden waren sie noch in einem kleinen Pub. Ich weiß alles über ihre Musik, ich hab den ganzen Feed gelesen, bis zu den Anfängen von Silverlink vor zwei Jahren.

Ich würde das Konzert ja gern anklicken – *371 Personen sind interessiert* –, aber dann wird das Monster es sehen. Der besteht nämlich darauf, dass Mum und er in den Social Media mit mir befreundet sind. *Zu deiner Sicherheit, Anna. Damit wir sehen können, ob du irgendwie gefährdet bist.*

Aber das ist natürlich nur eine Ausrede. In Wirklichkeit will der verhindern, dass ich irgendwo was über die Familie ausplaudere.

Wie er mit dem Lebensbrief umgegangen ist, war auch typisch. Auf der ersten Seite hatte die Sozialarbeiterin geschrieben: *Wann du ihn dann bekommen wirst, liegt bei deinen Eltern, aber ich vermute, wenn du etwa zwölf bist. Einige Teile könnten belastend für dich sein. Deshalb schlage ich vor, dass du den Brief deinen Eltern zeigst, wenn du ihn gelesen hast, damit ihr gemeinsam darübersprechen könnt.*

Zwölf? Sie hatte wohl nicht geglaubt, dass der noch drei Jahre länger wartet, dann in mein Zimmer gestapft kommt – er klopft inzwischen zumindest an, wartet aber nicht auf Antwort – und den Brief aufs Bett wirft, wo ich gerade meine Hausaufgaben mache.

Ich schaute auf die Blätter. »Was ist das?«

»Ein Brief. Von der Sozialarbeiterin, die du zum Zeitpunkt der Adoption hattest.«

Es war nur ein Stapel gefalteter Blätter ohne Umschlag. »Du hast ihn gelesen«, sagte ich.

»Ja, ich habe ihn durchgesehen. Um sicherzugehen, dass nichts darin dir schaden könnte.« Sein Blick war kalt. »Aber es stand nichts drin, was ich nicht schon gewusst hätte.«

»Warum hast du ihn mir nicht früher gegeben?«

»Ich fand es bislang nicht angebracht.« Was so viel hieß wie: *Ich wollte die absolute Kontrolle haben.*

»Und?«, fragte er ungeduldig, als ich die Blätter nicht anrührte. »Willst du ihn nicht lesen?«

»Doch, klar.«

Ich wartete darauf, dass er abhaute, er wartete, dass ich den Brief las. Demonstrativ steckte ich meine Kopfhörer in die Ohren und beschäftigte mich wieder mit den Hausaufgaben.

Er zuckte mit den Schultern. »Dann lass dir Zeit.«

Die Bemerkung war völlig überflüssig, aber er musste wie immer das letzte Wort haben. Aus dem Augenwinkel beobachtete ich, wie er rausging, achtete darauf, keinerlei Gefühle zu zeigen, bis er verschwunden war. Aber ich war schon total aufgeregt.

Vielleicht kann ich den Brief benutzen, um sie zu finden. Vielleicht kann sie mir helfen.

5

GABE

ICH schlage Susie die Methode »Erst mal drüber schlafen« vor: eine Antwort schreiben, die aber erst am nächsten Tag abschicken. Bei diesem heiklen Thema sollte man nicht voreilig handeln.

Zu meinem Erstaunen willigt sie ein. Sie beantwortet Annas Nachricht, speichert sie als Entwurf ab, und wir besprechen sie gemeinsam.

> Liebe Anna,
> es ist möglich, dass ich tatsächlich deine leibliche Mutter bin.
> Ich würde dich sehr gern treffen, vorausgesetzt, dass deine Eltern damit einverstanden sind. Es gibt so viel zu erzählen. Aber fühl dich bitte von meiner Seite aus nicht gedrängt.
> Viele Grüße
> Susie

Ich habe relativ viel zu diesem Text beigetragen. *Liebe Anna*: ausgeschlossen, sie mit dem Namen Sky anzusprechen, der seit fünfzehn Jahren nicht benutzt wurde. *Vorausgesetzt, dass deine Eltern damit einverstanden sind:* Wir hatten erörtert, ob das Wort »Adoptiveltern« richtiger wäre. Aber dann hatten wir in Adoptionsforen gelesen, dass das nicht nur als beleidigend gilt, sondern auch nicht mit der Rechtslage übereinstimmt: Die neuen Eltern haben nach der Adoption sämtliche elterlichen Rechte und Pflichten. Und da

Anna erst fünfzehn ist, müssen wir uns der Zustimmung der Eltern versichern. Susie schien das nicht wichtig zu finden, nahm es aber in den Text auf. Ich vermute, weil sie selbst schon früh in ihrer Jugend entschieden hat, was sie ihren Eltern erzählt und was nicht, findet sie das bei ihrer Tochter auch okay.

Der Ton der Nachricht war ebenfalls mein Vorschlag: eher sachlich als emotional, weil Letzteres das Mädchen überfordern könnte. Also *Viele Grüße* und nicht *Alles Liebe*, was Susie sonst immer schreibt.

Dann fängt Susie an, fieberhaft das Internet zu durchforsten. Als Erstes schaut sie sich Annas Profil auf Facebook an, wo die Nachricht geschrieben wurde, aber es verrät seltsamerweise so gut wie gar nichts. Alles ist auf Privat gestellt, es gibt kein Foto, und sogar der Name besteht nur aus ihren Initialen, AM.

»Bitte sag mir, dass das kein furchtbarer Betrug ist.« Susie schaut mich ängstlich an, als sie mir die Seite zeigt.

»Vielleicht sehen die Facebook-Profile von Jugendlichen heutzutage so aus. Sind die nicht ohnehin inzwischen eher auf TikTok oder Discord?« Wie haben es häufig mit Scams zu tun – nicht zu vermeiden, wenn man eine öffentliche Person ist –, aber dieser Account wirkt auf mich eher wie meine eigene private Facebook-Seite in der Zeit, als wir noch mit der Band auftraten. Ich hatte damals einen Account, der nur zugänglich für Familie und Freunde war, streng getrennt von dem für die Band.

»Vielleicht hat sie einen zweiten«, sage ich.

Susie gibt Annas Namen in die Suchleiste ein und sagt im nächsten Moment: »Das könnte sie sein. Ja … oh mein Gott, schau mal, Gabe …«

Sie dreht das iPad zu mir. Auch hier ist alles auf Privat gestellt bis auf den Namen und das Profilbild: ein junges Mädchen, das bei einer Party eine Wunderkerze schwenkt. Das Mädchen trägt eine Beanie, die ihren Kopf bedeckt, aber die langen rotblonden

Haare fallen ihr über die Schultern, und es gibt ohnehin keinerlei Zweifel: die grünen Augen, die Wangenknochen – Anna sieht aus wie eine jüngere Version meiner Frau.

»Sie ist wunderhübsch, oder?«, sagt Susie schließlich.

Ich nicke. »Hat gute Gene von dir mitbekommen.«

»Das ist auch das Einzige«, erwidert Susie, klingt aber nicht bitter, sondern ergriffen.

»Warum hat sie wohl diesen Fake-Account benutzt, um dir zu schreiben?«

»Keine Ahnung.« Susie bleibt einen Moment stumm und fügt dann hinzu: »Vielleicht wollte sie sichergehen, dass niemand von ihrer Nachricht an mich weiß. Was immer auch das Motiv sein mag – sie will, dass unser Kontakt geheim bleibt.«

Am nächsten Morgen braucht Susie eine ganze Weile, bis sie sich überwinden kann, die Nachricht zu senden. »Geschafft«, sagt sie schließlich und starrt auf ihr iPad. »Aber bestimmt wird sie nicht schnell antworten. Sie ist ja sicher in der Schule, oder?« Es hört sich an, als müsse Susie sich selbst zur Geduld ermahnen.

Nach dem Lunch laden wir das Equipment für den Gig ins Auto und fahren zum Roundhouse. Susie ist sehr still während der Fahrt. Das kommt vor Auftritten häufig vor, weil sie ihre Stimme schonen will, aber heute fühlt sich das Schweigen anders an. Ich selbst bin auch nicht gesprächig, weil ich darüber nachdenke, wie sich der Kontakt mit Anna entwickeln wird und was er für uns bedeutet.

Als wir durch Chalk Farm fahren, sagt Susie unvermittelt: »Bitte halt mal an, Gabe.«

Ich fahre an den Straßenrand und schaue Susie an. Tränen rinnen ihr über die Wangen. »Was ist los?«, frage ich beunruhigt.

Sie zeigt auf ein junges Pärchen an der Straße. Der Vater trägt sein Baby mit einem Wickeltuch auf der Brust. Das Kind ist schon alt genug, um in die Welt zu spähen, und seine winzige Strickmütze ist verrutscht. Die Mutter zieht sie zurecht, und das Baby strahlt sie fröhlich an.

»Entschuldige«, murmelt Susie tränenerstickt. »Manchmal tut es einfach so scheußlich weh.«

»Ich weiß.« Im Lauf der Jahre habe ich gelernt, dass ich wirklich nur das sagen kann. Nichts anderes macht es erträglicher, nichts anderes gibt Susie Hoffnung. Ich kann einfach nur für sie da sein und ihr vermitteln, dass ich weiß, was sie durchmacht. Außerdem, ich mache es ja selbst auch durch. Bei den ersten Fehlgeburten habe ich geweint wie ein Kind. Und inzwischen ist es so, dass wir beide diese Situation kaum noch ertragen können. Trauer ist so anstrengend. Und es erneut zu versuchen, ist auch irrsinnig anstrengend. Susie lässt sich wenig anmerken, was sie als Bühnenmensch auch gewohnt ist. Aber ich spüre, wie viel Kraft es sie kostet.

Behutsam sage ich: »Suze … wäre es möglich, dass ein Treffen mit Anna etwas verschlimmert? Also dass die ganze Fertilitätsthematik noch schmerzhafter für dich wird, wenn du deine Tochter siehst und dir klar wird, dass du ihre Kindheit nicht miterlebt hast?«

Fertilitätsthematik … wir benutzen selbst nur sachliche medizinische Begriffe, nicht einmal Wörter wie *Kinderwunsch* oder – Gott behüte! – *Unfruchtbarkeit*, was eine unsensible Krankenschwester einmal sagte und was für uns wie die Strafe einer zornigen Göttin klang.

»Ja«, sagt Susie leise. »Das wäre schon möglich. Aber wir müssen es trotzdem durchziehen. Für sie.«

Ich bin dankbar, dass Susie »wir« sagt.

Große Banner hängen am Roundhouse, der Name von Silverlink steht unter dem der Hauptband. Wir fahren zum Hintereingang, laden das Equipment aus und fangen mit dem Aufbau an. Nach und nach trudelt der Rest der Band ein, und sie machen Sound-check. Viel Geld verdient Silverlink nicht an diesem Abend – sogar bei mittelgroßen Veranstaltungsorten wie diesem beläuft sich die Gage nur auf ein paar hundert Pfund, von denen der größte Teil an Promoter und Agentur geht. Aber dieses Konzert ist wichtig fürs Renommee der Band, auch wenn nur ein Drittel der Halle gefüllt ist, als Silverlink auf die Bühne kommen und mit Applaus begrüßt werden.

Beim dritten Song, »Red Rusty Mountain«, kommt Susie plötzlich ins Stocken. Im ersten Moment denke ich, dass sie den Text vergessen hat, aber sie ist ein Top-Profi, so was würde ihr nie passieren. Dann merke ich, dass sie wie gebannt ins Publikum starrt. Ich stehe seitlich an der Bühne mit der Gitarre für den nächsten Song, kann deshalb nicht erkennen, was los ist.

Als ich einen Schritt vortrete, sehe ich es.

Anna steht ganz vorn. Sie sieht noch hübscher aus als auf ihrem Profilbild – der Pony kürzer, die rotblonden Haare mit einem Stoffhaargummi zurückgebunden, wie Susie es eine Zeitlang auch machte. Und Anna sieht der früheren Susie zum Verwechseln ähnlich.

Einen Augenblick lang starren die beiden sich an, als hätten sie die Welt um sich her vergessen. Dann setzt das Schlagzeug ein, Susie singt weiter, als sei nichts gewesen. Besorgt behalte ich sie ein paar Sekunden im Auge. Als ich wieder ins Publikum schaue, ist Anna verschwunden.

6

ANNA

Hi, Susie,

tut mir echt leid, dass ich so überraschend bei deinem Konzert aufgetaucht bin. Ich wollte dich einfach mal sehen und dachte, dass du mich wegen des Scheinwerferlichts nicht erkennen könntest! Hab mich sofort nach hinten verzogen, um dich nicht mehr abzulenken.

Tut mir auch total leid, dass ich nicht bis zum Ende bleiben und dann mit dir sprechen konnte. Die Wahrheit ist: Meine Eltern wussten nichts davon, dass ich bei dem Konzert war. Sie hätten mir niemals die Erlaubnis gegeben, alleine auszugehen, und schon gar nicht zu einem Auftritt von dir. Wäre ich länger geblieben, wären sie dahintergekommen, wo ich war.

Wenn du mich immer noch treffen möchtest – wie wäre morgen um drei? An der Varley Parade in Colindale gibt es ein Café, Bustos. Ich habe aber leider nur eine halbe Stunde Zeit.

Anna x

7

SUSIE

ES wunderte mich nicht, dass sie in London lebte. Colindale gehörte zu Barnet, wo ich damals gewohnt hatte, und das dortige Jugendamt hatte die Adoption organisiert. Ich war auch nicht überrascht, dass sie heimlich zu meinem Auftritt gekommen war. Diese Eltern schienen mir ganz klar der Grund dafür zu sein, dass sie unglücklich war.

So deutete ich die Nachricht, aber Gabe sah das etwas anders. »Es war mitten in der Woche«, gab er zu bedenken. »Ich denke, die meisten Eltern würden eine Fünfzehnjährige nicht in ein Konzert gehen lassen, wenn am nächsten Tag Schule ist. Und schon gar nicht alleine.«

»Aber es hört sich so merkwürdig an, findet du nicht?«, wandte ich ein. »›Die Erlaubnis gegeben‹? Das klingt total autoritär, finde ich. Und wie hätten denn die Eltern herausfinden sollen, wo sie war? Da stimmt doch auch was nicht.«

»Vielleicht liest du da zu viel hinein«, sagte Gabe vorsichtig. »Willst du sie also wirklich treffen?«

»Aber sicher.« Ich sah ihn eindringlich an. »Als ich sie da im Publikum entdeckt habe, Gabe – das war wie ein elektrischer Schlag. Als kämen wir nach all den Jahren in Berührung. Ich könnte gar nicht mehr zurück, selbst wenn ich es wollte.«

Er nickte. »Ja, okay. Verstehe ich.«

Ich griff nach meinem iPad, zögerte jedoch. Es war so ein

gigantischer Schritt. »Aber ich habe schon Angst«, gestand ich. »Wenn ich sie jetzt gar nicht mag? Oder sie mich nicht?«

Gabe drückte mir beruhigend die Schulter. »Du musst einfach auf dein Bauchgefühl vertrauen. Das wird schon, denke ich.«

Aber er sah trotzdem besorgt aus.

8

ANNA

ICH habe genau vierzig Minuten. Das Monster glaubt, ich sei in der Theater-AG, weiß aber nicht, dass die abgesagt wurde, weil die Lehrerin krank ist und es keine Vertretung gibt. Theater ist für ihn ohnehin *kein vernünftiges Schulfach*.

Weil ich so ein Gefühl habe, dass Susie bestimmt früher da sein wird, beeile ich mich. Und als ich durchs Fenster spähe, sehe ich sie ganz hinten in der Ecke sitzen, an dem Tisch, den ich auch ausgesucht hätte.

Und *ihn*. Sie hat ihren Mann mitgebracht. Das bringt mich einen Moment lang aus dem Tritt. Was hat der denn hier zu suchen?

Aber dann wird mir klar, dass das eigentlich ganz gut ist. Wenn ich etwas erreichen will, ist es besser, wenn die beiden sich einig sind.

Außerdem, sage ich mir, sind schließlich nicht alle Ehemänner wie das Monster.

»Hi, Susie«, sage ich nervös, als ich vor den beiden stehe. »Und du musst Gabe sein.«

Sie springt auf, und es gibt einen etwas peinlichen Moment, in dem wir beide nicht wissen, ob wir uns umarmen oder die Hand geben sollen. Dann drücken wir uns irgendwie beide Hände, was sich gut anfühlt. Es kommt mir vor, als wolle Susie mir zeigen, dass sie nervös ist, sich aber auch wünscht, dass wir das loswerden und eine andere Ebene finden.

Oh Mann, sie ist echt wunderschön.

Gabe und ich geben uns höflich die Hand, ihn finde ich auch sympathisch. Er lächelt freundlich, und dabei zeigen sich kleine Fältchen in den Augenwinkeln. Bethany aus meiner Schule meint, daran merkt man, ob ein Mann eine Schönheits-OP hatte. Aber bei ihm kann das nicht sein, er wirkt noch so jungenhaft. Und ist auch so einfühlsam, dass er auf mein Erstaunen reagiert.

»Ich hoffe, es macht dir nichts aus, dass ich mitgekommen bin«, sagt er. »Wenn es dir lieber ist, kann ich euch beide auch alleine lassen.«

»Ich habe Gabe gebeten mitzukommen«, erklärt Susie. »Weil ich, ehrlich gesagt, nicht wusste, wie ich klarkommen werde. Und ich weiß es immer noch nicht …« Sie klingt benommen, aber irgendwie glücklich, und es dauert einen Moment, bis mir klar wird: *Ich bin der Grund dafür.* Das ist ein fantastisches Gefühl.

Deshalb sage ich, dass ich es toll finde, Gabe kennenzulernen. Und es ist auch praktisch, weil er unsere Bestellungen aufnimmt – Tee für mich, Cappuccino für die beiden – und zum Tresen geht, während Susie und ich versuchen, unsere Nervosität loszuwerden.

Gabe stellt sich in der langen Schlange am Tresen an, und ich denke, dass selbst der coolste Junge in meiner Schule bestimmt sonst was gäbe für diese Jeans und diese Sneakers.

Zuerst sagen Susie und ich nur so was wie »wow« und »wir sehen uns so ähnlich« und »wo wohnst du?«. Aber dann reden wir auch über Details wie meine Großeltern – ihre Eltern sind geschieden, beide haben wieder geheiratet und leben im Ausland. Sie scheint kein enges Verhältnis zu ihnen zu haben. Dann frage ich, ob ich Halbgeschwister habe, aber ich habe keine. Ihr Nein hört sich irgendwie wehmütig an. Sie will wissen, ob ich wie sie Linkshänderin bin. Bin ich nicht, aber unsere Hände sind total ähnlich, mit kurzen Fingern und hypermobilem Daumen. Als

Gabe mit den Getränken zurückkommt, lacht Susie glücklich, und mir fällt auf, dass wir auch das gleiche Lachen haben, so eine Art trötendes Schnauben. Henry sagt immer, es hört sich an wie Schweinegrunzen. Aber ich finde, es klingt froh und ausgelassen und frei.

Wir plaudern ein bisschen, dann fragt Gabe: »Wissen deine Eltern, dass du hier bist, Anna?« Und mir wird plötzlich klar, dass er wahrscheinlich für die Formulierung *vorausgesetzt, deine Eltern sind einverstanden* in der Nachricht verantwortlich ist.

Wenn Susie alleine gekommen wäre, hätte ich ihr vielleicht alles erzählt. Aber das wäre womöglich ein Riesenfehler gewesen. Ich muss davon ausgehen, dass das Monster alles erfährt, was ich ihnen sage. Dem Adoptivkind glaubt ohnehin keiner, diese Erfahrung habe ich schon.

Aber ich muss diesen sympathischen, intelligenten, aufgeschlossenen Menschen auch irgendwie klarmachen, dass er *ein Monster* ist.

Ich schaue auf meinen Tee, den ich nicht trinken werde, und überlege. Es steht zu viel auf dem Spiel.

»Meine Eltern sind der Grund, warum ich hier bin«, sage ich schließlich. »Wegen ihnen bin ich so verzweifelt.«

9

GABE

UND dann kommt alles raus, erst etwas zögerlich, dann immer schneller. Ihre Eltern sind streng religiös, gehören irgendeiner speziellen irischen Kirche an. Vor jedem Essen wird ein Dankgebet gesprochen, und wenn Anna es vergisst, wird ihr das Essen weggenommen. Der leibliche Sohn, Henry, bekommt immer vor Anna Nachschlag, weil er größer und in der Schwimmmannschaft ist. Letzte Woche hat der Vater zu Anna gesagt, sie könne sich glücklich schätzen, dass sie bei ihnen und nicht im Kinderheim gelandet ist.

»Ich will aber deshalb gar nicht jammern«, sagt Anna. »Wollte euch nur die Umstände erklären.« Sie zeigt uns ihr Handy. Auf dem Display ist das Symbol einer Sanduhr zu sehen und die Worte: *Diese Funktion bleibt bis 20.00 ausgeschaltet.*

»Überwachungsapp für Eltern«, erklärt Anna sachlich. »Vor acht Uhr abends komme ich nicht ins Internet. Und sie können damit meinen Aufenthaltsort ausfindig machen, meine Nachrichten lesen und alle Websites blockieren, gegen die sie was haben. Ich kenne Zwölfjährige, die so was auf ihrem Handy haben müssen, aber ich bin fünfzehn! Zum Glück hab ich eine Freundin, die sich damit auskennt und mir gezeigt hat, wie ich es umgehen kann. Ach ja, und wenn ich kein Guthaben mehr habe oder der Akku leer ist, muss ich sofort nach Hause, sonst kriege ich nach der Schule eine Woche Hausarrest.«

Susie wirft mir einen gequälten Blick zu, und ich weiß sofort, was sie denkt: *So ein Leben wollte ich nicht für sie.*

Anna entgeht der Blick auch nicht. »Denk bitte nicht, dass ich dir irgendwas vorwerfe«, sagt sie hastig. »Es ist kein Problem für mich, dass du mich zur Adoption freigegeben hast. Ich hätte ja auch eine Traumfamilie bekommen können. Hab einfach Pech gehabt.«

Susie sieht aus, als würde sie gleich in Tränen ausbrechen, und ich sage ruhig: »Weißt du, Anna, ich habe aber den Eindruck, dass du trotz aller Umstände eine stabile und fähige junge Frau bist. Das ist doch eine tolle Leistung.«

Sie wirft mir einen Seitenblick zu. »Danke.«

Ein längeres Schweigen entsteht, und schließlich sage ich: »Ich würde dich gern fragen, was du dir von dem Kontakt mit uns erhoffst. Es ist natürlich sehr schön, dich kennenzulernen … aber du sagst, du bist wegen deiner Eltern hier. Gibt es etwas Bestimmtes, bei dem wir dir helfen können?«

»Na ja, ich will vor allem mehr herausfinden, wer ich eigentlich bin. Und vielleicht eine Beziehung zu meiner leiblichen Mutter aufbauen.« Anna sieht Susie an. »Natürlich nur, wenn du das auch willst. Es wäre so toll, jemanden zu haben, mit dem ich über alles Mögliche reden kann.«

»Aber ja!«, sagt Susie. »Das fände ich wunderbar.«

Anna zögert. »Es gibt da allerdings noch was. Was ziemlich Spezielles.«

»Und was ist das?«, frage ich.

»Meine Schule.« Anna schaut uns ernsthaft an, und ihre klaren grünen Augen gleichen denen von Susie so sehr, dass ich mich zwingen muss, nicht liebevoll zu lächeln. »Sie haben mich an einer extrem strengen Schule untergebracht, Northall. Ich möchte so gern in der nächsten Klasse an einer Schule sein, wo ich Darstellende Künste als Fach nehmen kann. Meine Leidenschaft ist

Musik, vor allem Gesang. Aber ich darf das alles nicht, und es ist ein Herzenswunsch von mir.«

Susie erwidert nichts, sondern legt nur ihre Hand auf die von Anna. Für Susie ist Musik lebenswichtig und die Vorstellung, dass sie einem verboten wird, sicher unerträglich.

»Was meinst du denn mit ›ich darf das alles nicht‹ …?«, hake ich nach.

»Ich darf Musik nicht als Fach in der Schule nehmen, bekomme auch keinen privaten Unterricht und soll mich sogar als Hobby nicht damit beschäftigen«, antwortet sie tonlos. »Weil mich das ablenkt, sagen sie. Und weil es Henry bei den Hausaufgaben stört, wenn ich irgendein Instrument übe. Ich dachte, ich könnte ja mit YouTube lernen, habe mein Taschengeld gespart und mir eine Gitarre gekauft. Die haben sie mir weggenommen.«

»Oh«, sage ich schockiert. »Das ist natürlich echt blöd … aber ich weiß jetzt nicht, wie wir da helfen könnten …«

»Ihr seid doch beide Profimusiker«, erwidert Anna. »Vielleicht könntet ihr mal mit meinen Eltern reden? Ihr seid ja immerhin ein Beispiel dafür, dass man von Musik leben kann. Dass Musik nicht nur Ablenkung von Jura oder Steuerrecht oder irgendetwas ist, was ich deren Meinung nach studieren soll.«

»Also …« Ich will gerade erklären, dass man mit Musik heutzutage kein Geld mehr verdienen kann, aber Susie ist schneller.

»Aber natürlich, Anna, wir freuen uns, wenn wir etwas für dich tun können. Das machen wir sehr gerne für dich.«

Auf der Heimfahrt ist Susie so still, als sei sie noch nicht bereit, in die reale Welt zurückzukehren; als sei sie komplett versunken in Erinnerungen an Anna.

Ich schweige auch, will Susie nicht aus ihren Gedanken reißen.

»Also«, sagt sie schließlich, »wie war dein Eindruck?«

»Von Anna? Ich finde sie … toll. Wirklich angenehm.«

Die Antwort ist aufrichtig. Meine Befürchtungen, dass Anna sich dramatisch aufführen und Susie Vorwürfe machen könnte, haben sich zum Glück nicht bewahrheitet. Trotz allem, was Anna uns über ihr Elternhaus erzählt hat, wirkt sie auf mich sympathisch, vernünftig und bodenständig. Ihr trockener Humor und ihre Selbstironie ließen ihre Geschichten umso glaubwürdiger wirken.

Und wenn *ich* das schon so empfinde, wird mir klar, sind Susies Gefühle bestimmt noch tausendmal intensiver.

»Schön, dass du sie magst.« Susies Stimme klingt immer noch seltsam entfernt. »Und ich bin so froh, dass sie sich an uns gewendet hat ... dass ich wirklich etwas für sie *tun* kann.«

Ich zögere einen Moment mit der Antwort. Dass wir ihre Eltern überreden sollen, ihr eine Musikausbildung zu erlauben, finde ich problematisch. »Wenn die Eltern sich darauf einlassen ... die sind vielleicht nicht so begeistert, wenn sich zwei Fremde in ihre Erziehungsmethoden einmischen.«

»Ich bin ja wohl kaum eine Fremde!«, erwidert Susie vehement.

»Natürlich nicht. Aber wer weiß, ob die das so sehen.« Wir sind bei uns angekommen, und ich parke den Wagen vor dem Haus.

»Es stimmt doch, was Anna sagt: Wir könnten einen anderen Blickwinkel beitragen«, wendet Susie ein. »So wie wenn man sich von einem Mentor Beratung für die Berufswahl geben lässt. Sie könnte ein bisschen praktische Erfahrung sammeln, in einem Studio zum Beispiel. Dagegen können die doch nichts haben. Und wir haben so viele Kontakte.«

Im Haus setzt Susie sich als Erstes an die Kücheninsel und greift nach ihrem iPad. »Ich schau mir diese Schule mal an ... echt, kannst du dir vorstellen, dass jemand deine gesamten Internet-Aktivitäten überwacht? Diese Mulcahys müssen doch der reinste Albtraum sein ... hier, ich hab die Schule.«

Ich schaue Susie über die Schulter. Die Northall Academy verkündet auf ihrer Website, ihr Ziel sei es, das volle Potenzial ihrer Schülerinnen und Schüler zur Geltung zu bringen.

Und die Schule hat eine staatliche Exzellenzauszeichnung bekommen.

»Das bedeutet erst mal rein gar nichts«, sagt Susie, als ich sie darauf hinweise. Sie selbst war – nachdem sie bei diversen traditionellen Bildungseinrichtungen rausgeflogen war – auf einer der berühmtesten liberalen Schulen des Landes, Jordans, gewesen. Dort wurden Lehrer mit Vornamen angesprochen, der Unterricht war freiwillig, und die Regeln wurden von der Schülerschaft selbst festgelegt. Susie fühlte sich sehr wohl dort, aber ich habe schon länger den Verdacht, dass sie deshalb Gesetze und Regeln – von Tempolimit bis Zollerklärung – lediglich für Angebote hält.

»Ich schau mal, ob ich in den Elternforen was dazu finde«, fügt Susie hinzu.

Sie scrollt einige Beiträge durch, hört dann auf und starrt mich mit großen Augen an.

»Was ist?«

»Das ist so ein Nulltoleranz-Ort. Unpopuläre Schule, die von einem neuen Direktor umgestaltet wurde. Hier ist viel die Rede von einem Verhaltenskodex, den der fordert. Hör dir das mal an: *Ich lasse im Unterricht nicht die Schultern hängen. Ich sitze aufrecht, um den anderen Respekt zu bezeugen. Ich halte Augenkontakt mit den Lehrkräften, wenn sie sprechen. Wenn ich etwas fallen lasse, hebe ich es erst auf Anweisung der Lehrkräfte auf. Ich drehe mich nicht um, wenn ich hinter mir Geräusche höre. In den Pausen rede ich auf den Fluren nur, wenn ich von Lehrkräften angesprochen werde. Dann lächle ich und antworte mit einem fröhlichen ›Guten Tag, Sir!‹ oder ›Guten Morgen, Miss!‹. Ich bin nicht in größeren Gruppen unterwegs, höchstens zu zweit.* Das klingt ja entsetzlich!«

»Aber Exzellenzrating.«

»Das ist auf keinen Fall das Richtige für Anna«, sagt Susie entschieden. »Für mich wäre das auch die falsche Schule gewesen. Und was, bitte schön, sagt das über *die* aus, wenn sie Anna auf so eine Schule schicken?«

»Dass sie großen Wert legen auf eine gute Schulbildung?«

Aus Susies Blick schließe ich, dass ich mich aus ihrer Sicht gerade nicht unterstützend genug verhalte. »Schau, ich widerspreche dir nicht«, füge ich hinzu. »Ich denke nur, wir sollten hier mit großer Vorsicht handeln. Diese Leute denken sonst vielleicht, wir tauchen da einfach so auf und kritisieren ihren Erziehungsstil.«

»Und genau das tun wir auch. Warum sollen wir die nicht damit konfrontieren?«

»Weil sie uns dann womöglich sagen, wir sollten abhauen, und dann kannst du gar keinen Kontakt mehr zu Anna haben. Wenn du das taktvoll angehst, sind sie vielleicht sogar dankbar für Hinweise. Schließlich möchte man doch als Elternteil nicht hören, dass das eigene Kind unglücklich ist. Ich denke, wir sollten deutlich machen, dass wir nicht die Autorität der Mulcahys untergraben wollen. Sondern dass wir engagierte Menschen sind, die ihnen nur mitteilen möchten, warum Anna Kontakt zu uns aufgenommen hat.«

Susie runzelt die Stirn. »Aber damit verpetzen wir sie doch.«

»Ich halte das einfach für erfolgversprechender, als mit Vorwürfen anzutreten.«

Susie schweigt einen Moment. »Du hast wahrscheinlich recht«, räumt sie dann ein. »Es ist einfach nur ... nach so langer Zeit ... das Bedürfnis, sie zu beschützen ...«

»Ich verstehe dich«, sage ich mitfühlend.

Sie holt tief Luft. »Okay. Gehen wir's an.«

Susie holt die Serviette heraus, auf der Anna die Nummer ihres Vaters notiert hat, und schreibt eine Nachricht auf dem Handy.

»Entschuldigen Sie bitte, dass wir uns so überraschend bei Ihnen melden«, liest sie dann vor. »Ich bin Susie Jukes, Annas

leibliche Mutter. Anna hat sich mit einem Anliegen bei uns gemeldet, und wir würden Sie gerne treffen, um es zu besprechen.«

Ich nicke. »Ja, finde ich gut.«

Sie hat die Nachricht kaum abgeschickt, als das Handy klingelt.

»Großer Gott«, sagt Susie mit Blick aufs Handy. »Die Nummer
von eben. Das nenne ich mal schnell …« Sie zögert einen Moment,
meldet sich dann. »Hallo?«

Ich höre eine Männerstimme, verstehe aber nichts, bekomme
nur Susies Reaktion mit. »Das war nicht …«, »Augenblick mal,
also …«, »Ich finde, Sie sind …« Dann, zunehmend aufgebrachter:
»Nein, jetzt hören Sie *mir* mal zu …«

Dann wird das Gespräch abrupt beendet, und sie starrt mich
verstört an.

»Das war Ian Mulcahy. Er sagte, wir hätten keinerlei Recht, mit
ihr zu sprechen, bevor sie achtzehn ist, und wenn wir das noch
mal machen, geht er zur Polizei. Dann hat er aufgelegt.«

»Großer Gott.« Ich bin auch schockiert. »Aber … vielleicht ist
das sehr verletzend für diese Leute. Dass sie dich gesucht hat …
fühlen sich wahrscheinlich zurückgewiesen …«

»Würdest du *bitte* mal aufhören, dich auf deren Seite zu stellen?« Dann: »Tut mir leid. Aber so war es nicht, ehrlich. Der Mann
klang *grauenhaft*. Wie ein wütender kleiner Feldwebel, der seine
Autorität bedroht sieht. Der glaubt, er kann sich mit Aufplustern
und Herumschreien durchsetzen.«

»Das Thema Schule kam also gar nicht zur Sprache.«

Susie schüttelt den Kopf. »Aber weißt du …«, sagt sie langsam. »Ich glaube, es geht in Wirklichkeit gar nicht um Schulen
oder Musikunterricht oder Software auf dem Handy. Ich habe
das Gefühl, dass da irgendetwas anderes vor sich geht … etwas
viel *Schlimmeres*. Etwas, das Anna uns noch nicht anvertrauen
möchte.«

»Was meinst du damit?«

»Ich kann es nicht genauer sagen. Aber der war so *abwehrend*. Als hätte er etwas zu verbergen. Wenn es nun das Schlimmste überhaupt ist? Wenn …« Sie schlägt die Hände vors Gesicht, bringt die Worte nicht über die Lippen. »Oh Gott, Gabe – *was habe ich nur getan?*«

10

GABE

Lieber Mr. Mulcahy, liebe Mrs. Mulcahy,
seit dem Telefongespräch sind einige Tage vergangen, und
vielleicht wären Sie inzwischen doch bereit, Susie und mich
zu treffen. Wir verstehen sehr gut, dass es sicher ein Schock für
Sie war, zu hören, dass Anna mit uns Kontakt aufgenommen hat.
Aber wir fanden einige Dinge, die sie erwähnte, beunruhigend,
und es wäre uns sehr daran gelegen, mit Ihnen darüber zu
sprechen.
  Beste Grüße
  Gabriel Thompson

GABE

ICH rechne nicht damit, dass Annas Eltern antworten. Der einfachste Weg für sie wäre schließlich, meine Nachricht zu ignorieren. Doch dann kommt eine Antwort. Sie ist kurz und knapp. Die Mulcahys sind bereit, uns zu treffen, aber ohne Anna.

»Weil er wissen will, worüber wir geredet haben«, sagt Susie sofort. »Er hat Angst, dass sie uns irgendetwas erzählt hat.«

Vielleicht weist es auch darauf hin, dass die Mulcahys umgänglicher sind, als Anna sie dargestellt hat, denke ich mir, sage es aber nicht. Sie mögen streng sein, das heißt jedoch noch lange nicht, dass sie Anna nicht lieben. Aber Susie, deren Eltern einen Laissez-faire-Erziehungsstil hatten – manchmal wohl auch eher gar keinen –, identifiziert sich unwillkürlich mit Anna. Ich dagegen stamme aus einer kleinbürgerlichen Familie, wurde selbst recht streng erzogen und finde es nicht so unvernünftig, dass das Handy eines jungen Mädchens geladen und mit Guthaben ausgestattet sein soll.

Und eine Stimme in meinem Hinterkopf raunt hartnäckig, die anderen Dinge, über die Anna sich beklagt hatte – dass der Bruder immer zuerst Nachschlag beim Essen bekommt beispielsweise –, könnten auch aus Harry-Potter-Büchern stammen. Aber ich habe Susie selbst gesagt, sie solle auf ihr Bauchgefühl hören, und das schlägt jetzt wohl Alarm.

Wir sind mit den Mulcahys in einem Starbucks verabredet, ein paar Straßen von dem Café entfernt, in dem wir uns mit Anna getroffen haben. Als wir reinkommen, erkennen wir die beiden auf Anhieb: das steif wirkende schweigende Paar mittleren Alters, das an einem Vierertisch sitzt, vor sich zwei volle Teegläser. Wir gehen hin und stellen uns vor. Ian Mulcahy steht auf und gibt uns förmlich die Hand, und dabei sehe ich, dass Susie in einer Sache auf jeden Fall recht hatte: Er ist tatsächlich sehr klein. Jenny Mulcahy erinnert mich an einen knochigen Vogel und sieht extrem misstrauisch aus.

Susie und ich haben uns vorher auf einen nicht-konfrontativen Gesprächsstil geeinigt. »Wir können gut verstehen, wenn dieses Treffen Ihnen nicht angenehm ist«, beginnt sie. »Aber Anna hat uns gegenüber einige Dinge erwähnt, die wir besorgniserregend fanden. Vermutlich gibt es gar keinen Anlass zur Sorge, aber wir fanden es doch wichtig, diese Informationen zu übermitteln. Ich an Ihrer Stelle würde das jedenfalls begrüßen.«

Ian Mulcahy gibt ein Schnauben von sich, als sei die Vorstellung von uns an ihrer Stelle absolut lachhaft.

»Ganz konkret …«, redet Susie tapfer weiter, »Sie können sicher verstehen, dass für uns Profimusiker Musik eine große Rolle im Leben spielt. Vielleicht habe ich immer gehofft, dass meine Tochter in dieser Hinsicht nach mir …«

»Benutzen Sie dieses Wort nicht«, fällt Ian Mulcahy ihr ins Wort.

Susie sieht ihn erstaunt an. »Welches Wort?«

»Sie ist nicht Ihre Tochter. Und Sie sind nicht Ihre Mutter.«

Susie holt tief Luft. »Rechtlich gesehen wohl nicht … Aber biologisch … Musikalität wird oft vererbt … «

»Sie wissen überhaupt nichts über sie«, sagt Jenny Mulcahy jetzt. Das sind die ersten Worte, die sie von sich gibt. »Sie haben nicht die *geringste* Ahnung.«

»Was ich sagen möchte, ist …« Susie gibt nicht auf, »dass sie zum Beispiel keine Gitarre haben darf. Damit verweigern Sie ihr etwas, das in ihrem späteren Leben vielleicht ihre Leidenschaft sein könnte.«

Jetzt fällt Ian Mulcahys verächtliches Schnauben lauter aus. »Das hat sie Ihnen erzählt? Dass sie bei uns keine Gitarre haben darf?«

Susie schaut mich Hilfe suchend an, und ich sage: »Anna hat erzählt, dass sie ihr Taschengeld gespart und sich davon eine Gitarre gekauft hat. Und dass Sie dann meinten, ihr Üben würde ihren Bruder bei den Hausaufgaben stören. Sie hat auch gesagt, dass sie keinen Musikunterricht haben darf.«

»Eines sollten Sie unbedingt wissen über Anna«, erwidert Ian Mulcahy, »und zwar, dass sie lügt.«

»Was?«, braust Susie auf.

Er nickt. »Man nennt das ›Konfabulation‹, und es kommt bei Adoptivkindern häufiger vor. Die meisten hören irgendwann damit auf. Anna aber nicht.«

Susie und ich schweigen betroffen – nicht wegen dieser Aussage, sondern wegen Mulcahys nüchternem, beinahe befriedigtem Tonfall.

Mir wird klar, dass er die Situation auskostet, weil er unsere Illusionen zerstören und zugleich Susie indirekt Schuld zuschieben kann.

Wütend sagt sie: »Also, ich glaube, dass *Sie* lügen.«

Mulcahy betrachtet sie ungerührt. »Weihnachten vor zwei Jahren haben wir ihr eine Gitarre geschenkt. Als Anna gemerkt hat, dass es Monate dauert, bis man auch nur kleinste Fortschritte macht, war sie frustriert und hat die Gitarre kaputtgetreten. Wir haben ihr gesagt, dass sie die Reparatur selbst bezahlen muss. So ein Verhalten kann nicht ohne Konsequenzen bleiben. Daraufhin hat sie die kaputte Gitarre angezündet. Und *aus diesen Gründen* besitzt sie jetzt keine. Nicht dass es Sie etwas anginge.«

Wieder entsteht ein Schweigen, während wir versuchen zu verarbeiten, was wir gehört haben. Schließlich sagt Susie hartnäckig: »Sie hat uns von ihrer Schule erzählt – von diesen ganzen übertriebenen Regeln. Und sie hat uns ihr Handy gezeigt.«

Mulcahy runzelt die Stirn. »Was ist damit?«

»Sie haben eine Überwachungsapp darauf installiert.«

»Das ist absurd, auf ihrem Handy ist keine Überwachungsapp!«, fährt er auf. »Und was die Schule angeht: Das ist eine der begehrtesten von ganz North London. Wir haben großes Glück, in deren Einzugsgebiet zu wohnen.«

»Aber Annas Traum ist es, auf eine Schule mit musikalischem Schwerpunkt zu gehen …«

»Ihr *Traum*?« Mulcahy sieht amüsiert aus. »Wenn Sie selbst ein Kind großziehen würden – vor allem ein pubertierendes –, wüssten Sie, dass Jugendliche in diesem Alter jeden Tag einen neuen Traum haben. Unsere Aufgabe als Eltern ist es, den jungen Menschen Grenzen aufzuzeigen, ihnen Halt zu geben und eine Ausbildung zu ermöglichen, die sie für die reale Welt befähigt – nicht, sich wie Freunde aufzuführen oder sie zu ermutigen, in einem Wolkenkuckucksheim zu leben.«

Susie starrt ihn fassungslos an. »Aber sie braucht es ja wohl vor allem, dass man ihr glaubt und sie stärkt. Und dass sie *geliebt* wird.«

»Wagen Sie es nicht, uns vorzuhalten, dass Anna nicht geliebt wird«, sagt Jenny Mulcahy so vehement, dass wir sie beide verblüfft anschauen.

»Ich zeige diesem Mädchen täglich meine Liebe«, fügt sie hinzu. »Und Sie haben keine Ahnung, was das bedeutet. Wie mühsam es ist. Dennoch werde ich das weiter tun, zumindest bis zu ihrem achtzehnten Geburtstag.«

»Verzeihen Sie«, sagt Susie. »Ich wollte damit nicht andeuten, dass Sie Anna nicht lieben. Aber genau deshalb, weil Sie es tun, haben Sie doch bestimmt auch Verständnis für meine Gefühle. Als ihre … ihre …«

»Sie lieben doch Anna nicht«, erwidert Jenny Mulcahy empört. »Wie denn auch? Sie lieben vielleicht irgendeine *Vorstellung* von ihr. Aber für Sie ist Anna eine Person, die Sie in fünfzehn Jahren einmal zum Kaffee getroffen haben. Und jetzt wollen Sie *uns* erklären, wie wir sie erziehen sollen, mit Ihrer großartigen Expertise als Person, in deren Bauch Anna sich kurz aufgehalten hat.« Jenny Mulcahy nickt. »Es ist wirklich besser, dass Sie keine Kinder bekommen können. Weil Sie eine völlig unfähige Mutter wären.«

»Also, Augenblick mal«, sage ich wütend, aber Susie kommt mir zuvor.

»Ich will Ihnen keineswegs erklären, wie Sie Anna erziehen sollen. Ich möchte nur … für sie eintreten. Und zwar, weil ich glaube, einige ihrer Gefühle gut verstehen zu können.« Susie holt tief Luft. »Ich war in meiner Jugend auch nicht sehr angepasst.«

»Das wissen wir«, sagt Ian Mulcahy knapp. »Wir haben die Unterlagen gelesen. Hoffen wir mal, dass Anna nicht auch diese Laufbahn einschlägt.« Er stellt das leere Teeglas auf den Tisch und steht auf, seine Frau tut es ihm gleich. »Anna hat für die Kontaktaufnahme mit Ihnen Hausarrest bekommen. Da ich aber das Ausmaß ihres oppositionellen Verhaltens kenne, halte ich es nicht für ausgeschlossen, dass sie einen weiteren Versuch unternimmt, Sie zu kontaktieren. Falls ja, möchte ich Sie ausdrücklich bitten, nicht darauf zu reagieren. Ich erwarte, über alles informiert zu werden. Und seien Sie sich darüber im Klaren, dass ich juristische Schritte einleiten werde, falls Sie einen weiteren Versuch machen, Anna zu treffen.« Er wendet sich ab, nickt Jenny zu, damit sie ihm folgt, und marschiert hinaus.

Wortlos starren wir den beiden hinterher.

»Na, das lief ja super«, sagt Susie und bricht in Tränen aus.

12

ANNA

ICH liege mit meinem Laptop auf dem Bett und mache Hausaufgaben. Es klopft an der Tür, und im nächsten Moment steht er vor mir und starrt finster auf mich herunter.

»Kannst du nicht die Antwort abwarten, wenn du schon klopfst?«, sage ich kalt.

»Das habe ich getan. Du kannst doch gar nichts hören, weil du ständig diese unsägliche Musik hörst.« Wir wissen beide, dass er lügt. Der wird nie abwarten, bis ich ihm für irgendwas Erlaubnis gebe.

»Wie lange habe ich Arrest?«

»Bis du verstanden hast, dass dein Verhalten falsch war.«

Auf so was reagiere ich erst gar nicht.

»Wir haben sie übrigens getroffen«, fügt er hinzu. »*Susie und Gabe*. Heute Nachmittag. Haben nett zusammen Tee getrunken.«

Ich versuche, mir meinen Schock nicht anmerken zu lassen. »Schön für euch.«

»Sie haben zugesagt, keinen Kontakt mit dir zu haben. Falls sie sich nicht daran halten, hast du uns das sofort mitzuteilen. Die Regelung für die Kontaktvermeidung gibt es aus guten Gründen. Es könnte dir psychischen Schaden zufügen.«

Das ist schon fast komisch. »Ah ja, psychischen Schaden. Und wie soll der wohl aussehen?«

Er sieht mich nachdenklich an. »In der Jugend geht es vor allem

47

darum, die eigene Identität zu finden. Deshalb ist es ganz normal, wenn man innerhalb der Familie Grenzen austestet. Aber genau aus diesem Grund müssen die Grenzen auch konstant und verlässlich sein. Für Adoptivkinder, die es mit der Identitätsfindung meist schwerer haben, ist es besonders wichtig zu merken, dass sie sich ihre Eltern und ihre Erziehung nicht aussuchen können.« Das Psychogelaber kommt dem so mühelos über die Lippen, dass ich fast beeindruckt bin. Aber dann wird mir mulmig, weil wahrscheinlich die Sozialarbeiter und Lehrer davon garantiert auch beeindruckt sein werden. *Der Mann kennt sich aus und weiß, wovon er redet,* werden sie sich denken. Und um mich kümmert sich dann wieder keiner.

Er nickt, zufrieden, weil er mich zum Schweigen gebracht hat. »Vor dem Abendessen muss dein Zimmer aufgeräumt sein.«

Als er draußen ist, stecke ich mir die Kopfhörer wieder in die Ohren – ich höre mir nach und nach alle Songs von Silverlink an, im Moment läuft gerade »Lullaby for Leah« – und mache mit dem Essay weiter, den ich – Witz, haha – über moderne Sklaverei schreibe.

Als ich ihn kurz verkleinere, sehe ich eine Nachricht, die vor ein paar Minuten abgeschickt wurde. Mein Herz rast, und ich bin ganz atemlos, weil ich so froh und erleichtert bin.

Du sollst wissen, dass wir dir glauben. Wir werden dir immer glauben. Alles Liebe, Susie

Es funktioniert. Und das Monster kann nicht das Geringste dagegen tun.

13

SUSIE

NACH etwa einer Stunde verwandelten sich meine Tränen in Wut, und als wir zu Hause waren, zitterte ich regelrecht, weil ich so wütend war.

»So ein widerwärtiger Typ. In dieser Familie ist irgendetwas oberfaul, da bin ich mir ganz sicher«, sagte ich.

»Tja, ich glaube, du hast recht«, erwiderte Gabe mit einem Seufzer.

»Was der alles über Anna behauptet hat ... das war doch regelrechte Verleumdung. Hat alles so dargestellt, dass wir ihr nicht mehr glauben würden, wenn sie uns etwas Dramatisches erzählen will. Und dann noch alles in diesem Jargon – *oppositionelles Verhalten*, um Himmels willen. Was soll das überhaupt sein?«

»Ich schau mal nach.« Gabe zog sein Handy heraus. »Hm ... also das ist ein psychologischer Fachausdruck dafür, wenn eine Person nicht macht, was man ihr sagt.«

»Wenn du schon dabei ist, such doch auch gleich mal nach ihm selbst, ja?«

Gabe gab den Namen ein. »Ja, da hab ich ihn ... Ian Mulcahy, pädagogischer Psychologe. Fest angestellt beim Jugendamt.«

»Na, kein Wunder kennt der die Fachsprache.«

Gabe sagte langsam: »Hör mal, es hat vielleicht nichts zu bedeuten, aber ist dir dieser Bluterguss bei Jenny Mulcahy aufgefallen?«

Ich starrte ihn an. »*Was?* Wo denn?«

»Als sie nach ihrem Tee gegriffen hat, ist ihr Ärmel hochge-rutscht, und da war ein Bluterguss am Unterarm. Nicht besonders groß, aber sie hat meinen Blick bemerkt und schnell den Ärmel darübergezogen. Und danach hat sie die Hände auf dem Schoß liegen lassen.«

»Du glaubst, er sei auch noch *gewalttätig*?«

»Ich denke, wir müssen extrem darauf achten, keine voreiligen Rückschlüsse zu ziehen. Aber ich sag's mal so: Ich bemühe mich sehr, so objektiv und besonnen wie möglich zu sein, weil du ja emotional sehr involviert bist und ich dich unterstützen will. Und dieses Gespräch …« Er schüttelte den Kopf. »Vor dem Treffen habe ich mir vorgestellt, dass wir irgendwann zu viert darüber lachen, wie verdreht Jugendliche sein können. Und dass wir beide am Ende überzeugt davon seien, dass diese Leute im Wesentli-chen okay und um Annas Wohl bemüht sind. Aber so war es nicht, oder? Er hat uns ja quasi gesagt: Glaubt ihr kein Wort. Warum würde jemand so etwas über seine Tochter sagen?«

»Weil sie verhindern wollen, dass man ihr glaubt, wenn sie et-was offenlegt«, antwortete ich sofort. »Irgendein dunkles Geheim-nis, über das geschwiegen wird.«

Gabe sah zweifelnd aus. »Und noch mal: Wir sollten nichts überstürzen. Aber für den Fall, dass tatsächlich körperliche Miss-handlung oder Zwangskontrolle oder womöglich noch Schlim-meres stattfindet – wozu sind wir dann verpflichtet?«

»Uns an den Sozialen Dienst zu wenden?«

»Aber was sollen wir denen dann sagen? Anna hat uns nichts erzählt, was eine Ermittlung rechtfertigen würde.«

Ich nickte. »Genau deshalb muss sie wissen, dass sie uns alles erzählen kann. Ich schreibe ihr.«

»Und willst du ihn darüber informieren, wie er es verlangt hat?«

»Natürlich nicht. Das muss unter uns bleiben. Und sie soll unbedingt wissen, dass wir immer eher ihr glauben würden als Mulcahy.«

Erst später, als er eine Flasche aufgemacht hatte und beim Kochen war, fragte Gabe: »Woher wusste Jenny Mulcahy übrigens davon?«

»Von was?«

»Dass wir uns schwertun, ein Kind zu bekommen. Als sie diesen furchtbaren Satz sagte, dass du eine unfähige Mutter sein würdest.« Er warf mir einen Blick zu. »Was natürlich nicht stimmt.«

Ich überlegte. »Kann sein, dass ich es Anna gesagt habe.«

»Glaube ich nicht, das wäre mir aufgefallen.«

»Wahrscheinlich, während du die Getränke geholt hast. Ja, stimmt – sie hat gefragt, ob wir Kinder hätten, und ich habe geantwortet, es hätte noch nicht geklappt. Oder so ähnlich.«

»Okay … Aber dann hat Ian das in Beziehung zu deiner Jugend gesetzt. Er sagte doch, dass Anna hoffentlich nicht die gleiche Laufbahn einschlägt.«

»Vielleicht hat er damit gemeint, ein außereheliches Kind zu haben. Anna hat ja gesagt, dass die beiden sehr religiös sind.«

Gabe trat zu mir und goss uns beiden Wein nach. »Was auch beleidigend ist, oder? Ein Kind zu adoptieren und dann die Person zu verurteilen, durch die das erst möglich wurde.«

Ich nickte und trank einen Schluck, ohne etwas zu erwidern. Denn ich war über eine ganz andere Bemerkung von Ian Mulcahy zutiefst beunruhigt.

Wir haben die Unterlagen gelesen.

Unterlagen, die offenbar noch irgendwo existierten. Und die mir das Leben im übelsten Fall sehr schwer machen konnten.

14

GABE

IN den nächsten drei Wochen hören wir nichts von der Familie Mulcahy.

Was aber nicht heißt, dass nichts passiert. Ich weiß nicht, wer damit angefangen hat, aber Susie und Anna schreiben sich jetzt regelmäßig. Anfänglich ein paarmal am Tag, dann wurde es immer mehr.

Die ersten Nachrichten hat Susie mir noch gezeigt. Als dann längere Unterhaltungen daraus werden, erfahre ich nichts mehr davon. Ist ja auch irgendwie sinnlos, mir eine WhatsApp-Nachricht unter die Nase zu halten, die nur aus zwei weinenden Emojis und einem Ausrufezeichen besteht, wenn ich nichts über den Zusammenhang weiß.

Manchmal bekomme ich aber mit, wie ernsthaft dieser Austausch inzwischen ist. Wie zum Beispiel, als Susie mir gerade eine witzige Geschichte über Jack, ihren Drummer, erzählt. Ihr Handy piept, und sie verstummt und greift sofort danach. Das kommt jetzt oft vor, fällt mir auf – das Handy hat oberste Priorität, nicht die Band. Und ich auch nicht.

Während sie liest, weicht das Lächeln aus ihrem Gesicht.

»Anna?«, frage ich.

»Ja.« Susie schreibt schnell eine Antwort.

»Was ist los?«

Zu meinem Erstaunen zögert Susie. »Ich würde sie erst gerne

fragen, bevor ich was darüber sage. Sie hat angefangen, mir ziemlich persönliche Sachen zu erzählen. Also keine … Einzelheiten, aber über ihre Gefühle. Und ich möchte nicht, dass sie denkt, ich quatsche mit jedem darüber.«

»Ich bin ja wohl nicht ›jeder‹«, sage ich stirnrunzelnd.

»Nein, natürlich nicht. Und ich erzähle dir auch gern alles, wenn sie damit einverstanden ist. Aber im Moment bin ich noch dabei, ihr Vertrauen zu gewinnen.«

»Klar, kein Problem«, erwidere ich. Aber eigentlich bin ich ziemlich verstimmt. Susie und ich hatten noch nie Geheimnisse voreinander.

Als wir später ins Bett gehen, frage ich, was Anna gesagt hat. Susie schaut mich verständnislos an.

»Du wolltest sie doch fragen, ob du mir von ihren Nachrichten erzählen darfst«, sage ich.

»Ach so, ja. Sie meinte, lieber noch nicht, wenn das okay ist.«

In der nächsten Woche habe ich in Soho einen Lunchtermin mit meinem Agenten. Morgens wirkt Susie ein bisschen zerstreut auf mich, aber ich führe das auf die Probleme zurück, die sie gerade mit Marlon, ihrem Gitarristen, hat. Und sie backt einen Kuchen. Schön, denke ich mir, dann gibt es Kuchen, wenn ich nach Hause komme. Und ich nehme mir vor, mich nicht von Casper, meinem Agenten, zum Dessert überreden zu lassen.

Er überredet mich allerdings zu einer zweiten Flasche Wein, weshalb ich erst gegen fünf wieder zu Hause bin. Als ich in die Küche komme – aus der es herrlich nach frischem Kuchen riecht –, bleibe ich wie angewurzelt stehen.

Anna sitzt an der Kücheninsel, eine Flasche Bier in der Hand. Susie sitzt ihr gegenüber, auch mit einem Bier. Beide sehen erschöpft aus, als hätten sie gerade ein anstrengendes Gespräch geführt.

»Was ist hier los?«, frage ich langsam.

»Anna ist auf einen kleinen Plausch vorbeigekommen«, antwortet Susie und wirft ihr einen Blick zu.

Aber der Tonfall lässt eindeutig darauf schließen, dass es nicht nur um ein bisschen Small Talk ging.

»Mit Bier?« Wenn die Mulcahys das mitbekommen, kriegen wir garantiert Ärger, denke ich mir.

»Und wie war dein Lunch?«, fragt Susie mit einem bestimmten Unterton.

»Caspar ...« Ich will gerade sagen, dass mein Agent deutlich über achtzehn ist und so viel Alkohol trinken darf, wie er will. Aber irgendetwas in Susies Augen hält mich davon ab.

»Hi, Gabe«, sagt Anna leise. Sie stellt ihr Bier ab und wirft Susie einen Blick zu. »Okay ... ich will euch nicht stören, ich geh dann mal.«

»Warte noch«, sagt Susie rasch. »Ich denke ... wenn du Gabe etwas von dem erzählen würdest, was du gerade mir anvertraut hast, wäre das sicher gut. Dann könnten wir zu dritt überlegen, was man am besten unternimmt.«

Ein langes Schweigen folgt, dann holt Anna tief Luft. »Okay. Ich versuch's.«

Sie schaut auf den Tresen. »Vor zwei Jahren habe ich Ian Mulcahy wegen sexueller Belästigung gemeldet.«

15

GABE

TROTZ meines Schocks entgeht mir die Formulierung nicht; von einer Verurteilung ist nicht die Rede.

Als wolle sie uns nur sagen, was man nachprüfen kann.

Anna holt erneut tief Luft. »Als ich zwölf war, haben die beschlossen, ich sei ›oppositionell‹. Was das auch heißen soll. Bockig wahrscheinlich. Das stimmte schon irgendwie.«

»Was in deinem Alter ganz normal ist«, wirft Susie ein.

Anna nickt dankbar. »Dann haben sie diese … Therapie entdeckt. Waren auf die Idee gekommen, dass mein *Verhalten* daher kam, dass ich adoptiert wurde. Sie glaubten, ich hätte ›Bindungsprobleme‹. Und ich hatte auch echt damals nicht das Gefühl, dass ich zur Familie gehörte, also war da vielleicht wirklich was dran.«

Sie hält einen Moment inne, spricht dann weiter. »Sie haben mich in so eine Praxis in Enfield gebracht. Der Haupttherapeut war ein dicker Amerikaner, der an irgendeinem Institut in Colorado ausgebildet worden war. Und da musste ich mich bei ihm, Mum und Ian auf den Schoß legen. Dann haben sie mich ewig gekitzelt.«

»Bitte was?«, frage ich fassungslos. »Wieso das denn?«

»Damit ich ausraste. ›Kathartische Wut‹ nannte das der Therapeut.« Anna verstummt, fährt dann fort. »Wenn ich erschöpft war, weil ich so lange geschrien und mich gewehrt hatte, musste ich zulassen, dass sie mit mir kuscheln. Und sobald ich nicht mehr lieb und artig war, fing alles wieder von vorne an.«

Ich schaue Susie entsetzt an. »Im Ernst?«

»Nennt sich ›Festhaltetherapie‹«, murmelt sie. »Hier.«

Sie reicht mir ihr iPad, und ich lese den Text, den sie bei Google gefunden hat.

Die Festhaltetherapie wurde in Evergreen, Colorado entwickelt. Zentrales Element ist, das Kind durch psychische oder physische Methoden zum kathartischen Ausdruck von Wut oder anderen Formen emotionaler Entladung anzuregen. Dazu werden eine Reihe von Zwangsmaßnahmen angewendet, darunter Festhalten, Festbinden, Brustkorbstimulation (u. a. Kitzeln, Kneifen, Klopfen mit den Fingerknöcheln) und/oder Lecken. Die Kinder werden festgehalten, mehrere Erwachsene legen sich auf sie, oder man hält ihren Kopf fest, um sie zu längerem Blickkontakt zu zwingen. Die Einheiten können von drei bis fünf Stunden dauern.

Der pseudowissenschaftliche Tonfall des Textes machte ihn umso unerträglicher.

Kinder, bei denen Bindungsstörungen festgestellt wurden, haben elterlichen Anweisungen »schnell und unverzüglich zu gehorchen« und müssen sich Mühe geben, »ihren Eltern eine Freude zu sein«. Abweichung von diesen Regeln – wie Streit anzufangen oder Pflichten nicht zu erledigen – wird als Zeichen einer Bindungs- störung gedeutet, das sofort ausgemerzt werden muss. Unter diesen Umständen ist es ein Dauerkampf, ein Kind mit Bindungs- störung großzuziehen, und diesen Kampf zu gewinnen, indem man das Kind unterwirft, ist unerlässlich.

»Großer Gott«, sage ich fassungslos. »Wie kam es dann zu deiner ›Meldung‹?«

»Das alles war natürlich total schlimm für mich«, spricht Anna weiter. »Ich musste nach diesen Sitzungen tagelang daran denken und habe immer wieder plötzlich losgeheult … Aber die haben mir gesagt, es sei eine legale Methode, um Verhalten wie meines zu behandeln. Und dann …«

Anna unterbricht sich, als müsse sie ihren ganzen Mut zusammennehmen.

»Das Kitzeln sollte auch zu Hause gemacht werden, nicht nur in diesem Zentrum. Dort konnten sie mich leicht festhalten, weil der Therapeut dabei war. Aber zu Hause … na ja, ihr habt meine Eltern ja gesehen. Ian ist nicht gerade ein Muskelpaket. Als sie mich auf den Schoß legten und kitzelten, habe ich mich wie wild gewehrt, ich konnte nicht anders. Und dabei habe ich gemerkt …«

Sie zögert und sagt dann leise: »Ich glaube, er fand das erregend. Körperlich, meine ich. Wahrscheinlich, weil er Macht über mich hatte. Und das genossen hat.« Sie verzieht das Gesicht. »So krass ekelhaft. Mir wird schon schlecht, wenn ich nur daran denke.«

Mir verschlägt es einen Moment die Sprache. »Das tut mir so leid, Anna«, sage ich schließlich. »Wie hast du … ich meine, was hast du dann getan?«

»Ich hab ewig nichts gesagt. Aber alles war eben so … falsch. Es kam mir vielleicht auch nur so vor, weil ich Ian vorher, bevor das anfing, trotzdem als meinen Vater angesehen habe, auch wenn ich ihn hasste. Aber danach wurde mir klar, dass er das nicht ist. Nicht wirklich. Dass ich nicht seine Tochter bin, sondern nur irgendein Mädchen, das in seinem Haus lebt. Und da fühlte ich mich noch verletzlicher.«

Ich höre Susie neben mir schniefen.

»Mum hat nie was davon mitgekriegt. Das hat sie denen jedenfalls so gesagt.«

»Wem?«, frage ich.

»Irgendwann hab ich mich dann doch jemandem anvertraut. Einer Lehrerin, Mrs. Roke. Sie leitete die Theater-AG.«

»Und die Lehrerin hat dich hoffentlich ernst genommen?«

Anna nickt. »Die Schule ist zwar wie ein Straflager, aber an den Jugendschutz halten sie sich. Die Polizei wurde eingeschaltet, dann der Soziale Dienst, und das Monster wurde zum Verhör abgeführt.« Sie schweigt einen Moment. »So nenne ich ihn seither: das Monster.«

»Und dann?«, frage ich weiter.

Anna zuckt hilflos mit den Schultern. »Meine Eltern haben die davon überzeugt ...« Sie beginnt zu weinen, Tränen rinnen ihr über die Wangen. »... dass ich eine notorische Lügnerin bin. Dass ich immer schon Sachen erfunden habe. Das steht wohl in irgendwelchen Unterlagen. Blödes Zeug, wie dass ich behauptet habe, meine Eltern würden einen Bentley fahren. Oder dass ich in der Schule irgendeinen Preis gewonnen hätte, obwohl das nicht stimmte. Ich weiß selbst nicht, warum ich das gemacht habe ... aber irgendwann habe ich damit aufgehört. Dachte ich jedenfalls. Aber das Monster hat darüber Protokoll geführt. Hat genau die Zeit und die Details aufgeschrieben von der ... wie heißt das gleich wieder ...«

»Konfabulation«, sagt Susie leise.

»Ja. Dieses Wort hat er benutzt. Damit es offiziell klingt.« Anna wischt sich Tränen aus dem Gesicht. »Und dabei war alles, was in diesem Protokoll stand, *konfabuliert*, und *ich* habe die Wahrheit gesagt.«

»Großer Gott«, sage ich erneut und sehe Susie an. Sie hat das zwar alles schon mal gehört, aber auch ihr rinnen Tränen über die Wangen. »Wie ging es dann weiter?«

»Zumindest hat diese Therapie aufgehört. Das Monster sah ein, dass es wohl wirklich ein Übergriff ist, ein junges Mädchen festzuhalten und so lange zu kitzeln, bis es sich fast in die Hose macht. Er hat aber immer noch behauptet, das hätte er nur auf Rat dieses Therapeuten getan. Danach ging alles weiter wie vorher. Na ja … beinahe. Er hat mich natürlich dafür gehasst, dass ich ihn verpfiffen habe, und war strenger denn je, aber so, dass er rechtlich im Rahmen blieb. Es gab Regeln für alles und Strafen, wenn die Regeln nicht eingehalten wurden. Nur dass es nicht so genannt wurde, sondern ›Grenzen‹ und ›Konsequenzen‹. Und ich hab aufgehört, mich zu beklagen. War ja ohnehin sinnlos.«

»War er jemals gewalttätig?«, frage ich behutsam.

»Mir gegenüber?« Anna schüttelt den Kopf. »Nein. Aber ich stelle mir lieber nicht vor, wie der wäre, wenn er ausrastet.«

»Und gegenüber deiner Mutter?«

»Das weiß ich nicht genau.« Anna seufzt. »Ihre Rolle bei alldem … ist echt kompliziert. Zu Anfang war sie auch für die Therapie. Hat wahrscheinlich geglaubt, ich werde dann das niedliche liebe Mädchen, das sie sich gewünscht hat. Sie kam nicht gut klar damit, dass ich älter und unabhängiger von ihr wurde. Und ich hatte auch eine echt rebellische Phase, das gebe ich zu.«

»Das geht uns doch allen so«, sagt Susie. »Und gibt deinen Eltern nicht das Recht, sich so zu verhalten.«

»Ich habe auch schon überlegt wegzulaufen«, gesteht Anna. »Einfach mein Zeug zu packen und abzuhauen. Aber wohin? Um bei den Frauenhäusern unterzukommen, muss man mindestens sechzehn sein. Und meine Eltern labern dauernd von Leistungen und Schulabschluss … Wenn ich nur noch ein paar Jahre durchstehe, können sie mich nicht mehr aufhalten. Dann habe ich das Gesetz auf meiner Seite, wenn ich von da verschwinde.«

Ein langes Schweigen entsteht. Ich bin so verstört, dass mir nichts mehr einfällt. Als Susie mutmaßte, in der Familie sei irgendetwas faul, hätte ich niemals angenommen, dass es so schlimm ist. Ich versuche mir vorzustellen, wie es sich wohl anfühlt, gegen den eigenen Willen festgehalten und gekitzelt zu werden, bis man vor Wut durchdreht ... und dann noch das Grauen zu merken, was das bei einem der Angreifer bewirkt.

»Was willst du tun?«, fragt Susie und schaut auf ihre Uhr.

»Nicht langfristig, sondern jetzt. Es ist schon ziemlich spät.«

»Könnte ich ... vielleicht bei euch übernachten?«, fragt Anna zaghaft. »Ich glaube nicht, dass ich denen heute Abend noch ins Gesicht schauen kann.«

»Natürlich.« Susie sieht mich an. »Sagst du ihnen Bescheid, Gabe?«

»Die werden alles andere als begeistert sein«, sagt Anna ängstlich.

»Das überlass ruhig mir«, erkläre ich grimmig.

Ich gehe mit meinem Handy ins Nebenzimmer. Als Mulcahy sich meldet, sage ich: »Gabe Thompson. Ich rufe Sie an, um Sie wissen zu lassen, dass Anna in Sicherheit ist. Sie ist bei uns und wird hier übernachten.«

Es dauert einen Moment, bis Mulcahy sagt: »Ich hatte doch klargestellt, dass Sie keinen Kontakt mit ihr haben dürfen.«

»Sie hat uns alles erzählt. Über die Festhaltetherapie und ... alles andere.« Ich lege eine Pause ein, damit das wirken kann. »Es war enorm schwer für Anna, darüber zu reden, und sie ist jetzt verständlicherweise sehr durcheinander. Besser, sie bleibt hier, bis sie sich wieder stabiler fühlt.«

»Und die Schule? Sie hat eine Doppelstunde Mathe morgen früh. Was *Sie* natürlich bestimmt nicht wissen.«

»Wir sorgen dafür, dass sie zur Schule geht, wenn sie sich gut genug fühlt«, erwidere ich ungeduldig. »Aber das hat jetzt wirklich nicht oberste Priorität.«

Die Verbindung bricht ab, was mir aber egal ist. Ich habe alles gesagt, was der wissen muss.

Ich gehe in die Küche zurück und nicke Susie zu, die sagt: »Ich koche uns was. Wie wäre es mit Xitt Codi? Wir haben alle Zutaten dafür im Haus.«

Anna zuckt mit den Schultern. »Ich weiß nicht mal, was das ist.«

»Ach so … ein Fisch-Curry aus Goa. Wir benutzen nur das Wort ›Curry‹ nicht mehr, weil es in Foodie-Kreisen als nicht korrekt gilt. Kolonialistische Sprache und so.«

»Ihr seid so *cool*«, sagt Anna und lächelt unter Tränen. »Meine Eltern *essen* nicht mal scharf gewürzte Speisen. Und wie man sie richtig nennt, wäre ihnen erst recht egal.«

»Wir sind wirklich nicht cool, weit entfernt davon«, erwidert Susie, als sie aufsteht. »Wir bemühen uns einfach nur, alles so gut wie möglich zu machen. Auch für dich, Anna, wenn du das möchtest.«

16

SUSIE

ALS das Essen fertig war, hatte Anna sich erholt, plauderte lebhaft mit uns und stellte Fragen über unser Leben als Musiker.

Ich erzählte ein paar Anekdoten und deutete dann auf Gabe. »Ihm Klatsch zu entlocken, wird allerdings schwerer, das sage ich dir jetzt schon. Auf Tour war er berühmt-berüchtigt dafür, jeden Abend um neun im Bett zu liegen.«

»Aber nicht immer«, protestierte Gabe. »Ich hab schon manchmal ein paar Bier an der Hotelbar getrunken.«

»Und du bist doch bestimmt auch der einzige Boygroup-Sänger der Geschichte, der die Finger von allen illegalen Substanzen gelassen hat. Nicht dass ich mich darüber beklagen will.« Ich wies auf unsere große Wohnküche. »Was andere Musiker sich in die Nase gezogen haben, hast du in Edeltapeten investiert.«

»Sind das echte Banksys?«, fragte Anna.

Ich nickte. »Gabes ganzer Stolz. Obwohl er vor allem stolz darauf ist, dass er ihn früh entdeckt hat, noch vor der Sache mit dem lebenden Elefanten in der Ausstellung.«

»Das stimmt«, sagte Gabe lächelnd. »Diese Bilder sind mehr wert, als ich mit der letzten Single meiner Band verdient habe. Aber verkaufen werde ich sie nie.«

»Kann ich vielleicht noch ein Bier haben?« Anna deutete auf das Essen. »So viel Chili bin ich nicht gewohnt …«

Ich stand auf. »Klar, warum nicht. Ich hätte daran denken sollen, es nicht so scharf zu machen.«

»Apropos illegale Substanzen«, murmelte Gabe, als ich an ihm vorbeiging.

Ich reagierte nicht darauf. Zwei Bier sind wirklich kein Thema, vor allem nicht zum Essen. Ich hatte in Annas Alter Wodka-Cola getrunken, wenn ich ausging, und das war so gut wie jeden Abend gewesen. Und nachdem Anna sich diese Last von der Seele geredet hatte, fand ich es besonders wichtig, das Vertrauen weiter zu stärken.

Trotz der grauenhaften Geschichte, die ich – zu Recht – erahnt hatte, fühlte es sich gut an, zu dritt gemeinsam zu essen und zu reden, während im Hintergrund eine entspannende Chill-out-Lounge-Compilation lief. Fast, als seien wir eine Familie.

Nach dem Essen fragte Anna, ob sie irgendwas auf Netflix gucken dürfte, was es bei ihr zu Hause nicht gab. Sie suchte sich einen furchtbar albernen Film aus, über den ihre Freundinnen zurzeit redeten, und ich setzte mich zu ihr und schaute mit.

»Oh Mann«, sagte sie nach einer Weile. »Das ist echter Schrott, oder?«

Ich lachte. »So was kann doch auch mal Spaß machen. Vor allem wenn man mit jemandem guckt, der das Gleiche denkt.«

Anna grinste, doch dann erstarb das Lächeln plötzlich. »Mir ist ganz übel.«

»Oje, liegt es an den Chilis?«, fragte ich beunruhigt.

Sie schüttelte den Kopf. »Nee, nicht solche Übelkeit. Sondern weil ich zu denen zurückmuss. Vorher, als ich keine andere Wahl hatte, musste ich das eben irgendwie durchhalten. Aber seit ich Gabe und dich kenne … und jetzt hier war … ist mir klar geworden, dass man auch als Jugendliche nicht so leben muss wie ich.«

Ich drückte ihr die Schulter. »Wir finden irgendeine Lösung, Anna. Ich weiß noch nicht, was … ich muss erst mal mit Gabe reden, der hat gute Ideen in solchen Situationen. Irgendetwas wird uns einfallen.«

»Danke«, sagte sie strahlend. Sie lehnte sich an mich, und ich legte ihr den Arm um die Schultern. Ihre Haare rochen so sehr wie meine, als ich in ihrem Alter war, dass ich es fast unheimlich fand. Auf ihrer anderen Seite kletterte Sandy, unser Hund, auf das Sofa, und Anna streichelte ihn gedankenverloren.

Lange saßen wir schweigend so da, und der grottenschlechte Film erschien mir plötzlich wie das Wunderbarste auf der Welt.

17

GABE

WAS machen wir denn jetzt?«, fragt Susie, als wir ins Bett gehen.

»Keine Ahnung«, sage ich seufzend. »Das Problem ist, dass ihre Beschuldigung von Mulcahy ja bereits untersucht und als gegenstandslos zu den Akten gelegt wurde. Wenn sie uns irgendetwas Konkreteres geben könnte, irgendeinen Beweis für ihre Aussage, könnten wir damit zur Polizei gehen. Aber ohne so was machen wir Anna nur noch mehr Probleme, fürchte ich.«

»Ich will sie nicht nach Beweisen fragen«, erwidert Susie entschieden. »Zum einen hätte sie bestimmt von sich aus darüber gesprochen, wenn es welche gäbe. Und zum anderen macht das den Eindruck, als würden wir ihr ansonsten nicht glauben. Sie soll wissen, dass man ihr in diesem Haus immer glauben wird.«

»Das verstehe ich. Heißt aber auch, dass wir kaum Handlungsspielraum haben.«

»Ich werde ihr vorschlagen, ein paar Stunden bei Rowena zu nehmen.«

Rowena ist die Therapeutin, mit der Susie die Folgen der Fehlgeburten verarbeitet hat. Anfänglich fühlte ich mich ein bisschen ausgeschlossen, weil ich gern denke, dass Susie doch alles mit mir besprechen kann. Aber als ich sah, wie sie sich veränderte, war ich nicht nur beeindruckt, sondern auch dankbar. Susie hatte mir erklärt, manchmal sei es einfacher, mit einer fremden Person über Gefühle zu sprechen, weil man dann nicht fürchten müsste, beurteilt zu werden. Diese Aussage stammte zwar wahrscheinlich von Rowena, war aber dennoch hilfreich.

»Ja, gute Idee«, sage ich. »Wir würden das auch bezahlen, vermute ich.«

Susie nickt. »Die machen ihr Taschengeld von ihrem Verhalten abhängig. Sobald sie nur einmal ihnen gegenüber die Augen verdreht, wird es halbiert.«

Ich schüttle verständnislos den Kopf. »Okay, dann können wir zumindest das für Anna tun. Aber mehr zu unternehmen, um sie da rauszuholen, ist wohl nicht möglich. Oder glauben wir, dass sie körperlich bedroht ist?«

»Du meinst, ob er so was noch mal macht?« Susie denkt einen Moment nach. »Ich bin mir nicht sicher. In ihrer Schilderung hörte es sich eher so an, als sei das nur während dieser Kitzelsitzungen passiert und als sei es ihm selbst später peinlich gewesen. Er hat das kaschiert, indem er besonders hart und schroff mit ihr war, vielleicht war er auch einfach wütend auf sich selbst. Aber wahrscheinlich besteht immer die Möglichkeit, dass er sich durch irgendetwas provoziert fühlt und ausflippt. Und wer weiß, wie das dann endet.« Sie schaudert. »Ich finde es unerträglich, dass sie so ausgesetzt ist.«

»Wie wäre es denn, wenn ich mal mit Marcus spreche?«, schlage ich vor. »Er kennt sich mit diesen Themen gut aus. Vielleicht fällt ihm was ein.« Marcus ist ein Freund von mir, der seit Jahren regelmäßig Pflegekinder aufnimmt.

»Ja, gute Idee, danke. Und, Gabe … wenn es okay für dich ist, würde ich Anna gerne sagen, dass sie bei uns übernachten kann, wann immer sie will. Ich werde ihr auch ein bisschen Geld geben. Wenn es zum Schlimmsten kommt, muss sie fliehen können.«

»Ja, natürlich. Aber … dir ist klar, dass wir damit irgendwann Probleme kriegen können, oder?«

»Ist mir bewusst, ja«, antwortet Susie langsam. »Und um ehrlich zu sein: Es wäre mir sogar lieber. Dann könnten wir das alles gemeinsam durchstehen, anstatt sie damit alleine zu lassen.«

GABE

PROBLEME, wie sich dann herausstellt, tauchen oft nicht in ferner Zukunft, sondern zeitnah auf. Genauer gesagt, um zwanzig nach sieben am nächsten Morgen, in Gestalt zweier Personen von der Polizei: einem uniformierten Constable und einer Frau in Zivil.

»Worum geht es?«, frage ich an der Tür, obwohl ich es mir natürlich denken kann.

»Hält sich bei Ihnen ein minderjähriges Mädchen namens Anna Mulcahy auf?«, fragt die Frau.

Als ich bejahe, kneift sie argwöhnisch die Augen zusammen.

Detective Constable Karen Eddo und Constable Jim Richards sind ruhig, professionell und absolut unerbittlich. Die Mulcahys haben Anna als vermisst gemeldet und uns als die Personen genannt, bei denen sie sich vermutlich aufhält. Und nun soll sie abgeholt werden.

»Aber sie ist nicht *vermisst*«, stellt Susie klar. »Die Mulcahys wussten doch, wo sie ist. Mein Mann hat sie angerufen.«

»Haben sie ihre Einwilligung gegeben?«, fragt Eddo.

»Na ja … nein«, räume ich ein. »Aber Anna ist aus freien Stücken hier, sie wollte es so. Sie ist fünfzehn, um Himmels willen, kein kleines Kind mehr.«

»Damit ist sie laut Rechtslage eine Ausreißerin«, stellt Richards klar.

Anna kommt gerade in die Küche, in einem alten Silverlink-T-Shirt, das Susie ihr geliehen hat, und fragt erschrocken: »Was ist los?«

»Du musst dich anziehen, Anna«, antwortet Eddo. »Wir bringen dich nach Hause.«

Anna runzelt die Stirn. »Ich habe aber Schule.«

»Das Gesetz schreibt vor, dass wir dich nach Hause bringen«, sagt Richards, der jetzt genervt klingt. Wahrscheinlich kann er sich Spannenderes vorstellen, als ausgerissene Jugendliche herumzuchauffieren.

»Na super«, murmelt Anna mürrisch und geht nach oben.

»Und Sie beide«, sagt Eddo zu uns, »müssen aufs Revier kommen, wo Sie eine offizielle Verwarnung wegen versuchter Kindesentführung bekommen. Was Sie bislang getan haben, zählt noch nicht als Delikt, aber wenn Sie der Verwarnung zuwiderhandeln, können Sie laut Kinderschutzgesetz wegen Kindesentführung verhaftet und angeklagt werden.«

»*Was*?«, sagt Susie. »Kindesentführung? Das ist ja wohl völlig absurd! Wir haben niemanden entführt!«

»Es könnte auch sein, dass noch eine Anklage wegen Stalking dazukommt.«

»Aber …« Susie starrt die Polizistin fassungslos an. »Aber ich bin Annas *Mutter*. Hat man Ihnen das nicht gesagt?«

»Dass Sie Ihre *leibliche* Mutter sind, ja. Die Mulcahys haben uns außerdem mitgeteilt, dass sie Ihnen den Kontakt mit Anna bis zu ihrem achtzehnten Geburtstag untersagt haben.«

»Und wo sie schon dabei waren – haben die Ihnen dann auch von dem Vorwurf der sexuellen Belästigung erzählt?«

Eddo und Richards werfen sich einen Blick zu. »Haben Sie Beweise, die Sie dafür vorlegen können?«, fragt die Polizistin dann.

»Es wurde ermittelt«, sage ich. »Das finden Sie sicher in Ihren Akten.«

»Das heißt, die Ermittlung ist abgeschlossen.«

»Ja, aber … im Sinne des Jugendschutzes …«

»Im Sinne des Jugendschutzes muss Anna zu ihren Eltern zurückgebracht werden.«

»Aber das ist doch Irrsinn!«, explodiert Susie.

»Jemand wird sich bei Ihnen melden mit einem Termin für die Verwarnung«, sagt Eddo lediglich.

Anna erscheint wieder in der Küche, angezogen und mit ihrer Schultasche über der Schulter. »Komm jetzt bitte mit, Anna«, sagt die Polizistin zu ihr.

19

GABE

ICH treffe Marcus in einem Pub in Ruislip, wo er wohnt. Wir sind schon lange befreundet; in den Nullerjahren, als Wandering Hand Trouble zu touren anfing, war die Boygroup von Marcus, Bruvs, einer unserer großen Konkurrenten. Sie lösten sich aber früher auf als wir, weil sie kommerziell nie so richtig erfolgreich wurden. Außerdem hatte Marcus damals schon zwei Kinder, und indem er und seine Frau Jassie zwei Pflegekinder zusätzlich aufnahmen, konnten sie sich erst einmal finanziell über Wasser halten. Dann merkte er aber außerdem, dass er lieber Kinder großzog, als Sänger zu sein, und lehnte die Anfrage für eine Comeback-Tour endgültig ab.

Mittlerweile haben die beiden achtzehn Kinder großgezogen, und alle sind jedes Jahr zum Weihnachtsessen eingeladen. Weihnachten ist einer der übelsten Momente für ehemalige Pflegekinder, hatte Marcus mir einmal erzählt; wenn sie neunzehn sind, kümmert der Staat sich nicht mehr um sie, und sie sind an Feiertagen häufig allein.

Wir gehen mit unserem Bier zu einem ruhigen Tisch, und ich erstatte Bericht. »Und jetzt«, sage ich am Ende, »wissen wir eben nicht, was wir als Nächstes tun sollen. Können wir uns irgendwo Beratung holen? Beim Sozialen Dienst oder so?«

Marcus reibt sich das Kinn. »Hm, eher nicht, damit hat sie bestimmt seit Jahren nichts mehr zu tun gehabt. Das ist ein schwieriges Thema. Wir werden gut bezahlt für unsere Pflege-kinder, und wenn es Probleme gibt, stehen uns Scharen von Pro-fis aller Art zur Verfügung, an die wir uns wenden können. Aber wenn man ein Kind adoptiert, bekommt man nicht nur kein Geld dafür, sondern wird quasi auch vom Staat alleingelassen. Mittler-weile gibt es für die ersten Jahre Hilfsangebote, was schon eine Verbesserung im Vergleich zu früher ist. Aber die großen Pro-bleme zeigen sich ja häufig in der Pubertät, und da gibt es dann null Unterstützung.«

»Apropos Probleme«, sage ich, »meinst du, an dem, was Annas Eltern behaupten, könnte etwas dran sein?«

»Na ja, ich kann das natürlich gar nicht beurteilen«, antwortet Marcus. »Aber ich weiß, dass etwa bei einem Viertel aller Adop-tivkinder herausforderndes Verhalten ein Thema ist. Was im Um-kehrschluss heißt, dass Adoptionen auch ganz unproblematisch verlaufen können. Häufig erledigen sich diese Probleme irgend-wann. Aber in einigen Fällen können sie sich verschlimmern – vor allem wenn nicht von Anfang an richtig damit umgegangen wurde.«

»Auf uns wirkt Anna ausgesprochen angepasst. Und sehr lie-benswürdig.«

»Das können zum Beispiel Indikatoren sein. Liebenswürdig und schnell anpassungsfähig bei Fremden, zu Hause abweisend und provozierend. Was nicht so erstaunlich ist, wenn man sich das mal richtig überlegt: Diese Kinder sind davon überzeugt, dass sie ihre neuen Eltern auch wieder verlieren werden. Die einzige Mög-lichkeit, Kontrolle über die Situation zu behalten, ist, die Eltern aktiv abzuweisen.« Marcus zuckt mit den Schultern. »Ich könnte mir vorstellen, dass jemand bei Anna – ob zutreffend oder nicht zutreffend – eine reaktive Bindungsstörung diagnostiziert hat, manchmal auch ›Adoptivkind-Syndrom‹ genannt. Das würde die Sache mit der Festhaltetherapie erklären, wenn natürlich auch nicht entschuldigen, das ist absolut inhuman. Aber es wäre denkbar, dass die Eltern deshalb auf diese Idee kamen.«

»Also kommt das wirklich häufiger vor?«, frage ich. »Ich war fassungslos, als Susie mir diesen Eintrag gezeigt hat …«

Marcus verzieht das Gesicht. »Ja, diese Methode wird leider wirklich angewendet. Allerdings gibt es hierzulande höchstens noch eine Handvoll sogenannte Therapeuten, die das praktizieren, weil inzwischen die Meinung vorherrscht, dass Kinder damit zusätzlich traumatisiert werden. Aber es gab wirklich einige Zentren, unterstützt von den USA, die behaupteten, mit dieser Methode Wunder wirken zu können. Das wollten sie dann mit pseudowissenschaftlichen Studien belegen. Und wenn Eltern wirklich verzweifelt sind … Ich hatte auch mal einen Jungen mit reaktiver Bindungsstörung. Er war neun und absolut unkontrollierbar. Sobald ich irgendetwas von ihm verlangte, war es, als hätte ich einen Schalter umgelegt. Er hat rücksichtslos Gegenstände zerstört … es hatte fast den Anschein, als wolle er mich so provozieren, dass ich ausraste und ihn schlage. Ich musste dann zuletzt wirklich das Jugendamt einschalten und ihn weggeben, um die anderen Kinder zu schützen. Wäre er ein Adoptivkind gewesen, hätte ich diese Option gar nicht gehabt. Deshalb kann ich zumindest annähernd nachvollziehen, wie jemand aus Frustration und Hilflosigkeit zu so einer absurden ›Therapie‹ Zuflucht nimmt, wenn ein Kind zu keiner liebevollen Bindung imstande ist.«

Bei Jenny Mulcahy kann ich mir eine solche Reaktion gut vorstellen. »Und diese Sache mit der Konfabulation? Könnte das auch zutreffen?«

Marcus nickt. »Annas Vater hat leider recht – das ist sowohl bei Pflegekindern als auch bei Adoptivkindern ein bekanntes Phänomen. Sie lügen aber nicht unbedingt vorsätzlich. Es ist eher so, als fülle ihr Gehirn Lücken mit einer Wunschwirklichkeit, anstatt die Realität zu begreifen. Diese Grenzen lassen sich aber natürlich leicht verwischen, vor allem durch einen pädagogischen Psychologen, der sich mit Kinderschutzberichten auskennt.«

»Wir glauben ihr«, sage ich entschieden. »Was sie uns erzählt hat ... von seiner Erregung während der Therapie – ich bin sicher, dass sich das so abgespielt hat.«

»Na ja, du hast Anna erlebt. Ich nicht.«

Marcus klingt so zweifelnd, dass ich ihn forschend ansehe. »Was ist?«

Er zögert. »Ich hatte mehrfach traumatisierte Mädchen als Pflegekinder. Manchmal können sie nicht anders, als einen sexuell herauszufordern – um eine Reaktion zu provozieren. Sie können nichts dafür, und dieses Verhalten entsteht natürlich auch durch diese massive Vertrauensstörung. Ich will damit keineswegs sagen, dass sich nicht alles so abgespielt hat, wie du es beschrieben hast. Sondern nur zu bedenken geben, dass die Situation enorm komplex ist und es schwierig sein wird herauszufinden, was sich da wirklich ereignet hat.«

»Was da auch war – er hätte es auf jeden Fall niemals zulassen dürfen«, sage ich. »Als Vater trägt er die Verantwortung.«

»Ja, das stimmt.« Marcus trinkt einen Schluck Bier. »Aber eure Position ist jetzt sehr kompliziert. Hast du schon mal den Begriff ›ghost kingdom‹ gehört?«

Ich schüttle den Kopf.

»Er wurde für das Phänomen geprägt, dass manche Adoptivkinder sich Fantasien von ihren leiblichen Eltern konstruieren. Diese Vorstellungswelt kann sehr mächtig sein, eine Art alternative Realität, in der sich diese Kinder im Geiste aufhalten, ein Fantasiereich eben.« Marcus deutet auf mich. »Und nun stell dir das mal für Anna vor. Ihre leibliche Mutter ist Sängerin, und du warst bei einer Boygroup, um Himmels willen! Und noch dazu einer erfolgreichen.«

»Ja, wir hatten schon unsere Momente. Im Gegensatz zu anderen Boygroups, wir wollen ja keine Namen nennen …«, sage ich grinsend.

»Und Susie«, fährt Marcus unbeirrt fort. »Ich hab mir ihren Insta-Account angesehen, Mann. Euer Haus … Hashtag nofilter, Hashtag livingthedream … Man kriegt den Eindruck, ihr verbringt die Hälfte eurer Zeit damit, mit den Eiern eurer eigenen Hühner Kuchen zu backen, und die andere Hälfte bei Club-Gigs in Goa und auf Ibiza.«

»Aber unser Leben ist auch nicht immer ein Zuckerschlecken«, protestiere ich.

»Schon klar – aber über ihre Myome und Fehlgeburten postet Susie auch nichts in den Social Media, oder? Von außen betrachtet, lebt ihr den Traum, mehr ›ghost kingdom‹ geht gar nicht. Das Problem mit Fantasiewelten ist aber, dass sie irgendwann mit der Realität kollidieren, und dann folgt die brutale Ernüchterung. Und das wäre für Anna womöglich noch traumatisierender – der Glaube, dass sie ihre Idealfamilie gefunden hat, nur um dann festzustellen, dass das eine Illusion ist. Oder noch ungünstiger: Sie lebt in eurer Traumwelt, und die wird ihr wieder weggenommen. Dann landet sie da, wo sie vorher war, und fühlt sich noch viel schlimmer.«

Ich bleibe einen Moment stumm. »Was machen wir also am besten?«, frage ich dann.

»Willst du eine aufrichtige Antwort?«

Als ich nicke, sagt Marcus: »Das wird euch beiden wahrscheinlich nicht gefallen, vor allem Susie nicht. Aber da die Mulcahys jetzt die Polizei eingeschaltet haben, bleibt euch keine andere Wahl, als euch rauszuhalten. Ich denke, ihr solltet den Kontakt konsequent abbrechen. Und das ist vermutlich auch das Beste für alle Beteiligten.«

VERWARNUNG MIT STRAFVORBEHALT WEGEN VERSUCHTER KINDESENTFÜHRUNG – UNTER 16

Ich habe Kenntnis davon erhalten, dass folgende Jugendliche sich kürzlich bei Ihnen aufgehalten hat und/oder dass Sie ihr nach Hause gefolgt sind.

NAME DES KINDES: ANNA MULCAHY

Ich erkläre hiermit im Namen der Erziehungsberechtigten, MR. IAN MULCAHY, MRS. JENNY MULCAHY, dass Sie keinerlei Berechtigung zum Kontakt mit der Jugendlichen haben, weder direkt noch indirekt, und dass Sie nicht befugt sind, dieser Jugendlichen bis zu ihrem sechzehnten Geburtstag den Aufenthalt in Ihrem Haus, auf Ihrem Grundstück oder generell in Ihrer Nähe zu gestatten, zu jeder Tages- und Nachtzeit.

ES IST IHNEN DESHALB GESETZLICH VERBOTEN:

- *dieser Jugendlichen Zutritt oder Aufenthalt in Ihrem Haus, Ihrer Wohnung, Ihrem Zimmer, an Ihrem Arbeitsplatz oder in anderen Räumen zu gestatten, unabhängig davon, ob Sie selbst anwesend sind oder nicht*
- *dieser Jugendlichen Zutritt oder Aufenthalt in Räumen aller Art zu gestatten, in denen Sie sich aufhalten*
- *dieser Jugendlichen Zutritt oder Aufenthalt in Fahrzeugen/Transportmitteln aller Art zu gestatten, in denen Sie sich aufhalten*
- *sich mit dieser Jugendlichen zu treffen oder sich in ihrer Nähe aufzuhalten*
- *mittels Telefon, E-Mail, Textnachricht oder anderen Kommunikationsformen mit dieser Jugendlichen Kontakt aufzunehmen, direkt oder indirekt durch andere Personen*
- *dieser Jugendlichen Lebensmittel, Getränke, Geschenke oder andere Gegenstände oder Substanzen zukommen zu lassen*

Falls diese Jugendliche sich Ihnen nähert oder mit Ihnen Kontakt aufnimmt, sind Sie dazu verpflichtet, unverzüglich:

– ihr den Zutritt zu Gebäude oder Fahrzeug zu verwehren, in dem Sie sich aufhalten, und die Jugendliche aufzufordern, sich zu entfernen, oder Gebäude oder Fahrzeug selbst zu verlassen
– das Jugendamt oder die Polizei zu verständigen, falls die Jugendliche sich weigert
– jegliche Kommunikation zu verweigern

Wird diese Verwarnung nicht befolgt und die Jugendliche wird in Ihrem Haus/auf Ihrem Grundstück/in Ihrem Fahrzeug in Ihrer Anwesenheit vorgefunden, droht Ihnen gemäß des Gesetzes zur Entziehung Minderjähriger Verhaftung und Verurteilung mit einer Höchststrafe bis zu sieben Jahren Haft. Sie sind überdies unter Umständen haftbar für andere Delikte durch die Kontaktaufnahme zu dieser Jugendlichen.

Dass Sie dieser Jugendlichen in einer Notlage Unterbringung und Verpflegung angeboten haben, wird als Begründung nicht akzeptiert. Die Eltern dieser Jugendlichen erklären hiermit, dass derlei Angebote von Ihnen nicht notwendig und unerwünscht sind.

Verwarnung ausgestellt von: 847653 EDDO
Revier: COLINDALE
Ich habe diese Verwarnung verlesen und der/den unterzeichnenden Person/-en (siehe unten) erklärt.

20

SUSIE

»DAS kann ich nicht unterschreiben«, sagte ich deprimiert, nachdem ich die Verwarnung zum x-ten Mal durchgelesen hatte. »Das kann ich einfach nicht.«

»Ich fürchte, wir haben wirklich keine andere Wahl«, wandte Gabe ein. »Marcus sagt, die Gerichte nehmen so etwas sehr ernst. Diese Maßnahmen wurden nach dem Missbrauchsskandal von Rotherham eingeführt, werden jetzt aber auch genutzt, um nicht genehmigten Kontakt zu unterbinden. Sie geben den Adoptiveltern jedes Recht, die leiblichen Eltern haben keinerlei Chance, sich dagegen zu wehren.«

»Ich habe sie einmal weggegeben, ich werde es kein weiteres Mal tun.«

Gabe zögerte. »Und die anderen Themen, die Marcus angesprochen hat? Die potenzielle Bindungsproblematik und so?«

Ich zuckte mit den Schultern. »Das ändert doch nicht wirklich etwas, oder? Selbst wenn die Mulcahys Gründe hatten, um Anna diese schreckliche ›Therapie‹ anzutun, ist damit nichts von allem zu rechtfertigen, was da passiert ist. Das Einzige, was sich ändert, ist meine Verantwortung.«

Gabe sah mich fragend an. »Was meinst du damit?«

»Wenn Anna Probleme hat, die durch die Adoption entstanden sind, ist das *meine Schuld*, nicht wahr? Ich habe sie damals weggegeben, also bin ich jetzt auch dafür verantwortlich, eine Lösung zu finden. Und ich weiß, dass es nicht fair ist, dich zu bitten, mich bei dieser Mission zu begleiten, Gabe, weil Anna nicht deine leibliche Tochter ist. Ich bitte dich dennoch darum. Und ja, es kann bedeuten, dass wir mit dem Gesetz in Konflikt kommen. Aber realistisch betrachtet – die Gerichte arbeiten so langsam, dass Anna bis zu einem Urteil vielleicht schon sechzehn ist, und dann haben wir eine neue rechtliche Situation, oder nicht?«

Gabe nickte. »Marcus hat gesagt, Sechzehnjährige seien zwar rein rechtlich immer noch minderjährig. Aber in der Praxis gesteht ihnen der Staat offenbar doch ab sechzehn das Recht zu, eigene Entscheidungen zu treffen.«

»Na, siehst du. In weniger als einem Jahr sind die Mulcahys Geschichte. Was meinst du?«

Er schwieg eine Weile, sagte dann: »Ich bin an deiner Seite. Zum Teil auch für Anna, weil keine Fünfzehnjährige solche Dinge erleben sollte. Aber hauptsächlich für dich, Suze. Bei unserer Hochzeit habe ich gelobt, dass wir unzertrennlich sind und unser Leben teilen. Und dabei bleibt es.«

Wir hatten auf Ibiza geheiratet, in einer Villa mit Blick auf die Cala Jondal. Nur an die vierzig enge Freunde, ein zauberhafter Abend mit Musik und Tanz am Strand. Aber das Schönste war ein neuer Song, den Gabe heimlich geschrieben hatte und den er an diesem Abend zum ersten Mal sang. Er wäre vielleicht ein Hit geworden, aber Gabe hat ihn nie veröffentlicht, weil er ihn zu persönlich fand, um damit Geld zu verdienen.

We're in this together
For the rest of our days
In this forever
In a thousand different ways
Susie, oh Susie
You're the best of my life …
In this together
Husband and wife.

In this together – das war mehr als eine Behauptung, es war ein Versprechen, ein Gelübde. Dass wir beide für den Rest unserer Tage vereint sein und unser Leben teilen würden, als Mann und Frau. Und dass ich das Beste und Schönste in seinem Leben sei.

Als er jetzt darauf Bezug nahm, wusste ich, dass er das sehr ernst meinte. Nach wie vor.

Sex mit Myomen … darüber wird selten gesprochen, aber das kann ziemlich schmerzhaft sein. Generell bekommt man den Rat, »alternative Methoden der Intimität« auszuprobieren, und Gabe, der Gute, hatte sich darauf immer bereitwillig eingelassen. Aber da wir ein Kind bekommen wollten, bestand diese Option nicht mehr. Wir mussten uns also etwas einfallen lassen. Als meine Gynäkologin den Einsatz von Gummiringen vorschlug, mit denen man die Tiefe des Eindringens regulieren kann, dachte ich, Gabe würde die Krise bekommen. Aber mit viel Humor, Gleitmittel und Bereitschaft auf beiden Seiten fanden wir dann Möglichkeiten.

Nicht zu rütteln war jedoch an meinem Zyklus, der für eine Frau mit Myomen recht regelmäßig war. Deshalb wussten wir zumindest, worauf wir uns einzustellen hatten, aber romantisch war es nicht, wenn die fruchtbaren Tage dann zum Pflichtprogramm wurden.

An diesem Abend war ich nicht so richtig in Stimmung, aber manchmal stellen sich trotz des Termins plötzlich von irgendwoher Gefühle ein wie Wogen an der Cala Jondal, und alles ist gut. So war es auch an diesem Abend, Lust war stärker als Schmerzen, und die Wucht meiner Liebe für Gabe überwältigte mich so, dass ich mich in seine Schultern krallte und von Kopf bis Fuß erbebte.

Danach sah er mich an und küsste zärtlich meine Stirn.

»Ich liebe dich«, flüsterte er.

Wenn wir so innig waren, schien es mir, als könnten wir gemeinsam alles schaffen.

21

GABE

ENG umschlungen schlummern wir ein. Ich sinke sofort in einen tiefen Schlaf, wie häufig nach der Liebe. Deshalb weiß ich gar nicht, ob es nachts oder morgens ist, als ich aufschrecke, weil es an der Tür klingelt.

Mühsam rapple ich mich hoch und schaue auf mein Handy. Kurz nach ein Uhr nachts. »Wer zum Teufel kann das sein?«, murmle ich.

Ich ziehe meinen Schlafanzug an und gehe nach unten. Sandy hat zu bellen angefangen, ohne seinen Schlafkorb zu verlassen, kommt aber angetappt, als ich die Tür aufschließe.

Anna steht davor, einen kleinen Rucksack über der Schulter.

»Tut mir leid«, sagt sie hastig. »Tut mir echt leid, Gabe. Aber Susie hat gesagt, ich könnte zu euch kommen, wenn es nötig ist. Und sonst kann ich nirgendwohin.«

Susie taucht im Morgenmantel neben mir auf. »Natürlich kannst du herkommen, Anna«, sagt sie beunruhigt. »Jederzeit. Was ist passiert?«

Er war in ihr Zimmer gekommen, als sie sich gerade auszog.

»Ich meine, er klopft schon an«, sagt sie unter Tränen, »aber nur einmal. Und dann wartet er nicht auf Antwort. Ich hab auch mit meinen AirPods Musik gehört – einen deiner Songs übrigens, Gabe. Jedenfalls stand ich halb nackt da, als ich ihn gesehen habe … ich hab geschrien, glaub ich.«

»Hat er sich entschuldigt?«, fragt Susie.

Anna schüttelt den Kopf. »Nee. War wütend auf mich. Sagte, er hätte genug von meinem dramatischen Getue – als hätte ich mich wegen nichts aufgeregt. Dann kam Mum rein und sagte, er solle rausgehen, und dann hat er sie auch angebrüllt. Schließlich hat er sie rausgeschoben, und nachdem beide weg waren, hab ich mich wieder angezogen. Danach konnte ich es nicht ertragen, bei denen zu bleiben. Hab mir ein paar Sachen geschnappt und die letzte U-Bahn genommen.«

»Du brauchst unbedingt ein Schloss an der Tür, Anna«, sagt Susie eindringlich. »Auf der Innenseite, damit du sicher bist. Was da bei euch abläuft, ist nicht in Ordnung.«

»Das wird dem bestimmt nicht gefallen.«

»Ich wüsste nicht, was er dagegen einwenden kann. Nicht nach diesem Vorfall.«

»Glaubst du, er hat das mit Absicht gemacht?«, frage ich.

Sie überlegt kurz. »Ich glaube nicht, dass er vorhatte, mich nackt zu sehen, wenn du das meinst. Sondern dass er mich erschrecken will. Um mir zu zeigen, dass er Macht hat und ich nicht.«

»Das ist überhaupt nicht gut«, sagt Susie kopfschüttelnd.

Anna schaut uns ängstlich an. »Ihr glaubt mir doch, oder?«

»Natürlich«, sagen wir beide gleichzeitig.

Während Susie und ich das Bett zurechtmachen, unterhalten wir uns leise.

»Du weißt aber schon, dass die Mulcahys uns sofort die Polizei auf den Hals hetzen, wenn wir ihnen Bescheid sagen, oder?«, frage ich.

Susie nickt. »Und wenn wir es nicht tun, verstoßen wir gegen die Verwarnung.«

»Das tun wir sowieso schon, indem wir ihr den Aufenthalt in unserem Haus erlauben.«

»Also, ich werde sie jetzt nicht rauswerfen. Das kommt überhaupt nicht infrage.«

»Aber wir können die Mulcahys auch nicht in dem Glauben lassen, dass Anna alleine in der Stadt unterwegs ist«, wende ich ein. »Was ist denn mit dieser App auf ihrem Handy? Verrät die ihnen nicht, wo Anna ist?«

»Sie macht ihr Handy aus, wenn sie es nicht benutzt.«

»Na ja, dann … könnte sie ihnen doch eine Nachricht schreiben, dass sie in Sicherheit ist – ohne den Ort zu nennen –, und es dann wieder ausschalten, oder nicht?«

Susie nickt. »Mehr können wir nicht tun.«

Dennoch sind wir natürlich nicht überrascht, als am nächsten Morgen ein Streifenwagen vor dem Haus hält. Es ist wieder DC Eddo, diesmal aber mit einem anderen uniformierten Constable.

»Ist Anna Mulcahy hier?«, fragt Eddo genervt, als ich die Tür aufmache.

»Nein.« *Ich belüge die Polizei*, sagt eine erstaunte Stimme in meinem Kopf. Wie konnte es dazu kommen?

DC Eddo fixiert mich scharf. »Ich muss Ihnen den Wortlaut der Verwarnung sicher nicht in Erinnerung rufen, Mr. Thompson, nachdem Sie das Dokument erst vor wenigen Tagen unterzeichnet haben. Sie sollten außerdem wissen, dass Falschaussage gegenüber der Polizei eine Straftat ist, die mit bis zu sechs Monaten Haft geahndet werden kann.«

»Das ändert nichts daran, dass Anna nicht hier ist«, erwidere ich eisern.

»Wenn Sie das sagen …« Eddo blickt am Haus hoch, nickt dann dem Constable zu. Die beiden gehen zum Streifenwagen zurück, ich schließe die Tür, lehne mich dagegen und atme tief durch, weil mein Herz rast.

»Gut gemacht«, sagt Susie leise.

Ich atme wieder aus. »Wo ist sie?«

»Im oberen Gästezimmer. Ich habe ihr gesagt, sie soll sich versteckt halten, bis die weg sind.«

Durchs Küchenfenster sehen wir zu, wie der Streifenwagen rasch wendet und davonfährt. Ich befürchte allerdings, dass es nicht lange dauern wird, bis er zurückkehrt.

22

ANNA

ALS die Polizei weg ist, gibt es ein tolles Bauernfrühstück mit Eiern von eigenen Hühnern, Tomaten und Chorizo, im Aga-Herd überbacken. Das ist ein spanisches Rezept – sie haben einen Freund mit einem Haus auf Ibiza, wo sie jedes Jahr hinfahren.

Dann müssen die beiden in die City zu einer großen Konferenz von Plattenfirmen, wo Silverlink einen Auftritt hat.

»Bei Showcase-Festivals tritt man nur für Leute aus der Musikbranche auf«, erklärt Susie. »Es sind Manager von Plattenlabels da, und Gabe wird uns ein paar Leuten von seinem früheren Label vorstellen. Ich würde viel lieber hier bei dir bleiben, aber dann würde ich meine Band im Stich lassen.«

»Nee, du musst natürlich hingehen«, sage ich, aber da kommt mir eine Idee. »Könnte ich vielleicht trotzdem noch eine Weile hierbleiben? Ich muss heute einen Aufsatz einreichen, und ich hab meine Hausaufgaben alle auf Google Docs. Wenn ich mich irgendwo einloggen kann, dann kann ich den zu Ende schreiben.«

»Warum nicht.« Susie schaut Gabe abwartend an. Das macht sie öfter, ist mir aufgefallen. Nach außen hin ist sie diese starke, unabhängige Frau. Aber sie braucht sein Okay für ihre Entscheidungen.

»Ja, natürlich«, sagt er. »Du kannst den Computer in meinem Arbeitszimmer benutzen. Die Haustür kannst du einfach hinter dir zuziehen, wenn du gehst.«

»Aber falls du um die Mittagszeit noch hier bist«, fügt Susie hinzu, »könntest du Sandy vielleicht zum Pinkeln rauslassen?«

»Klar. Ich kann auch mit ihm eine Runde spazieren gehen, wenn ihr wollt.«

»Das wäre super«, sagt Susie, und wir lächeln uns an. Ich spüre, dass wir beide das Gleiche denken: *Wir verstehen uns so gut. Wäre es nicht schön, wenn unser Leben jeden Tag so wäre?*

Nachdem die beiden gegangen sind, genieße ich eine Weile die Ruhe in dem riesigen Haus. Es ist so cool eingerichtet, und aus jedem Fenster hat man die reinste Fotoaussicht. Sogar die Küche ist der Hammer. Der Wasserkessel ist so ein wuchtiges Edelstahlteil, das nur in Kombi mit dem Aga-Herd funktioniert. Es gibt eine Kaffeemaschine, die auf Knopfdruck die Bohnen mahlt, und der Toaster könnte auch in einer Profiküche stehen.

Beide kochen gerne exotische Gerichte von ihren Reisen. Da kommen keine Backkartoffeln und Würstcheneintopf auf den Tisch wie bei uns zu Hause.

Stell dir mal vor, du könntest hier leben, denke ich. Dann wäre das hier mein Zuhause.

Ich gehe nach oben, um meine Sachen zu holen. Die Tür zum Schlafzimmer der beiden steht offen, und ich spähe hinein. Ein großes Pfostenbett mit einer bunten indischen Tagesdecke. Lautsprecher auf Ständern – die beiden hören überall Musik, mit einem System, das einem von Raum zu Raum folgt. Die Bands kenne ich nicht, aber es klingt alles toll.

Auf dem Nachttisch steht eine Flasche Gleitgel, als sei das so selbstverständlich wie die exklusiven Kosmetika, die ich in dem En-suite-Badezimmer sehe. Gabe und Susie gehen so locker mit körperlicher Nähe um – fast als seien sie aus meiner Generation und nicht aus der meiner Eltern. Und man merkt sofort, wie sehr die beiden sich lieben.

Irgendwie kriege ich plötzlich ein schlechtes Gewissen, weil ich in ihren intimen Räumen bin, und gehe nach unten in das kleine Studio von Gabe. Da stehen einige akustische Gitarren – auch eine zwölfsaitige – auf Ständern, und auf einem rustikalen alten Holztisch schimmert ein Mac, einer von den großen, bei denen die gesamte Elektronik im Bildschirm integriert ist. Das ist der, den ich benutzen kann, hat Gabe gesagt.

Ich rufe mir meinen Text auf, arbeite aber nicht daran. Es kommt mir vor, als beobachte ich mich durch eine Kamera dabei, wie ich an diesem perfekten Tisch in diesem coolen Haus sitze – eine Filmszene.

Dann muss ich daran denken, was mir bevorsteht – Nachsitzen, weil ich einen halben Schultag versäumt habe, vermutlich ein Bußgeld wegen Schuleschwänzen, Rückkehr in die Höhle des Monsters, wo mich irgendwelche Strafen oder *Konsequenzen* erwarten –, und ich breche in Tränen aus.

23

SUSIE

DER Auftritt beim Showcase-Festival lief super. Normalerweise wäre ich nach einem solchen Event so aufgedreht, dass ich vorgeschlagen hätte, mit allen in ein Pub zu gehen. Aber es irritierte mich, dass ich nichts von Anna hörte. Ich musste mich zwingen, ihr nicht zu schreiben, wie es ihr jetzt bei ihren Eltern erging. Aber ich wollte auch nicht wie eine ängstliche Glucke rüberkommen.

Als wir zu Hause die Tür aufschlossen, hörten wir Musik, und im ersten Moment dachte ich, Anna hätte vergessen, sie auszuschalten. Aber es roch auch nach Essen.

In der Küche köchelte auf dem Aga etwas, das Hackfleischsoße zu sein schien. Auf der Arbeitsfläche lagen leere Tomatendosen und eine Tube Knoblauchpaste. Anna stand mit dem Rücken zu uns am Herd.

»Was ist denn hier los?«, fragte Gabe. Sie hatte die Musik laut aufgedreht und hatte uns wohl nicht hereinkommen gehört. Als sie herumfuhr, hatte sie ein breites Lächeln auf dem Gesicht. Den leicht gereizten Unterton in Gabes Stimme – der vielleicht einfach nur müde war – schien sie nicht bemerkt zu haben.

»Ich hab Abendessen für uns gemacht. Spaghetti Bolognese.« Stolz zeigte sie auf eine Packung Pasta vom Discounter. »Ich tu die gleich ins Wasser. In zehn Minuten gibt's Essen.«

Gabe, der unsere Pasta mit einer Nudelmaschine selbst macht, blieb stumm.

»Das ist lieb von dir, Anna«, sagte ich rasch. »Wir sind beide erschöpft, nicht selbst kochen zu müssen, ist ein echtes Geschenk.«

Anna strahlte. »Das hatte ich mir eben gedacht. Und ich war mit Sandy draußen, wie ihr gesagt habt.«

»Wo hast du die Zutaten eingekauft, Anna?«, fragte Gabe jetzt.

»Ach so … in Chesham. In diesen Läden bei der U-Bahn-Station.«

»Hat dich dort jemand gesehen?«

Sie überlegte. »Also, niemand Besonderes. Die Polizei jedenfalls nicht, falls du das meinst.«

»Ja, das meine ich.« Gabe sah mich an. »Sie hier übernachten zu lassen, ist schon ein großes Risiko. Aber wenn sie in den Läden unterwegs ist, wird sie über kurz oder lang bemerkt werden. Und dann steht die Polizei wieder vor der Tür – diesmal mit einem Haftbefehl.«

»Wir sind doch gerade alle hier Justizflüchtlinge, oder?«, sagte Anna unbekümmert. »Gemeinsam sind wir stark.«

Gabe holte tief Luft. »Es ist so, Anna … Susie und ich können es uns absolut nicht erlauben, mit der Polizei in Konflikt zu kommen. Ganz besonders nicht im Zusammenhang mit einem Kind.«

Sie sah ihn fragend an. »Warum?«

Gabe ging zum Kühlschrank und nahm eine Flasche Wein heraus. Dann stellte er an den Sonos die Musik leiser.

»Also, zum einen«, sagte er dann, »weil es unsere Chancen für eine Adoption ruinieren würde.«

Anna starrte ihn fassungslos an. »Ihr denkt an *Adoption*?« Ihre Stimme zitterte ein bisschen.

Gabe zuckte mit den Schultern. »Nicht direkt. Wir hoffen immer noch, dass wir ein eigenes Kind bekommen können. Aber du weißt ja, dass es da eine Problematik gibt, deshalb wollen wir nichts ausschließen. Und nach einer Verurteilung wegen eines Delikts im Zusammenhang mit einem Kind würde uns keine

Adoptionsvermittlung mehr in ihre Kartei aufnehmen. Das gehört zu deren Statuten.« Er warf mir einen Blick zu. »Tut mir leid, daran hatte ich gestern nicht gedacht, als wir darüber gesprochen haben. Fiel mir erst jetzt gerade ein.«

»Aber …«, begann Anna stirnrunzelnd, und ich hoffte inständig, dass sie nicht weitersprechen würde.

»Ich weiß, das ist sicher nicht einfach«, fügte Gabe hinzu. »Uns über Adoption sprechen zu hören. Aber damals waren die Umstände ganz anders. Susie und ich kannten uns noch gar nicht, als sie dich weggegeben hat.«

Annas Miene verfinsterte sich noch mehr.

»Ich habe Myome«, sagte ich rasch. »Gutartige Tumore in der Gebärmutter. Ich habe sie schon mal wegoperieren lassen, sie sind aber nachgewachsen. Es ist nicht klar, ob sie die Fruchtbarkeit beeinträchtigen, vielleicht habe ich auch einfach nur Pech gehabt, aber … ich hatte fünf Fehlgeburten.«

»Das tut mir total leid, Susie«, sagte Anna und sah Gabe an. »Ich verstehe. Morgen früh verschwinde ich sofort von hier.«

Die Verletztheit in ihrem Blick brach mir fast das Herz. Ich musste mich wahnsinnig zusammenreißen, um sie nicht in die Arme zu nehmen und ihr zu sagen, dass wir es gar nicht so meinten.

»Danke«, erwiderte Gabe.

»Lasst uns die Spaghetti aufsetzen, ja?«, sagte ich leichthin. »Ich bin schon sehr gespannt auf deine Soße, Anna.«

Nach dieser Szene verlief das Abendessen eher schweigsam. Danach fragte Anna, ob sie Songs aus dem Showcase hören könne. Gabe holte eine Gitarre, und ich sang ein paar Verse.

»Oh mein Gott, ihr seid ja *unglaublich* zusammen«, sagte sie und schaute zwischen uns beiden hin und her. Gabe zuckte bescheiden mit den Schultern.

Sie fragte, ob er ihr ein paar Akkorde zeigen könne, und er brachte ihr C-Dur, D-Dur, e-Moll und G-Dur bei, eine einfache Akkordfolge. Dann holte er eine zweite Gitarre und begleitete sie in ihrem Tempo, damit es gut für sie klang.

Er versuchte, sie ein bisschen zu trösten, weil sie nicht hierbleiben konnte, merkte ich. Eine liebe Geste.

Ich ging in die Küche und räumte die Spülmaschine ein. Als ich gerade nach einem Leckerli für Sandy suchte, damit er nicht die schmutzigen Teller ableckte, kam Anna herein.

»Hey«, sagte sie. »Tut mir so leid wegen deiner Fehlgeburten, Susie.«

»Danke.«

Sie zögerte. »Als Gabe sagte, ihr denkt über Adoption nach ... in dem Brief von der Sozialarbeiterin stand ja so einiges über dich drin. Könnte das nicht auch ein Problem werden?«

Sie weiß alles. Ich versuchte mir nichts anmerken zu lassen, während ich mit dem Geschirr weitermachte. »Doch, ja.«

Ich spürte, dass sie mich forschend ansah. »Weiß Gabe davon?«

»Das eine oder andere«, log ich. »Nicht alle Details. Hör mal, Anna ... ich habe kein Recht, dich darum zu bitten, weil das eigentlich eine Sache zwischen Gabe und mir ist. Aber trotzdem ... könntest du ihm vorerst nichts davon sagen, bitte? Das ist alles noch immer sehr schmerzhaft für mich, und ich möchte mich zurzeit lieber nicht damit beschäftigen.«

Sie sah mich mit großen Augen an. »Na klar. Ich sage kein Wort davon. Das bleibt unter uns.« Sie nickte eifrig, sichtlich erfreut, dass ich ihr etwas so Intimes anvertraute.

24

SUSIE

ICH war gerade im Badezimmer beim Abschminken, als Gabe hereinkam und sich auf den Wannenrand setzte.

»Hoffentlich war ich nicht zu hart mit ihr vorhin«, sagte er. »Ich war nur so überrascht, dass sie noch immer hier war. Mir ist schon klar, dass sie es gut gemeint hat.«

Ich lächelte ihm im Spiegel zu. »War alles okay. Und danke, dass du ihr die Akkorde beigebracht hast.«

»Ja …« Er sah beunruhigt aus. »Darüber wollte ich mit dir reden. Als ich ihr die Akkorde gezeigt habe … du hast es ja gesehen, ich stand hinter ihr und platzierte ihre Finger an die richtigen Stellen …«

Ich nickte. »Ja, klar.«

»Während du mit dem Geschirr beschäftigt warst, habe ich ihr noch weitere beigebracht. Und als ich ihr A-Dur gezeigt habe, hat sie sich … irgendwie an mich gedrückt.«

»In welcher Weise?«, fragte ich stirnrunzelnd.

»Es war nur eine winzige Berührung, könnte auch zufällig gewesen sein. Aber das glaube ich nicht. Es war einfach so ein unnötiger Kontakt zwischen ihrem Rücken und meinem Brustkorb. Und … vielleicht ist die Vermutung falsch, aber ich sehe das im Zusammenhang damit, dass ich ihr gesagt habe, sie könne nicht hierbleiben.«

»Großer Gott«, sagte ich verstört und atmete aus. »Das habe

ich aber mal irgendwo gelesen … im Zusammenhang mit Missbrauch. Dass Mädchen dann unbewusst glauben, Intimitäten seien die einzige Art, mit Männern umzugehen. Was noch mehr darauf hinweist, dass wir sie aus dieser Familie rauskriegen müssen.«

»Marcus hat so etwas Ähnliches gesagt«, erwiderte Gabe. »Aber ich wüsste nicht, wie wir Anna von den Mulcahys wegholen könnten. Heute haben wir ja erlebt, dass wir sie nicht einfach verstecken können. Und was ist mit der Schule? Wir wissen ja, dass Anna sie unerträglich findet, können aber nicht dulden, dass sie Schule schwänzt.«

»Vielleicht sollten wir mal mit einem Anwalt reden«, schlug ich vor. »Um zu hören, ob wir trotz dieser Verwarnung noch irgendwelche Möglichkeiten haben.«

Gabe nickte und stand auf. »Ich schau mal, ob die Kanzlei, die unseren Hauskauf geregelt hat, jemanden hat, der sich mit so etwas auskennt.«

»Und … Gabe?«

Er drehte sich um.

»Was du vorhin sagtest … dass Adoption auch noch eine Möglichkeit wäre …« Ich holte tief Luft. »Ich bin mir nicht sicher, ob ich dazu imstande wäre. Also, ein Kind zu adoptieren, meine ich.«

»Oh.« Er schwieg einen Moment. »Aber du hast doch immer gesagt …«

»Ich weiß. Aber seit ich Anna kenne, hat sich da etwas verändert. Wenn wir ein Kind adoptieren würden, müsste ich, glaube ich, immer an die leibliche Mutter denken und würde mich fragen, ob sie auch so leidet wie ich. Keine gute Vorstellung.«

»Okay«, sagte er gedehnt. »Heißt das, du wärst einverstanden damit, verhaftet zu werden, weil wir gegen die Verwarnung verstoßen?«

»Ich weiß nicht … wahrscheinlich schon, wenn es Anna irgendwie hilft. Aber nicht, wenn die Polizei sie einfach wieder mit-

nimmt. Ich würde sagen: Lassen wir uns erst mal juristisch bera-
ten. Dann wissen wir, wo wir stehen.«

Gabe nickte. »So machen wir's. Und, unser Abend heute?«

»Na klar«, antwortete ich munter. Die fruchtbaren Tage zu versäumen, kam nicht infrage, auch wenn wir beide erledigt waren.

Gabe ging ins Schlafzimmer, und ich schminkte mich weiter
ab. Als ich mich selbst im Spiegel anschaute, wurde mir leicht übel
bei dem Gedanken, wie einfach es war, Gabe zu belügen.

25

GABE

AM nächsten Morgen bricht Anna – ziemlich widerstrebend – zur Schule auf. Susie fährt zur Bandprobe, und ich verziehe mich ins Studio und spiele mit ein paar Ideen herum. Wie so oft vergeht die Zeit dabei wie im Fluge, und ich merke überrascht, dass schon Mittag ist, als Susie mir durch die Scheibe zuwinkt.

Ich spiele ihr vor, was ich bisher habe, und sie nickt. »Total schön.«

»Könnte was für Silverlink sein, denke ich mir. Ich habe ja lange nichts mehr für euch geschrieben.«

»Das wäre super«, sagt sie, wirkt aber abgelenkt. »Gabe … mir ist vielleicht etwas eingefallen, wie wir Anna von den Mulcahys wegkriegen könnten. Aber ich sage schon mal vorab: Es wäre ein ziemlicher Aufwand.«

»Was denn?«

»Wir könnten sie auf meine frühere Schule schicken, Jordans. Ins Internat.«

»Woah … das ist wirklich eine große Sache.« Ich versuche, das zu verarbeiten. »Und wir würden die Gebühren bezahlen, oder wie?«

»Ja. Ist nicht billig, aber es gibt dort ein großartiges Angebot für Darstellende Künste. Und das ganze Ethos ist komplett anders als bei dieser grässlichen Zuchtanstalt, wo sie jetzt ist. Und das Beste: Jordans hat auch eine Exzellenzauszeichnung von allen möglichen Qualitätssicherungsgremien, auch akademisch. Gegen so ein großartiges Angebot könnten die Mulcahys doch wohl kaum etwas einzuwenden haben.« Susie tritt zu meinem Computer, auf dem ich komponiere. »Schau's dir mal an.«

Auf der Website der Schule sieht man Fotos von Farmgebäuden, Töpfereien, einer Bücherei für Kunsthandwerk und einem eindrucksvollen Theater in einer umgebauten Scheune. Überall sind Mädchen in langen wehenden Röcken und Jungen in Jeans und Polohemden unterwegs. Ich muss zugeben, dass es sehr idyllisch wirkt.

Ich lese die Texte.

Jordans wurde 1910 gegründet als Alternative zu anderen öffentlichen Schulen jener Zeit, in denen meist bedingungsloser Gehorsam und Konformismus verlangt wurden. Jordans dagegen förderte schon damals unabhängiges Denken, Idealismus und Selbstvertrauen …

Ich klicke auf *Stundenplan*.

Der Unterricht beginnt um 9.45 Uhr. Der Tagesrhythmus Jugendlicher unterscheidet sich von dem Erwachsener insofern, als die letzte Schlafphase am wichtigsten für erfolgreiche Lernprozesse ist. Wir möchten lieber warten, bis das Gehirn unserer Schüler*innen besonders aufnahmefähig ist, anstatt ihnen einen Erwachsenenzeitplan aufzudrücken …

»Wow«, murmle ich und schaue, was sich unter *Aktivitäten* findet.

Es gibt täglich drei Zeiträume für Aktivitäten. In diesen Einheiten wird erwartet, dass die Schüler*innen sich selbstständige Aktivitäten zu den drei Schwerpunkten »Kopf, Hand, Herz« organisieren.

Zweimal wöchentlich findet eine Schulversammlung statt, an deren Ende alle Schüler*innen allen Anwesenden des Kollegiums die Hand geben und sie dabei mit ihrem Vornamen ansprechen. Damit fördern wir das Gemeinschaftsgefühl, gemäß unserem Motto ›Schule mit Herz‹.

»Okay«, sage ich und lehne mich zurück. »Das macht wirklich einen super Eindruck. Da würde ich am liebsten selbst wieder zur Schule gehen. Wie sind die Gebühren?«

»Stehen auf der nächsten Seite.«

Ich klicke weiter, und mir klappt die Kinnlade herunter. Die Schule verlangt 38 900 Pfund pro Jahr. Ich stelle eine schnelle Rechnung an. Wenn Anna dort die Oberstufe absolvieren soll, kostet uns das 120 000 Pfund brutto.

»Und was ist mit Ferien?«, frage ich. »Da müsste sie doch dann herkommen.«

»Da sind jede Menge ausländische Kinder. Schon zu meiner Zeit sind viele in den Ferien dortgeblieben.«

Was dann aber garantiert noch mehr kosten würde.

»Suze …«, sage ich hilflos. »Ich meine … wir stehen finanziell gut da, aber wir haben trotzdem eine Kaution abzubezahlen. Und so viel Geld haben wir noch nie für etwas ausgegeben.«

»Wir könnten dieses Haus doch verkaufen«, sagt sie leise. »Sechs Schlafzimmer brauchen wir schließlich nicht, oder? Und der Urlaub in Goa und so … mir wäre es lieber zu wissen, dass Anna gut untergebracht ist.«

»Ja, natürlich.«

Über die möglichen Folgen dieser Wiedervereinigung von Susie und Anna habe ich offenbar noch nicht richtig nachgedacht. Anfänglich glaubte ich, sie würden sich anfreunden, vielleicht sogar eine Beziehung zueinander entwickeln. Darauf war ich innerlich vorbereitet, wenn auch besorgt bei der Vorstellung, wie Susie das alles emotional verkraften würde. Aber ich hätte nie vermutet, dass sie schließlich ihr gesamtes Leben auf Anna ausrichten würde.

Und nicht nur ihr eigenes, sondern auch meines.

Ich schaue mich in meinem kleinen Studio um, in dem ich alles selbst eingebaut habe. Zugegebenermaßen hatte das alles so viel wie zwei Jahre Jordans gekostet. Aber hier verdiene ich auch mein Geld.

Natürlich war Susie selbst auf dieser Schule – im Gegensatz zu mir, ich war auf einer ganz gewöhnlichen staatlichen. Für Susie ist Jordans nichts Außergewöhnliches, das einer kleinen privilegierten Minderheit vorbehalten ist, sondern etwas ganz Normales.

Sie schaut mich an, und ich weiß, was sie denkt: *Gerade hast du noch gesagt, wir seien in allem vereint.*

»Lass mich mal überlegen«, sage ich. »Vielleicht gibt es noch einen anderen Weg. Ich könnte zum Beispiel die Banksys verkaufen.«

»Danke«, sagt Susie, und ich merke, dass ich gehofft hatte, die Antwort wäre *Nein, das kann ich nicht von dir verlangen.*

26

GABE

AN diesem Nachmittag unterhalte ich mich mit einem Anwalt für Familienrecht. Er bestätigt unsere Befürchtung – dass wir in Bezug auf Anna nicht nur keinerlei Rechte haben, sondern auch null Möglichkeit, welche zu bekommen. Wir könnten beim Jugendamt einen Verdacht auf Kindeswohlgefährdung melden, aber bevor die Anna aus der Familie nehmen würden, bräuchten sie konkretere Hinweise. Und selbst dann würde sie lediglich in einer Kindernotaufnahme oder einem Heim für Jugendliche landen. »Und das ist für Jugendliche meist gar nicht von Vorteil«, sagt der Anwalt warnend. »Da ist das Mädchen bei ihren jetzigen Eltern sicher noch besser aufgehoben. Und was die Verwarnung angeht: Ganz gewiss würde ich keinem Klienten von mir raten, dagegen zu verstoßen, wenn es nicht massive Gründe gibt.«

Ich übermittle Susie die unerfreulichen Neuigkeiten. Stumm schiebt sie mir ihr Handy hin. Auf dem Display eine Nachricht von Anna.

Bin zu Hause. Nur Stress hier. Alles Scheiße

Und ich sehe unwillkürlich auch die Antwort, die Susie nur wenige Sekunden später geschrieben hat:

Tut mir so leid. Ich denk an dich. Sind immer für dich da, wenn du uns brauchst. Xx

Um sieben Uhr abends klingelt es an der Tür.

Wir schauen uns an, und Susie sagt leise: »Das ist sie vielleicht.«

Ich öffne. Doch diesmal steht nicht Anna davor, sondern Ian Mulcahy.

»Ich gebe Ihnen noch eine allerletzte Chance«, sagt er wütend. »Eine letzte Chance, bevor Sie wegen Kindesentführung festgenommen werden.«

Ich verschränke die Arme vor der Brust. »Ich weiß nicht, wovon Sie reden.«

Er lacht erbost. »Seien Sie doch nicht albern. Glauben Sie etwa, Anna hätte sich nicht damit gebrüstet? Sie war die letzten beiden Nächte hier bei Ihnen. Ich weiß, dass Sie ihr Alkohol gegeben und sie hier allein gelassen haben, während Sie bei irgendeinem Rockkonzert waren.« Er zieht ein gefaltetes Papier aus der Tasche und wedelt damit vor meiner Nase herum. »Ich habe ein Bußgeld von der Schule bekommen, die hat eine Null-Toleranz-Regelung bei Schwänzen. Deshalb wollte ich Ihnen nur mitteilen: Was Anna jetzt durchmachen muss, ist einzig und allein Ihre Schuld.«

»Was meinen Sie damit?«, frage ich langsam.

Er sieht beinahe schadenfroh aus. »Konsequenzen sind wichtig, nicht wahr? Das gilt auch für Sie. Wissen Sie, Anna kann ich eigentlich nicht mal Vorwürfe machen, sie ist ein junges Mädchen, dem der Kopf verdreht wurde … von alldem hier.« Er weist auf unser Haus. »Aber da ich Sie nicht bestrafen kann, wird sie für alle drei leiden müssen, bis Sie beide Vernunft annehmen.«

Ich muss mich mühsam beherrschen, um den Kerl nicht zu würgen. »Was reden Sie da? Was meinen Sie mit ›leiden‹?«

»Sie hat an der Innenseite ihrer Zimmertür einen Riegel angebracht. Auf einen Rat Ihrer Frau hin, wie ich gehört habe. Nun, so etwas dulde ich in meinem Haus nicht. Deshalb habe ich meinerseits einen an der Außenseite anmontiert. Die Tür bleibt verschlossen, bis Anna am Montag zur Schule gehen muss.«

»Das können Sie nicht machen«, erwidere ich aufgebracht.

»Sie werden feststellen, dass ich das sehr wohl kann. Es handelt sich um eine rechtlich legitimierte Maßnahme, die Erziehungsberechtigte anwenden können, wenn sie es für notwendig halten. Sie ist schließlich eine Ausreißerin, haben Sie das vergessen?«

Susie steht hinter mir und hört zu. Ich treffe eine schnelle Entscheidung. »Mr. Mulcahy … Sie sehen doch bestimmt auch, dass das alles so nicht funktioniert. Früher oder später macht einer von uns irgendetwas, das dann bereut wird. Wir sind zu der Ansicht gekommen, dass Anna auf einem Internat am besten aufgehoben wäre, zum Beispiel in Jordans, wo meine Frau selbst zur Schule gegangen ist. Wir würden das natürlich bezahlen. Wenn Sie sich das in Ruhe überlegen, kommen Sie bestimmt zum gleichen Schluss. Auf diese Weise wären Sie und Ihre Familie entlastet, und Anna bekäme eine großartige Schulausbildung. Wir halten das für die einzige Möglichkeit, damit alle Beteiligten unversehrt aus dieser schwierigen Lage hervorgehen.«

»*Jordans*?«, wiederholt er ungläubig. »Diese Friede-Freude-Eierkuchen-Institution in Devon, wo man seinen Lehrer Bob nennt?«

»Es gibt da ein hervorragendes Angebot im künstlerischen Bereich …«

»Anna geht bereits auf eine hervorragende Schule, besten Dank auch. Ich würde Geld darauf verwetten, dass dabei bessere Leistungen herauskommen als in *Jordans*.«

»Das kommt wohl ganz darauf an, wie man ›Leistung‹ definiert, nicht wahr?«, sagt Susie hinter mir. »Bei Jordans endet man nicht als kleiner Roboter.«

»Und bei Northall nicht als drogensüchtige Hure«, versetzt Mulcahy.

Ich höre Susie hinter mir keuchen.

»*Was?*«, sage ich wütend.

Er zeigt auf Susie. »Fragen Sie Ihre Frau.«

Ich kann nicht anders. Ich trete vor und schlage ihm mit der Faust ins Gesicht.

Mulcahy zeigt mich an.

Es stellt sich heraus, dass er das Gespräch mit seinem Handy aufgenommen hat. Das erfahren wir aber erst später. Nach Krankenwagen und Polizei und Ausflug – für mich – aufs Revier.

Zum Glück sage ich bei allem nur die Wahrheit. Meine Schilderung der Auseinandersetzung deckt sich exakt mit seiner, deshalb komme ich mit einer polizeilichen Verwarnung wegen Körperverletzung davon.

Ich berichte der Polizei natürlich von der verriegelten Zimmertür. Der Sergeant, der mich verhört, zuckt nur mit den Schultern und sagt, Mulcahy hätte recht, das sei kein Gesetzesverstoß. Lediglich Brandgefahr könnte dabei als problematisch angesehen werden. Der Mann denkt eindeutig, ich versuche nur von meiner eigenen Schuld abzulenken. Auf der Handyaufnahme ist ja zu hören, dass ich weder verleugne, Anna Biertrinken erlaubt zu haben, noch sie allein im Haus gelassen zu haben, obwohl sie hätte zur Schule gehen müssen.

Unser Verstoß gegen die Verwarnung wegen Kindesentführung wird der zuständigen Strafverfolgungsbehörde zugeleitet, informiert er mich.

Als ich nach Hause komme, ist es schon spät, und ich bin völlig erledigt – nicht nur wegen des ungewohnten Gefühls, wie ein Krimineller behandelt zu werden, sondern auch, weil wir trotz allem immer noch keine Lösung haben. Die Mulcahys werden nicht einwilligen, dass wir Anna auf ein Internat schicken. Und Susie … ich glaube kaum, dass sie aufgeben wird. Bei den vielen wundervollen

Eigenschaften, die ich an ihr liebe, gehören Furchtlosigkeit und Gerechtigkeitssinn zu den stärksten. Wenn Susie ein Ziel hat, lässt sie sich von nichts beirren.

Wobei mir zusehends klar wird, dass es hier nicht nur um Gerechtigkeit geht, sondern auch um ein Motiv aus Susies tiefstem Inneren. Das hatte ich bisher nicht klar erkannt. Wir hatten natürlich darüber gesprochen; dennoch war mir nicht bewusst gewesen, wie sehr sie sich vorwirft, ihre Tochter weggegeben zu haben.

Und ich kann nach wie vor nicht einschätzen, wozu Susie bereit ist, um diese noch immer schmerzende Wunde zu heilen.

Ich gehe in die Küche. Susie hat eine Flasche Wein aufgemacht und erwartet mich.

»Mein Held«, sagt sie sanft.

»Ich bin ein Vollidiot«, sage ich knapp. »Ich hätte mich nicht dazu hinreißen lassen dürfen. Jetzt habe ich uns ins Unrecht gesetzt und alles noch verschlimmert.«

»Du bist trotzdem mein Held.« Aber sie wirkt seltsam abwesend. Als sie Essen auf den Tisch stellt, das sie warm gehalten hat, und ich frage, warum sie nicht mitisst, sagt Susie, sie hätte keinen Hunger. Und ich habe das intensive Gefühl, dass sie jetzt am liebsten dreißig Kilometer entfernt in einem verriegelten Zimmer wäre und ein verängstigtes junges Mädchen trösten würde.

27

GABE

AM nächsten Morgen gehe ich ins Studio und versuche, mich mit Arbeit abzulenken. Der Song, an dem ich zurzeit arbeite, ist fast fertig, muss aber an den Text angepasst werden, und an dem will ich noch basteln.

Ich schreibe immer über das, was mich gerade beschäftigt. Also handelt der Text von Anna und Susie.

Die meisten Menschen würden wahrscheinlich glauben, dass es in dem Song um unerwiderte Liebe geht. Doch wer genau hinhört, wird merken, dass er nicht von einer Person handelt, deren Liebe nicht erhört wird, sondern von jemandem, der – ohne eigenes Zutun – unerreichbar ist.

Weil ich aber ein unerschütterlicher Optimist bin, gebe ich meinem Publikum Hoffnung. Und das sind auch meine Lieblingstexte: Songs, in denen Traurigkeit und Freude sich die Waage halten.

Some day
The bells will start ringing for you.
Some day
The world will start singing for you.
Some day in the future,
You will find your past …

Irgendwann kommt der Tag, an dem die Glocken für dich läuten, ir-
gendwann kommt der Tag, an dem die Welt für dich singt ... Ich mache ein erstes Demo-Tape und gehe dann zum Mittagessen ins
Haus rüber. Unterwegs schaue ich in den Briefkasten, in dem ich
einen großen Umschlag finde, der an mich adressiert ist. In der
Küche stelle ich einen Gemüseeintopf in die Mikrowelle und mache den Umschlag auf.

Er enthält vier offiziell wirkende Dokumente. Zuerst denke
ich, sie hätten etwas mit der Verwarnung wegen des Vorfalls mit
Mulcahy zu tun.

Doch dem ist nicht so.

Als ich zu lesen beginne, zerbricht meine Welt.

28

HELEN

Liebe Sky,

du wirst dich nicht an mich erinnern, weil du noch klein warst, als wir uns begegnet sind. Mein Name ist Helen, ich war damals die Sozialarbeiterin, die für dich zuständig war; in deinem Lebensbuch gibt es ein Foto von mir. Meine Aufgabe ist es, Eltern dabei zu helfen, für ihre Kinder zu sorgen. Und falls das nicht möglich ist, suchen wir eine andere Familie für die Kinder.

Ich schreibe dir diesen Brief, damit du deine Vergangenheit besser verstehen kannst und weißt, aus welchen Gründen du zu deinen Pflegeeltern gekommen bist. Den Brief schreibe ich, während du noch ein Kind bist, aber ich versuche mir Fragen vorzustellen, die du vielleicht später stellen wirst. Wann du ihn dann bekommen wirst, liegt bei deinen Eltern, aber ich vermute, wenn du etwa zwölf bist. Einige Teile könnten belastend für dich sein. Deshalb schlage ich vor, dass du den Brief deinen Eltern zeigst, wenn du ihn gelesen hast, damit ihr gemeinsam darüber sprechen könnt.

Deine leibliche Mutter Susie und dich habe ich kennengelernt, als du etwa sieben Monate alt warst und Susie mit dem Gesetz in Konflikt geraten und vor Gericht verurteilt worden war. Wir sprachen gleich zu Anfang darüber, wie deine weitere Betreuung aussehen könnte …

29

SUSIE

GEGEN zwei kam ich in gedrückter Stimmung von meiner Probe zurück. Es hatte wirklich den Anschein, als sei die Situation mit Anna irgendwie unlösbar. Aber nicht nur das belastete mich, sondern auch die Tatsache, dass jetzt Dinge aus meiner Vergangenheit wieder auftauchten, an die ich viele Jahre nicht gedacht hatte.

Als ich die Haustür aufschloss, rief ich laut »Bin wieder da«, falls Gabe in seinem Arbeitszimmer war und runterkommen wollte.

Aber er saß in der Küche und wartete auf mich. Und er sah so verstört aus, dass ich im ersten Moment glaubte, es hätte wieder Schwierigkeiten mit der Polizei gegeben. Aber dann sah ich die Papiere auf dem Küchentisch, und mir wurde ganz anders.

Die Unterlagen.

»Du hast mich angelogen.« Gabes Stimme klang so tonlos, als könne er kaum sprechen. »Von Anfang an und seither die ganze Zeit. Du hast niemals ein Neugeborenes zur Adoption freigegeben. Dein sieben Monate altes Kind wurde dir vom Jugendamt weggenommen.« Er wies auf die Papiere. »Steht alles da drin. Deine gesamten Verwarnungen und Verurteilungen. Drogen. Kindesvernachlässigung. *Prostitution.*«

»Ich … ich …« Ich hatte so lange über diesen Moment nachgedacht und mir genau überlegt, was ich sagen wollte, falls das alles jemals zum Vorschein kommen würde. Aber jetzt, als es wirklich so weit war, fand ich keine Worte, geschweige denn die passenden. »Ich habe mich geschämt«, brachte ich mühsam hervor. »Ich will mich nicht rausreden, aber du verstehst doch bestimmt, dass ich das nicht jedem x-beliebigen Menschen offenbaren wollte …«

Als Gabe gequält das Gesicht verzog, merkte ich, dass ich es komplett falsch angefangen hatte.

»Warte«, sagte ich verzweifelt. »An diesem Abend … als du mich weinend backstage gefunden hast … da habe ich dir die einzige Version erzählt, die ich damals selbst ertragen konnte. Dann habe ich deine Geschichte von Leah gehört, und die fand ich tausendmal schlimmer als meine. Was hätte ich tun sollen? Dir sagen, dass ich dir gerade Lügen erzählt hatte? Vielleicht wäre das wirklich richtig gewesen. Aber die Verbindung zwischen uns war auf Anhieb so intensiv, so *tröstlich* … ich wollte einfach das Risiko nicht eingehen, sie zu zerstören … und später habe ich es eben auch nicht mehr gewagt. Ich hatte mich so schnell in dich verliebt, das alles wollte ich nicht wieder verlieren …«

»Du hast mich *geheiratet*.« Gabe sah nicht nur verletzt, sondern auch vollkommen fassungslos aus. »Du siehst doch wohl ein, dass du vor dem Eheschwur verpflichtet gewesen wärst, mich über deine Vorstrafen zu informieren.«

Natürlich hatte er recht, und mir kamen die Tränen, aber nicht aus Selbstmitleid, sondern aus Abscheu vor mir selbst. »Ich wollte das alles einfach vergessen. Mit dir zusammen zu sein, war wie ein Märchen für mich, Gabe. Und das ist auch noch immer so. Es fühlte sich an, als könne ich meine Vergangenheit löschen und noch einmal ganz von vorne anfangen. Das war wohl meine Art von ›ghost kingdom‹. Es tut mir so leid …«

»Und das ist auch der *wahre* Grund, warum Adoption für dich nicht infrage kommt.« Er blickte auf die Papiere. »Das geht wegen dieser Vorstrafen gar nicht, oder?«

Ich nickte wortlos.

»Eine weitere Lüge also. Und Anna weiß das alles, weil es in dem Lebensbrief steht. Hast du sie gebeten, nicht mit mir darüber zu sprechen?«

Ich holte tief Luft. »Ja.«

Gabe sah aus, als hätte ich ihn geschlagen.

»Bitte, Gabe … ich liebe dich …«

Als er mir einen Blick zuwarf, erschrak ich furchtbar über die Verzweiflung und den Schmerz in seinen Augen.

Und er sagte nicht, dass er mich auch liebte.

Ich war zwanzig damals. Ich will mich nicht herausreden, nur darstellen, wie es wirklich war.

Damals hing ich viel mit Musikern rum und ergatterte ab und zu einen Auftritt als Backgroundsängerin. Aber Backgroundsängerinnen gab es wie Sand am Meer, und damals wurde auch erwartet, dass man für viel Spaß auf Partys sorgte. Was ich tat – meist in Form von Kokain und Kondomen.

Und ein unbemerkt geplatztes Kondom führte dann zu meiner Schwangerschaft – die ich auch erst viel zu spät registrierte, als ich nichts mehr dagegen unternehmen konnte.

Zum Glück hatte ich in den Monaten davor nicht mehr so wild gefeiert, und ich hörte dann auch ganz auf, bis Sky geboren war. Erst danach, in dem Stress mit schlaflosen Nächten und Bandproben am Tage, fing ich wieder zu koksen an.

Als ich eines Tages bei meinem Dealer war – was öfter vorkam –, kaufte ich acht Gramm Kokain, weil die Band sich auch was bestellt hatte. Sky war bei mir, schlief aber.

Es stellte sich heraus, dass der Preis zwischenzeitlich gestiegen war, und ich hatte nicht genug Geld dabei. Der Dealer sagte, für Sex im Austausch bräuchte ich die fehlende Summe nicht bezahlen.

Was im Übrigen nicht das erste Mal war. Wir waren sogar mal

kurze Zeit ein Paar gewesen, bevor mir klar wurde, was für ein Scheißtyp der war. Und ich wollte unter allen Umständen das Koks haben.

Weil ich nicht wollte, dass Sky uns sehen würde, falls sie aufwachte, legte ich sie ins Nebenzimmer. Superdumm von mir, ich weiß. Sie war schließlich erst ein halbes Jahr alt, sie hätte gar nichts verstanden, selbst wenn sie aufgewacht wäre. Aber ich schämte mich.

Ich hörte nicht mal, wie die Polizei unten das Gebäude stürmte. Die suchten natürlich nicht nach mir, sondern wollten den Dealer auf frischer Tat ertappen. Was ihnen dann auch gelang.

Und acht Gramm … Der Pflichtverteidiger erklärte mir, das sei viel zu viel für den Eigengebrauch, sähe eher nach geplantem Verkauf aus.

Höchststrafe für Drogenhandel: lebenslänglich.

Der Verteidiger riet mir, nicht zu sagen, dass ich die Menge für Freunde mitbringen wollte, weil das auch als Handel galt. Ich sollte lieber aussagen, ich sei kokainsüchtig und habe die große Menge für mich selbst angeschafft.

Sky war in einem separaten Streifenwagen mitgenommen worden, und ich war natürlich verzweifelt. Als die Polizei fragte, ob ich gegen den Dealer aussagen würde, willigte ich ein, um Sky zurückzubekommen.

Man sagte mir, das könne man nicht versprechen, aber es sei auf jeden Fall von Vorteil für mich, wenn ich kooperieren würde.

Aber als Erstes bekam ich eine Verwarnung wegen illegaler Prostitution, weil ich Drogen mit Sex erkauft hatte. Mein Anwalt erhob Einspruch, aber Verwarnungen wegen Prostitution sind juristisch nicht anfechtbar. Wenn irgendwer bei der Polizei beschließt, einem eine zu verpassen, kann man nichts dagegen unternehmen.

Im Rückblick sehe ich, dass das alles strategisch geplant war, damit ich wegen der Aussage gegen den Dealer keinen Rückzieher machen würde.

Aber dann sagte man mir, in der Notunterbringung, in die man Sky gebracht hatte, sei ein Bluterguss bei ihr gefunden worden. Sie hatte gerade zu krabbeln angefangen, aber davon könne der nicht kommen, hieß es. Ich war völlig fertig; Sky war höchstens zehn Minuten allein gewesen.

Am nächsten Tag hatte ich einen Gesprächstermin mit der Sozialarbeiterin. Sie fragte, woher dieser Bluterguss käme, und ich sagte, ich wisse es nicht. Die Frau sah mich strafend an, und erst später fiel mir ein, dass ich lieber etwas hätte erfinden sollen – dass mir eine Milchflasche aus der Hand gefallen sei oder so. Nichts zu wissen, machte den Eindruck, als sei es mir egal – oder, noch schlimmer, als hätte ich etwas zu verbergen.

Nach Skys Inobhutnahme wegen Kindeswohlgefährdung gab es diverse rechtliche Schritte und zuletzt eine Anhörung vor dem Familiengericht. Zu diesem Zeitpunkt hatte ich mich bereits des Drogenbesitzes schuldig bekannt, wofür ich eine Haftstrafe auf Bewährung bekam. Außerdem gab es eine Verwarnung mit Strafvorbehalt wegen Kindesvernachlässigung. Mittlerweile war ich drogenfrei. Die Angst, Sky zu verlieren, war so groß, dass ich mich auf alles einließ, aber ich musste dem Gericht regelmäßig Blut- und Haartests vorlegen, um meine Drogenfreiheit zu beweisen. Es gab einen furchtbaren Rückschlag, als ein Test nach einem Auftritt, bei dem die Stylistin alkoholhaltiges Haarspray benutzt hatte, positiv anschlug und er dem Gericht schon vorlag, als das endlich geklärt werden konnte.

Dennoch glaubte mein Verteidiger, dass meine Chancen gut seien.

Aber in diesem Jahr, 2007, änderte sich das gesamte Sozialpflegesystem. Ein anderthalbjähriges Kind, bekannt nur unter dem Namen »Baby P«, starb an den Folgen monatelanger Misshandlungen, obwohl das Jugendamt regelmäßige Besuche abgestattet hatte. Das führte verständlicherweise zu einem öffentlichen Aufschrei. Infolgedessen entstand der Vorwurf, Kinder würden durch die Sozialen Dienste nicht schnell genug aus Familien herausgenommen, in denen das Kindeswohl gefährdet sei. Plötzlich schlug das gesamte Kinderschutzsystem in die andere Richtung aus, und man reagierte übervorsichtig.

Seit damals hat sich das noch nicht wieder grundlegend geändert. In Großbritannien gab es nach dem Fall Baby P in 2007 mehr Zwangsadoptionen als in allen europäischen Ländern zusammengenommen. Das ist auch immer noch so.

Wenn das Jugendamt vor Gericht eine Adoptionsanordnung erwirken will, wird alles Erdenkliche aufgefahren. Dass ich mich zu massiver Kokainsucht bekannt hatte, wurde als Beweis dafür ausgelegt, dass ich eines Tages höchstwahrscheinlich rückfällig werden würde, obwohl ich zu dem Zeitpunkt clean war. Sky sei damit »potenziell auch in Zukunft gefährdet«, hieß es. Das ist in etwa so, als sperre man einen Einbrecher lebenslänglich ein, weil man nie sicher sein kann, ob er nicht wieder straffällig wird.

Bei meiner Verhandlung ließ sich der Richter auf alle Empfehlungen der Sozialarbeiterin ein. Man sagte mir, Sky sei in einer Pflegefamilie und würde demnächst zur Adoption freigegeben. Ich durfte mich nicht einmal von ihr verabschieden.

Sogar nach jahrelanger Therapie – Rowena war mir nicht nur nach den Fehlgeburten eine Hilfe – ist es mir fast unmöglich, meine Gefühle zu beschreiben. Die Trauer. Die Scham. Das Gefühl absoluten Versagens. Ich hatte meine kleine Tochter so unwiderruflich verloren, als sei sie bei einem Autounfall ums Leben gekommen.

All das entschuldigt natürlich nicht, dass ich Gabe nichts davon sagte, als es zwischen uns ernst wurde. Aber ich fürchtete mich so sehr vor dem Stigma. Jemandem zu gestehen, dass man eine dieser schrecklichen achtlosen drogenabhängigen Mütter ist, denen man die Kinder wegnimmt, um sie zur Adoption freizugeben – wie soll man das schaffen?

Gleich von Anfang an wünschte ich mir sehnlichst, mit Gabe eine Familie zu gründen. Wie hätte ich da das Thema aufbringen sollen, dass ich eine Vorstrafe wegen Kindesvernachlässigung hatte?

Als ich mit Rowena darüber sprach, sagte sie einmal: »Es ist grundsätzlich einfacher, mit jemandem über schwierige Themen zu reden, zu dem man keine Bindung hat, weil man dann nicht befürchtet, moralisch verurteilt zu werden. Aber manchmal müssen wir dieses Risiko eingehen. Sie befürchten, Gabes Liebe zu zerstören, indem Sie ihm von Ihrer Vorgeschichte erzählen. Aber Sie sollten auch in Erwägung ziehen, was mit Ihren eigenen Gefühlen für ihn passiert, wenn Sie ihm das Thema verschweigen.«

Diese Aussage fand ich so weise, dass ich sie Gabe gegenüber zitierte, ohne den Zusammenhang natürlich. Das war vermutlich meine Art, ihn teilhaben zu lassen, ohne die Wahrheit zu enthüllen.

Und das Problem beim Verschweigen war, dass ich mich daran gewöhnte. Es war wie ein Lieblingspulli mit einem Loch, das man irgendwann nicht mehr wahrnimmt. Jeder Tag, an dem ich die Wahrheit für mich behielt und glücklich war, bestärkte mich weiter in meinem Stillschweigen. Und um Rowenas Argument zu widerlegen, redete ich mir ein, dass die Heimlichtuerei meinen Gefühlen für Gabe nicht im Mindesten schadete, sondern ihn im Gegenteil umso wertvoller für mich machte, weil ich wusste, wie angreifbar unsere Beziehung war. Warum sollte ich ihn da freiwillig verletzen?

Die Lügen, die wir uns selbst erzählen, damit wir andere weiterhin belügen können.

Obwohl ich allerdings (auch das nicht als Ausrede gedacht)

gegen die Bewährungsauflagen verstoßen hätte. Denn zu meiner Strafe gehörte, achtzehn Jahre lang mit niemandem außer meinem Anwalt über den Fall zu sprechen. Angeblich zum Schutz des Kindes, obwohl man auch zynisch vermuten könnte, dass das Jugendamt damit vor Überprüfungen geschützt wurde.

Also nein, es gibt keinerlei Entschuldigung dafür, dass ich Gabe diesen Teil meines Lebens verschwieg. Hätte er jedoch alles gewusst, hätte er sich dann nicht gefragt, wie kaputt ich in Wirklichkeit war, hinter meiner Fassade?

Ich hatte sogar eine Geheimkiste, von der Gabe nichts wusste: eine alte Schuhschachtel, in der ich Strampelhöschen von Sky und eine kleine Auswahl Fotos aufbewahrte. Eine Zeitlang hatten die Sachen noch nach meinem Baby gerochen, doch irgendwann war der Geruch verschwunden, so schnell ich die Schachtel auch immer wieder schloss.

Nach meinem Geständnis holte ich die Schachtel, um sie Gabe zu zeigen, damit es endgültig keine Geheimnisse mehr zwischen uns gab. Und wohl auch, damit er vielleicht besser verstehen konnte, wie sehr ich gelitten hatte.

Aber er war natürlich nicht in der Verfassung, geduldig zuzuhören, geschweige denn mitfühlend. Es wäre immer schlimm geworden, ihm die Wahrheit zu offenbaren, aber ich hätte mir zumindest den Zeitpunkt aussuchen können. Stattdessen kam sie nun an dem Tag zum Vorschein, an dem Gabe herausfand, dass seine Frau ihn nicht nur belog, sondern auch nicht beabsichtigt hatte, das zu ändern.

30

GABE

WAS willst du jetzt tun?«, fragt Susie, nachdem sie mir alles gestanden hat.

»Ich weiß es nicht.« Mein Körper fühlt sich so schwer an, als watete ich durch zähen Schlamm.

»Willst du dich trennen?«

»Im Moment«, antworte ich, »habe ich nicht mal die Kraft, darüber nachzudenken. Ich will einfach nur schlafen. Aber ich lege mich in ein anderes Zimmer.« Der Vorteil von sechs Schlafzimmern. Wir müssen uns nicht mal auf einer Etage aufhalten.

»Ja, klar«, sagt Susie leise und deutet auf die Papiere. »Das hat Ian Mulcahy gemacht, oder? Die Rache für den Fausthieb. Und um einen Keil zwischen uns zu treiben, damit wir nicht weiter um Anna kämpfen.«

Ich zucke mit den Schultern. »Ja, und?«

»Das wird er doch nicht schaffen, oder?«, fragt sie ängstlich. »Ich meine … ich hätte es dir natürlich schon vor Jahren erzählen sollen, und wie sich jetzt auch alles zwischen uns entwickelt – ich übernehme die volle Verantwortung dafür. Aber Anna kann für all das nichts. Das wird sich doch hoffentlich nicht negativ auf deine Gefühle zu ihr auswirken, oder?«

Ich starre Susie fassungslos an. Meine Frau – von der ich geglaubt hatte, dass sie keine Geheimnisse vor mir hat – musste gerade gezwungenermaßen zugeben, dass sie so etwas Ungeheuerliches vor mir verborgen hat, seit wir uns kennen. Und dennoch ist ihre erste Sorge Anna.

»Du bist regelrecht besessen von ihr«, sage ich erschüttert. »Das ist eine Obsession. Verstehst du nicht?« Auch ich deute auf den Tisch. »Das hier ist wie Leahs Tod. Unabänderlich. Die Mulcahys haben gesiegt und haben in dem ganzen Prozess womöglich noch unsere Ehe zerstört. Ich hoffe nur, du findest, dass sich das gelohnt hat.«

31

SUSIE

DIE nächsten vierundzwanzig Stunden waren grauenhaft. Noch eine Woche zuvor hatte ich geglaubt, fast alles zu haben, was ich mir wünschte: eine vielversprechende Karriere, ein schönes Haus, einen wunderbaren Ehemann – und nun sogar noch eine verloren geglaubte Tochter.

Aber jetzt wurde diese Tochter in ihrem Zimmer eingesperrt und durfte keinen Kontakt mehr zu uns haben, und meine Ehe ging vermutlich gerade in die Brüche. Und alles andere – Haus, Band, Lebensstil – hing am seidenen Faden.

Am Sonntag weinte ich den ganzen Tag, aber so, dass Gabe nichts davon mitbekam. Er sollte nicht denken, dass ich mich in Selbstmitleid suhlte, obwohl ich an allem schuld und er der Leidtragende war. Und ich schämte mich auch ganz besonders, weil ich noch gedacht hatte, es würde sich lohnen, bereitwillig meine Vergangenheit zu enthüllen, um Anna wieder zurückzubekommen.

Weil ich nicht allein in unserem gemeinsamen Schlafzimmer sein wollte, zog ich auch in eines der anderen. Gabe und ich begegneten uns sporadisch in der Küche, wenn wir uns etwas zu essen holten, sprachen aber kein Wort. Er wirkte nicht gekränkt oder wütend, sondern so extrem verstört, als stünde er unter Schock.

Zumindest hatte er bislang nicht seine Sachen gepackt und war ausgezogen.

Am Sonntagnachmittag erst konnte ich mich dazu überwinden, die Papiere auf dem Küchentisch einzusammeln. Einige kamen mir noch bekannt vor – das Gerichtsurteil, die ganzen furchtbaren Gutachten. Und dann war da natürlich der Brief.

Liebe Sky …

Weil ich ihn damals nicht zu sehen bekommen hatte, begann ich zu lesen. Die Informationen über mich ließ ich aus, die waren zu schmerzhaft. Hauptsächlich wollte ich Bescheid wissen über Anna, über die Zeit nach der Pflegefamilie, wo sie zu den Mulcahys gekommen war.

Ich musste den Brief zweimal lesen, um wirklich zu begreifen, was da stand. Fast hätte ich vor Entsetzen nach Gabe gerufen, aber dann fiel mir ein, dass das ja in unserer momentanen Lage gar nicht möglich war. Ich musste das ganz allein verarbeiten.

Erschüttert starrte ich auf die Seiten, bis die Tränen zu fließen begannen und die Buchstaben vor meinen Augen verschwammen.

HELEN

DU bist zunächst bei Jill und Mike untergebracht worden, erfahrenen Pflegeeltern, die ein Kind adoptieren wollten, und ich hoffte, dass du bei ihnen dein neues Zuhause finden würdest. Jill und Mike hatten noch einen weiteren Adoptionsantrag gestellt, für ein kleines Mädchen deines Alters, das auch bei ihnen untergebracht war. Aber als sie den Antrag bearbeiteten und merkten, wie viel Arbeit es wäre, zwei Kleinkinder im gleichen Alter zu haben, wurde ihnen klar, dass sie das nicht schaffen würden und dass sie sich leider für ein Kind entscheiden mussten. Wie sie diese Entscheidung getroffen haben, weiß ich nicht, aber wie du inzwischen schon gemerkt hast, adoptierten sie dann das andere Mädchen. Damals warst du zwei Jahre alt.

Doch dann hatten wir das große Glück, dass eine sehr nette Familie, die Mulcahys, sich kurz zuvor bei der Adoptionsvermittlung gemeldet hatte. Das Ehepaar Mulcahy hatte schon ein eigenes Kind, den vierjährigen Henry, und konnte aus medizinischen Gründen kein weiteres bekommen. Wir fanden die beiden ideal, weil sie sich ein kleines Mädchen wünschten, um ihre Familie zu vervollständigen, und weil sie auch schon Erfahrung mit einem Kind deines Alters hatten. Wir vereinbarten ein Treffen der Mulcahys mit Jill und Mike, und ich freue mich, dir berichten zu können, dass es Liebe auf den ersten Blick war! Deine Mum hat mir erzählt, wie glücklich sie war, als du gleich zur Begrüßung auf sie zugerannt kamst und fröhlich »Hallo!« gerufen hast. Du hast sofort mit den Sachen gespielt, die Jenny für dich mitgebracht hatte. Und schon am Ende des ersten Treffens hast du Jennys Hand genommen und wolltest mitgehen. So einfach war es natürlich nicht, aber wir konnten den Adoptionsprozess stark beschleunigen, und sechs Wochen nach deinem dritten Geburtstag konntest du bei den Mulcahys einziehen …

33

SUSIE

ICH ließ den Brief auf den Tisch fallen. Wie aus weiter Ferne hörte ich Gabe in die Küche kommen. Er ging zum Kühlschrank, blieb stehen. Ich spürte, dass er mich ansah, schaute aber nicht auf. Mitgefühl hatte ich nicht verdient, nach allem, was ich getan hatte.

Und dennoch bekam ich es. Dieser Mann, den ich belogen und betrogen hatte, war so unglaublich großherzig, dass er wirklich und wahrhaftig zu mir kam und mir die Hand auf die Schulter legte.

»Was ist?«, fragte er leise.

Ich deutete auf den Brief. »Sie war *drei*. Anna ist erst mit drei Jahren zu den Mulcahys gekommen. Ihre erste Pflegefamilie hat sie nicht adoptiert.«

»Hast du das bisher nicht gewusst?«

Ich schüttelte den Kopf. Auf dem Tisch lag eine Küchenrolle, und ich riss mir ein Stück ab, um mir die Augen zu trocknen. »Das arme Kind. Ich habe noch viel mehr kaputtgemacht, als mir klar war.«

Gabe seufzte. »Hör mal … ich bin momentan verletzt und in meinem Stolz gekränkt und fühle mich außerdem wie ein Vollidiot, weil mich all das, was du mir gestern erzählt hast, kalt erwischt hat. Aber ich habe mich vorhin gefragt, was ich wohl in deiner Lage getan hätte. Und ich kann jetzt besser verstehen, dass es wahnsinnig schwer ist, einem geliebten Menschen etwas anzuvertrauen, das man furchtbar bereut. Vor allem wenn man noch nicht sicher ist, wie sehr man geliebt wird.«

Er klang so ernsthaft, dass ich zu ihm aufschaute. »Meinst du damit … dass es in deinem Leben so etwas auch gibt? Sachen, die du mir noch nicht erzählt hast?«

Gabe zögerte einen Moment. »Ich bin auf Tour nicht immer um neun schlafen gegangen, weißt du«, sagte er schließlich. »Direkt nachdem Donna und ich uns getrennt hatten, gab es eine Phase, in der ich nicht wählerisch war.«

Ich winkte ab. In unserer Branche gehörten One-Night-Stands dazu, und ich hatte davon wahrscheinlich noch wesentlich mehr aufzuweisen als Gabe.

»Also, es ist so«, sprach er weiter, »ich will dich nicht verlieren, Susie. Und schon gar nicht aus diesem Grund. Es wird vermutlich eine Weile dauern, bis alles wieder so ist wie vorher … wenn überhaupt … das können wir jetzt sicher noch nicht einschätzen. Aber wenn du damit einverstanden bist, würde ich mal mit Rowena über alles sprechen. Sie scheint ja sehr gut zu sein, und wahrscheinlich kennt sie die ganze Geschichte schon, oder?«

Ich nickte. »Sie war übrigens immer der Meinung, dass ich dich einweihen sollte. Rowena ist also nicht daran schuld, dass ich mich gedrückt habe.«

»Gut … Okay, also, so geht es mir jetzt jedenfalls. Vielleicht ändert sich im Lauf der Zeit noch einiges. Aber ich will mich darum bemühen, dass wir das alles schaffen.«

Mir kamen wieder die Tränen, aber diesmal aus Erleichterung, Liebe und Erstaunen über die Großzügigkeit und das Mitgefühl dieses Mannes. »Ich verdiene dich gar nicht«, murmelte ich.

»Na, nun hast du mich aber. Und so leicht wirst du mich auch nicht wieder los.«

Ich stand auf und umarmte ihn. Und noch nie zuvor hatte es sich so gut angefühlt, als er mich in seine starken Arme nahm und fest drückte.

34

GABE

DAS Gespräch ist klärend, aber wir gehen uns trotzdem für den Rest des Tages aus dem Weg. Später höre ich, wie Susie die Bandprobe absagt. Vielleicht, um mir zur Verfügung zu stehen, wenn ich weiterreden will.

Aber danach ist mir noch nicht. Ich fühle mich immer noch, als würde ich schlafwandeln.

Musik zu machen ist ausgeschlossen, deshalb höre ich mir ein paar meiner alten Lieblingssongs an. Musik von vor zwanzig Jahren, aus der Zeit, bevor ich Susie kannte. Ob das jetzt gerade eine besondere Bedeutung hat, weiß ich nicht.

Nach einer Weile merke ich, dass der betäubte bleierne Zustand nachlässt. Der Schock über den Vertrauensbruch ist noch da, aber nicht mehr so allumfassend.

Ich rufe Rowena an, um einen Termin zu vereinbaren. Sie fragt nicht, worum es geht, wirkt aber auch nicht erstaunt.

Später koche ich uns etwas – scharfe Thainudelsuppe, eines unserer Lieblingsgerichte, das uns immer guttut. Susie gesellt sich wortlos zu mir und fängt an, die Fischbällchen zuzubereiten. Und es fühlt sich gut an, dass wir wieder einen gemeinsamen Rhythmus finden, auch wenn wir noch nicht im Gleichklang sind.

Für immer vereint.

Als ich die Nudeln blanchiere, höre ich draußen einen Dieselmotor und schaue durchs Fenster. Ein Taxi fährt aufs Haus zu.

»Erwartest du jemanden?«, frage ich.

Susie schüttelt den Kopf. »Nein, wen denn auch.«

Das Taxi hält, und Anna steigt aus. Dann holt sie einen großen Rollkoffer aus dem Auto.

Wir gehen beide nach draußen. »Anna? Was ist passiert?«, frage ich.

Sie schaut auf. »Oh, hi, Gabe. Tut mir total leid … aber ich brauche dreißig Pfund fürs Taxi. Die gute Nachricht: Ich muss nicht mehr zurück zu den Mulcahys.«

Sie zeigt uns ein Schreiben.

Sehr geehrte Damen und Herren,
hiermit bestätige ich, dass ich Anna Mulcahy offiziell die Erlaubnis gebe, mit Susie Jukes und Gabe Thompson in Verbindung zu stehen, sich bei ihnen aufzuhalten und von ihnen betreut zu werden. Meine Frau Jenny und ich möchten in Zukunft keinerlei Kontakt mehr mit Anna Mulcahy haben.
Ian M. Mulcahy

Das Ganze war handschriftlich unterzeichnet.

»Aber … wie kam es jetzt dazu?«, fragt Susie verblüfft.

Anna zögert. »Bitte seid nicht böse auf mich.«

»Natürlich nicht.«

»Also … du hattest mir doch gesagt, ich soll innen an meine Zimmertür ein Schloss anbringen.«

Susie nickt. »Und wir wissen inzwischen, dass er auch außen eines angebracht und dich eingesperrt hat. Wir haben uns schreckliche Sorgen um dich gemacht.«

»Ja, ich saß das ganze Wochenende über da fest. Ich war echt verzweifelt … deshalb habe ich Henry über einen Fake-Account geschrieben und so getan, als sei ich ein Mädchen aus seiner

Schule, das er toll findet. Habe geschrieben, dass er Nacktfotos von mir kriegt, wenn er mir Dickpics schickt.«

»Aber warum hast du das gemacht?«, fragt Susie irritiert.

»Auf einigen war auch sein Gesicht zu sehen«, antwortet Anna. »Als Erstes habe ich eines davon in meinem Schul-Mail-Account gesichert, damit Henry es nicht löschen konnte. Dann habe ich es an das Monster weitergeleitet und geschrieben, dass ich das Bild der Polizei schicke, wenn er mir nicht ein Dokument unterschreibt, mit dem er mich freigibt. Sein vergötterter Henry, der seine jüngere Adoptivschwester sexuell belästigt. Das hätte so gar keinen guten Eindruck gemacht.«

»Aber, Anna, das ist …«, Eigentlich will ich sagen »hinterhältig«, aber ich möchte sie nicht verurteilen.

»Ich war *völlig fertig*«, erwidert sie. »Ich hatte zwei Tage lang nichts zu essen bekommen. Und außerdem hat's ja gewirkt. Das Monster ist in die Knie gegangen. Der ganze Stress, den er mir gemacht hat, war nutzlos.«

Ich treffe eine Entscheidung. »Warte bitte hier.«

Von meinem Studio aus rufe ich Mulcahy an.

»Was wollen Sie?«, fragt er, als er drangeht.

»Anna ist bei uns. Sie behauptet, dass Sie sie nicht mehr zurückhaben wollen. Ist das wahr?«

Er gibt ein bitteres Lachen von sich. »Allerdings. Sie hat endgültig eine Grenze überschritten.«

»Sie heben das Kontaktverbot also auf?«

»Viel Vergnügen.« Er bricht das Gespräch ab.

Als ich in die Küche zurückkomme, liegen sich Anna und Susie in den Armen. Das rotblonde Haar und die helle Haut der beiden sind sich so ähnlich, dass sie kaum zu unterscheiden sind.

Sie lösen sich voneinander und sehen mich gespannt an.

»Ich habe mit Ian gesprochen. Er hat es bestätigt.«

Später serviere ich die Thaisuppe, und Anna stürzt sich förmlich darauf.

»Anna, da gibt es etwas, das du wissen solltest«, sagt Susie nach einer Weile. »Wir haben über den … Lebensbrief gesprochen. Gabe weiß jetzt über alles Bescheid.«

Einen kurzen Moment lang sieht Anna überrascht aus. Dann sagt sie: »Finde ich super, dass ihr geredet habt. Freut mich für euch.«

Susie ergreift meine Hand. »Ich fand es schrecklich, Geheimnisse vor Gabe zu haben. Und ich habe mich geschämt, weil ich dich gebeten hatte, ihm nichts davon zu sagen. Das war nicht richtig von mir.« Sie nimmt auch Annas Hand, sodass wir alle drei verbunden sind.

»Hat mir nichts ausgemacht.« Anna holt tief Luft. »Aber, hört mal … um ganz ehrlich zu sein … ich habe auch gelogen. War nur eine kleine Lüge, aber … sie lässt mir keine Ruhe.«

»Was für eine Lüge war das, Anna?«, frage ich.

»Beim ersten Mal, als wir uns getroffen haben … da habe ich euch doch erzählt, dass die Mulcahys diese Überwachungsapp auf meinem Handy installiert haben. Das stimmte zwar, lag aber schon ein paar Jahre zurück. Sie war aber noch immer in meinem iTunes-Account, deshalb konnte ich sie leicht wieder runterladen.«

»Warum hast du das gemacht?«, frage ich stirnrunzelnd.

»Ich wollte euch klarmachen, wie die beiden sind … aber euch nicht gleich am Anfang die ganzen Hämmer erzählen. Hatte Angst, dass ihr mir dann nicht glaubt. Und wie gesagt: Anfangs war es ja wirklich so. Und alles andere – dass ich nach Hause musste, wenn ich kein Guthaben mehr hatte oder der Akku leer war –, das stimmte.«

Susie drückt ihre Hand. »Mach dir keine Gedanken. Wir verstehen dich. Danke, dass du es uns erklärt hast.«

Ohne das vorher abzusprechen, gehen wir beide an diesem Abend in unser gemeinsames Schlafzimmer zurück.

»Wie geht's dir damit?«, fragt Susie. »Also, mit dem ganzen Anna-Thema, meine ich.«

»Bin ziemlich schockiert, ehrlich gesagt. Diese Sache mit Henry …«

»Ja, ich weiß.«

»Das ist so … berechnend, oder? Die Sache mit der App auch. Und ich kenne mich zwar nicht besonders damit aus, aber kann es sein, dass sie sich strafbar gemacht hat? Immerhin hat sie ihren Bruder in eine Sexfalle gelockt und dann ihren Vater erpresst.«

»Aber er hätte sie doch sonst niemals freigegeben, oder? Wir sollten uns klarmachen, dass sie die Situation erfolgreicher gelöst hat als wir. Anna hatte eine Idee und hat sie in die Tat umgesetzt, um sich aus einer furchtbaren Lage zu befreien.«

Ich bleibe eine Weile stumm. Dann sage ich: »Wir haben noch nie darüber geredet … was sein würde, wenn Anna frei wäre. Wo sie leben würde.«

Susie dreht sich zu mir und betrachtet mich forschend. »Das stimmt. Bist du einverstanden damit, wenn sie hierbleibt?«

»Ich … weiß noch nicht so recht. Das ging jetzt alles so schnell …«

»Sie wird ja viel in der Schule sein, uns bleibt immer noch Zeit für uns.«

»Ja, wohl schon …«

»Und das wollten wir doch auch, oder nicht? Unser Leben mit jemandem teilen. Eine Familie werden.«

»Das hatte ich mir aber anders vorgestellt …«

»Ja, natürlich. Aber es gibt ja unkonventionelle Familien, die gut zurechtkommen. Schau dir Ali und David an.« Das sind Freunde, die fünf Kinder aus drei früheren Ehen haben. »Im Vergleich damit haben wir es doch viel leichter.«

Im Prinzip stimmt das. Trotzdem kommt es mir alles andere als einfach vor. »Ich glaube, ich will einfach nichts falsch machen.«

»Wirst du nicht. Weil du so ein guter Mensch bist. Aber, Gabe ... wenn es dir zu schwierig ist, werden wir eine andere Lösung finden. Das bin ich dir schuldig.«

Sie klingt furchtbar traurig, und ich spüre, wie sehr ihr die Vorstellung wehtut. Deshalb drücke ich beruhigend ihre Schulter. »Lass es uns versuchen. Und wenn wir es nicht hinkriegen ... dann gibt es immer noch Jordans, oder?«

35

SKY

DIE Idee kam mir an dem Tag, als sie mich wegen des Showcase im Haus allein gelassen haben. *Stell dir vor, du könntest hier wohnen. Stell dir vor, das wäre dein Leben.*

Susie wünschte sich das auch, das konnte ich spüren. Als wir zusammen diesen Netflix-Film guckten und sie sagte, sie würde mit Gabe reden, um etwas zu klären – damit war sicher dieses Thema gemeint. Und Gabe scheint es okay zu finden, dass ich hier bin.

Aber dann hat das Monster diese Verwarnung wegen Kindesentführung angeleiert, und es ging gar nichts mehr. Weil er auch der Einzige war, der das Kontaktverbot wieder aufheben konnte.

Die geniale Lösung fiel mir erst ein, als er mich einsperrte. Zuerst dachte ich, es sei ein riesiger Fehler gewesen, ihm zu erzählen, dass Susie und Gabe mich wie eine Erwachsene behandelt hatten. Das Bier. Das Curry. Die ganze Du-kannst-schlafen-gehen-wann-du-willst-Atmo.

Das Monster hasste das natürlich alles.

»Du hast doch den Brief gelesen«, sagte er. »Du weißt doch, wie sie war.«

»Ich weiß auch, dass sie um mich gekämpft hat.«

»Der Staat hatte damals entschieden, dass sie als Mutter ungeeignet war. Dass sie inzwischen auch nicht verantwortungsvoller ist, ist ja wohl klar.«

»Und was für ein Kind wolltest du vom Staat kriegen?«, schrie ich.
»Eines, das dir ewig dankbar dafür ist, dass du es gerettet hast?«

»Wir sind da nicht blindlings hineingetappt«, erwiderte er kalt.
»Wir wussten, dass du schwieriger sein würdest als ein normales Kind.«

Schönen Dank auch, Monster.

Er nickte zufrieden, weil ich stumm blieb. »Ich brauche dir ja nicht zu sagen, dass du Arrest hast. Geh in dein Zimmer.«

»Nichts lieber als das.«

Auf dem Heimweg hatte ich mir vorher in einem Baumarkt einen Riegel und einen Schraubendreher gekauft. Beides war jetzt in meiner Tasche. Es war nur ein gewöhnlicher Badezimmerriegel, den das Monster mit einem Tritt gegen die Tür wahrscheinlich aufgekriegt hätte. Aber das ist nicht sein Stil. Er ist gern raffinierter.

Wie ich bald merkte.

Etwas später klopfte es an der Tür, und der Knauf drehte sich. Als die Tür nicht aufging, rüttelte das Monster daran.

»Was ist hier los, Anna?«

»Ich habe einen Riegel angebracht«, sagte ich von innen.

Stille. Kurz darauf das Kreischen eines Elektrobohrers, der sechsmal zum Einsatz kam. Sechs Schrauben.

»Hervorragende Idee, Anna«, hörte ich seine Stimme. »Ein *Riegel*. Ich verstehe gar nicht, weshalb ich nicht früher darauf gekommen bin. Der wird jetzt so lange dranbleiben, wie du hier im Haus bist.«

Und da wusste ich, dass ich so schnell wie möglich da rauskommen musste. Keine Zeit mehr zum Rumtrödeln. Aber wie nur?

Ich brauchte das ganze Wochenende, bis mir etwas einfiel. Zu meinem Zimmer gehörte ein kleines Badezimmer, das Problem hatte ich also nicht. Aber ich hatte nichts zu essen, bis auf ein bisschen Schokolade, die ich noch in einer Schublade fand.

Ich brüllte und schrie und schlug mit einem schweren Buch an die Tür. Nichts tat sich.

Dann kam ich in meiner Verzweiflung auf die Idee mit Henry und schickte dem Monster meine Bedingungen. Und sieh an, kurz darauf hörte ich, wie der Riegel außen aufgemacht wurde.

»Hier. Ich habe es unterschrieben.« Er reichte mir das Papier mit dem von mir entworfenen Text.

Ich konnte es kaum fassen. Er hatte wirklich unterschrieben. Und sogar noch die Zeile hinzugefügt: *Meine Frau Jenny und ich möchten in Zukunft keinerlei Kontakt mehr mit Anna Mulcahy haben.*

»Also kann ich gehen?«, fragte ich.

Er nickte. »Du hast zwanzig Minuten, um das Haus zu verlassen. Wenn du danach noch da bist, schließe ich dich wieder ein.«

Ich schaute mich um. »Ich brauche ein paar Taschen. Und ich muss Susie schreiben.«

»Ich bringe dir einen Koffer. Und an deiner Stelle würde ich denen nicht schreiben. Wenn sie Zeit zum Überlegen haben, lehnen sie nämlich vielleicht ab.«

Mir wurde klar, dass er wahrscheinlich recht hatte. War ein superseltsames Gefühl, da mit ihm zu stehen und etwas in Ruhe zu besprechen. Und noch dazu dieses Thema.

Fast als wären wir Komplizen.

Aber ich hatte keine Zeit für solche Gedanken. Stattdessen sagte ich etwas, was ich ihm gegenüber nie für möglich gehalten hätte.

»Danke.«

Er nickte. »Viel Glück, Anna. Ich hoffe für dich, dass sich alles nach deinen Wünschen entwickelt. Was ich aber, ehrlich gesagt, bezweifle.«

»Und wieso?«

Er antwortete nicht. Was noch seltsamer war, weil er ja sonst immer das letzte Wort haben musste.

Als ich gepackt hatte, blieb ich an der Haustür noch mal stehen. Er stand da und sah mich an.

»Also tschüss«, sagte ich.

Wieder kam keine Reaktion.

Als ich durch die Tür trat, dachte ich unwillkürlich, ob ich das jetzt wohl wirklich zum letzten Mal getan hatte.

Und dann … als ich bei Susie und Gabe ankam, herrschte da diese unangenehme Stimmung. Statt sich zu freuen, waren die beiden still und wortkarg. Ich dachte, dass Susie mich vielleicht doch nicht hierhaben wollte. Oder dass Gabe sie vielleicht überreden wollte, mich wegzuschicken. Ich fühlte mich irgendwie abgelehnt, was wehtat, aber ich versuchte, es mir nicht anmerken zu lassen. Doch dann stellte sich heraus, dass es gar nichts mit mir zu tun hatte. Der Grund für die gedrückte Stimmung war, dass Gabe von Susies Vergangenheit erfahren hatte.

»Ich bin eigentlich sogar froh, dass dein Vater ihm diese Unterlagen geschickt hat«, sagte Susie mir später, als wir allein in der Küche saßen. »War jetzt eine Weile schwierig zwischen uns deshalb, aber es ist trotzdem besser so. Jetzt können wir zu dritt einen Neuanfang machen, ohne Geheimnisse.«

Neuanfang. Das Wort gefiel mir.

Susie lächelte mich an, und mir wurde fast schwindlig vor Glück. Hier wird alles anders.

36

SUSIE

ICH war glücklich.

Dieses Gefühl war so ungewohnt für mich, dass ich fast eine Woche brauchte, um den Grund dafür zu verstehen. Und als es so weit war, hatte ich deshalb ein schlechtes Gewissen. Von den drei Mitgliedern unseres Haushalts hatten zwei Sitzungen bei Rowena, um komplizierte Traumata zu bearbeiten, die ich verursacht hatte.

Aber ich ... ich konnte kaum fassen, wie viel besser es mir ging, seit ich Gabe alles gestanden hatte. Rowena hatte das vollkommen richtig eingeschätzt. Es kam mir vor, als habe jemand sieben Jahre lang mein Herz in der Faust zusammengepresst, und jetzt sei es plötzlich frei.

Und Sky ... dass sie jetzt bei uns lebte, war unbeschreiblich. (Ja, sie hatte sich dafür entschieden, wieder ihren Geburtsnamen tragen zu wollen, und wir ließen uns gern darauf ein. Auch das war ein Neuanfang.) Natürlich war es auch in gewisser Weise ein Schock, eine laute, chaotische Jugendliche im Haus zu haben, nachdem wir so lange nur zu zweit gewesen waren. Ihr Zimmer sah aus wie nach einem Tornado. Aber sie sagte uns, ein Zimmer für sich allein zu haben, in dem sie sich benehmen könne wie andere Jugendliche auch, sei unglaublich toll für sie. Deshalb lächelte ich nur angesichts des Tohuwabohus, weil ich wusste, dass die Freiheit, die wir ihr ließen, zum Heilungsprozess gehörte.

Am Anfang benahm Sky sich geradezu vorbildlich – sprang am Tisch auf, um das Geschirr abzutragen, räumte die Spülmaschine ein, legte unaufgefordert Wäsche zusammen. Es kam mir vor, als wolle sie sich unbedingt nützlich machen, um bleiben zu dürfen. Als sie zum ersten Mal aufstand und eine Müslischale stehen ließ, weil sie spät dran war zur Schule, klatschte ich innerlich Beifall.

Sie ging jetzt nicht mehr auf die Northall-Schule, sondern auf eine Privatschule in Amersham, Hilcham. Dort war man nicht komplett auf die Künste spezialisiert, aber es gab ein großes Angebot. Die Schule war sicher nicht ganz so liberal und außergewöhnlich wie Jordans, doch man legte großen Wert darauf, Individualität zu fördern. Als ich zum ersten Mal dort gewesen war, hatte ich sofort gespürt, dass die Kinder wesentlich entspannter und unbeschwerter wirkten als in den anderen Schulen, die wir uns angesehen hatten.

Über ihr Leben bei den Mulcahys sprach Anna selten. Das machte mir keine Sorgen, ich sagte mir, dass sie darüber reden würde, wenn sie bereit dafür war. Außerdem hatte sie ja die Gespräche mit Rowena. Nur manchmal kam irgendetwas zum Vorschein. Einmal fragte Sky zum Beispiel: »Muss ich euch täglich die Noten für meine Hausaufgaben sagen?« Für die Mulcahys hatte alles außer einer Eins bedeutet, dass sie nicht fleißig genug gewesen war. Dann wurden ihr die Kopfhörer weggenommen – damit sie nicht beim Lernen Musik hörte –, bis die Noten wieder besser wurden.

»Ich fände es besser, wenn du dir deine Ziele selbst setzt«, hatte ich die Frage beantwortet. »Du weißt ja, dass du gute Leistungen erbringen kannst. Dann bist du doch sicher selbst enttäuscht, wenn du sie nicht erreichst.«

Ein andermal sprachen wir über Geburtstage – bei Gabe und bei mir stand jeweils ein großer an –, und Sky erwähnte, dass die Mulcahys ihren nicht gefeiert hätten.

»Ich hab immer nur eine Karte mit einem Zwanzig-Pfund-Schein drin bekommen. Und auch in meiner Kindheit ist nicht mein Geburtstag gefeiert worden, sondern der Besondere Tag.«

»Und was war das?«, fragte Gabe.

»Der Tag, an dem ich adoptiert wurde. Da gab's dann die Torte mit Kerzen, und ich musste mir jedes Mal anhören, was für ein Glück ich doch hatte, bei ihnen sein zu dürfen. Hab's natürlich gehasst. Hat mich ja nur daran erinnert, dass ich nicht bei meiner wirklichen Familie sein konnte.«

Ich legte meine Hand auf ihre. »Jetzt sind wir ja zusammen.«

Sie lächelte. »Ja. Kann's immer noch kaum glauben.«

Während wir redeten, kam Sandy angetappt und stupste uns mit der Schnauze an, um gestreichelt zu werden.

»Wie war er, als ihr ihn bekommen habt?«, fragte Sky.

»Na ja, er war von den Vorbesitzern schlecht behandelt worden, und in den ersten drei Monaten hier haben wir das zu spüren gekriegt«, antwortete ich. »Da hat er die Möbel angepinkelt, Zeug zerbissen und grundlos gejault wie wild. Aber im Tierheim sagte man uns, wir sollten Sandy weiterhin ganz viel Liebe und Zuwendung geben, dann würde sich sein Verhalten irgendwann ändern. Du hast ja schon gemerkt, dass er immer noch nicht gut folgt. Und wenn er nicht an der Leine ist und anderen Hunden begegnet, läuft er auch schon mal weg. Aber er hat es jetzt gelernt, uns zu zeigen, wenn er Zuwendung braucht.«

Sky kraulte dem Hund die Ohren. »Hey, fast so wie ich, oder? Ich bin euer zweiter aus dem Heim geretteter Hund. Und mir müsst ihr auch verzeihen, wenn ich die Möbel anpinkle.«

»Liebesnacht?«, fragte Gabe an diesem Abend, als ich gerade beim Abschminken war.

»Laut Kalender, ja.« Ich tupfte den Mascara ab. »Ähm … Gabe?«

»Ja?«

»Wärst du damit einverstanden, wenn wir … mal eine Weile nicht mehr den Kalenderrhythmus einhalten würden?«

Er trat zu mir. »Du meinst … wir sollen es nicht mehr versuchen?«

»Nur für kurze Zeit. Um mal auszuprobieren, wie sich das anfühlt. Und um uns eine Pause zu gönnen.«

Er betrachtete mich im Spiegel. »Ziemlich großer Schritt, finde ich. Willst du nicht erst mal mit Rowena darüber reden?«

Früher hätte ich so etwas wirklich zuerst mit meiner Therapeutin besprochen. Aber jetzt sagte ich: »Eigentlich nicht. Also, vorausgesetzt natürlich, für dich ist das okay.«

Er überlegte einen Moment, dann sagte er: »Ja, ist okay. Lass uns eine Weile pausieren.«

37

SKY

UND so habe ich plötzlich ein tolles neues Leben.

Aus meinem Zimmer mit den großen Fenstern schaue ich auf Wiesen und Wald. Wenn ich früh genug aufstehe, sehe ich Rehe, die auf den Wiesen Gras futtern. In meinem eigenen angeschlossenen Badezimmer gibt es eine frei stehende ovale Wanne und eine separate Regendusche. Über dem breiten Bett hängt ein cooles Kunstwerk, Streetart von einer Künstlerin namens Annatomix.

»Wir fanden es passend«, sagte Susie, als sie mir das Zimmer zeigte. »Die Künstlerin ist auch rothaarig, wie wir beide, und alleinerziehende Mutter. Ich finde ihre Arbeiten toll. Aber wenn du das nicht magst, können wir es austauschen.«

»Nein, ich finde es super.«

Ich muss daran denken, was das Monster wohl dazu sagen würde. *Streetart? Das ist doch lediglich ein anderes Wort für Vandalismus. Wer Geld bezahlt, um sich ein Graffiti an die Wand zu hängen, muss den Verstand verloren haben.*

Meine neue Schule ist auch cool. Als wir drei sie besichtigten, versuchten alle so zu tun, als würden sie Gabe und Susie nicht erkennen. Aber sogar der Direktor, Mr. Pelling, war richtig aufgedreht, als er uns alles zeigte. *Und hier finden unsere Konzerte statt. Sicher nicht ganz so groß wie die Hallen, die Sie gewohnt sind, Mr. Thompson, hahaha!* Als wir bei den Klassenzimmern ankamen, hatte uns wohl schon jemand über WhatsApp angekündigt, denn jetzt starrten uns alle an. Gabe trug ganz lässig G-Star-Jeans und Vans Old Skools und sah umwerfend damit aus. Susies leuchtend grünes Schultertuch stand in aufregendem Kontrast zu ihrem rotgoldenen Haar. Beide taten so, als würden sie die Aufmerksamkeit nicht bemerken, wirkten aber trotzdem wie total glamouröse Rockstars.

Am Anfang wollten die Mädchen in meiner Klasse alle mit mir befreundet sein. Ich checkte sie ein paar Tage lang aus und entschied mich dann für die Coolste, Annabel Rogers. Natürlich wollten alle wissen, warum ich mitten im Jahr die Schule wechselte. Ich habe die Wahrheit erzählt – oder zumindest teilweise: dass ich erst Adoptiveltern gehabt, dann aber von Susie und Gabe gefunden worden war, nachdem sie jahrelang ein Vermögen für einen Privatdetektiv ausgegeben hatten, der mich aufspüren sollte. »Klingt wie im Märchen«, hatte jemand neidvoll gesagt, was ich nur bestätigen konnte.

Da kam ich auch auf die Idee, meinen Namen zu ändern, eine neue bessere Version von mir zu erschaffen. Mir ist klar geworden, dass ich nie eine Anna war. Ich wurde als Sky geboren, und eine Sky will ich auch werden. Anna gehört jetzt der Vergangenheit an, mit allem, was sie getan hat.

Nach ein paar Wochen wage ich es, Susie zu fragen, ob ich ein Piercing haben kann.

Sie schaut von ihrem iPad auf und überlegt. »Hm, warum nicht. Was für eines möchtest du denn?«

»Vielleicht eines am Nasenflügel, so wie du?«

»Schöne Idee.« Susie sieht begeistert aus. »Ich sollte aber dabei sein. Bei Fünfzehnjährigen muss jemand von den Eltern einwilligen.«

Eltern. Das ist das erste Mal, dass ich dieses Wort in Bezug auf mich von Susie höre. Ich kneife mich selbst, um mir klarzumachen, dass ich nicht in einem verrückten Traum stecke. Oder ist das Karma? All diese Jahre Scheißleben mit dem Monster, und jetzt kriege ich endlich einen Ausgleich dafür.

Wir fahren zu einem Tätowierer in Amersham. Er fragt, ob das Piercing gestochen oder geschossen werden soll, aber ich habe keine Ahnung, was besser ist. Ich will mich gerade fürs Schießen entscheiden, als Susie sagt: »Meines ist geschossen worden, aber danach wäre es mir lieber gewesen, man hätte es mit der Nadel gestochen. Damit kann man präziser arbeiten, und die Pistolen können außerdem nicht richtig sterilisiert werden.«

Ich versuche mir dieses Gespräch in meinem alten Leben vorzustellen, aber das geht einfach nicht, mein Kopf weigert sich.

Die Entscheidung für die Nadel fühlt sich allerdings viel gefährlicher an. Als der Tätowierer die Innenseite meiner Nase mit Wattestäbchen reinigt, zittere ich heftig und habe das Gefühl, gleich in Ohnmacht zu fallen. Aber Susie hält meine Hand, und als er die Nadel aus der Packung nimmt, murmelt er, ich soll Susie anschauen, nicht ihn. Sie drückt meine Hand fest und lenkt mich damit ab.

»Schon erledigt«, sagt der Tätowierer. »Zweimal am Tag mit Kochsalzlösung reinigen, bis es verheilt ist.«

Ich habe mir einen Stecker mit einem Diamantimitat ausgesucht, weil er ein bisschen dem von Susie ähnelt. Aber man sieht den Unterschied natürlich, ihrer ist von Tiffany, ein Geschenk von Gabe mit einem kleinen wertvollen Diamanten.

»Warte einen Moment«, sagt Susie, als der Tätowierer seine Sachen wegpackt. »Hast du den gleichen Stecker noch mal?«

Er sucht ihn heraus, und Susie tauscht ihren gegen den neuen aus. Dann schauen wir gemeinsam in den Spiegel, Wange an Wange.

Das ist jetzt Sky, denke ich. Sky und ihre Mum, Susie.

Und die Stecker sind nur billige Imitate, fühlen sich aber an wie das Kostbarste auf der Welt.

38

GABE

ETWA fünf Wochen, nachdem Sky bei uns eingezogen ist, kommt die Idee auf, eine große Party zu machen. Die Band hat gleich zwei Anlässe zum Feiern: Ihr neues Album ist fertig, und nach dem Showcase hat mein früheres Label ihnen einen Vertrag angeboten. Susie wird bald fünfunddreißig, ich vierzig, und wir wollen natürlich auch feiern, dass Sky jetzt bei uns lebt. Susie braucht ohnehin nie Gründe für eine Party, und Sky ist sowieso begeistert. Die beiden sind also Feuer und Flamme und legen mit der Planung los.

Sky hat keine geeigneten Kleider, aber eines unserer unbenutzten Schlafzimmer ist voll mit Susies abgelegten Bühnen-Outfits. Sie verbringen einen ganzen Tag dort und machen Anprobe. Als ich frage, was sie ausgesucht haben, heißt es, ich solle mich überraschen lassen.

Als ich am Abend der Party gerade in der Küche Sangria zubereite, höre ich die beiden reinkommen.

»Und? Was sagst du?«, fragt Susie.

Ich drehe mich um. Die beiden tragen identische tief ausgeschnittene Minikleider mit goldenen überlappenden Stoffstreifen, die bei jeder Bewegung glitzern. Susie hat sie 2010 bei einer Tour mit einem berühmten Rapper getragen. Bei Sky sitzt das Kleid etwas zu lose, bei Susie eher im Gegenteil. Ihre Haare sind kürzer als die von Sky, aber insgesamt ist der Eindruck: zwei

Backgroundsängerinnen, die beinahe Zwillinge sein könnten. Die identischen Nasen-Piercings verstärken diesen Effekt noch.

»Wow«, sage ich.

Susie lacht. »Könnte sein, dass ihr immer mal wieder ein bisschen Doo-wop-wop zu hören kriegt.« Sie macht einen ihrer Tanzmoves von früher. Sky zupft am Saum ihres Kleids, sichtlich verlegen und weniger selbstbewusst als ihre Mutter.

Es klingelt an der Tür. »Das ist bestimmt Annabel, ich mach auf«, sagt Sky.

Wir haben ihr erlaubt, eine Schulfreundin einzuladen. Annabel ist wie Sky auch ein sehr hübsches Mädchen mit kunstvoll geflochtenen Zöpfen in den blonden Haaren.

»Das sind Susie und Gabe, meine … oh mein Gott, wie soll ich euch denn vorstellen?«, fragt Sky.

»Gabe ist prima.« Ich schüttle Annabel die Hand. »Bitte nicht Mr. Thompson sagen, das ist mein Dad.«

Annabel kichert ein bisschen nervös.

Wir hatten uns überlegt, dass die Mädchen den Gästen die Canapés anbieten sollen, weil so alle Sky kennenlernen können, ohne dass für sie sozialer Stress entsteht. Ansonsten haben wir uns darauf geeinigt, dass jedes Mädchen maximal zwei Flaschen Bier trinken darf. Unsere Freunde wissen, dass wir beide keinerlei Drogen anrühren, aber Susie hat auch im Vorfeld mit ein paar Leuten geredet und klargemacht, dass an diesem Abend diesbezüglich gar nichts passieren darf.

Nach einer Weile gibt es keinen Zweifel mehr, dass Sky problemlos zurechtkommt. Dass sie das gleiche Kleid trägt wie Susie und die beiden sich so ähnlich sehen, sorgt sofort für Gesprächsstoff. Und wie Susie scheint sie sich auf einer Party pudelwohl zu fühlen. Ich sehe sie immer wieder, wie sie, von Leuten umringt, kleine Schlucke aus ihrer Bierflasche trinkt und die allgemeine Aufmerksamkeit in vollen Zügen zu genießen scheint.

Und ich habe den Eindruck, dass sie bei den Leuten gut ankommt, wie Susie auch immer. Als ich an Jack, dem Drummer von Silverlink, vorbeikomme, hält er mich fest und sagt aufgeregt: »Ich hab grade zu Sky gesagt, dass sie doch unsere Backgroundsängerin sein könnte. Wie cool wäre das denn, oder? Mutter und Tochter in derselben Band …« Ich klopfe ihm auf die Schulter und gehe weiter.

Ich bin eigentlich kein Partymensch, deshalb bin ich einigermaßen erleichtert, als die Gäste gegen Mitternacht nach und nach aufbrechen. Erst als sich die Menge lichtet, sehe ich Sky wieder, die zu einem Song tanzt. Sie hat eine Bierflasche in der Hand und wirkt eindeutig betrunken.

Ich suche Susie und sage: »Hör mal, Sky hat ziemlich sicher mehr als zwei Bier getrunken. Schau.«

»Oh, Mist«, sagt Susie, nachdem sie einen Blick auf Sky geworfen hat. »Los, wir müssen sie ins Bett bringen.«

Als wir Sky die Treppe raufbegleiten, kommt uns Annabel mit einem jungen Mann entgegen, dem Sohn von Susies PR-Agenten. Ich werfe den beiden einen wütenden Blick zu, sage aber nichts.

Als wir Sky ins Zimmer führen, murmelt sie: »Oh Mann, ich liebe euch beide so doll.« Wir helfen ihr, sich aufs Bett zu legen, und im nächsten Moment richtet sie sich auf und kotzt auf die Decke. Der saure Geruch von hartem Alkohol steigt von dem Erbrochenen auf.

Die Bierflaschen enthielten nicht nur Bier, wie sich dann herausstellt. Beide Mädchen haben sie heimlich mit einer versteckten Flasche Wodka aufgefüllt.

»Habe ich in ihrem Alter auch am liebsten getrunken«, kommentiert Susie das Geschehen kurz darauf. Sie scheint deutlich weniger beunruhigt zu sein als ich.

»Sollten wir sie nicht trotzdem lieber in eine Notaufnahme bringen?«, frage ich.

Susie schüttelt den Kopf. »Das Meiste ist schon raus, und sie ist bei Bewusstsein und spricht.«

Das stimmt schon – nachdem Sky sich einmal erbrochen hatte, erholte sie sich erstaunlich schnell und entschuldigte sich unter Tränen. Während Susie sie in die Dusche begleitete, bezog ich das Bett frisch. Dann saßen wir abwechselnd eine ganze Weile bei ihr, und Susie brachte sie dazu, noch einiges an Wasser zu trinken, bevor sie schlafen durfte.

»Suze«, sage ich jetzt. »Ich weiß, dass du dich in deiner Jugend so verhalten hast. Und dass deine Eltern dir die Freiheit gelassen haben, aus deinen Fehlern zu lernen. Aber sollen wir Sky deshalb wirklich machen lassen, was sie will?«

»Das tun wir ja gar nicht«, erwidert Susie. »Wir vertrauen darauf, dass sie das Richtige tun wird. Das ist was ganz anderes.«

»Du findest also nicht, dass es ... Konsequenzen geben müsste?«

Susie sieht mich bestürzt an. »Großer Gott, Gabe! Du hörst dich ja an wie *der*!«

»Aber brauchen junge Menschen denn nicht Strukturen? Regeln?«

»Wieso denn? Ich hab das doch auch nicht gebraucht.«

Als ich darauf nichts erwidere, seufzt sie. »Ich bin nicht aus Mangel an Regeln und Strukturen kokainsüchtig geworden, wenn du das meinst. Das ist erst viel später passiert. Und, um das gleich noch dazuzusagen: Auch meine progressive Schule ist dafür nicht verantwortlich zu machen. Niemand aus meinem Jahrgang ist so abgestürzt wie ich.«

»Die Frage ist sicher nicht nur, wie du in Skys Alter gewesen bist«, sage ich. »Sondern vor allem, was du dir für sie wünschst.«

»Was ich mir für sie *wünsche*, ist, dass sie sich angenommen fühlt«, erklärt Susie. »Dass wir für sie da sind, während sie sich seelisch erholt von ihrem bisherigen Leben. Mensch, Gabe, du hörst dich an, als sei sie die einzige Fünfzehnjährige, die sich mal bei einer Party betrinkt. Dabei gehört das zu den Übergangsriten in diesem Alter. Und wir können uns doch glücklich schätzen, dass sie uns genügend vertraut hat, um das hier zu erleben und nicht in irgendeinem finsteren gefährlichen Park.« Sie holt tief Luft. »Deshalb also: Nein, von uns bekommt sie ganz bestimmt keinen Hausarrest. Auch kein Verbot, Annabel zu treffen oder so. Wir werden mit ihr darüber reden, dass sie heimlich Wodka in die Bierflasche gegossen hat, was unnötig, unaufrichtig und auch gefährlich war. Aber wir werden sie nicht ausschimpfen und ihr auch nicht sagen, dass wir ihr verzeihen. Denn sie ist jetzt hier zu Hause, da gibt es nichts zu verzeihen.«

39

SUSIE

AM Morgen nach der Party schlief Sky lange. Nach elf kam sie irgendwann in die Küche getappt und verkündete: »Oh Mann, ich hab so einen Hunger. Sind noch welche von diesen Frühlingsrollen übrig?«

»Wie fühlst du dich?«, fragte ich.

Sie sah beschämt aus. »Gut. Nein, ich meine, furchtbar ... Also, mir geht's gut so weit, aber es tut mir total leid, dass ich so ein Chaos angerichtet habe.«

»Wenn wir gewusst hätten, dass du Wodka trinkst, hätten wir dich mehr im Auge behalten«, sagte ich behutsam. »Wenn man keinen harten Alkohol gewöhnt ist, kann man nämlich die Wirkung oft nicht einschätzen.«

»Ja, schon klar. Annabel meinte ... Aber egal. Ich sag euch nächstes Mal Bescheid. Also ... falls es ein nächstes Mal gibt, meine ich.«

Gabe kam herein. Er hatte gleich als Erstes morgens aufgeräumt. Nach Partys will er immer sofort wieder für Ordnung sorgen, im Gegensatz zu mir. Ich gönne mir dann lieber erst mal verkatert eine Bloody Mary und quatsche über die Ereignisse des Abends.

Er warf Sky einen Blick zu. »Wie geht's dir heute, Sky?«

»Ist mir ziemlich peinlich, was da lief. Ansonsten gut so weit. Danke, dass ihr euch um mich gekümmert habt.«

Gabe nickte und sagte zu mir: »Du wirst es nicht glauben, aber jemand hat mir Geld geklaut.«

»*Was?*«

»Auf meinem Schreibtisch im Arbeitszimmer lagen fünfundsiebzig Pfund, und die sind verschwunden.«

»Vielleicht hat jemand sie für ein Taxi genommen«, sagte ich stirnrunzelnd.

»Ohne uns zu fragen? Wer würde denn so was machen?«

»Das ist ja übel.« Bei der Vorstellung, dass jemand von unseren Gästen uns bestohlen haben sollte, wurde mir ganz anders. »Bist du sicher, dass es nicht jemand von außerhalb war? Die Haustür war ja nicht abgeschlossen, da hätte doch jeder reinkommen können.«

»Ein Dieb, der zufällig vorbeikommt? Hier draußen?«

Wir schauten beide durchs Fenster auf die Zufahrt. Unser Haus liegt weit zurückgesetzt an einer kleinen Straße, gut zehn Minuten zu Fuß entfernt von Chesham. Wir sehen hier höchstens mal Leute, die mit ihrem Hund spazieren gehen.

»Aber muss wohl so gewesen sein«, sagte Gabe schließlich, warf dabei aber Sky einen kurzen Blick zu. Und mir wurde schlagartig klar, was er dachte.

Er sprach erst später darüber, als Sky Sandy ausführte.

»Sie wirkt ja ganz okay heute«, sagte Gabe vorsichtig.

»Junge Leute stecken so was schnell weg.« Mir selbst ging es eher nicht so gut.

»Das verschwundene Geld … glaubst du, Sky könnte etwas damit zu tun haben?«

»Ich weiß es nicht. Aber wenn sie es wirklich genommen hat, nützt es wahrscheinlich nichts, wenn wir sie beschuldigen. Falls sie es nämlich nicht war, zerstören wir damit ihr Vertrauen. Und überhaupt: Weshalb sollte sie das tun? Wenn sie Geld braucht, kann sie doch mich fragen.«

»Vielleicht sollten wir ihr Taschengeld zahlen«, schlug Gabe vor. »Damit sie lernt, mit Geld umzugehen.«

»Es macht mir aber *Freude*, ihr welches zu geben.«

»Ich weiß«, erwiderte Gabe behutsam. »Weil … sich das anfühlt, als könntest du ihr uneingeschränkte Liebe schenken, oder? Aber langfristig muss sie lernen, auf eigenen Füßen zu stehen. Dein Freund Adrian hat doch auch zwei Töchter etwa in diesem Alter, nicht? Ich werde ihn einfach mal fragen, wie viel Taschengeld die bekommen.«

Doch das war noch nicht das Ende dieses Zwischenfalls.

Am Montag kam Sky spät aus der Schule und überreichte mir einen Blumenstrauß. »Für dich und Gabe«, sagte sie. »Noch mal danke, dass ihr an dem Partyabend so cool wart.«

»Das ist aber lieb von dir«, sagte ich gerührt. Es waren nur billige Freesien aus der Tankstelle, aber ich fand die Geste sehr nett. »Ich schau gleich nach einer Vase.«

»Und … guck mal.« Stolz zog sie ihr Top an der Schulter herunter. Zum Vorschein kam, unter Plastikfolie, ein Tattoo – ein kleiner blauer Schmetterling, identisch mit meinem.

»Du hast dich tätowieren lassen?«, sagte ich, als ich wieder sprechen konnte.

Sie nickte. »Gefällt's dir?«

»Sky … du bist minderjährig. *Wie* hast du das bekommen?«

»Ach so … ich hab einen gefälschten Ausweis. So haben Annabel und ich auch den Wodka gekauft.«

Jetzt verschlug es mir endgültig die Sprache. Der falsche Ausweis verletzte mich nicht so sehr persönlich wie die Sache mit der Bierflasche und dem Wodka, aber es war dennoch Betrug. Ich wollte jetzt nicht die Warte-bis-dein-Vater-nach-Hause-kommt-Nummer durchziehen, merkte aber, dass ich unbedingt mit Gabe reden wollte, bevor ich reagierte.

Der hatte aber einen Termin in der Stadt. Deshalb sagte ich nur: »Ich wünschte, du hättest vorher mit uns darüber geredet. Ein Tattoo ist eine Entscheidung fürs Leben. Und der Tätowierer könnte seine Lizenz verlieren, wenn rauskommt, dass er eine Minderjährige ohne Erlaubnis der Eltern tätowiert hat.«

»Daran hab ich gar nicht gedacht.« Sky sah bedrückt aus. »Bist du jetzt böse auf mich?«

»Ich mache mir nur Sorgen. Du bist in der Pubertät, und da trifft man manchmal impulsive Entscheidungen. Aber ich wünsche mir eben für dich, dass sie vernünftig sind und dir nicht schaden ...« Gott, ich hörte mich wirklich spießig an. Ich breitete die Arme aus. »Na, komm her.«

Als Gabe nach Hause kam, berichtete ich ihm in der Küche zuerst von den Blumen, dann vom Tattoo und dem gefälschten Ausweis.

Er schaute auf, weil Sky draußen vorbeiging, und rief sie herein.

»Ja?«

»Wie viel hat das Tattoo gekostet?«

»Ähm ... neunzig.«

»Und die Blumen?«

»Zehn.«

»Der Wodka?«

»Sechzehn.«

Als Nächstes fragte er ohne Pause: »Hast du das Geld von meinem Schreibtisch genommen?«

Sky nagte an ihrer Unterlippe. »Ja.«

Gabe nickte, als habe er nichts anderes erwartet. Mir wurde flau im Magen.

Sky schaute zwischen uns beiden hin und her. »Schmeißt ihr mich jetzt raus?«

»Also«, begann Gabe im selben Moment, als ich sagte: »Natürlich nicht.«

»Ihr wollt mich nicht mehr hierhaben«, sagte sie ängstlich. »Ihr wollt mich loswerden.«

»*Warum* hast du das gemacht?«, fragte Gabe fassungslos.

Sie zuckte mit den Schultern. »Weiß nicht. Vielleicht einfach, weil ... es da war.«

»Aber das ist doch offensichtlich«, sagte ich zu Gabe. »Sie will austesten, wie schlimm sie sich benehmen muss, damit wir uns verhalten wie die Mulcahys.« Ich wandte mich zu ihr. »Hör zu, Sky. Du bist hier sicher und geborgen, und wir werfen dich nicht raus, was auch passiert. Aber du musst jetzt unbedingt anfangen, ehrlich zu uns zu sein. Sprich bitte in deiner nächsten Stunde bei Rowena über diesen Vorfall, ja? Ich denke, du solltest dir da ein paar Dinge mal dringend genauer angucken.«

40

GABE

ICH schlafe fest, als ich Sandy plötzlich bellen höre und aufwache. Normalerweise ist er nachts still, es sei denn, er hört draußen einen Fuchs oder einen Dachs. Dann macht er einen Riesenradau, bis einer von uns runtergeht und ihm versichert, dass alles in bester Ordnung ist.

Ich schaue zu Susie rüber. Sie ist nicht aufgewacht. Schläfrig ziehe ich einen Morgenmantel über und tappe nach unten.

Auf halber Treppe gibt es ein Fenster ohne Sichtschutz. Ich schaue raus, um vielleicht die Ursache auf den ersten Blick zu entdecken. Im ersten Moment verstehe ich gar nicht, was ich da sehe: Orangefarbene Teilchen wirbeln durch die Luft wie Leuchtkäfer.

Dann wird mir klar: Das ist glühendes Stroh im Wind. Eines unserer strohgedeckten Gebäude brennt.

Ich renne zu Susie zurück. »Schnell, wach auf, draußen brennt es. Bring Sky und Sandy aus dem Haus.« Ich warte nur, bis sie wach ist, dann rase ich nach unten und in den Garten.

Erleichtert sehe ich, dass weder unser Haus noch mein Studio brennt, sondern der alte Schuppen, in dem wir das Heu für Susies Pferde und unseren Rasentraktor lagern. Das Dach steht in Flammen, brennende Strohhalme wirbeln himmelwärts wie feurige Insekten. Zum Glück ist der Schuppen fast fünfzig Meter von den anderen Gebäuden entfernt. Aber außer Gefahr sind wir dennoch nicht. Wenn das Feuer nicht schnell gelöscht wird, könnte der Diesel im Tank des Traktors explodieren, oder die glühenden Teile stecken das Dach unseres Hauses in Brand.

Beim Rauslaufen habe ich mein Handy geschnappt, und nachdem ich die Feuerwehr alarmiert habe, halte ich nach den anderen Ausschau. Sie sind jetzt alle drei vor dem Haus. Susie hat Sandy angeleint, damit er nicht wegläuft. Sie hat eine Barbour-Jacke an, die sie immer trägt, wenn sie im Regen mit dem Hund spazieren geht, Sky hat eine alte Angeljacke von mir übergezogen, die ihr viel zu groß ist.

Was mir sofort auffällt, ist die Unterschiedlichkeit ihrer Reaktionen. Susie wirkt entsetzt, verstört und angstvoll, Sky dagegen so gebannt, als sehe sie einen faszinierenden Film, in dem die Flammen eine spannende Szene spielen. Sie tritt sogar ein paar Schritte näher zum Feuer und hebt die Hände, als wolle sie ihre Handflächen wärmen. Susie zieht sie sofort zurück und sagt etwas zu ihr.

Dann nähert sich das flackernde blaue Licht der Löschzüge, und ich eile zu den Feuerwehrleuten.

41

GABE

AN den Wochenenden trifft sich Sky jetzt öfter mit ihren neuen Schulfreundinnen oder fährt mit dem Zug nach London ins West End. Susie und sie machen auch gern Einkaufsbummel in der High Street, wo die billigen Bekleidungsketten sind, über deren Schwelle Susie früher nie einen Fuß gesetzt hätte. Aber jetzt kommen sie manchmal sogar mit identischen Outfits zurück. Und wenn sie Susies Garderobe nach Beute von früher durchforsten, erscheinen sie danach mit Sachen, die ich seit über zehn Jahren nicht mehr gesehen habe – Jeansjacken, Leder-Leggins, kniehohen Stilettostiefeln. In dieser Aufmachung sieht Sky dann an die sieben Jahre älter und Susie sieben Jahre jünger aus.

»Der Uber-Fahrer hat uns für Schwestern gehalten«, berichtet Susie glücklich nach einem dieser Ausflüge.

Und es stimmt, sie wirken tatsächlich nicht wie Mutter und Tochter. Was nicht nur an dem geringen Altersunterschied liegt – Susie ist auch förmlich verliebt in Sky, was Mütter, die ihre Töchter mit allen üblichen Konflikten großgezogen haben, sicher gar nicht mehr sein können. Es ist eher, als übertrage Susie die Form von bedingungsloser berauschter Liebe, die man zu seinem Baby hat, auf eine gelegentlich ziemlich schwierige Jugendliche.

Und manches ist wirklich schwierig. Zum Beispiel, als Sky von der Schule nach Hause kommt und erklärt, sie sei von jetzt an Vegetarierin. Ein Mädchen hat eine Präsentation über den

Klimawandel gemacht, und kein Fleisch zu essen, ist offenbar der größte Beitrag, den man leisten kann.

Für drei Leute bei jeder Mahlzeit eine vegetarische Option anzubieten, ist natürlich aufwendig und unpraktisch. Susie, die ohnehin nicht viel Fleisch isst, sagt sofort, sie schließe sich an. Aber ich koche gern, und ich mag Fleisch.

Es gelingt uns dann, einen Kompromiss auszuarbeiten. Ein Drittel unserer Mahlzeiten soll künftig vegetarisch sein, ein Drittel mit Fisch, und der Rest wird mit Fleisch sein. Da wir zu dritt sind, reduzieren wir damit unseren Fleischkonsum um noch mehr, als wenn Sky allein vegetarisch äße.

»Mit euch ist alles so anders«, sagt sie kopfschüttelnd und zufrieden. »Mit euch kann ich *echte Gespräche* führen.«

Das freut mich natürlich für Sky und auch für Susie, die so glücklich ist mit ihrer Tochter. Für mich ist die Situation nicht so einfach, mich beschäftigen immer noch die Themen aus dem Brief der Sozialarbeiterin. Und Sky ist für mich eine ständige Erinnerung daran, dass Susie mich belogen hat.

Die Gespräche mit Rowena sind eine Hilfe. Als Erstes fragte mich die Psychologin, ob ich damals nach Leahs Tod eine Therapie gemacht hätte. Weil ich verneinte, sprachen wir in den ersten Stunden nur darüber, nicht über den Brief der Sozialarbeiterin. Dabei wurde mir bewusst, dass nicht nur Susie in mir damals eine Möglichkeit sah, ihre Vergangenheit hinter sich zu lassen, sondern ich auch in ihr.

»Leiden Sie darunter, dass Susie mit Sky jetzt eine zweite Chance bekommt, die Sie mit Leah niemals haben werden?«

Ich dachte nach und sagte dann: »Ein bisschen vielleicht schon, ja. Vor allem wenn ich erlebe, wie gut sich die beiden verstehen.«

Als Rowena darauf nichts erwiderte, sagte ich: »Wie laufen denn übrigens Skys Gespräche mit Ihnen?«

»Ich darf nicht über meine anderen Klienten sprechen«, antwortete die Therapeutin mit angespanntem Lächeln. »Nicht einmal, wenn sie zur Familie gehören. Dafür haben Sie bestimmt Verständnis.«

»Ach so, ja … Aber so allgemein gesagt: Ist doch toll, wie angepasst sie jetzt ist, nach allem, was sie durchgemacht hat, oder? Wahrscheinlich die Resilienz der Jugend, wie?«

Aber Rowena lächelte nur weiterhin höflich, und mir wurde klar, dass sogar diese Bemerkung zu weit ging.

»Natürlich«, sagte ich und hielt beide Hände hoch. »Das geht mich nichts an.«

Irgendwie kommt Jacks Idee, dass Sky bei Silverlink Backgroundsängerin sein soll, wieder auf.

»Warum nicht?«, meint Susie. »Wenn man im Musikbusiness was werden will, sollte man gleich von Anfang an merken, dass das harte Arbeit ist.«

Sky geht also mit zu den Proben. Ich kann erst nach einer Weile mal teilnehmen, als der neue Song fertig ist, den ich inzwischen in »Sky's Song« umbenannt habe. Ich will ihn mit der Band durchgehen, doch als ich in den Probenraum komme, merke ich sofort, dass etwas nicht stimmt. Skys Stimme klingt flach. Nicht extrem und nicht dauernd, aber die restlichen Bandmitglieder sind Profis. Sie können auf keinen Fall eine Backgroundsängerin gebrauchen, die eigentlich nicht singen kann.

Sky merkt davon offenbar nichts, sondern sieht aus, als sei sie im siebten Himmel.

Mir fällt wieder ein, was sie zu uns sagte, als wir sie kennenlernten. *Meine Leidenschaft ist Musik, vor allem Gesang.* Ich frage mich, wie sie so eine Leidenschaft haben kann, ohne zu merken, dass sie offenbar von Natur aus kein Talent hat.

Ich warte, bis Susie und ich allein sind, bevor ich das Thema anspreche. Sie wirft mir einen gequälten Blick zu. »Ich weiß, aber was soll ich denn machen? Sie findet es so toll, in der Band zu sein …«

»Wie wäre es mit Gesangsunterricht?«

»Ich fürchte eben, es schwächt ihr Selbstwertgefühl, wenn wir ihr sagen, dass es da ein Problem gibt.«

»Aber fast jeder Mensch, der professionell singt, hat zu Anfang Unterricht«, wende ich ein. »Das war bei mir nicht anders.«

Susie schaut mich flehend an. »Könntest du ihr ein paar Tipps geben? Erst mal als Anfang?«

»Aber kann sie denn nicht in der Schule Unterricht nehmen?«, frage ich stirnrunzelnd. »Deshalb haben wir doch überhaupt diese Schule für sie ausgesucht.«

»Es gibt wohl eine Warteliste. Und, sind wir doch mal ehrlich: Wer könnte als Lehrer so gut sein wie du?«

Also gebe ich – ein bisschen wider besseres Wissen – Sky Gesangsstunden. »Versuch die Tonleitern mit Klavier zu üben«, rate ich ihr. »Wenn du das täglich machst, entwickelst du ein Gespür dafür, wie sich die Noten anhören sollen.«

Sie probiert es, atmet aber nicht tief genug ein, sodass die Töne nicht klar klingen. Ich erkläre ihr den Umgang mit ihrem Zwerchfell und versuche sie dafür zu sensibilisieren, wann es sich richtig anfühlt.

»Das mag jetzt komisch klingen«, sage ich, »aber du kannst das Zwerchfell am besten stärken, wenn du dir vorstellst, dass du auf dem Klo drücken musst. Leg deine Hand auf deinen Magen, direkt über dem Bauchnabel, und erzeuge beim Ausatmen Druck. Aber die Schultern dabei still halten.«

Nach der ersten Stunde lasse ich sie den Lippentriller machen. Ihre Stimme ist nicht grundsätzlich schlecht, aber Skys Gehör ist nicht geübt. Und meiner Einschätzung nach ist es bereits zu spät, um das nachzuholen.

Doch sie redet immer noch davon, Musik studieren zu wollen.

In ihrer Vorstellung hat sie schon eine glamouröse Laufbahn vor sich, sobald sie hinter einem Mikro steht.

Ich muss oft an Ian Mulcahys Aussage denken: *Unsere Aufgabe als Eltern ist es, den jungen Menschen Grenzen aufzuzeigen, ihnen Halt zu geben und ihnen eine Ausbildung zu ermöglichen, die sie für die reale Welt befähigt – nicht, sich wie Freunde aufzuführen oder sie zu ermutigen, in einem Wolkenkuckucksheim zu leben.* Irgendwann werden Susie und ich das schwierige Thema besprechen müssen, wie Skys Zukunft aussehen soll. Weil Musik, wenn man ehrlich ist, wohl nicht ihr Beruf sein kann.

Ohnehin denke ich des Öfteren an die Mulcahys. Und im Nachhinein kommt es mir sehr seltsam vor, dass Ian Mulcahy Sky einfach so aufgegeben, sie von einer Minute zur nächsten ohne Umschweife aus dem Haus geworfen hat. Ich bin kein Experte für Rüpel wie ihn, aber klammern die sich nicht üblicherweise eher an die Macht, die sie über ihre Opfer haben? Mulcahy hatte es doch schon geschafft, Skys Anklage gegen ihn selbst anzufechten – hätte ihm das bei der Sache mit Henry nicht auch gelingen können? Irgendetwas ist meiner Ansicht nach an dieser Sache faul.

Deshalb frage ich mich immer wieder, ob wir wirklich nichts mehr von den Mulcahys hören werden. Oder ob all das womöglich Teil eines Plans ist, den wir nicht durchschauen.

42

SUSIE

UNSER Label verschaffte uns einiges an Medienecho. Zunächst hauptsächlich über Blogs, aber als dann das neue Album stärker promotet wurde, kamen auch Profijournalisten dazu.

Ich hatte ein Zoom-Interview mit Fi White, die für die große Musikzeitschrift *NME* über Frauen im Musikbusiness schrieb. Und ich freute mich sehr, als ich hörte, dass sie Silverlink schon seit der Bandgründung im Auge behielt und sogar bei dem Gig im Roundhouse gewesen war.

»Nach ein paar Stücken haben Sie bei dem Auftritt gewirkt, als hätten Sie ein Gespenst gesehen«, bemerkte sie irgendwann. »Was war da los, hatten Sie den Text vergessen?«

»Nein, ich hatte …« Ich zögerte. Zwar wollte ich Skys Existenz nicht unbedingt verheimlichen, wollte mich aber doch vorher mit ihr absprechen. »Ich hatte jemanden aus meiner Vergangenheit im Publikum entdeckt. Aber ich möchte das vorher mit der Person abklären, bevor ich mehr dazu sage.«

»Na klar.« Fi nickte, und wir redeten eine Weile über das Album. Erst kurz vor Ende der vereinbarten Zeit sagte Fi: »Und, Susie … ich muss Sie das fragen: Wie ist Ihre Reaktion auf die Gerüchte über Gabe?«

»Welche Gerüchte?«, fragte ich verwirrt.

»Na ja …« Fi sah unangenehm berührt aus. »Er wurde in einem

Flüsternetzwerk als jemand genannt, der sich gegenüber jungen weiblichen Fans unangemessen verhalten hat.«

»*Was*?« Ich war so schockiert, dass es mir die Sprache verschlug. Dann wurde mir klar, dass ich reagieren musste, Schweigen würde man als stumme Bestätigung deuten. »Das ist vollkommen absurd. So etwas würde Gabe nie tun.«

»Wandering Hand Trouble hatte diesbezüglich einen gewissen Ruf«, gab Fi zu bedenken.

»Ein paar Bandmitglieder, ja, das stimmt. Aber nicht Gabe. Und soweit ich mich erinnern kann, waren die Geschichten hauptsächlich über die Fans – welche Tricks sie anwandten, um sich den Jungs zu nähern. Haben sich zum Beispiel als Zimmerservice ausgegeben, um in die Hotelzimmer reinzukommen und so was.«

»Das würde aber keine sexuellen Kontakte rechtfertigen, wenn die Fans minderjährig waren, nicht wahr?«

Mir gefror das Blut in den Adern. »Ich würde Sex mit Minderjährigen niemals rechtfertigen. Und Gabe auch nicht.«

»Und wenn er seinen Ruhm als Musiker dahingehend ausgenutzt hat, Fans ins Bett zu locken, die nur kurz über dem Schutzalter lagen? Ist da eine Grauzone, was meinen Sie?«

»Also …« Mir fielen plötzlich Gabes Worte nach meinem Geständnis über Sky wieder ein: *Ich bin auf Tour nicht immer um neun schlafen gegangen.*

Oh, Gabe, hast du etwas Schreckliches getan? Oder – weil das für mich unvorstellbar war – etwas, das damals als nicht so schlimm galt, aber heute so bewertet wurde?

»Ja, da ist eine Grauzone«, sagte ich schließlich. »Und als Sängerin, die auch schon eine Weile im Business ist, habe ich die üblen Seiten unserer Branche ebenso erlebt wie die guten, das können Sie mir glauben.«

Fi sah mich prüfend an. »Haben Sie selbst schlechte Erfahrungen gemacht? Wären Sie bereit, Namen zu nennen?«

»Damals hatten wir keine andere Wahl, als das irgendwie zu verkraften und weiterzumachen«, antwortete ich. »Ich bin froh, dass sich vieles verändert. Aber damals hätte man die gesamte Branche zur Verantwortung ziehen müssen, nicht nur Einzelpersonen.«

Fi notierte das. »Okay ... also, und Sie stehen auf jeden Fall zu Gabe?«

Das war so offensichtlich eine Fangfrage, dass ich Fi beinahe angeschnauzt hätte. Aber sie versuchte natürlich nur, mir etwas zu entlocken, das sie zitieren konnte. »Sie hören sich an, als sei das notwendig. Was genau wird ihm denn vorgeworfen?«

»Das werde ich wohl herausfinden müssen«, antwortete Fi mit einem flüchtigen Lächeln. »Wenn es so weit ist, melde ich mich wieder bei Ihnen.«

43

SUSIE

VON der Plattenfirma war niemand bei dem Interview dabei gewesen, aber als ich davon berichtete, war die Hölle los.

Der Label-Chef und der Leiter der PR-Abteilung riefen mich an. »Wenn wir jetzt ein Statement abgeben«, sagte der PR-Mann, »verschlimmern wir alles nur. Wir sollten lieber abwarten, was noch zum Vorschein kommt. Dann soll Gabe sich öffentlich entschuldigen.«

»Für was denn?«

»Das sollten Sie wohl lieber ihn fragen«, antwortete der Label-Chef. »Wir möchten wissen, womit wir es hier zu tun haben.«

Gabe stützte den Kopf in die Hände. »Natürlich gab es Groupies. Nicht so viele wie bei den anderen aus der Band. Aber etliche.«

»Wie alt waren die?«

»Lieber Gott, wir waren alle jung, als wir anfingen, das weißt du doch. Ich war siebzehn auf unserer ersten Tour. Der Altersunterschied zwischen mir und den meisten im Publikum war geringer als zwischen mir und dir.«

»Könnten ...« Ich brachte die Worte kaum über die Lippen. »Könnten einige von ihnen unterhalb des Schutzalters gewesen sein?«

Gabe sah verunsichert aus. »Nein. Ich meine ... ich hätte niemals wissentlich … Aber es war jetzt nicht so, dass man über Alter geredet hat. Und nach dem Ausweis fragen wollte ich natürlich auch nicht.«

Ich seufzte. »Dir ist schon klar, wie übel das aussieht, oder?«

»Ja. Und es tut mir sehr leid, wenn du deshalb Probleme hast.«

Wir wussten beide nur allzu gut, dass schlechte Presse dieser Art – selbst wenn sie sich auf Ereignisse von vor zwanzig Jahren bezog – die PR-Kampagne von Silverlink ruinieren konnte. Und dazu führen konnte, dass das Label einen Rückzieher machte, weil das Risiko für die Investition zu hoch erschien.

»Tja … hoffen wir einfach, dass Fi White nichts findet«, sagte ich. »Sie ist immerhin eine seriöse Journalistin, keine sensationslüsterne Skandalreporterin. Und, Gabe … ich hoffe, das versteht sich von selbst, aber … ich werde dich natürlich unterstützen, was auch geschieht. Ich weiß, dass du niemals etwas Toxisches tun würdest.«

»Danke.« Aber er sah immer noch verstört aus. »Sagen wir es Sky?«

Ich überlegte. »Ja, das sollten wir wohl«, antwortete ich dann. »Die Fans von dir können ja etwa in ihrem Alter gewesen sein.«

»Okay.« Gabe sah bleich aus. »Aber du wirst wohl hauptsächlich das Reden übernehmen müssen.«

Wir setzten uns also mit Sky zusammen und eröffneten ihr, dass eine Journalistin aufgrund unbestätigter Gerüchte in Gabes Vergangenheit herumstocherte.

Sky kam schlechter damit zurecht, als ich erwartet hatte – sie brach in Tränen aus und rannte aus dem Zimmer. Gabe und ich sahen uns an.

»Ist wahrscheinlich bedrohlich für sie«, sagte Gabe leise. »Nach allem, was sie durchgemacht hat.«

»Trotzdem wichtig, dass wir aufrichtig waren.« Ich legte meine

Hand auf seine, genau in dem Moment, in dem Sky wieder hereinkam.

»Ich muss euch was gestehen«, sagte sie unter Tränen. »Diese
Gerüchte über Gabe ... es kann sein, dass ich daran schuld bin.«

Es stellte sich heraus, dass sie auf einer Website namens »Music
Biz Bastards« Fake-Posts unter falschem Namen gemacht hatte.

»Ich wollte ... ich war mir einfach nicht sicher, ob du vielleicht auch so bist wie *er*. Und ich dachte mir, wenn ich unter
falschem Namen irgendwas Übles über dich poste, würde sich vielleicht jemand melden und das auch berichten. Als nichts passiert ist ... habe ich noch einen geschrieben, um ganz sicher zu
gehen.«

»Und das war alles?«, fragte ich. »Zwei Posts?«

Sky nickte. »Inzwischen haben ein paar Frauen noch was zu
dem Thread geschrieben. Aber nichts Belastendes. Nur ein paar
Fans, mit denen du auf Tour mal was hattest.«

Ich warf Gabe einen Blick zu. »Das sieht das Label vielleicht anders. Und Fi White auch.«

»Wir könnten ihr aber doch sagen ...« Gabe brach ab, und ich
konnte mir denken, was er dachte. Wie sollten wir die Posts erklären, ohne Sky und ihre Vorgeschichte zu erwähnen?

»Ich lösche sie«, sagte Sky hastig. »Hätte ich schon längst machen
sollen. Ich wäre nie auf die Idee gekommen, dass so was passieren
könnte. Tut mir total leid.«

Sie sah so beschämt aus, dass ich ihre Hand nahm und sie streichelte. »Wir kriegen das schon irgendwie hin. Wir sind jetzt eine
Familie, Sky, und wir halten zusammen.«

Raus mit der Sprache
Plattform für Skandalgerüchte

Die große Frage:

Welches Mitglied einer ehemaligen Boygroup könnte fett Ärger kriegen, wenn Techtelmechtel mit jungen Fans ans Tageslicht kommen? Kleiner Tipp: Bandname hat was mit Händen zu tun, die man nicht bei sich behalten kann ... Schauen wir mal, wie der Schweigsame versucht, sich da rauszureden!

44

GABE

ALSO warten wir ab, was bei Fi Whites Recherchen heraus-
kommt. Etwas anderes können wir vorerst nicht tun.

Aber nicht zum ersten Mal denke ich über Skys Verhalten nach.
Klar, sie ist in der Pubertät, aber dennoch finde ich einiges, was sie
macht … na ja, ziemlich seltsam. Die selbst heruntergeladene Überwachungsapp auf ihrem Handy, das Catfishing von Henry und
jetzt diese Fake-Posts über mich, um mich auszuchecken. Alles
ziemlich raffiniert letztlich.

Um nicht zu sagen: manipulativ und mit Kalkül sorgfältig geplant.

Aber vielleicht ist das durch die Zeit bei den Mulcahys entstanden, sage ich mir, und diese entsetzliche sogenannte Therapie.
Wäre nicht weiter verwunderlich, wenn ein Mensch, der so etwas
durchmachen musste, danach niemandem mehr vertraut außer
sich selbst.

Die meiste Zeit wirkt Sky aber wie ein ganz normales lebhaftes
und schwärmerisches junges Mädchen. Ein paar Tage nach Susies
Interview mit Fi White erzählt uns Sky begeistert von einer Indie-
Band, die bei ihr und ihren Freundinnen gerade total angesagt
ist. Sie zeigt uns ein Video von der Band auf ihrem Handy. Vier
schlaksige, picklige Jünglinge, die ebenso wenig mit Haargel umgehen können wie mit ihren Instrumenten, veranstalten in einem
hallenden Kellergewölbe einen Höllenkrach. Um damit nicht

genug: Entweder kann der Drummer den Rhythmus nicht halten – oder aber der Rest der Band nicht.

»Am Samstag treten sie im Koko auf«, berichtet Sky aufgeregt. »Und es gibt noch jede Menge Karten.«

»Warum wundert mich das nicht?«, bemerke ich etwas bissig. »Ich glaube, ich verzichte freiwillig.«

»Ich kann mitgehen, wenn du willst«, bietet Susie an.

»Im Ernst?« Sky sieht überrascht aus. »Und was ist mit Gabe?«

»Na, der kommt gut allein klar. Oder, Gabe?«

»Ich werd's bestimmt mal einen Abend ohne euch zwei aushalten.« Mir ist bewusst, dass ich ein bisschen desinteressiert wirke, aber ich habe die Sache mit den Fake-Posts noch nicht ganz verkraftet. Außerdem, sage ich mir, ist es für die beiden bestimmt schöner, wenn sie das zu zweit erleben.

Vor dem Konzert brauchen sie Stunden, um sich fertig zu machen. Als sie endlich runterkommen, pfeife ich anerkennend. Diesmal tragen sie keine identischen Outfits wie bei der Party, aber einen ähnlichen Look – schwarze Shorts über schwarzen Netzstrümpfen, weiße T-Shirts, Lederjacken. Aber vor allem das Make-up ist der Hingucker: Ausdrucksstarke Katzenaugen mit Eyeliner und viel Mascara bringen die grünen Augen der beiden besonders zur Geltung.

Susie sieht aus wie damals, als wir uns bei der Abschiedstour von Wandering Hand Trouble kennenlernten.

Nachdem die beiden mit einem Taxi aufgebrochen sind, verbringe ich einen ruhigen und, offen gestanden, äußerst entspannenden Abend. Ich brate mir ein Steak – wir kochen immer noch ein Drittel unserer Mahlzeiten mit Fleisch, vermeiden aber Rind, schon allein, um uns die Diskussion zu ersparen, ob man Rinder zugunsten der Klimabilanz lieber gleich töten oder aus Tierschutzgründen am Leben erhalten soll. Ich lasse Sandy sogar den Teller ablecken, sodass wenigstens ein Tier höchst zufrieden ist. Danach schaue ich mir genüsslich alte Folgen von *Top Gear* an. Wäre ich jetzt gern mit Susie und Sky in einem mit Jugendlichen vollgestopften Club? Unter keinen Umständen. Bin sogar aufrichtig dankbar, dass ich zu Hause sein kann.

Ich schlafe schon, als die beiden zurückkommen, und kriege nur am Rande mit, wie Susie sich im Bad abschminkt und dann ins Bett legt. Als ich mich zu ihr drehe, steigt mir aus ihren Haaren der typische Geruch einer Konzertnacht in die Nase – Bier, Schweiß und Londoner Abgase.

Und ein würziger Kräutergeruch, eindeutig Marihuana. Dann rollt sie sich auf die Seite, und ich rieche es nicht mehr.

»Du hättest sie sehen sollen«, sagt Sky aufgeregt beim Frühstück. »Sie war ganz vorne im Moshpit, mitten zwischen den Kids.«

»Aber nicht am Moshen«, wirft Susie lächelnd ein. »Hab nur getanzt.«

»Und danach, als wir an der Bar waren, kommt dieser Typ und fragt: ›Bist du nicht Susie Jukes?‹«, berichtet Sky weiter.

»Erinnerst du dich noch an Dave, den Manager vom Club, als der noch Camden Palace hieß?«, fragt Susie mich. »Dave ist echt immer noch da.«

»Und deshalb haben wir die Band kennengelernt!«, ruft Sky aus. Was natürlich bestimmt der Höhepunkt des Abends für sie war.

»Und sind die Jungs ... nett?«, frage ich.

Sky verdreht die Augen. »Sooo *cool*.«

Ich sehe Susie an, die amüsiert wirkt. »Sie waren süß, doch. Wenn auch ein bisschen sehr verschwitzt.«

»Schau!« Sky hält mir ihren Unterarm hin, auf dem mit schwarzem Filzstift SING WEITER, SKY!! und ein unleserliches Autogramm zu sehen ist.

»Ist das ein Permanentmarker?«, frage ich. Selbst wenn an ihrer Schule Individualität gefördert wird, habe ich doch Zweifel, dass so etwas gut ankommt.

Sky schüttelt den Kopf. »Nee, Eyeliner. Und einer von ihnen hat gesagt, Susie sei eine MILF!«

»Nettes Kompliment, oder?«, sage ich. »Da bin ich also mit einer Frau verheiratet, die Mutter und sexy zugleich ist.«

»Hör mal, wirst du vierzig oder sechzig?«, stichelt Susie scherzhaft.

»Also, ich sag's mal so: Der Backstage-Bereich hat für mich nicht mehr die Magie von früher.« Ich seufze. »Und wer von euch hat übrigens Gras geraucht?«

Ein Schweigen tritt ein, und Sky schaut Susie Hilfe suchend an.

»Na ja, einer von der Band hat einen Spliff geraucht«, sagt Susie dann. »Echt kein Ding.«

Diese Äußerung finde ich angesichts ihrer problematischen Drogenvergangenheit ziemlich merkwürdig. Aber weil sie offenbar so locker damit umgehen will, verkneife ich mir einen Kommentar.

In einer Hinsicht hatte ich jedenfalls recht: Dieser gemeinsame Konzertbesuch hat die beiden noch enger zusammengeschweißt. Sie fangen wieder an, Geheimnisse zu haben. Diesmal aber nicht per Handy, sondern sie führen leise Gespräche in der Küche, die sofort abbrechen, wenn ich hereinkomme.

»Worum ging es da eigentlich?«, frage ich Susie einmal, als Sky sofort verschwindet, nachdem ich aufgetaucht bin.

Susie zögert. »Um Jungs.«

Ich ziehe eine Augenbraue hoch. Kurz hatte ich überlegt, ob sie eine Überraschung für meinen Geburtstag vorbereitet. »Jungs?«

»Angesichts der *Situation* bei den Mulcahys konnte natürlich nie über Sex gesprochen werden. Deshalb habe ich Sky gesagt, mit mir kann sie jederzeit über alles reden und mir Fragen stellen.«

»Ach so … ich dachte eigentlich, Jugendliche heutzutage wüssten schon alles über das Thema.«

»Sie kennen sich vielleicht mit Techniken aus. Aber was sie da im Netz zu sehen kriegen, ist doch überwiegend furchtbar frauenverachtend. Ich möchte Sky nahebringen, dass es beim Sex vor allem um drei Sachen geht: gegenseitiges Einverständnis, Verhütung und Kommunikation.«

»Das ist gut.« Ich setze Wasser auf und schaue mich dann um. »Wo ist denn die Teekanne?«

»Oh … ähm …« Susie sieht betroffen aus. »Die habe ich fallen lassen, als ich die Spülmaschine eingeräumt habe. Tut mir leid. Ich kaufe eine neue.«

»Kein Problem. Ich trinke eigentlich sowieso lieber Beuteltee.«

»Weißt du«, sagt Susie nachdenklich, »unsere Generation … wir haben geglaubt, wir machen alles richtig, oder? Wir dachten, wir hätten einfach Spaß, und wenn jemand die Grenzen überschritt, haben wir diese Leute einfach in Zukunft gemieden.«

Ich werfe ihr einen forschenden Blick zu. »Meinst du jetzt diese Sache mit Fi White?«

»Ja, schon … Und bitte denk nicht, dass ich dir irgendetwas vorwerfe«, fügt Susie hinzu. »Ich denke eher zurück an Männer, mit denen ich damals Sex hatte. Da war oft so ein Zweckdenken im Spiel. Eingewilligt habe ich schon, aber das hieß eben noch lange nicht, dass ich Spaß hatte oder überhaupt Lust auf Sex. Die Metoo-Bewegung habe ich natürlich unterstützt, aber als die anfing, waren wir beide schon verheiratet, und ich kam gar nicht auf die Idee, sie im Zusammenhang mit meinen eigenen Erlebnissen zu sehen. Jetzt bin ich nicht mehr so sicher … Vielleicht haben die Frauen der Generation Z schon recht, die ganze Thematik so ernst zu nehmen …«

Als ich später am Abend nach oben gehe, höre ich eine Männerstimme aus Skys Zimmer. Nachdem Susie mir von den Gesprächen erzählt hat, finde ich das sehr merkwürdig. Die Tür ist geschlossen, aber als ich vorbeigehe, höre ich deutlich die Worte: »Komm schon, Babe. Hilf mir da mal weiter.«

Ich klopfe an. »Sky? Alles in Ordnung bei dir?«

Das Laptop wird hastig zugeklappt. »Ja, alles okay, danke, Gabe«, antwortet Sky etwas atemlos.

»Gut. Sag Bescheid, wenn du irgendwas brauchst.« Ich gehe weiter, weil ich nicht weiß, was ich sonst noch tun könnte.

»Sie war wahrscheinlich auf Omegle«, sagt Susie, als ich ihr von der Szene erzähle.

»Was ist das?«

»Eine Website, wo du beliebig mit Fremden chatten kannst, auch per Video. Bei ihren Freundinnen ist das wohl total angesagt.«

»Aber … ist das nicht ziemlich *gefährlich*?«, frage ich besorgt.

Susie, die gerade am Kochen ist und Schwarzwurzeln schneidet, zögert einen Moment mit der Antwort. »Ja, sicher gibt es da Risiken«, sagt sie schließlich. »Weil man nicht weiß, was man zu sehen bekommt. Aber wie ich das verstanden habe, kann man den Chat jederzeit beenden, und die fremde Person hat keinerlei Möglichkeit, mehr über einen herauszufinden. Deshalb ist es in gewisser Weise weniger riskant als Kontakte mit realen Menschen.«

»Also, ich finde, das klingt grauenhaft.«

»Erwachsene finden doch vieles abstoßend, was Jugendliche machen. Deshalb ist es ja für die so attraktiv.«

»Bin ich froh, dass ich nicht mehr fünfzehn bin«, sage ich schaudernd.

Susie lächelt, erwidert aber nichts.

45

GABE

SUSIE scheint der Meinung zu sein, dass wir bei Sky mit dem schwierigen Thema Sexualität alles richtig machen. Ich bin mir durchaus nicht sicher, fühle mich aber auf dem Gebiet auch nicht wirklich kompetent.

Und es gibt eindeutig immer noch Dinge, die vor mir geheim gehalten werden. Es kommt wieder mehrmals vor, dass Gespräche zwischen den beiden abrupt beendet werden, sobald ich den Raum betrete. Einmal erlebe ich auch das Gegenteil, als ich in die Küche komme – Sky schreit, Susie hätte doch keine Ahnung mehr, was in der Welt vorginge. Dann rennt Sky nach oben und brüllt noch, sie bräuchte mehr Freiheit, bevor sie ihre Zimmertür zuknallt.

Ich gehe zu Susie, die am ganzen Körper zittert. »Alles okay?«, frage ich beunruhigt.

Sie nickt langsam. »Ja.«

»Was war los?«

»Ach …« Susie steht auf und füllt den Wasserkessel. »Sky hat jetzt einen Freund. Einen der Musiker aus der Band, bei deren Konzert wir waren.«

»Okay … wie alt ist der?«

»Achtzehn.«

»Und … bist du damit einverstanden?«

Susie lächelt matt. »Sie hat klargemacht, dass ihr meine Meinung egal ist.«

Ich überlege, wie ich Susie trösten könnte. »Also ... es scheint, als passiert jetzt das, was du gesagt hast: Sky wird unabhängiger. Was langfristig doch auf jeden Fall gut ist, oder?«

»Ja, sie wird unabhängig«, bestätigt Susie, äußert sich aber nicht weiter dazu.

Mir kommt der Gedanke, dass Skys Äußerungen gar nicht so falsch sind. Susie sieht ihre Tochter als jüngere Version ihrer selbst, mit gleichen Wünschen und Vorstellungen. Und mehr Freiheit wollen letztlich alle Jugendlichen auf der ganzen Welt. Vielleicht ist es gar nicht schlecht, wenn Sky ihre Mutter ein bisschen mehr auf Abstand hält.

Diese Gedanken äußere ich natürlich nicht. Stattdessen sage ich: »Euer erster Streit. Das ist bestimmt ein Einschnitt für dich.«

Susie lacht bitter. »Nicht wirklich der erste.«

»Ach so? Habe ich gar nicht mitbekommen ...«

Das Wasser hat gekocht. Susie nimmt den Kessel vom Herd, macht aber keinen Tee. »Tja ... vielleicht weil du so viel draußen im Studio bist.« Sie bemerkt meinen erstaunten Blick und seufzt. »Tut mir leid. Du hast recht. Ja, es macht mir zu schaffen. Und natürlich müssen wir Sky mehr ... Freiheit lassen. Wenn sie das unbedingt will.«

46

GABE

S KY ist jetzt häufig bei Ned, ihrem Freund, was auch unseren Lebensrhythmus verändert. Wir haben abends wieder häufiger Zeit für uns, schauen uns Filme an oder hören Musik anstatt Schulgeschichten. Es ist beinahe, als hätte innerhalb weniger Monate der Wechsel von der Kindheit zum Erwachsensein stattgefunden.

Mir gefällt es gut, wieder öfter mit Susie allein zu sein. Aber ich spüre, dass Sky ihr fehlt.

Am Samstag koche ich für uns beide. Es gibt langsam gegarten Schweinebraten auf chinesische Art mit fünf Gewürzen. Susie kommt herein, als ich den Braten gerade in den Ofen schiebe. Ihr Top rutscht hoch, als sie ein Glas aus dem Schrank nimmt, und ich sehe, dass sie einen kleinen Bluterguss auf dem Bauch hat.

»Du hast da einen blauen Fleck«, sage ich.

»Ah … ja, Charlie hat mich gebissen.« Charlie ist ihr Pferd, ein sanftmütiger Schimmel, der seine Zuneigung gern zum Ausdruck bringt, indem er an Menschen knabbert. »Ich bekomme eben so leicht blaue Flecken.« Das stimmt, auf ihrer hellen Haut sieht man sofort, wenn sie sich irgendwo gestoßen hat.

»Und wie ist eigentlich *das hier* passiert?«, frage ich beiläufig, weil ich bemerkt habe, dass unser solider schwerer Aga-Wasserkessel eine Delle hat.

»Ähm … ich glaube, Sky hat ihn fallen lassen.«

Ich schaue unwillkürlich auf den Steinfliesenboden. »Kids sind oft schusselig, wie?«

Erst später, als wir uns etwas auf Netflix ansehen wollen, fällt mir auf, dass die Fernbedienung mit schwarzem Klebeband umwickelt ist.

»Das Haus sieht allmählich wie ein Schlachtfeld aus«, bemerke ich. »Hast du Sky übrigens gesagt, wann sie zu Hause sein soll?«

»Mja …« Susie weicht meinem Blick aus. »Ich habe Mitternacht vorgeschlagen.«

»Vorgeschlagen?« wiederhole ich. »Und hat sie deinem Vorschlag zugestimmt?«

»Sie meinte, sie will es versuchen, ja.«

»Klingt ein bisschen vage, finde ich.«

»Wir müssen ihr vertrauen, Gabe.«

Etwas an Susies Tonfall – sie klingt distanziert, fast mechanisch – lässt mich alarmiert aufhorchen. »Habt ihr zwei euch wieder gestritten?«

»Ich möchte nicht darüber reden.« Susie deutet auf den Fernseher. »Gucken wir jetzt, oder nicht?«

Um Mitternacht ist Sky noch immer nicht zu Hause.

Der letzte Zug aus London kommt gegen ein Uhr an. Wenn man die Zeit fürs Taxi noch draufrechnet, müsste Sky spätestens um halb zwei hier sein.

Was aber nicht der Fall ist.

Ich wecke Susie; ich hatte ihr gesagt, sie solle schlafen gehen, ich würde warten. »Sky ist immer noch nicht da. Weißt du, wo sie sein könnte?«

Susie setzt sich auf und schüttelt schlaftrunken den Kopf. »Nein, keine Ahnung.«

»Ich rufe sie an.«

»Ich habe ihr schon dreimal auf die Mailbox gesprochen.« Susie deutet auf ihr Handy, das auf dem Nachttisch liegt. »Und meine Nachrichten hat sie nicht gelesen.«

»Sie verarscht uns«, sage ich wütend.

»Ich war in …«

»Ihrem Alter genauso, ich weiß.« Wieder einmal fällt mir etwas ein, das Ian Mulcahy gesagt hat: *Hoffen wir mal, dass Anna nicht auch diese Laufbahn einschlägt.* »Also, um das zusammenzufassen: Wir glauben zu wissen, wo sie sich aufhält, haben aber in Wirklichkeit keine Ahnung, und wir wissen auch nicht, was sie so treibt und wann sie nach Hause kommen wird.«

»Es muss ja keinen besonderen Grund haben.« Aber Susie klingt alles andere als überzeugt.

»Haben wir überhaupt irgendwelche Kontaktdaten von diesem Ned? Eine Telefonnummer?«

Ich schüttle den Kopf. »Ich habe danach gefragt, aber sie will nicht, dass ich mit ihm Kontakt aufnehme. Das fände sie wohl uncool.«

Ich treffe eine Entscheidung. »Ich sehe mich mal in ihrem Zimmer um. Vielleicht finde ich irgendeinen Hinweis darauf, wo sie steckt.«

»Gabe, warte …« Aber ich bin schon zur Tür raus.

Skys Zimmer sieht wüst aus – das Bett voller anprobierter Kleider, am Boden Berge von schmutziger Wäsche. Ich gehe zu der Kommode, die sie auch als Schreibtisch benutzt, und ziehe die Schublade auf.

In der ich seltsamerweise Lebensmittel finde – angebissene Äpfel, Schokolade, Brot, fast als würde sie dort Essen horten. Dazwischen liegen ein paar Ringe von Susie.

Und eine aufgerissene Packung Kondome, in der zwei fehlen.

Ich nehme sie mit zu Susie und zeige sie ihr. »Wusstest du davon?«, frage ich fassungslos.

Sie wirft einen ängstlichen Blick darauf. »Ich wusste, dass sie darüber nachdenkt, ja.«

»Und du hast nicht versucht, sie davon *abzubringen*?«

»Doch«, sagte sie leise. »Gabe ... Sky kann sehr willensstark sein.«

»Und jetzt?« Ich starre Susie an. »Sollen wir die Polizei anrufen? Den Sozialen Dienst? Oder warten, bis sie wieder auftaucht?«

Susie beginnt zu weinen. »Ich weiß es nicht ... ich weiß schon seit Wochen nicht mehr, wie ich mich verhalten soll. Aber du darfst nicht vergessen, was sie durchgemacht hat. Und *ich* habe ihr das angetan.«

»Ich denke, dass du nicht mehr dir selbst, sondern *ihr* Vorwürfe machen solltest«, erwidere ich aufgebracht. »Versuch du jetzt zu schlafen, ich warte unten auf sie.«

Um fünf Uhr morgens taucht Sky auf.

»Ach, hallo, Gabe«, sagt sie, als sei es ganz normal, dass ich um diese Uhrzeit wach bin. »Wieso schläfst du nicht?«

»Ich habe auf dich gewartet«, antworte ich knapp.

Sie geht in die Küche, sichtlich angetrunken. »Gott, habe ich einen Durst.«

Ich folge ihr und merke dabei, wie ich immer wütender werde. »Ich habe Kondome in deinem Zimmer gefunden.«

Sie wirft mir einen Seitenblick zu. »Was hast du in meinem Zimmer gemacht?«

»Nach Hinweisen darauf gesucht, wo du dich aufhältst.«

»Ich war bei Ned. Susie wusste das.«

»Hast du Sex mit ihm?«, frage ich unumwunden.

»Das geht dich nichts an.« Sky nimmt Grapefruitsaft aus dem Kühlschrank, schraubt den Deckel ab und trinkt aus der Flasche. »Puh, schon besser.«

Susie kommt herein. »Lasst uns lieber morgen über alles reden«, sagt sie ängstlich. »Hauptsache, Sky ist wieder da, und es geht ihr gut.«

»Die *Hauptsache*«, sage ich, »ist, dass sie Sex hat, obwohl sie noch keine sechzehn ist, und dass wir verantwortlich für sie sind.«

»Ach, nun komm schon.« Sky deutet auf Susie. »Sie hatte auch Sex mit fünfzehn. Und du hattest auch Sex mit Mädchen unter sechzehn.«

»*Was*?« Ich starre Susie entgeistert an. »Was hast du ihr erzählt?«

»Ich habe nur versucht zu erklären ... warum du dir keine Gesetzesverstöße erlauben kannst«, antwortet Susie nervös. »Wegen dieser Gerüchte.«

Sky droht mir mit dem Finger. »Böser Gabe. Ganz schlimm.«

Es gelingt mir nur mit Mühe, meine Wut zu beherrschen. »Ja, wir *werden* morgen darüber sprechen. Bis dahin habe ich mir überlegt, welche Konsequenzen dein Verhalten haben wird. Denn es wird welche geben. Wir haben dir vertraut, und du hast dieses Vertrauen missbraucht. Und um es wieder zurückzugewinnen ...«

»Ach, halt die Klappe, Gabe«, faucht Sky. »Du bist manchmal echt so ein Lappen.« Sie tritt einen Schritt vor und wirft mir die Flasche an den Kopf.

47

SUSIE

DIE Flasche zerbrach nicht, aber Gabe wankte, und bis ich ihn zu einem Stuhl geführt hatte, war Sky nach oben verschwunden.

»Großer Gott. Was war das denn?«, sagte er fassungslos. »Sie …« Sein Blick fiel auf den Wasserkessel, und ich sah, wie er den Zusammenhang erkannte. »Oh nein. Hat sie …«

»Sie hat ihn nach mir geworfen«, gab ich zu. »Hat nicht getroffen, aber …«

»Und die Fernbedienung vom Fernseher?«

Ich nickte. »Das war der Bluterguss am Bauch.«

»Noch mehr?«

»Sie … hat mich ein paarmal geschlagen. Und geboxt. Und die Teekanne hat sie auch geworfen, nicht fallen lassen.« Es war eine Erleichterung, Gabe endlich alles gestehen zu können, aber ich schämte mich so sehr, dass ich zu weinen begann. »Das klingt aber schlimmer, als es ist. Bitte …«

»Nimm sie nicht mehr in Schutz«, sagte Gabe entschieden. »Damit muss jetzt Schluss sein.«

An seinem Kopf bildete sich eine Beule, und ich holte eine Packung Erbsen aus der Tiefkühltruhe.

»Wie lange geht das schon so?«, fragte er.

»Ein paar Wochen.«

Er starrte mich an. »Ein paar *Wochen*? Wieso sagst du mir das nicht?«

»Ich weiß, ich weiß, ich hätte es tun sollen. Aber … zu Anfang dachte ich noch, sie sei einfach mal ausgerastet, und es würde sich geben. Wenn ich ihr erkläre, dass es so nicht geht …«

»Aber so lief es nicht«, bemerkte Gabe tonlos.

Ich schüttelte den Kopf. »Sie sagte nur, ich solle endlich Verantwortung dafür übernehmen, was ich in ihrem Leben angerichtet habe. Und inzwischen … kommt es mir vor, als hätte sie diese Gefühle vorher unterdrückt, und jetzt brechen sie unkontrolliert heraus, ohne dass sie etwas dagegen tun kann.«

»Oh Gott.« Gabe drückte die Erbsen fester auf die Beule und zuckte zusammen. »Aber sie schien sich doch hier so wohlzufühlen … Hast du mit Rowena darüber gesprochen?«

Ich holte tief Luft. »Sie geht nicht mehr zu Rowena. Damit fing die Entwicklung offenbar an … Sky sagte mir, Rowena hätte sie ›aufgegeben‹. Ich weiß ja, dass es manchmal Jahre dauert, bis Traumata bearbeitet sind … Jedenfalls habe ich Rowena angerufen, und sie sagte, Sky sei zu den letzten beiden Terminen nicht erschienen. Die Stunde davor habe sie abgebrochen und sei weggegangen. Rowena durfte mir natürlich nicht genau sagen, worüber gesprochen worden war, hat aber durchblicken lassen, dass es wohl ein ziemlich massives Thema war. Ich habe dann versucht, Sky zu überreden, dass sie wieder hingeht … aber sie sagte, sie hätte es satt, dass ich Rowena als Ersatzmutter benutzen würde und dass sie mir doch alles erzählen würde. Ich habe klargemacht, dass das natürlich nicht so ist. Da hat Sky dann die Fernbedienung geworfen.«

Gabe seufzte kopfschüttelnd. »Dir ist aber schon klar, dass das alles verändert, oder? Wir müssen jetzt das Jugendamt einschalten. Unter Umständen auch die Polizei.«

»Ich will Sky aber nicht verlieren«, sagte ich angstvoll. »Das könnte ich nicht ertragen. Nicht ein zweites Mal.«

Er sah mich mitfühlend an, aber ich merkte, dass er eine Entscheidung getroffen hatte.

»Suze«, sagte er behutsam. »Ich fürchte, du wirst akzeptieren müssen, dass du sie bereits vor fünfzehn Jahren verloren hast. Dieses kleine Mädchen gibt es nicht mehr. Und wir bewegen uns hier auf vollkommen fremdem Terrain und brauchen dringend Unterstützung.«

»Da ist noch etwas«, sagte ich. »Was ich dir auch schon längst erzählt haben wollte.«

»Was denn?«

»Gabe … ich bin schwanger.«

48

GABE

SIE ist in der siebten Woche.

Zwei Wochen nach unserem letzten Sex war ihre Regel wohl außergewöhnlich schwach gewesen und dann im nächsten Zyklus ganz ausgeblieben. Erst da war es Susie aufgefallen.

Wir feiern Schwangerschaften nicht, wie andere Menschen es tun – das macht es dann nur noch schmerzhafter, wenn es schiefgeht. Deshalb sage ich nur »Wie wunderbar« und halte Susie in den Armen, während sie an meiner Schulter weint.

Ich murmle: »Aber Sky sollte das jetzt noch nicht wissen. Sonst wird die ohnehin schon schwierige Situation noch komplizierter.« Ich spüre, wie Susie nickt.

»Und unter diesen Umständen ist es noch viel wichtiger, dass wir die Probleme mit ihr möglichst schnell in den Griff bekommen«, füge ich hinzu. Susie will sich lösen, um zu widersprechen, aber ich sage: »Ich meine natürlich nicht, sie zu den Mulcahys zurückzuschicken, die wollen sie ja ohnehin nicht mehr. Aber wir sind bestimmt nicht die ersten Menschen, die mit so etwas konfrontiert sind – es muss irgendwo jemanden geben, der uns helfen kann. Es ist mir sehr ernst damit, Susie. Wir müssen handeln, jetzt umso mehr.«

SKY

WIE genau fühlt es sich an?«, fragt Rowena. Und das ist die schwierigste Frage überhaupt.

Ich entscheide mich nicht dafür – es passiert einfach. Und in dem Moment fühlt es sich dann an, als wäre gar nichts anderes möglich. Wie wenn man niesen muss und sich nicht vorstellen kann, es zu unterdrücken.

Als ich Susie das erste Mal geschlagen habe, fühlte ich mich danach schrecklich. Ich dachte, mit ihr würde alles anders. Ich dachte, dass ich Jenny und Ian nur geschlagen hätte, weil sie nicht meine echten Eltern sind. Auszurasten gehörte zu Anna, nicht zu Sky.

Aber es hat wohl doch etwas mit mir zu tun, nicht mit den anderen.

Ich hasste mich auch dafür, Susie enttäuscht zu haben, aber gleichzeitig fühlte es sich gut an. Weil ich jetzt wusste, dass ich Druck ablassen konnte. Dass ich wieder ich selbst sein konnte. Immer wenn wir zusammen auf der Couch saßen und Filme geguckt haben, und sie drückte meine Hand, streichelte mir das Haar oder umarmte mich – das hat sich einen kurzen Moment lang gut angefühlt, aber dann fing meine Haut zu kribbeln an, und ich wollte Susie ins Gesicht schlagen.

Sie kann es nicht lassen, mich zu streicheln, ich kann es nicht lassen, sie zu schlagen. Wieso bin ich jetzt hier die Böse?

Rowena sagte: »Hast du versucht, Susie zu erklären, dass du

mehr Zeit brauchst, um dich an zärtliche Berührungen zu gewöhnen?«

Worauf ich erwidert habe: »Haben Sie mal versucht, die Klappe zu halten?«

Sie nickte nur, als habe sie so etwas erwartet.

»Tut mir leid«, fügte ich hinzu. »Manches kommt einfach falsch raus. Als wüsste mein Gehirn nicht, was mein Mund sagt.«

»Kannst du die Gefühle identifizieren, wenn du affektiv dysreguliert bist, Sky?«, fragte Rowena. »Sind da noch andere Gefühle außer Wut?«

So bezeichnet sie den Zustand. Als *dysreguliert*. Klingt doch echt krank.

Ich brauche eine Weile, um zu antworten, weil ich die Frage wirklich schwierig finde. *Was* fühle ich denn dann?

»Zum Beispiel … Angst?«, hakt Rowena behutsam nach. »Oder hast du Panikgefühle?«

Ich schüttle den Kopf. Diese ganzen Gefühle sind vorher da, aber wenn ich ausraste und jemanden schlage …

»Ich fühle mich fantastisch«, sage ich leise. »Wie Superwoman. Ich habe dann das Gefühl, als fließe nur Honig in meinen Adern. Als ich mit Ned und Susie Gras geraucht habe und mein Kopf sich wie ein aufgeblasener Ballon angefühlt hat … das war nichts dagegen.«

Rowena beugt sich vor. »Sky … bitte sei dir bewusst, dass du dich *verändern* kannst. Dein Verhalten ist kein Teil von dir, sondern eine Folge von Traumata in deiner Vergangenheit. Aber um dich zu verändern, ist es nötig anzuschauen, was du erlebt hast, und das nach und nach zu bearbeiten. Bist du bereit, diesen Weg mit mir zu gehen?«

Und an dem Punkt habe ich sie beschimpft und bin rausgerannt. Denn das Letzte, was ich will, ist schon wieder eine Person, die vorhat, mich zu verstehen.

50

SUSIE

MIR wurde klar, dass ich mich in der ganzen Zeit gefürchtet hatte. Nicht nur vor Sky und ihren unberechenbaren Ausbrüchen, sondern auch davor, Gabe die Wahrheit zu sagen. Weil ich Angst hatte, er würde verlangen, dass wir sie rausschmeißen. Und als er das nicht tat, schämte ich mich noch mehr dafür, es verschwiegen zu haben.

Dennoch hatte ich ihn noch nie zuvor so wütend erlebt – nicht einmal, als er von meiner Vergangenheit erfahren hatte. Da war er vor allem verletzt und enttäuscht gewesen, weil er sich hintergangen gefühlt hatte. Jetzt aber strahlte er eine wütende Entschlossenheit aus. Mir wurde klar, dass er mich beschützen wollte, weil Sky mich körperlich attackiert hatte. Und weil ich schwanger war.

Am nächsten Morgen hinterließ er beim Jugendamt eine Nachricht mit der Bitte um schnellen Rückruf wegen Bedrohung. Dann rief er bei der Polizei an und schilderte die Situation. Man sagte ihm, jemand werde sich melden.

Als er die Telefonate gerade beendet hatte, kam Sky in die Küche.

»Hast du uns irgendetwas zu sagen?«, fragte Gabe.

»Nicht so wirklich«, sagte sie leise, ging zum Kühlschrank und spähte hinein. Die Flasche Grapefruitsaft stand wieder innen in der Tür. »Okay, nicht zerbrochen. Immerhin etwas.«

Sie nahm sich einen Joghurt heraus und setzte sich an den Tisch. Gabe starrte sie aufgebracht an. Ich hoffte, dass die Situation nicht eskalieren würde, spürte aber, wie sehr er sich über Sky aufregte.

»Ich habe die Polizei und das Jugendamt informiert.«

»Viel Glück *damit*«, murmelte sie.

»Du hast für eine Woche Hausarrest. Und du musst dein Handy abgeben.«

»Du erinnerst mich an jemanden«, sagte sie gelangweilt. »Wer war das gleich wieder? Ach ja, richtig … bei dem hat das nicht so gut geklappt, oder?«

Mir wurde klar, dass nur ich versuchen konnte, den Konflikt zu entschärfen. »Sky«, begann ich, »wir sind nicht wie die Mulcahys. Zum einen …«

»Macht euch doch nichts vor«, unterbrach sie mich. »Wenn man das hübsche Haus wegnimmt, seid ihr alle gleich. Ihr wollt alle nur euer liebes kleines Mädchen.«

Empfand sie das wirklich so? Ich machte noch einen Versuch. »Wir würden dich niemals so aufgeben wie …«

Ich streckte die Hand aus, um ihre Schulter zu berühren. Im Bruchteil einer Sekunde fuhr Skys Hand hoch, traf mich im Gesicht, stieß mich weg. Ich schrie vor Schreck und Schmerz auf, und sofort war Gabe an meiner Seite, mit geballter Faust. »Wage es nie wieder …«

»Schlag mich doch«, sagte sie ungerührt. »Bitte, schlag mich, *Daddy*.« Sie gab dem Wort einen schrecklichen sexuell auffordernden Unterton.

Gabe ließ die Faust sinken, angewidert von sich selbst. Und von Sky.

»Tja, wenn du nicht willst…« Sie schaute sich um. Auf dem Tisch lag ein großes Sabatier-Messer, mit dem ich Melone für mein Frühstück geschnitten hatte. Sie packte es, und wir wichen beide erschrocken einen Schritt zurück. Doch Sky attackierte nicht Gabe, sondern hob den linken Arm und zog die Klinge über ihre Ellenbeuge.

51

GABE

SUSIE führt Sky zur Spüle. Das Messer hat die Arterie nicht getroffen, aber nur um Millimeter verfehlt. Binnen Sekunden ist Skys T-Shirt blutgetränkt.

Noch im Schock wird mir klar, dass diese Tat eine Ansage ist, eine Art Absichtserklärung. *Ich bin diejenige, die hier die Kontrolle hat. Denn was ihr mir auch antun wollt – ich kann noch viel Schlimmeres anrichten.*

Wie kann man mit so einem Menschen umgehen? Ich bin rasend wütend und fühle mich gleichzeitig vollkommen hilflos.

Während Susie Sky versorgt, ruft die Polizei zurück. Ich gehe mit dem Handy in mein Arbeitszimmer und erkläre alles von vorn. Als ich zu dem Papier von den Mulcahys komme, mit dem Sky bei uns aufgetaucht ist, unterbricht mich die Polizistin.

»Wenn Sie ein gerichtliches Kontaktverbot haben, das nicht offiziell vor Gericht aufgehoben wurde, verstoßen Sie nach wie vor gegen das Gesetz, wenn Sie mit Sky in Kontakt sind. Sie müssen das Mädchen zu den Adoptiveltern zurückbringen.«

»Das hilft uns aber nicht«, wende ich ein. »Die werden sie nicht wieder aufnehmen wollen. Außerdem wird sie dort nicht bleiben.«

»So oder so – das sind die einzigen Menschen, die in dieser Situation handlungsbefugt sind.«

Das Jugendamt meldet sich erst am Nachmittag, scheint die

Lage aber wegen der Vokabel »Bedrohung« wenigstens ernst zu nehmen. Zumindest bis ich die Details geschildert habe.

»Wird die Jugendliche also durch jemanden akut bedroht?«, fragt die Sozialarbeiterin, die sich als »Kirsty« vorstellt.

»Nein, es ist umgekehrt – sie bedroht uns.« Das habe ich bereits genau erklärt. Was versteht Kirsty daran nicht?

»Wenn sie selbst nicht das Opfer ist, besteht keine Bedrohung«, stellt sie klar.

»Doch, sicher. Sie hat meine Frau körperlich angegriffen.«

»Das ist dann wohl eher ein Thema für die Polizei, wobei ich das ohne genaue Kenntnis der Umstände nicht genau sagen kann. Aber wir vom Jugendamt können nur eingreifen, wenn das Mädchen – Sky heißt sie, oder? – selbst bedroht ist.«

»Ah«, sage ich perplex. Ich hatte erwartet, dass das Jugendamt angesichts der Tatsache, dass Sky ein Adoptivkind ist, sofort zur Tat schreiten würde. Aber das Gegenteil scheint der Fall zu sein. Mir kommt wieder in den Sinn, was Marcus gesagt hatte: *Wenn man ein Kind adoptiert, bekommt man nicht nur kein Geld dafür, sondern wird quasi auch vom Staat alleingelassen.*

Ich überlege rasch, ob ich etwas anführen kann, dass Kirsty zum Handeln bringen könnte. »Sie hat sich selbst verletzt. Und hat Sex, obwohl sie erst fünfzehn ist.«

»Selbstverletzung fällt nicht in den Zuständigkeitsbereich des Jugendamts«, sagt Kirsty in einem Tonfall, als müsse sie das täglich mehrmals Idioten wie mir erklären. »Sprechen Sie mit der Ärztin des Mädchens darüber. Ist der Sexpartner gleichaltrig?«

»Nein, ein paar Jahre älter, offenbar achtzehn.«

»Nun, dann ist es eindeutig ein Fall für die Polizei. Sie können darum bitten, dass sie mit der Jugendlichen sprechen. Wobei man das vermutlich nicht als Straftat ansehen wird.«

Durchs Fenster sehe ich, wie ein Auto – ein silberner Golf – mit

Karacho rückwärts auf unsere Zufahrt fährt und anhält. Die Haustür knallt zu. Sky rennt zu dem Wagen, steigt ein, und er rast davon.

Ich schaue auf den Tisch. Dort liegt nach wie vor Skys Handy, das ich wegen des Hausarrests einbehalten habe.

Susie kommt herein, während ich noch telefoniere. »Sie ist weg, oder?«, fragt sie verstört.

Ich nicke und deute auf das Handy. »Sie muss ihn auf irgendeinem anderen Weg erreicht haben«, flüstere ich, während Kirsty irgendwelche Allgemeinplätze von sich gibt, von wegen, dass die Polizei sich beim Jugendamt melden wird, wenn sie die Notwendigkeit einer behördenübergreifenden Begutachtung für notwendig hält. Ich höre kaum noch zu, weil mir klar wird, was die Frau denkt: dass wir unerfahrene, überängstliche Eltern sind, die mit ihrer rebellierenden Jugendlichen nicht zurechtkommen. Ich weiß nicht, was ich genau erwartet hatte – auf jeden Fall aber, dass die Lage ernst genommen wird und dass uniformierte Menschen ein strenges Gespräch mit Sky führen und ihr Konsequenzen verdeutlichen. So wie das mit *mir* gemacht wurde, nachdem ich Ian Mulcahy geschlagen hatte.

»Also haben wir jetzt null Möglichkeit mehr, mit ihr in Kontakt zu treten«, sagt Susie verzweifelt, als das Telefonat zu Ende ist.

»Tut mir so leid. Ich hätte nie erwartet …«

»Es ist nicht deine Schuld, Gabe. Sie wird immer alles verdrehen«, erwidert Susie hilflos. »Und welche Strafen wir ihr auch aufbrummen werden, ihr Bedürfnis, uns zu bestrafen, wird immer *noch* größer sein. Denn, ganz ehrlich: Was wäre denn die angemessene Konsequenz für das, was *ich ihr* vor fünfzehn Jahren angetan habe?«

»Es ist auch nicht *deine* Schuld, Susie. Du hast nichts von alldem verdient.« Ich nehme sie in die Arme. Aber ich weiß, dass ich

Susie nicht von der Schuld freisprechen kann, was ich auch sage. Die einzige Person, die das tun kann, sitzt zurzeit ohne Handy in einem silbernen Golf, der Richtung London rast.

52

GABE

ICH suche Ian Mulcahy auf.

Und zwar mit Skys Methode – indem ich einfach unangekündigt vor dem Haus stehe. Von dort aus schreibe ich eine Textnachricht, dass ich ihn für zehn Minuten sprechen müsste.

Die Antwort kommt sofort.

Nicht hier. Wir treffen uns im Café.

Was meinen Verdacht erhärtet, dass es für Skys Abschied von den Mulcahys Gründe gibt, die uns von allen Beteiligten vorenthalten wurden.

Als Ian Mulcahy hereinkommt, nickt er und sagt nach einem Blick auf mich: »Sie sind also dahintergekommen.«

»Hinter was?«

»Wie sie wirklich ist.« Er setzt sich. »Schon seltsam. Sie nennt mich ›das Monster‹. Aber in Wahrheit ist sie eines.«

»Verstehen Sie bitte«, sage ich kühl, »dass sich meine Einschätzung von Ihnen nicht geändert hat. Was Sie getan haben …«

Seine Miene verdüstert sich. »Schauen Sie, diese Therapie war ein schrecklicher Fehler, das gebe ich zu. Aber Jenny war am Ende ihrer Kräfte. Wir hatten diese ersten schönen Jahre mit Anna, nachdem sie zu uns kam … Wir waren so glücklich, und ich dachte, es gäbe irgendeinen Weg, diesen Zustand wieder zu erreichen.«

Er schüttelte den Kopf. »Heute weiß ich, dass dieses Mädchen von Anfang an nicht die wahre Anna war. Sondern dass die wahre Anna diejenige war, die biss und kratzte und boxte und mich aufforderte, sie zu ohrfeigen, wenn ich es auch nur wagte, sie wegen irgendetwas zu ermahnen. Die mir täglich sagte, sie würde mir gern den Kopf abhacken und unser Haus in Brand stecken. Als wir diesen amerikanischen Therapeuten kennenlernten, kam es uns vor, als hätten wir endlich eine Person gefunden, die uns helfen konnte. Und der konnte auch diese ganzen Studien vorweisen, um die Erfolge zu belegen ... Wie hätte ich Jenny sagen sollen, dass ich mich dem widersetzen wollte, was uns als einziger Ausweg erschien?«

»Diese Anschuldigung von Sky Ihnen gegenüber ...«, sage ich. »Entsprach die der Wahrheit?«

»Das ist doch unerhört«, explodiert Mulcahy. »Ich habe nur getan, was der Therapeut mir aufgetragen hatte. Alles andere hat sich in Annas Kopf abgespielt.«

Aber er kann mir nicht in die Augen schauen.

Ich seufze. »Erzählen Sie von der Sache mit Henry.«

»Das ist eben genau der Punkt – ich konnte nicht zulassen, dass sie mit ihm so etwas auch durchzieht. Ihnen ist ja sicher klar, dass sie ihn mit ihren üblichen Manipulationen dazu gebracht hat, ihr Fotos zu schicken. Wenn das nicht funktioniert hätte, dann hätte sie sich garantiert etwas noch Schlimmeres einfallen lassen, da bin ich mir ganz sicher.«

»Deshalb haben Sie sie rausgeworfen.«

Mulcahy schüttelt den Kopf. »Nein, ich habe sie nicht ›rausgeworfen‹, sondern gehen lassen. Das ist ein Unterschied. Sie hatte es sich doch längst in den Kopf gesetzt, bei Ihnen und Susie leben zu wollen.«

»Was Sie vorausgeahnt haben«, erwiderte ich. »Deshalb haben Sie ihr den Lebensbrief gegeben, nicht wahr? Sie wussten, dass er genügend Hinweise enthielt, um Susie aufzuspüren. Bestimmt haben Sie die Recherche vorher selbst gemacht, bevor Sie Anna den Brief gaben.«

Mulcahy bleibt einen Moment stumm, dann sagt er: »Verstehen Sie doch … ich war verzweifelt. Jenny war … na ja, Sie haben sie erlebt. Ständig hin- und hergerissen zwischen Liebe und Hilflosigkeit … täglich körperlich misshandelt von dem Kind, dem man sein Herz geschenkt hat … das zerstört die Seele. Aber Jenny gab dennoch nicht auf, es brachte sie fast um, doch sie liebte Anna weiter. Als ich Susies Instagram-Account fand und sah, dass sie mit Ihnen verheiratet war … und Sie hatten auch keine Kinder … Das schien mir die perfekte Lösung zu sein.«

»Und dann haben Sie Anna ermuntert zu gehen.«

»Großer Gott, nein. Ich habe alles drangesetzt, damit sie bei uns blieb«, erwidert Mulcahy.

»Wobei Sie ganz genau wussten, dass Susies glamouröse und lässige Lebensform über Ihren sturen autoritären Erziehungsstil siegen würde, nicht wahr. Vielen Dank dafür«, sage ich trocken.

Er zuckt mit den Schultern. »Was soll ich dazu sagen? Sie werden auch bald so verzweifelt sein wie wir. Und wenn Sie sich das mal anschauen: Letztlich hat Anna fast alles im Alleingang erledigt. Ihnen von ihrer Leidenschaft für Musik zu erzählen und dann zu behaupten, dass sie keinen Unterricht haben dürfte – genialer Zug, oder? Sie wusste ganz genau, wo sie bei Ihnen ansetzen musste, um Sie zu manipulieren.«

Ich werfe Mulcahy einen angewiderten Blick zu. Der Mann behauptet, wir säßen quasi im selben Boot, aber ich habe keine abgefeimten Intrigen angezettelt, um meine Verantwortung loszuwerden. »Was passiert dann jetzt? Sie kennen alle rechtlichen Optionen, vermute ich?«

Er nickt. »Bei einer gescheiterten Adoption kann man bestimmte rechtliche Schritte einleiten. Das ist der eine Weg. Sie müssen ein

Gericht davon überzeugen, dass es für Anna das Beste wäre, wieder in einer Pflegefamilie untergebracht zu werden. Das Problem dabei: Selbst wenn Sie den Prozess gewinnen, werden die hohen Kosten nicht ersetzt. Und zu gewinnen, ist schwierig, denn das Gericht entscheidet strikt zugunsten des Kindes. Das Ganze hätte mich – ohne Erfolgsgarantie – etwa dreißigtausend Pfund gekostet. Und wäre überdies beruflicher Selbstmord gewesen. Wer möchte denn schon einen pädagogischen Psychologen beschäftigen, der als Erziehungsberechtigter gescheitert ist?«

»Okay. Was dann?«

»Schmeißen Sie sie raus. Setzen Sie sie vor die Tür.« Er sieht meinen Blick. »Das passiert öfter, als Sie glauben. Und bilden Sie sich bloß nicht ein, dass sie zu uns zurückkommt. Sie haben Ihre Entscheidung getroffen, jetzt müssen Sie mit den Konsequenzen leben.«

Ich seufze. »Haben Sie andere Therapieformen ausprobiert? Die wissenschaftlich evaluiert sind?«

»Wir haben danach gesucht, natürlich. Standen ein Jahr lang auf der Warteliste bei der psychiatrischen Beratungsstelle für Kinder und Jugendliche. Als wir drankamen, sagte man uns, die Diagnose habe keine psychischen Probleme ergeben. Die Schule befand auch, es lägen keine gravierenden Störungen vor, sie sähe keinen Handlungsbedarf. Eindeutig dachten alle, wir seien einfach schlechte Eltern, die versagt hatten. Und dass sich das alles erledigen würde, wenn wir mehr disziplinarische Maßnahmen ergreifen würden. Beim Jugendamt riet man uns sogar, ein Haustier für sie anzuschaffen – etwas, das sie liebhaben konnte. Als ob das Anna von irgendwas abgehalten hätte. Trotzdem haben wir ein Kaninchen gekauft. Sie hat dann seinen Stall angezündet.«

»Sie hat den Stall in Brand gesteckt?«

»Ja. Sie war immer schon von Feuer fasziniert. Warum?«

»Nur so«, antworte ich langsam. Die Feuerwehr hatte den

Grund für den Brand der Scheune bei uns nicht ermittelt, sondern nur vermutet, er sei durch Funken aus dem Schornstein von Nachbarn entstanden. Was mir unwahrscheinlich erschienen war, weil das nächste Haus etwa zweihundert Meter entfernt ist. Aber eine andere Erklärung hatte ich auch nicht gefunden.

Jetzt fällt mir wieder ein, dass das Feuer an dem Abend ausbrach, als ich Sky beschuldigt hatte, das Geld gestohlen zu haben.

»Wir waren also am Ende unserer Möglichkeiten«, spricht Mulcahy weiter. »In den USA setzt man verstärkt auf die sogenannte ›Wildnistherapie‹, bei der Jugendliche wochenlang mit einem Betreuungsteam in der Natur leben, in Kombination mit einer anschließenden Reha. Aber Sie können bestimmt verstehen, dass ich inzwischen skeptisch bin gegenüber kostspieligen amerikanischen Therapieprogrammen.«

»Was glauben Sie denn, warum Anna so geworden ist, wie sie jetzt ist?«, frage ich, aufrichtig interessiert. »Meinen Sie, die Saat war schon gelegt, bevor Anna zu Ihnen kam?«

Er nickt. »Da bin ich mir sogar ganz sicher. Zum einen hat sie sich uns viel zu schnell angeschlossen, wenn man bedenkt, wie lange sie bei der Pflegefamilie gewesen war. Obwohl wir Fremde für sie waren, wollte Anna gleich am ersten Tag mit uns nach Hause gehen. Ich wusste das damals nicht, aber das ist ein eindeutiger Hinweis darauf, dass etwas nicht stimmt. Und dann wurden wir während der Eignungsprüfung von der Sozialarbeiterin gefragt, ob wir bereit wären, ein Kind zu adoptieren, von dem wir wüssten, dass es herausforderndes Verhalten an den Tag legt.« Mulcahy zieht eine Augenbraue hoch. »Verstehen Sie, was sie da gemacht hat?«

»Was denn?«, frage ich stirnrunzelnd.

»›Ein Kind, von dem wir *wüssten*‹ … die Adoptionsbehörde darf rechtlich nur im Interesse des Kindes handeln. Hätten wir dieser Sozialarbeiterin – die vermutlich stark unter Druck steht – jetzt geantwortet, wir wollten kein Kind mit solchen Problemen, dann hätte das Kind auch nie von uns erfahren.«

Es schockiert mich irgendwie, dass jemand in einer verantwortungsvollen Position so manipulativ handelt.

»Hier.« Mulcahy nimmt eine Serviette aus dem Ständer auf dem Tisch und schreibt einen Namen darauf. »Das ist eine Selbsthilfegruppe für Elternmisshandlung. Wir fanden es hilfreich, mit anderen sprechen zu können, die das Gleiche erleben. Sie werden nämlich merken, dass man sich in dieser Lage sehr allein gelassen fühlt. ›Elternmisshandlung‹ klingt eher albern, wie irgendwas aus einem Witz, oder? Nicht so dramatisch wie ›Gewalt gegen Frauen‹. Und misshandelten Frauen kann man sagen, sie sollen weglaufen, aber bei misshandelten Müttern geht das schlecht. Oder bei misshandelten Vätern.« Er weist mit dem Kopf auf die Serviette. »Wenn Sie sich mit anderen austauschen, werden Sie feststellen, dass es für herausforderndes Verhalten keine feststellbaren Gründe gibt. Wir hatten nur gemerkt, dass ein strenges und konsequentes Bestrafungssystem die Vorfälle zumindest reduzieren konnte. Unsere Beziehung zu Anna wurde dadurch nicht besser. Aber die hatte ich zu dem Zeitpunkt ohnehin schon längst aufgegeben.«

53

SUSIE

WÄHREND Gabe sich mit Ian Mulcahy traf, hatte ich das nächste Zoom-Gespräch mit Fi White.

Sie kam sofort zur Sache. »Es hat inzwischen den Anschein, als hätten sämtliche Mitglieder von Wandering Hand Trouble problematische Beziehungen zu Fans gehabt. Gabe war bei Weitem nicht der Schlimmste. Aber es liegt so viel vor, dass ich verpflichtet bin, diese Informationen der Öffentlichkeit zugänglich zu machen.«

Mir stockte der Atem. »Worum handelt es sich konkret?«

»Mehrheitlich haben sexuelle Handlungen nur vordergründig mit Konsens stattgefunden, weil die befragten Fans das Gefühl hatten, zustimmen zu müssen, wenn sie ihren musikalischen Helden nahe sein wollten.«

»Okay«, sagte ich vorsichtig. Das klang nicht toll, aber auch nicht nach einer Katastrophe.

»Außerdem gibt es einige Sexts von Bandmitgliedern, die ziemlich explizit sind, vor allem wenn man das Alter der betreffenden Mädchen bedenkt. ›Sag mir, was ich mit dir machen soll, und wo‹ und dergleichen.«

Aber sind nicht alle Sexts explizit, dachte ich. Die sind schließlich nicht an alle Welt gerichtet, nur an bestimmte Personen. »Was noch?«

»Einige Vorfälle von potenziell gesetzwidrigem Verhalten. Bei denen leider auch Gabe beteiligt ist, fürchte ich.«

Mir lief es kalt den Rücken hinunter. »Zum Beispiel?«

»Also …« Fi zögerte, als wisse sie nicht, wie sie sich ausdrücken sollte. »Als er Anfang zwanzig war, hatte er in Australien Sex mit einer Siebzehnjährigen. Mit Konsens, und sie war sexualmündig, wenn auch einige Jahre jünger als er. Aber später, während er noch auf Tour war, schickte sie ihm Nacktfotos. Er dankte ihr und schlug vor, dass sie ihm weitere schicken sollte.«

»Ah«, sagte ich etwas verwirrt. »Aber wo soll da jetzt das Problem sein?«

»Gabe war damals in den USA. Dort gilt eine Aufforderung an Minderjährige, Nacktfotos zu schicken, ebenso als Straftat wie in Großbritannien. Die Höchststrafe dafür sind sieben Jahre Haft.«

Mir verschlug es die Sprache. Wollte sie wahrhaftig Gabe ans Messer liefern für etwas, was Millionen Jugendlicher tagtäglich machten?

»Aber das ist leider noch nicht alles«, fuhr Fi fort. »Bei einer der ersten Tourneen hat Gabe in Dublin mit einer Sechzehnjährigen Sex gehabt, ihrer Aussage nach.« Fi hielt inne. »Sie stammte aus Belfast, weshalb ihr vielleicht die Rechtslage nicht klar war. Aber in der Republik Irland liegt die Sexualmündigkeit bei siebzehn Jahren. Die sexuelle Handlung war also strafbar.«

Das traf mich wie ein Schlag ins Gesicht. Hier ging es jetzt nicht mehr um Auslegungen, und Herausreden war auch nicht möglich. Selbst wenn der Sex einvernehmlich gewesen war, Gabe sich nur ein oder zwei Nächte in Irland aufgehalten hatte und beide nicht um die Rechtslage gewusst hatten – es war illegal.

»Das größere Thema bei alldem«, sprach Fi weiter, »ist, dass es damals eine Kultur bei Bands wie WHT gab, Fans als Freiwild zu betrachten. Sie bekamen die Aufmerksamkeit der von ihnen bewunderten Musiker – aber im Gegenzug wurde Sex erwartet oder zumindest im weiteren Sinne sexuelle Handlungen. Und selbst wenn die Fans einwilligten, hieß das noch lange nicht, dass sie das wirklich wollten. In dieser Situation glaubten sie es vielleicht sogar, doch vielen wurde erst später bewusst, dass sie benutzt worden waren.« Fi warf einen Blick auf ihr Notizbuch. »›Als ich sechzehn war, kam mir das alles normal vor. Erst später wurde mir klar, wie übel und kaputt das alles war.‹ Was denken Sie darüber?«

Am liebsten hätte ich gefaucht: *Was glauben Sie wohl, wie oft ich Sex hinterher bereut habe? Das gehört eben dazu.* Aber ich dachte auch an Sky, die noch so jung und verletzlich und verführbar war. Hätte ich sie davon abgehalten, mit Ned zu schlafen, wenn ich es hätte tun können? Vielleicht mussten sich die gesamte Sichtweise und der Verhaltenskodex gesellschaftlich ändern. Und Menschen wie Fi, die mutig jemanden wie Gabe bloßstellten, würden dazu einen wichtigen Beitrag leisten.

»Das ist … sehr kompliziert«, antwortete ich ausweichend. »Ich möchte gern darüber nachdenken, bevor ich mich öffentlich dazu äußere.«

»Das verstehe ich.« Fi hielt kurz inne, bevor sie sagte: »Sie hatten eigene Erfahrungen in dieser Richtung erwähnt … Sollten Sie sich imstande fühlen, darüber offiziell zu sprechen, würde die Reportage ausgewogener werden – mit Schwerpunkt auf Silverlink als Band mit einer weiblichen Frontfrau in der nach wie vor männlich dominierten Musikindustrie.«

Darum ging es also. Sie würde Gabe schonen, wenn sie im Gegenzug Berichte mit Namen aus meiner Vergangenheit bekam.

Langsam sagte ich: »Nicht jede Frau möchte ihre Geschichte öffentlich machen. Auch das sollte respektiert werden.«

»Sie hatten also traumatisierende Erfahrungen? Und es fällt Ihnen schwer, darüber zu sprechen?«

Mir entging die Fangfrage nicht. »Nicht direkt. Es waren einfach Erlebnisse sehr privater Natur.«

»Okay.« Fi legte ihren Stift beiseite. »Aber Sie melden sich noch mal mit einer Aussage zu Gabe, ja? Morgen ist mein Abgabetermin.«

Ich saß am Küchentisch und dachte darüber nach, wie ich mit alldem umgehen sollte, als ich jemanden hereinkommen hörte. Als ich aufschaute, sah ich aber nicht Gabe, mit dem ich gerechnet hatte.

Sondern Sky.

»Hi«, sagte sie schroff, ging zur Spüle und nahm sich ein Glas Wasser.

»Du bist also zurückgekommen.« Weil ich gerade ziemlich wütend auf sie war, fügte ich hinzu: »Ich muss jetzt dieser Journalistin noch irgendeine Aussage über Gabe liefern. Alles nur wegen dieser Posts von dir.«

Sky zuckte mit den Schultern. »Sorry. Aber es wird schon was dran sein.«

Ich warf ihr einen fassungslosen Blick zu, und sie tat, als wolle sie mir Wasser ins Gesicht schütten. »Buh.«

»Sky …«, sagte ich traurig. »Du musst aufhören, dich so zu benehmen.«

Sie starrte mich an. »Es ist Gabe, oder? Er will mich nicht mehr hierhaben.«

»Wie um alles in der Welt kommst du auf diese Idee?«

»Ich spüre das. Es hat ihm doch von Anfang an nicht gepasst, dass ich hier bin.« Sie trank einen Schluck. »Ich mach einen Deal mit dir. Wirf ihn raus, dann benehme ich mich besser. Ich versprech's dir. Ich geh dann sogar wieder zu dieser Therapeutin zurück.«

»Gabe ist mein Ehemann, Sky.«

»Aber das kann sich doch ändern, oder? Ehen scheitern ständig. Wenn du es wirklich willst, kannst du ihn rausschmeißen. Wenn du *mich* wirklich willst.«

»Du verstehst Verschiedenes falsch. Jedenfalls …«

»Also entscheidest du dich für ihn, nicht für mich«, fiel sie mir ins Wort.

»Es geht doch hier nicht um eine *Entscheidung*, Sky. Ich bin eine Bindung fürs Leben mit Gabe eingegangen. Und hätte das auch bei dir getan, wenn das Gericht es mir erlaubt hätte.«

»Na klar«, sagte sie sarkastisch. »Bei dir ist erst alles für die Ewigkeit. Und dann plötzlich nicht mehr.«

»Sky … wie du dich jetzt verhältst … das ist durch all diese Belastungen in deinem Leben entstanden, ich verstehe das. Du kannst das ändern, indem du begreifst, dass ich dich niemals ablehnen und zurückweisen werde, so schlimm du dich auch benimmst. Aber Gabe wird ebenso hierbleiben wie du.«

Sky sah aus, als gerate sie in Zweifel, und einen Moment hatte ich die Hoffnung, dass ich zu ihr durchgedrungen war. Dann trat sie einen Schritt zurück und sagte: »Du musst diese Entscheidung treffen. Gabe oder ich. Und denk nicht zu lange nach.«

54

GABE

ICH kann mich nur auf allgemeiner Ebene dazu äußern«, sagt Rowena, »weil ich natürlich weiterhin vertraulich behandeln muss, was Sky und ich besprochen haben. Aber ich habe mich noch einmal speziell in die Thematik Bindungsstörung eingearbeitet und kann Ihnen sagen, dass Skys Verhalten in vielerlei Hinsicht typisch ist. Aus der Angst, verlassen zu werden, entsteht – bewusst oder unbewusst – ein Verhalten, das darauf abzielt, von Ihnen abgelehnt zu werden. Auf diese Art behält sie die Kontrolle über die Situation. Alles andere, was Sie erwähnt haben – Essen horten, sexuelle Impulsivität, manipulatives Verhalten, Gewalttätigkeit, sogar Brandstiftung –, passt exakt ins Bild.«

»Das ist alles meine Schuld, oder?«, fragt Susie tonlos.

Rowena schüttelt den Kopf. »Schuldzuweisungen sind grundsätzlich keine Hilfe.«

»Aber sie wäre doch nicht so, wenn sie nicht adoptiert worden wäre.«

»Wenn jemand Schuld trägt, dann die Justiz, die sie Ihnen weggenommen hat«, sagt Rowena sanft.

Susie sieht immer noch gequält aus. »Und ich habe irgendwo gelesen … es kann auch damit zu tun haben, dass die Mutter gar kein Kind wollte. Und während der Schwangerschaft Drogen genommen hat.«

»Diese Annahmen sind wissenschaftlich kaum bewiesen.«

Rowena spreizt die Hände. »In Wahrheit weiß niemand so richtig, warum einige Kinder in ihren Adoptivfamilien gut zurechtkommen und andere nicht. Es gibt etliche Theorien, angefangen von der Annahme, dass Adoptivkinder eine Art unverheilte ›Urwunde‹ durch die Trennung von der Mutter in sich tragen, bis zu hormonellen Gründen. Man geht zum Beispiel davon aus, dass das Cortisollevel, das sogenannte Stresshormon, bei Adoptivkindern immer so hoch war, dass es wie eine Sucht ist – dieser Zustand muss wiederhergestellt werden, sonst fühlt die Person sich nicht normal.«

»Können wir irgendetwas unternehmen?«, frage ich.

Rowena schüttelt den Kopf. »Falls Sie an Medikamente oder irgendeine Therapieform als Wundermittel denken … nein, eher nicht. Sie können allerdings einige Erziehungsstile vermeiden. Bestrafung verstärkt zum Beispiel bei Adoptivkindern nur das Gefühl, dass sie ungeliebt und unerwünscht sind. Deshalb führen sie diesen Zustand oft absichtlich herbei – dann steigt auch der Cortisolspiegel. Aber Lob und Zuneigung lösen ebenfalls unerwünschte Gefühle aus, weil den Kindern dann bewusst wird, dass sie keine Kontrolle mehr über die Beziehung haben. Sie sollten auch die Time-out-Methode oder Alleinsein als Strafe vermeiden. Das ist genau das Gegenteil von dem, was ein Kind mit reaktiver Bindungsstörung braucht, nämlich mit der Familie zusammen zu sein, in sozialem Kontakt zu bleiben.«

»Susie und mir ist aufgefallen, dass wir ziemlich unterschiedliche Ansätze im Umgang mit Sky haben«, sage ich vorsichtig. »Ich glaube an … ein System mit Konsequenzen. Susie verfolgt eher die Richtung: bedingungslose Liebe und Vergebung.«

»Also, es ist immens wichtig«, erwidert die Therapeutin, »dass Sie beide sich in Ihrem Erziehungsstil einig sind und ihn konsequent verfolgen. Ich finde allerdings, dass diese beiden Ansätze nicht *grundsätzlich* unterschiedlich sind. Es *darf* Konsequenzen geben, auch wenn man jemanden bedingungslos liebt. Der Schlüssel ist, Sky das Gefühl zu vermitteln, dass *sie* die Entscheidung trifft, nicht Sie beide. Und auch enorm wichtig ist es, niemals Wut zu zeigen.«

Ich denke beschämt daran, wie ich reagiert habe, als Sky Susie schlug. »Das ist leichter gesagt als getan ...«

»Ist mir klar«, erwidert Rowena. »Und Jugendliche mit reaktiver Bindungsstörung wissen ganz besonders gut, wie sie provozieren können. Aber wenn Sie dann emotional reagieren, wird das von den Jugendlichen wieder als Beweis gedeutet, dass *sie* die Kontrolle haben, nicht das Gegenüber.«

»Was können wir außerdem noch tun?«, fragt Susie.

»Es gibt ein Modell mit vier wesentlichen Elementen«, antwortet Rowena, »nämlich spielerisch, akzeptierend, interessiert und empathisch. Seien Sie unbeschwert und entspannt. Zeigen Sie Sky, dass Sie an ihren Gefühlen interessiert sind, seien Sie dabei aber nicht dramatisch. Und – ja – lassen Sie ihr viel Freiraum. Kleine Einheiten an Zuwendung oder Berührung werden besser verkraftet als große. Was Grenzen angeht: Setzen Sie nur die wesentlichsten, bei denen es um Skys Sicherheit und ihr Wohlbefinden geht.« Sie hält einen Moment inne und fügt dann hinzu: »Ich denke, dass Sky sich nicht bewusst für dieses Verhalten entscheidet, sondern lieber so wäre wie die anderen. Wenn ich mit Magersüchtigen arbeite, beschreiben sie ihre Krankheit oft als bösen Engel, der sich in ihrem Kopf eingenistet hat und sie gegen ihren Willen beherrscht. So ähnlich könnte es bei Sky auch sein. Die meiste Zeit ist der Engel verborgen, auch vor ihr selbst, aber wenn er dann zum Vorschein kommt, kann sie ihm nicht widerstehen. Und wahrscheinlich hat sie fest daran geglaubt, dass sie durch den Neuanfang mit Ihnen alles loswerden kann, was sie an sich selbst nicht mag oder nicht versteht ... Wie kommt sie in der Schule zurecht?«

Ich sehe Susie an. »Komisch, wir haben länger nichts mehr gehört.«

»Also, achten Sie am besten darauf, dass Sie in jeder Hinsicht an einem Strang ziehen«, sagt Rowena. »Sky muss verstehen, dass sie Sie nicht gegeneinander ausspielen kann. Und, Susie ... ich würde vorschlagen, dass Sie wieder für ein paar Stunden herkommen. Ich denke, in Bezug auf Sky gibt es nach wie vor Schuldgefühle und viel Traumatisches bei Ihnen, das sollte bearbeitet werden, meine ich. Die neue Schwangerschaft wird schon genügend starke Emotionen auf den Plan rufen.«

55

SUSIE

»E S gab keinerlei Probleme bisher«, sagte Clive Pelling aalglatt. »Ganz im Gegenteil.«

»Sky hat sich also nicht auffällig oder provozierend verhalten?«, fragte Gabe zweifelnd.

Das Lächeln des Schulleiters wirkte jetzt etwas spärlicher. »Manche Menschen versuchen ihre Kinder in eine Norm zu zwingen«, sagte er. »Hier in Hilcham glauben wir, dass jedes Kind anders lernt, und wir unterstützen das. Sky ist ein gutes Beispiel dafür, sie blüht hier regelrecht auf.«

»Und nimmt sie wirklich an allem teil, oder fehlt sie häufiger?«, erkundigte sich Gabe.

»Sehen wir doch mal nach.« Pelling wandte sich seinem PC zu. Nach einigen Mausklicks runzelte er die Stirn. »An den Nachmittagsaktivitäten nimmt sie nicht so häufig teil, wie wir das gehofft hatten«, räumte er ein. »Wir geben unseren lernenden jungen Menschen viel Freiraum, sich selbst zu organisieren. Manchmal dauert es eine Weile, bis sie da hineinwachsen.«

Gabe sah mühsam beherrscht aus, als er fragte: »Und wissen Sie zufällig, wo Sky sich dann aufhält? Wenn sie … desorganisiert ist?«

»Manchmal arbeiten die Lernenden dann lieber an Projekten in der Gemeinschaft«, antwortete Pelling vage.

»Das heißt im Klartext, sie haut einfach ab. Und niemand hier hat die geringste Ahnung, wohin.«

»Ähm ... probieren Sie's doch mal in der Bücherei«, schlug der Schulleiter vor.

Gabe seufzte. »Danke für Ihre Zeit.« Sein Tonfall ließ keinen Zweifel daran, dass er seine eigene Zeit als vergeudet empfand.

»Gerne. Und diese Probleme, die Sie derzeit zu Hause erleben ... die werden sich bestimmt bald in Luft auflösen«, sagte Pelling munter, als er aufstand. »Es ist immens wichtig, junge Menschen nicht zu dämonisieren, vor allem wenn sie unabhängiger werden. Machen Sie sich keine Sorgen, das ist alles vollkommen normal.«

Als wir durch die Schülermassen zum Parkplatz gingen, rief Gabe plötzlich: »Annabel?«

Das Mädchen, das Sky zur Party mitgebracht hatte, drehte sich um. »Ach, hi, Mr. ... ähm, Gabe«, sagte sie etwas verlegen.

»Könnten wir ganz kurz mit dir reden? Wir versuchen gerade herauszufinden, wie Sky hier zurechtkommt.«

Annabel sah ernst aus, als sie zu uns trat. »Also ... wir sehen uns zurzeit kaum.«

»Wegen Ned?«, fragte ich.

Annabel zögerte. »Nein ... Sky war ein bisschen komisch zu mir.«

»Inwiefern?«, hakte ich nach. »Du kannst uns das ruhig erzählen, Annabel. Wir reden nicht mit ihr darüber. Und auch mit niemand anderem.«

»Na ja ...« Sie sah peinlich berührt aus. »Erst mal wollte sie, dass wir jede freie Minute zusammen verbringen, und das ist mir irgendwie zu viel geworden ... Dann hat sie angefangen, mir Sachen wegzunehmen. So seltsames Zeug wie ein Sandwich ... oder meinen Taschenrechner, obwohl sie selbst einen hat. Irgendwann wurde ich dann sauer darüber. Und seither haben wir nicht mehr miteinander geredet.«

Gabe und ich warfen uns einen Blick zu.

»Tut mir leid, das zu hören«, sagte ich. »Aber mach dir keine Gedanken, Annabel, das hat nichts mit dir zu tun. Sky … hat zurzeit eine schwierige Phase.«

DIESER *Artikel enthält Details mutmaßlicher sexueller Über-griffe, die Sie beeinträchtigen könnten.*

Das Erscheinen des ersten Albums von Silverlink, der Prog-Folk-Band, die von der ehemaligen Backgroundsängerin Susie Jukes gegründet wurde, ist überschattet von Vorwürfen gegen ihren Mann, Gabe Thompson. Thompson war ehemals Mitglied der Boygroup Wandering Hand Trouble, deren Umgangsformen mit jungen weiblichen Fans in den Neunzigern als »unangemessen«, »übergriffig« und »toxisch« beschrieben wurden. Die Vorwürfe gegenüber Thompson rücken die Vergangenheit ins Blickfeld, denn es gab bereits wiederholt Beschuldigungen wegen Formen sexueller Ausbeutung und einer Kultur emotionalen Missbrauchs, die laut Quellen die Grenze zur Strafbarkeit überschritt.

»Die Jungs fanden wohl, sie hätten ein Recht darauf, mit allen Frauen – oder Mädchen – Sex zu haben, auf die sie gerade Lust hatten«, sagt eine Insiderin aus der Musikindustrie. »Ich weiß aus erster Hand, dass junge Fans sich häufig ausgenutzt fühlten und traumatisiert zurückblieben.«

Thompson ließ durch seine Agentur verlauten: »Alle meine Kontakte beruhten auf beiderseitigem Einvernehmen und waren – soweit mir bekannt ist – legal. Ich bedaure zutiefst, wenn ich unwillentlich jemanden verletzt habe, das war niemals meine

Absicht. Die Fans von WHT waren uns unglaublich wichtig, und wenn wir ihnen manchmal zu nahe kamen, war das zweifellos unser Fehler.«

Die bereits genannte Insiderin berichtete weiter: »Gabe sagte immer witzelnd, Susie sei das Groupie, das er geheiratet habe. Sie ist fünf Jahre jünger als er – es war völlig klar, dass sie ihn als Mentor ansah und auch seine Verbindungen nutzen wollte. Daran hatte er sich durch den Erfolg gewöhnt, denke ich – Bewunderung im Austausch für Vorteile.«

Bis heute ist Silverlinks größter Hit, »Lullaby for Leah«, ein Song von Thompson. Die Band ist gegenwärtig bei Wandering Hand Troubles ehemaligem Label Birkenhead unter Vertrag. Die PR-Abteilung ließ verlauten, dass Birkenhead die Themen sexueller Missbrauch und sexuelle Belästigung »extrem ernst« nehme. In der Plattenfirma gäbe es einen Verhaltenskodex gegen »Mobbing, sexuelle Belästigung, Ausbeutung und Diskriminierung«.

Jukes, die Thompson während einer Tour von WHT kennenlernte, hat selbst in der Musikindustrie sexuelle Übergriffe erlebt und sagt: »Damals hatten wir keine andere Wahl, als das irgendwie zu verkraften und weiterzumachen.«

Obwohl die Boygroup seit acht Jahren nicht mehr aufgetreten ist, halten sich hartnäckig Gerüchte über ein Comeback-Album. Thompson ist noch immer ein produktiver Songwriter, der in jüngerer Zeit Hits unter anderen für Jake Croft, Garage Girl und Melissah_K geschrieben hat.

Zu den Personen, die Thompson im Internet beschuldigen, gehört eine Frau aus Australien, »Alice«. Ihrer Aussage nach hatte sie mit Thompson einvernehmlich Sex, als sie siebzehn war, und habe ihm später Nacktfotos von sich geschickt. Er forderte sie auf, mehr zu schicken, während er sich gerade in den USA aufhielt. Staatsanwalt Jared Ambrose aus Los Angeles sagte mir: »In den USA ist es gesetzlich verboten, eine unter achtzehn Jahre alte

Person, die also minderjährig ist, zum Versenden sexuell expliziter Fotos, die als Kinderpornografie gelten, aufzufordern, zu überreden oder zu zwingen. Das ist zu unterscheiden vom Alter der Sexualmündigkeit. Es kann legal sein, in ein und demselben Land mit einer sexualmündigen Person einvernehmlichen Sex zu haben, aber man begeht eine Straftat, indem man ein sexuell explizites Foto anfordert oder es auf seinem Handy hat.«

Jukes sagte im Interview: »Ich würde Sex mit Minderjährigen niemals rechtfertigen. Und Gabe auch nicht.« Doch genau dazu kam es mutmaßlich in Dublin bei der zweiten Tournee von WHT. Laut Aussage eines weiblichen Fans, die anonym bleiben möchte, hatte der damals neunzehnjährige Thompson mit der Sechzehnjährigen Sex nach einem Konzert. In Irland liegt das Sexualmündigkeitsalter bei siebzehn Jahren, und »Schändung eines Kindes unter siebzehn Jahren« wird mit einer Haftstrafe von bis zu fünf Jahren geahndet.

Die Anschuldigungen gegenüber anderen Mitgliedern von WHT sind noch weitaus massiver und umfassen unter anderem emotionalen Missbrauch, Frauenfeindlichkeit und in einigen Fällen Unklarheiten, was angeblichen Konsens zu sexuellen Handlungen betrifft.

»Vor allem Kai und Danny hatten eine Art Wettbewerb, wer attraktive weibliche Fans zuerst ins Bett kriegt«, so die Insiderin aus der Musikindustrie, »und äußerten sich dann abwertend über Mädchen, mit denen der andere zuerst Sex gehabt hatte.«

GABE

ICH habe die anderen aus der Band gewarnt, dass jemand von der Presse in unserer Vergangenheit wühlt, und ihnen einen Link zu dem Artikel geschickt. Wir haben nur noch wenig Kontakt miteinander. Kai ist nach Los Angeles gezogen, wo er der Jury einer TV-Castingshow für Gesangstalente angehört. Danny hat ein gigantisches Anwesen in Essex, mit vier Garagen für seine Sportwagensammlung, Graham und sein Mann leben in Berlin und machen experimentelle Kunst, und Rich lebt angeblich im Lake District, aber da er schon lange nicht mehr auf unsere Anrufe reagiert hat, weiß niemand etwas Genaues.

Wir treffen uns zu viert, ohne Rich, auf Zoom. Kai ist, wie zu erwarten war, wütend, und zwar auf Susie, was ich schon geahnt habe. Er konnte sie noch nie leiden, vermutlich, weil sie nie mit ihm Sex hatte.

»Hätte sie nicht ihren Mund halten können?«, fragt er als Erstes.

»Das Problem ist nicht, was Susie gesagt hat«, sage ich so gelassen wie möglich – Kais aggressive Art war schon immer anstrengend und irgendwie auch ansteckend. »Sondern, wie ihr euch damals verhalten habt … wie *wir alle* uns verhalten haben.«

»Wir haben doch nur gemacht, was alle anderen auch gemacht haben. Die jedenfalls, die Gelegenheit dazu hatten.«

»Sei so gut, Kai, und schreib das nicht in Social Media, okay?«, wirft Danny ein.

»Hältst du mich für schwachsinnig? Im Gegensatz zu anderen Leuten habe ich noch eine Karriere.«

»Wofür brauchst du die denn? Ach so, du zahlst ja immer noch deine ganzen Entzugsrehas ab«, versetzt Danny.

Graham schüttelt in gespielter Verzweiflung den Kopf. Er, Rich und ich haben uns immer gut verstanden und kamen auch mit Danny oder Kai klar, aber nur einzeln. Sobald die beiden zusammen in einem Raum waren, gingen die Konflikte los.

»Also, jedenfalls ist das Label recht zuversichtlich«, sage ich, »dass man die Sache im Griff behalten kann. Es geht schließlich um einvernehmlichen Sex vor zwanzig Jahren, der mit bereitwilligen Fans stattgefunden hat – obwohl wir uns natürlich uneingeschränkt entschuldigen sollten, falls es bezüglich Konsens Unklarheiten gab.«

»Das Label meint also, das löst sich alles von selbst in Luft auf?«, sagt Danny sarkastisch.

»Das scheint man zu hoffen, ja.«

»Was beweist, dass die echt nur Scheiße im Hirn haben.« Danny schaut auf etwas neben sich. »Während wir hier quatschen, hat die halbe Million Follower von Jake Croft seinen Tweet gelesen, dass es so immens wichtig ist, alle Menschen anzuhören, die Opfer von sexuellem Fehlverhalten wurden, und dass er nicht mehr mit dir arbeiten will, Gabe, und auch den Song, den ihr gemeinsam geschrieben habt, nicht mehr spielen wird. In dem Tweet ist ein Link zu dem Artikel, und wir sind alle getaggt.«

GABE

ES ist der klassische Dominoeffekt. Auf Instagram und Facebook, vor allem aber auf Twitter trifft mit rasender Geschwindigkeit eine Flut von Retweets und Tags ein. Susie und ich beobachten entgeistert diesen Prozess. Das eine oder andere können wir trotz der Geschwindigkeit lesen:

wie ekelhaft ist das denn

die waren die Lieblingsband meiner Mutter

KOTZ war mein erstes Konzert

ich kapier's einfach nicht

hab früher Kai auf dem Poster an der Wand geküsst

@Melissah_K bitte boykottiert die Band. Bis die Anschuldigungen offiziell bearbeitet werden, müssen wir junge Frauen unterstützen, das darf nicht ignoriert werden

omfg ist das ekelhaft

@spotify @youTube BOYKOTTIERT die Tracks bis das geklärt ist

zum Kotzen

alle Überlebenden unterstützen

gerade jeden Song von Gabe Thompson gelöscht

@apple_music bitte solidarisiert euch mit den Frauen und unterstützt den Boykott gegen WHT

hab auch gelöscht

gelöscht

@garage_girl bitte boykottiert die Band. Bis die Anschuldigungen offiziell bearbeitet werden müssen wir junge Frauen unterstützen, das darf nicht ignoriert werden

grade alles von WHT gelöscht

@realsusiejukes @silverlink wie könnt ihr es wagen die Aussagen von Überlebenden anzuzweifeln

das Schlimmste ist doch dass die sich benommen haben wie die Guten. wir haben sie geliebt und ihnen vertraut und dann das dafür gekriegt

auch alles gelöscht

ist mir egal was alle sagen, eine 16-Jährige ist NICHT reif genug für Sex mit einem 21-Jährigen. Schutzalter sollte in UK so sein wie in USA

was ist mit den Eltern, die ihre Töchter in dem Alter auf Konzerte gehen ließen? Sollten Verantwortung übernehmen

#macht WHT fertig

wundert das wen? der sch… Bandname schreit doch schon »sexueller Übergriff«. Sollten alle verurteilt werden wegen Anstiftung zu Vergewaltigung

WHT löschen

»Was für ein Irrsinn«, sagt Susie irgendwann und schließt den Browser. »Tee?«

Ich nicke benommen. »Tee, ja. Was auch geschieht, wir trinken Tee.«

Als sie an mir vorbeigeht, lege ich eine Hand auf ihren Bauch. »Und das. Das ist *wirklich* wichtig.«

»Ja.« Susie legt ihre Hand auf meine, lässt sie dort ruhen.

»Also, ganz ehrlich«, sage ich, »ich kann die Wut der Leute, die den Artikel gelesen haben, schon verstehen. Auch wenn ich mich nicht so übel benommen habe wie Kai oder Danny – es ist schon so, wie in dem einen Tweet stand: Die Fans glaubten, dass wir sie auch liebten, weil sie uns liebten. Aber das war nur Teil unseres vom Label fabrizierten Images. Und wenn die Fans uns dann persönlich kennenlernten, wurden sie manchmal ausgenutzt.«

Susie nickt. Ich spüre, dass sie noch etwas sagen will, aber wir hören, wie die Haustür aufgeht.

Sky kommt herein. Wir haben sie seit zwei Tagen nicht mehr gesehen, sie verbringt kaum noch Zeit mit uns.

»Hi«, sagt sie. »Kann ich Geld fürs Taxi haben? Kostet dreißig Tacken.«

Ich greife nach meiner Brieftasche. »Das musst du aber vom Taschengeld zurückzahlen.«

Sie zuckt gleichgültig mit den Schultern. »Klar.«

Ihre Stimme klingt kalt und distanziert. Rowena hatte uns darauf vorbereitet. *Sie hat Angst vor der Nähe, die entsteht, wenn Sie über ihr Verhalten mit ihr reden. Wenn sie patzig ist, dann spiegeln Sie das nicht. Bleiben Sie gelassen. In einer Abwärtsspirale siegen provozierende Jugendliche immer.*

»Du warst bei Ned, vermute ich«, sage ich so neutral wie möglich.

»Kann sein.«

»Wir haben uns Sorgen gemacht. Weil wir nicht wussten, wo du warst.«

Sky verdreht die Augen. »*Sorgen*. Na klar.«

»Wir haben jedenfalls etwas besprochen«, fährt Gabe unbeirrt fort. »Wenn du uns in Zukunft wieder nicht sagst, wo du bist, und wir keine Zeit vereinbaren können, wann du zu Hause sein sollst, entziehen wir dir den Zugang zu Silverlink. Du wirst dann nicht mehr Backgroundsängerin sein. Du kannst keiner Band angehören, wenn Absprachen nicht einmal in der Familie funktionieren. Die Entscheidung liegt einzig und allein bei dir.«

Sie starrt mich wutentbrannt an. »Das könnt ihr nicht machen!«

»Wir wollen das nicht, brauchen aber etwas, das dich motiviert, dein Verhalten zu korrigieren. Du brauchst Hilfe, um dich zu verändern. Und Regeln sind der beste Weg dafür.«

»Du solltest mal selbst hören, was für einen Scheiß du redest, Gabe«, faucht Sky. »Aufgeblasener Arsch!«

»Es gibt eine Alternative«, rede ich weiter. »Du hältst dich komplett von Ned fern. Dir ist doch wohl klar, dass wir nicht gutheißen können, wenn du Sex hast, obwohl du noch nicht sexualmündig bist.«

»Und das von dir. Wo deine Band deshalb gerade überall im Gerede ist.«

»Vor allem du weißt genau, dass an den meisten dieser Geschichten nichts dran ist«, erwidert Gabe.

»Ich weiß nur, dass du ein heuchlerisches Arschloch bist!« Sie stürmt aus der Küche und rennt nach oben.

»Immerhin«, sagt Susie nach einer Weile, »hat sie nichts geworfen. Ist wahrscheinlich als Fortschritt zu sehen.«

»Und mir kam auch gerade eine Idee«, sage ich langsam.

»Was denn?«

»Ned … können wir ihm irgendwie eine Nachricht schicken?«

Susie nickt. »Klar. Er ist auf Instagram.«

Ich hole mein Handy raus, rufe Neds Account auf und schreibe:

Wenn du dich nicht sofort von Sky trennst, mache ich publik, dass du Sex mit einer Fünfzehnjährigen hast. Und da ich gerade mit einer halben Million Menschen zu tun habe, die das gar nicht gut finden, ist deine Karriere dann auch vorbei, bevor sie überhaupt angefangen hat. Was eine Wohltat für die Ohren der Welt wäre, aber sicher nicht dein Wunsch.

»Bist du sicher?«, fragt Susie zweifelnd, als ich ihr die Nachricht zeige. »Sky wird garantiert durchdrehen.«

»Meinst du wirklich, dass sie mit Ned Sex haben sollte?«

Susie zögert einen Moment, schüttelt dann den Kopf. »Nein. Schick sie ab.«

Ich drücke auf *Senden*, dann warten wir die Detonation ab.

59

SUSIE

DIE erfolgte etwa zwanzig Minuten später. Ein Schrei in Skys Zimmer, ein Knall, als irgendetwas an die Wand geworfen wurde, dann das Donnern ihrer Schritte, als sie nach unten gerast kam.

»Was habt ihr getan?«, brüllte sie.

Sie hechtete sich auf mich, weil ich weiter vorne stand. Gabe stürzte sofort zu ihr und packte ihre Handgelenke, aber jetzt trat sie ihn. Um ihren Tritten auszuweichen, schaute er nach unten, und in dem Moment biss sie ihn in den Arm.

Er zuckte zusammen und schob sie von sich weg.

»Ich hab es dir gesagt!«, schrie sie mich an. »Ich hab dir gesagt, du sollst ihn rauswerfen! Ich hab dir eine Chance gegeben! Du hast sie versaut!«

Dann rannte sie wieder nach oben.

Gabe sah mich an. »Was meint sie damit?«

Ich holte tief Luft. »Sie hatte diese Irrsinnsidee, dass ich mich zwischen dir und ihr entscheiden soll. Ich habe ihr natürlich gesagt, dass wir eine Einheit sind.«

Gabe nickte. Aber er sah beunruhigt aus, als überlege er, welchen Sturm er da entfesselt hatte.

Sein Handy piepte. Er warf einen Blick darauf, zeigte mir dann das Display. Eine Nachricht von Ned.

Sie hat mir gesagt, sie sei sechzehn, ich schwöre es. Wollte sowieso Schluss machen. Wurde mir zu bizarr alles.

»Immerhin etwas«, sagte Gabe. Aber er schauderte unwillkürlich.

SKY

So ein scheiß Heuchler ist der.

Und pervers und notgeil.

Mit Susie und mir würde alles gut laufen, wenn wir allein wären, da bin ich ganz sicher. Klar würde ich manchmal auch explodieren. Aber sie versteht, dass ich das nur mache, weil wir so lange getrennt waren. Weil ich Panik kriege, wenn Leute mir vorschreiben, was ich tun soll.

Hallo? Ich meine, ich entscheide das schließlich nicht, es passiert einfach, weil der Druck rausmuss.

Gabe ist ein Blutsauger, ein Parasit, der wird Susie nie und nimmer freiwillig aufgeben. Warum auch, wenn er diese schöne, coole, begabte jüngere Frau hat, die ihn anhimmelt und ihm einen bläst und seine blöden Songs gut klingen lässt.

Gleitcreme für den zu benutzen – so ultraeklig, wenn ich jetzt drüber nachdenke. Damit sie jederzeit seine Sexsklavin sein kann.

Kommt mir fast vor, als dominiere er sie total. Nicht gewalttätig, irgendwie anders. Als sei sie einer Gehirnwäsche unterzogen worden, bis sie nicht mehr eigenständig denken kann. Ich würde sie befreien und mich natürlich auch. Und überdies noch was Gutes tun für all die Frauen, die voll angewidert sind von dem, was er und seine Band auf Tour alles getrieben haben.

Wie kann ich es schaffen, dass dieser schleimige Perverse sie loslässt?

Die Antwort liegt auf der Hand, aber ich muss vorsichtig sein. Ich weiß aus schlechter Erfahrung, dass ich nur einen einzigen Zug habe. Damals hatte ich ja gedacht, ich werde das Monster los, aber das ging schief.

Diesmal muss ich alles richtig machen.

61

GABE

IN den nächsten Wochen bessert sich die Situation mit Sky merklich. Wir befolgen Rowenas Anweisung, alles locker und undramatisch anzugehen. Statt Sky auf ihr Zimmer zu verbannen, versuchen wir eher die Zeit einzuschränken, die sie dort verbringt. Wir sorgen dafür, dass sie ihre Hausaufgaben am Küchentisch macht, oder beteiligen sie beim Kochen, wenn wir etwas Vegetarisches zubereiten.

Manchmal kann man sich kaum noch vorstellen, wie sie sich aufgeführt hat, als wir Ned die Nachricht geschickt hatten. Sie ist liebenswürdig und charmant, es macht regelrecht Freude, mit ihr zusammen zu sein. Wir wagen sogar zu hoffen, dass – indem wir klarmachen, dass wir im Zweifelsfall auch streng sein würden – das Gröbste geschafft ist.

Rowena sagte, wir sollten sie loben, wenn sie etwas gut macht, aber nicht zu intensiv, eher dezent. Als Sky eines Abends die Spülmaschine ausräumt, sage ich deshalb beiläufig: »Toll, dass du dich zurzeit so bemühst, Sky.«

Sie schaut auf. »Danke, Gabe. Ich bin auch dankbar für alles, was ihr für mich getan habt.«

Der Sturm auf Twitter tobt weiter, aber ich kann nichts tun, außer zu warten, bis er irgendwann nachlässt. Melissah_K und Garage Girl sind Jake Crofts Beispiel gefolgt und haben erklärt, dass sie nicht mehr mit mir arbeiten. Diverse Agenturen haben meinem Agenten mitgeteilt, dass das für ihre Klienten ebenfalls gilt. Ich sehe auch, dass Kai in der Castingshow »aussetzt, bis die Vorwürfe aufgeklärt sind«.

Als es klingelt und Detective Constable Eddo vor der Tür steht, in Begleitung eines großen hageren Mannes, der Jeans und Sakko trägt, dazu aber seltsamerweise ein weißes Hemd mit Metallecken am Kragen und einen schwarzen Bolo Tie, frage ich mich beunruhigt, ob es etwas mit diesem Thema zu tun hat. Dann sage ich mir, dass das ausgeschlossen ist, weil keines von den Mädchen aus Fi Whites Artikel Anlass gehabt hätte, Anzeige zu erstatten. Es geht wohl um die Anrufe, die ich unlängst wegen Sky gemacht hatte.

»Hallo, Mr. Thompson.« Eddo weist auf den Mann neben sich. »Das ist Gerry Castle vom Jugendamt. Er muss mit Sky sprechen. Unter vier Augen, wenn möglich.«

»Gut, dass endlich etwas unternommen wird«, sage ich erleichtert. »Kommen Sie rein.«

»Ich denke, Sie sprechen wohl von einer anderen Angelegenheit«, sagt Eddo. »Könnten Sie uns direkt zu Sky bringen?«

Susie, die gerade aus der Küche kommt, runzelt die Stirn. »Aber wenn Sky mit Polizisten spricht, sollte doch wohl ein Erwachsener bei ihr sein.«

»Das wäre in dieser Situation unangebracht«, erwidert Gerry Castle. »Wir müssen uns an die Vorschriften halten, und das heißt, dass ich mit Sky alleine spreche. Detective Constable Eddo wird vor der Tür warten.«

»Okay«, sage ich verwundert. »Sky ist oben in ihrem Zimmer.«

»Worum ging es denn da?«, fragt Susie Sky, nachdem die beiden verschwunden sind. Gerry Castle hatte sich über eine Stunde in ihrem Zimmer aufgehalten.

»Ach … um Kindeswohlgefährdung und so«, antwortet Sky ausweichend.

224

»Wieso das denn? Wegen Ned?«

»Sie haben mir aufgetragen, nicht darüber zu sprechen. Bis sie wieder da sind.«

Was eine Stunde später der Fall ist. Diesmal rücken sie mit einem zweiten Streifenwagen und einer Sozialarbeiterin an, die mit Sky nach oben geht, um mit ihr einen Koffer zu packen.

»Was ist hier los?«, fragt Susie außer sich. »Warum erfahre ich nicht, was Sie mit meiner Tochter vorhaben?«

Schließlich sagt Gerry Castle: »Sky hat darum gebeten, zu ihrem Schutz in einer Einrichtung der Jugendhilfe untergebracht zu werden.« Er wendet sich zu mir. »Wir müssten jetzt mit Ihnen sprechen, Mr. Thompson.«

62

GABE

ERZÄHLEN Sie mir mehr über diesen Gitarrenunterricht«, fordert Castle mich auf.

»Es war in dem Sinne kein Unterricht«, erkläre ich geduldig. »Ich habe Sky nur ein paar Akkorde beigebracht. Vier, soweit ich mich erinnere.«

Er deutet auf meine Gitarren auf den Ständern. »Zeigen Sie mir bitte, wie das genau vonstattenging.«

Ich reiche Castle die Gitarre, trete dann hinter ihn und zeige ihm, wie ich Skys Finger auf dem Griffbrett platziert hatte. »So.«

»Und das war die einzige Berührung in dieser Situation?«

»Also ... nein«, gebe ich zu. »Sky ... drückte sich irgendwie an mich.«

»*Sky* drückte sich an *Sie*?«

»Ja. Sie können Susie danach fragen – ich hatte es damals ihr gegenüber erwähnt. Wir hatten beide das Gefühl, dass Sky ... nun ja, dass sie mich austesten wollte.«

Castle macht sich eine Notiz. »Und später, als Sie anfingen, ihr Gesangsunterricht zu geben ... Sie sagt, dass Sie mit ihr in einen schalldichten Raum gingen und ihren Bauch berührten.«

»Ich habe ihr gezeigt, wo ihr Zwerchfell sitzt«, sage ich, bemüht, nicht gereizt zu klingen. »Und wir waren in meinem Studio, weil ich da mein Equipment habe.«

»Gehörte das alles zu dem Vorhaben, sie zu ködern mit der Aussicht auf eine Musikausbildung?«

»Weshalb sollte ich Sky denn ›ködern‹ wollen? Sie hatte uns gefragt, ob wir ihr helfen könnten, sie mit dem Musikbusiness vertraut zu machen, weil sie Musikerin werden will. Wir haben ihr sogar erlaubt, bei Susies Band mitzumachen. Dann stellte sich allerdings heraus, dass Sky gar nicht richtig singen kann, und deshalb bat Susie mich, Sky zu unterrichten …«

»Moment mal. Sie sagen, Sky kann nicht singen, aber sie ist trotzdem in einer Profiband?«

»Wir wollten positiv sein und sie ermutigen.« Mir wird bewusst, dass Castle mit seinem Outfit bestimmt Country-Fan ist. Bei denen stehen Boygroups nicht hoch im Kurs.

Er schaut mich gleichmütig an. »Aus einem bestimmten Blickwinkel, Mr. Thompson, sieht das sehr danach aus, als wollten Sie sich nach und nach Skys Vertrauen erschleichen. Der Tatbestand des Grooming also.«

»Das ist doch lächerlich!«, fahre ich auf. »Dann müsste ich sexuelle Absichten haben. Ich habe aber niemals gegenüber Sky unangemessenes Verhalten an den Tag gelegt.«

»Haben Sie ihr nachgepfiffen, bevor sie mit Ihrer Frau zu einem Konzert ging?«

»Nein, natür…« Dann fiel es mir wieder ein. Ich hatte den beiden tatsächlich nachgepfiffen, weil sie in ihrer identischen Aufmachung so fantastisch aussahen. »Kann sein«, räume ich ein. »Aber das war kein anzügliches Pfeifen, nur so ein Pfeiflaut.«

Selbst ich merke, dass das irgendwie lahm klingt.

»Sky war an diesem Abend so aufgemacht, dass sie älter wirkte, als sie war, oder?«, fragt Castle.

»Hm, also …«

»Haben Sie sie dazu gedrängt, mit dem Gitarristen dieser Band Sex zu haben, die Ihre Frau und Sky an dem Abend kennenlernten?«

»*Was?*« Ich schüttle entnervt den Kopf. »Im Gegenteil! Wir haben dafür gesorgt, dass diese Beziehung beendet wird.« Allmählich wird mir bewusst, worauf Gerry hinauswill: dass Skys Beziehung mit Ned Teil eines Musters ist, für das wir verantwortlich sind, aus eigenen toxischen Gründen.

Oder vielmehr: für das *ich* verantwortlich bin.

Castle wirft einen Blick auf seine Notizen. »Sie haben Sky erzählt, dass Susie mit fünfzehn zum ersten Mal Sex hatte, ist das richtig?«

»Nein«, antworte ich entschieden. »Susie hat ihr das erzählt. Und auch gesagt, dass Sky sie alles zu diesem Thema fragen könne. Was sie dann auch getan hat. Es ging wohl hauptsächlich um Themen wie Konsens und Verhütung.«

»Und oralen Sex, wie ich gehört habe.«

»Ach so?«, sage ich verblüfft. »Keine Ahnung, davon wusste ich nichts. Da müssen Sie Susie fragen. Sie ist grundsätzlich sehr offen, und wenn Sky ihr eine Frage gestellt hat, wurde sie bestimmt beantwortet … Brauchen wir einen *Anwalt*?«

»Es handelt sich bei dieser Unterhaltung um ein Vorgespräch zur Faktenklärung, Mr. Thompson. Wenn sich dabei abzeichnet, dass es zu einer Vorladung oder zu polizeilichen Ermittlungen kommen wird, erhalten Sie einen Termin, zu dem Sie Rechtsvertreter mitbringen können.«

Ich habe keine Ahnung, wovon er redet.

»Schildern Sie mir bitte, wie Sie Sky bei einer Party betrunken gemacht haben«, sagt er als Nächstes.

»Wir haben sie nicht ›betrunken gemacht‹! Sky und ihre Freundin haben mit gefälschtem Ausweis Wodka gekauft und ihn eingeschmuggelt.«

»Aber Sie hatten vorab erlaubt, dass Sky Alkohol trinken dürfe?«

Ich seufze. »Zwei Bier. Wir hatten gesagt, sie dürfe zwei Bier trinken.«

»Und nachdem sie mehr getrunken hatte, wurde sie von Ihnen ins Bett gebracht.«

»Ja.« Ich weiß, wie ich seinen Blick deuten kann. »Und zwar wir *beide*«, betone ich. »Susie und ich haben sie gemeinsam in ihr Zimmer gebracht und sind dann abwechselnd bei ihr geblieben, bis sie einschlief.«

»Also waren Sie zeitweilig mit Sky alleine?«

»Ja, kurze Zeiträume.«

»Haben Sie Sky entkleidet?«

»Nein.« Ich hole tief Luft. »Das hat meine Frau gemacht. Sie hat Sky beim Duschen geholfen, nachdem sie sich erbrochen hatte.«

Castle notiert sich etwas. »Sagen Sie mir etwas zu dem Tattoo. Und weshalb Sie Sky aufgefordert haben, aufreizende Kleidung zu tragen.«

Es gelingt mir nur mit Mühe, meine Wut im Zaum zu halten. »Mit demselben gefälschten Ausweis, mit dem Sky Alkohol gekauft hatte, hat sie einen Tätowierer getäuscht …«

»Wollen Sie damit sagen, dass Sky eine Lügnerin ist, Mr. Thompson?«, fällt Castle mir ins Wort.

»Nun, da ich jeden einzelnen Ihrer absurden Vorwürfe verneine, können Sie diesbezüglich Ihre eigenen Rückschlüsse ziehen, Mr. Castle.«

»Sie haben Sky also auch nicht ermutigt, aufreizende Kleidung zu tragen?«

»Nein«, sage ich fest. »Sie beziehen sich vermutlich auf die Anlässe, bei denen Susie mit Sky alte Bühnenoutfits anprobierte. Damit hatte ich absolut nichts zu tun.«

»Sie sagte, dass sie in dieser Aufmachung von Ihnen angestarrt wurde und sich unwohl fühlte.«

Ich schüttle den Kopf. »Das habe ich nicht getan.«

»Gab es Probleme mit Gewalt in Ihrem Haushalt?«

»Darüber sind Sie informiert. Wir haben versucht, Unterstützung zu bekommen, weil Sky bei Wutanfällen uns gegenüber gewalttätig wurde. Von Ihrer Truppe bekamen wir aber keinerlei Hilfe.«

Er wirft mir einen scharfen Blick zu. »Meine Frage bezieht sich auf *Sie*, Mr. Thompson. Waren *Sie* gegenüber Sky jemals aggressiv oder gewalttätig? Oder gegenüber Ihrer Frau?«

»Nein. Fragen Sie Susie, sie wird meine Aussage bestätigen.«

»Soweit ich weiß, haben Sie vor Kurzem eine Verwarnung wegen eines tätlichen Angriffs erhalten.«

Mir verschlägt es die Sprache. Schließlich sage ich: »Rechtlich gesehen, ja. Aber die Umstände waren kompliziert. Jemand hatte meine Frau beleidigt …«

Castle legt seinen Stift ab. »Haben Sie Nacktfotos von Sky auf Ihrem Handy, Mr. Thompson?«

»*Was*?« Diese Unterstellung ist so grotesk, dass ich laut lache. »Natürlich nicht.«

»Hätten Sie etwas dagegen, wenn ich mir Ihr Handy einmal ansehe?« Er fixiert mich.

»Ja, hätte ich allerdings«, erwidere ich. »Weil ich es ungeheuerlich finde, dass mir so etwas überhaupt unterstellt wird.«

»Ich kann hier warten, während DC Eddo einen Hausdurchsuchungsbefehl beschafft, wenn Sie diesen Weg bevorzugen«, sagt er kalt. »Das könnte aber einige Stunden in Anspruch nehmen.«

Ich seufze. »Also gut.« Ich gebe meinen PIN-Code ein und lege das Handy auf den Tisch.

Castle nimmt es sich und scrollt meine Fotos durch, vergrößert sich ab und zu eines.

»Haben Sie *gar keine* Fotos von Sky auf Ihrem Handy?«, fragt er nach einer Weile.

»Nein, kein einziges«, antworte ich triumphierend. »Wie alles andere, was sie Ihnen erzählt hat, ist auch das nicht wahr.«

Ich sage mir, dass es gut war, das Handy so bereitwillig zu zeigen. Damit kann ich beweisen, dass diese ganzen absurden Vorwürfe frei erfunden sind. Und dann können wir vielleicht endlich mal gemeinsam erörtern, wie man Sky helfen könnte.

»Hmmm«, macht Castle. »Ich sehe mir noch die gelöschten Bilder an.«

Er scrollt wieder, hält dann inne. »Und wie erklären Sie das hier?«

Er zeigt mir das Display, und ich starre entsetzt darauf. Ein Foto von Sky, wie sie nackt auf dem Bett in unserem Schlafzimmer posiert und ängstlich in die Kamera lächelt.

SUSIE

E S wurde noch viel schlimmer, als wir vermutet hatten. Denn als die Polizei Gabes andere Geräte untersuchte, tauchten überall noch mehr Nacktfotos von Sky auf. Eines auf dem Mac in seinem Arbeitszimmer, zwei auf dem PC in seinem Studio. Alle im Papierkorb, wo er nie reinguckte, was natürlich den Eindruck machte, als habe er sie hastig löschen wollen.

Sein PIN-Code und seine Passwörter waren identisch mit denen, die er für Netflix und Spotify benutzte. Vor der Zeit mit Sky wären wir nie auf die Idee gekommen, damit vorsichtiger zu sein.

Sobald die Polizei weg war, riefen wir unseren Anwalt an. Unsere Lage war nicht gut. Wir verstießen, juristisch gesehen, immer noch gegen das gerichtlich angeordnete Kontaktverbot, verdeutlichte er uns. Was angesichts dieser neuen Beschuldigungen noch übler aussah, da es den Eindruck machte, als hätten wir von Anfang an einen verderblichen Einfluss auf Sky gehabt. Dass wir in Bezug auf ihre sexuelle Beziehung mit Ned nicht früher gehandelt hatten, konnte auch gegen uns ausgelegt werden – als hätten wir illegale sexuelle Handlungen unterstützt, weil Gabe Sky Geld fürs Taxi gegeben hatte.

Am schlimmsten war allerdings die Anklage, die wegen der anstößigen Bilder drohte. Die Nacktfotos, die Gabe angeblich vor siebzehn Jahren von dem australischen Mädchen angefordert hatte, gab es natürlich längst nicht mehr, und ohne sie konnte die

Polizei zu den Vorwürfen aus Fi Whites Artikel keine Ermittlungen einleiten. Aber Sky hatte darauf hingewiesen, und im Licht dieser neuen Situation verstärkte die Geschichte von damals den Eindruck, dass es ein Muster in Gabes Verhalten gab.

Der Anwalt riet uns, die nächsten Schritte der Polizei abzuwarten. »Selbst wenn Sie verhaftet werden, kann es sein, dass das Jugendamt die Vorwürfe als zu geringfügig erachtet und keinen Strafantrag stellt«, schlug er vor.

Aber nichts zu tun, fühlte sich auch falsch an. Gabe würde vielleicht einen Shitstorm wegen einer Band durchstehen, die seit etlichen Jahren nicht mehr aufgetreten war. Aber wenn Vorwürfe aus der Gegenwart dazukamen, würde das vermutlich das Ende seiner Karriere als Musiker sein.

»Warum?«, fragte er immer wieder. »Warum hasst Sky mich so sehr?«

Als er diese Frage Rowena stellte, antwortete sie: »Das ist gar nicht so. Sky ist davon überzeugt, dass sie ein schlechter Mensch ist, der schlimme Dinge tut, und dass sie aus diesem Grund abgelehnt wird. Deshalb macht sie noch schlimmere Dinge, weil sie dann das Gefühl hat, die Kontrolle über die Situation zu behalten.«

Ich konnte Gabe nur immer wieder sagen, wie leid mir das alles tat. Aber er wusste auch so, wie furchtbar es für mich war, dass er wegen mir in dieses Desaster hineingeraten war.

Als ich dann vorschlug, mit Sky in Kontakt zu treten und ihr zu vermitteln, dass wir sie immer noch bei uns haben wollten, schaute er mich an, als hätte ich den Verstand verloren.

»Das kann doch nicht dein Ernst sein, Suze. Wir wollen sie doch um Himmels willen nicht ermutigen zurückzukommen, oder? Und jede Kontaktaufnahme ist ein weiterer Verstoß gegen die Verwarnung.«

»Wenn *wir* sie auch aufgeben«, wandte ich ein, »liefern wir ihr doch den absoluten Beweis, dass sie nicht liebenswert ist. Und dann wird sie wahrscheinlich für den Rest ihres Lebens so bleiben, wie sie jetzt ist. Ich finde, wir sollten zumindest die Kontaktwege offenhalten.«

»Ich fasse es einfach nicht, bist du wirklich dieser Meinung?« Wir einigten uns wenigstens darauf, das Thema mit Rowena zu besprechen.

»Das ist eine unglaublich komplexe Situation«, sagte die Therapeutin, als ich mein Vorhaben erklärt hatte. »Es wäre denkbar, dass das Jugendamt schon ein psychiatrisches Gutachten in Auftrag gegeben hat. Dann bekommt Sky möglicherweise bereits die Unterstützung, die sie braucht. Offen gestanden, bezweifle ich das allerdings. Und die Tatsache, dass der jüngste Angriff nur gegen Gabe gerichtet ist, weist meines Erachtens darauf hin, dass Sky immer noch auf eine Beziehung zu Ihnen hofft, Susie ... es könnte sein, dass es Ihnen gelungen ist, den Panzer irgendwo zu durchbrechen.«

»Aber vielleicht ist Susie für Sky auch nur eine Person, die sie machen lässt, was sie will, und ihr überdies auch noch als menschlicher Sandsack dient«, wandte Gabe ein. »Tut mir leid«, fügte er, zu mir gewandt, hinzu, »aber das musste einfach mal gesagt werden.«

»Ich denke, man muss die Störung und den Menschen getrennt betrachten«, gab Rowena behutsam zu bedenken. »Sky benimmt sich nicht deshalb böse, weil sie böse *ist*, auch wenn sie das selbst glaubt. Sondern weil sie Schlimmes erlebt hat und nicht die psychische Stabilität und die Reflexionsmöglichkeiten hat, um diese Traumata zu verarbeiten.« Zu mir sagte sie: »Ob Sky jemals dazu fähig sein wird, Sie zu teilen, ist natürlich fraglich. Aber das werden Sie auch nie erfahren, wenn Sie es nicht ausprobieren.«

Deshalb überlegte ich mir eine Nachricht. Ich hatte vor, ihr zu schreiben, wie verletzt und verstört wir waren, aber Rowena schlug vor, weniger emotional zu sein.

Sky – was du getan hast, war falsch, aber das weißt du sicher selbst. Ich wollte dir nur sagen: Es tut uns leid, dass du nicht mehr bei uns bist. Wir hoffen, dass du eines Tages zu uns zurückkommst, wenn das Jugendamt damit einverstanden ist. Du wirst immer willkommen sein bei uns. Alles Liebe, Susie

Sky antwortete nicht.

SUSIE

Wie geht es dir, Sky? Ich hoffe, du lebst dich in deiner Unterkunft gut ein. Wollte nur sagen, dass wir immer für dich da sind, falls du uns brauchst. x

Hi, Sky. Hoffe, es geht dir gut. Sandy fehlen die Spaziergänge mit dir! Hoffentlich sehen wir uns bald mal. Susie x

Hi, Sky. Falls du sonntags mal Lust auf einen vegetarischen Lunch hast, sag Bescheid Xx

Hoffe, es geht dir gut. Würde mich freuen, wenn du mal schreibst Xx

Hi, Sky. Hoffe, alles ist gut bei dir und du kommst mit deinen Themen zurecht. Hoffe immer noch, dich wiederzusehen. Susie xx

SKY

ERSTER Eindruck: gar nicht so übel hier.

Großes frei stehendes Haus am Rande einer modernen Siedlung. Na ja, das Haus ist kleiner als die Farm von Susie und Gabe, aber innen ist es irgendwie geräumiger. Es gibt zwei Aufenthaltsräume, einen Wäscheraum und eine Küche, natürlich ohne Aga-Herd oder Kaffeevollautomat. Aber alles ist bunt und hell und erstaunlich gepflegt.

Erst auf den zweiten Blick bemerke ich die Details. Das *Notausgang*-Schild über der Hintertür. Die Bilder mit Slogans an den bunten Wänden: *Du bist gut so, wie du bist. Gönn dir Lebensfreude! Du bist mutiger, als du glaubst, und stärker, als du wirkst.* Die zwei Waschmaschinen und den Trockner, die Tag und Nacht im Einsatz sind.

Barry, der Leiter, ist immer freundlich und gelassen, so als könne ihn nichts mehr erschüttern. Mit Barry legt sich keiner an, schon deshalb nicht, weil er über die Sanktionen bestimmt. Er ist aber nicht oft hier, weil er noch zwei weitere Heime leitet. Hauptsächlich regelt Nicole hier alles. Sie macht die Dienstpläne und hilft uns bei der Planung der Mahlzeiten.

Alle anderen, die hier arbeiten, sind aus dem »Pool«. Maya hat mir erklärt, dass die Leute Null-Stunden-Verträge haben und deshalb ständig neue auftauchen. Zuerst dachte ich, nur mir fiele es schwer, sich an die vielen neuen Gesichter zu gewöhnen. Aber

Maya meint, das ginge allen so. Kommt man mal mitten in der Nacht in die Küche, sitzt da ein wildfremder Mensch und starrt dich an. *Hi, ich bin Billy. Aus dem Pool.*

Ich glaube, hier wird ziemlich Kohle gescheffelt. Offenbar muss die Kommune pro Woche dreitausend Tacken pro Jugendlichem abdrücken, und die Firma, die das Heim betreibt, hat noch fünf weitere. Das Ganze wurde von zwei Sozialarbeitern gegründet, Ken und Cathy, aber die lassen sich nie hier blicken. Machen wahrscheinlich Urlaub in irgendeinem Luxusresort.

Maya ist mir als Lotsin zugeteilt worden, obwohl sie ein halbes Jahr jünger als ich ist. Sie ist seit einem Jahr hier und spricht extrem leise, vielleicht weil sie schlimmes Zeug erlebt hat oder lieber nicht bemerkt werden will, keine Ahnung. Als ich sie gefragt habe, wie es hier so sei, hat sie mit den Schultern gezuckt und nur gesagt: »Besser.« Hat sich dann rausgestellt, dass sie vorher in einem Mobilhaus irgendwo in der Pampa untergebracht war. Und davor in einem Heim, wo es keine Vorhänge am Fenster und keine Laken auf dem Bett gab. Das zuständige Jugendamt sagte, das sei nur vorübergehend, aber ihre Schule hat einen Aufstand gemacht, und daraufhin ist sie verlegt worden. Ist jetzt aber so weit von der Schule entfernt, die ihr geholfen hat, dass sie da nicht mehr hingehen kann. So scheint das hier ständig zu laufen: Im einen Moment glaubt man, es sei mal Ruhe, und im nächsten muss man sein Zeug packen und wird von Sozialarbeitern irgendwo anders hingebracht.

Außer mir und Maya wohnen hier noch Rahmi, Larissa, Jaylen und Rob. Jaylen ist vierzehn und macht einen auf Gangsta. Er ist mit Rahmi zusammen, tauchte aber an meinem ersten Tag hier in meinem Zimmer auf und fragte, ob ich einen Freund hätte. Als ich sagte ›im Moment grade nicht‹, kam dann: »Und, willste einen?« Als täte er mir den Gefallen, sich anzubieten, und ich müsse schnell zugreifen, um die einmalige Chance nicht zu verpassen.

Ich habe mir das Lachen verkniffen und gefragt, was seine Freundin Rahmi wohl davon halten würde. »Die ist nicht meine Freundin, wir machen nur rum.«

»Interessiert mich einen Scheiß«, sagte ich, »und jetzt verzieh dich bitte.« Seither achte ich darauf, meine Zimmertür zu verriegeln.

Rob ist ein spindeldürrer Typ, der völlig verschüchtert wirkt, während Larissa ziemlich dick ist und leicht ausrastet. Ich war eine Woche hier, als ich zum ersten Mal erlebt habe, wie Larissa austickt. Ich weiß gar nicht mehr, weshalb, aber in der Sekunde, in der sie anfing, um sich zu schlagen, waren auch sofort drei Betreuer da und drückten sie auf den Boden. Sie schrie und wand sich, und einen Moment lang kam es mir vor, als sei ich in ihrem Kopf. Mir wurde heiß, und ich fing zu zittern an. War wieder in diesem scheiß Therapiezentrum, wo die mich festhielten und kitzelten, bis ich komplett durchgedreht bin.

Ein Betreuer fragte mich, ob alles okay sei, und als ich kein Wort rauskriegte, brachte er mich auf mein Zimmer. Hat wahrscheinlich gedacht, ich sei verstört, weil ich so eine Szene zum ersten Mal erlebt hätte. Den Rest des Tages lag ich eingerollt und zitternd auf dem Bett und hatte Flashbacks.

Aber jedenfalls war mir da klargeworden, dass es mir nichts Gutes bringt, wenn ich mich so aufführe wie Larissa. Als ich zum ersten Mal kurz davor war auszurasten – ich wollte abends im Waschraum noch eine Wäsche durchlaufen lassen, aber da standen Nicole und Barry, und er sagte »Sky, du solltest schon seit fünf Minuten auf deinem Zimmer sein« –, nickte ich nur und wandte mich ab, anstatt mit irgendwas zu schmeißen. Ich hatte meinen Zimmerschlüssel in der Hand und drückte die scharfen Zacken ganz fest in die weiche Haut zwischen meinen Fingern. Dann zwang ich mich, auf mein Zimmer zu gehen, und holte das kleine Messer mit Sägeschliff raus, das ich gleich am ersten Abend aus der Küche hatte mitgehen lassen. Damit ritzte ich die Haut an der Innenseite meines Schenkels auf, und als das Blut raustropfte, fühlte es sich an, als sei ein Hahn aufgedreht, und die Wut könne rausfließen.

Manchmal könnte ich mich ohrfeigen, weil ich mit Susie und Gabe alles vermasselt habe. Warum habe ich das nur getan? So eine Chance kriege ich bestimmt nie wieder. Von meinen Themen abgesehen, waren Gabe und ich uns nur mal uneinig, als es um die Frage ging, ob er Ibiza oder Goa für unseren gemeinsamen Sommerurlaub buchen sollte.

Aber aus irgendeinem seltsamen Grund – den ich selbst nicht verstehe – habe ich mich genau deshalb so benommen. Je besser irgendwas ist, desto mehr habe ich den Drang, es kaputtzumachen.

Vielleicht ist das Hiersein echt der Arschtritt, den ich gebraucht habe. Vielleicht kriege ich hier endlich meinen Scheiß auf die Reihe und kann mich ändern.

66

SUSIE

ICH saß am Küchentisch und machte am Lap Social-Media-Arbeit für Silverlink, als ich hörte, wie die Haustür aufging. Gabe konnte es nicht sein, der war im Studio.

Sky kam in die Küche. Sie hatte immer noch ihren Schlüssel, und ich konnte nicht einschätzen, ob es ein gutes oder eher ein schlechtes Zeichen war, dass sie jetzt hier auftauchte. Sie war vor drei Wochen abgeholt worden, und seither hatten wir nichts von ihr gehört, obwohl ich mehrfach geschrieben hatte.

»Hallo«, sagte ich vorsichtig. Ich freute mich, sie zu sehen, war aber beunruhigt, weil sie sich nicht vorher angemeldet hatte. Dann fielen mir Rowenas Worte wieder ein. Vielleicht war auch das eine Methode, um die Kontrolle über die Situation zu behalten.

Sandy war weniger argwöhnisch, sondern lief sofort begeistert zu ihr und wedelte wie wild mit dem Schwanz. Sky streichelte ihm den Kopf. »Hey, Sandy. Braver Hund.«

»Wie ist es dir ergangen?«, fragte ich möglichst neutral.

»Okay so weit. Bin nur hergekommen, um ein paar Sachen zu holen.«

Sie sah müde aus und hatte Pickel bekommen. Das Strahlende, der jugendliche Zauber waren verschwunden.

»Wo bist du untergebracht?«, fragte ich.

»In einem Heim für Jugendliche.« Sie ging zum Kühlschrank. »Kann ich ein bisschen Milch haben?«

»Na klar … und, gefällt es dir dort?«

Sie nahm die Milch heraus. »Geht schon. Wir sind sechs Jugendliche da. Die anderen sind auch ziemlich kaputte Existenzen, das hilft irgendwie. Aber an der Dusche muss man immer anstehen. Und ich musste aufhören, vegetarisch zu essen, das ist zu eklig da.«

»Gehst du zur Schule?« Das Jugendamt hatte uns untersagt, in Hilcham Informationen einzuholen, obwohl wir immer noch die Gebühren bezahlten.

»Manchmal. Im Heim denken sie jetzt auch, dass ich dort bin.«

Ich sah zu, wie sie Milch aus der Packung trank, und spürte einen chaotischen Gefühlsmix in mir – Liebe, Fürsorge, Angst, Hoffnungslosigkeit. Aber vielleicht erleben das alle Eltern, sagte ich mir. Vielleicht ist es immer so schwierig und schmerzhaft, wenn Kinder eigenständige Menschen werden. Und bei uns verlief das eben mit noch massiveren Problemen als üblich. »Möchtest du Toast?«

»Kriege ich hin.« Sie warf mir ein Lächeln zu, und mein Herz quoll förmlich über vor Liebe.

Sie öffnete den Schrank mit den Frühstückssachen. Dann: »Was ist denn *das*?«

Ich hatte ein Glas mit Vitaminpillen für Schwangere in den Schrank gestellt, damit ich sie morgens gleich sehen und nicht vergessen würde. Auf dem Etikett war eine Frau abgebildet, die lächelnd die Hände auf ihren runden Bauch legte.

Sky fuhr herum. »Du bist *schwanger*?«

Ich konnte es nicht ableugnen, das Glas war schon halb leer. »Ja.«

Ein Keuchen entfuhr ihr, aus dem ein bitteres Lachen und ein Laut wurde, der sich anhörte, als würge sie und ringe um Luft. »Du hattest es eilig, wie? Eines rausschmeißen, dann gleich das Nächste ansetzen.«

»Wir haben dich nicht rausgeschmissen!«, protestierte ich. »Du hattest beschlossen, diese ganzen erlogenen Vorwürfe gegen Gabe in die Welt zu setzen! Außerdem weißt du, dass ich schwanger werden wollte.«

»Du hast mir gesagt, es ginge gar nicht.« Ein Marmeladenglas zerschellte neben mir an der Wand.

»Sky«, sagte ich so ruhig wie möglich, »bitte übertreibe nicht …«

»Übertreiben!« Sie starrte mich an. »Du hast gesagt, du wolltest mich zurückhaben! Hast mich zum *Lunch* eingeladen! Und die ganzen scheiß Nachrichten! In denen du das mit keinem Wort erwähnt hast!«

»Ich will erst nach dem zweiten Drittel der Schwangerschaft darüber sprechen. Wenn man so viele Fehlgeburten wie ich hatte …«

»Vielleicht wird das auch wieder eine.« Ihr Unterton gefiel mir gar nicht.

Selbst wenn ich geschrien hätte – Gabe würde mich im Studio draußen nicht hören. Und ich konnte ihm nicht schreiben, weil mein Handy nicht in Reichweite war.

Sky trat näher. »Du brauchst kein zweites Baby. Du hattest mich.«

»Sky …«, sagte ich verzweifelt. »Ich habe fünf Jahre darauf gewartet. Und weiß nicht mal, ob ich dieses Kind bekommen werde – ich hatte auch schon mal achtzehn Wochen vor dem errechneten Termin eine Fehlgeburt. Aber dir sollte doch wohl klar sein, dass das keinerlei Einfluss auf meine Beziehung zu dir hat. Gabe und ich werden immer für dich da sein …«

»Du wirst das hier auch verlieren.« Sie schüttelte den Kopf. »Du kannst kein *Baby* haben.«

»Magst du dich nicht setzen?«, sagte ich. »Dann können wir in Ruhe darüber reden.«

Mit einem schrillen Schrei hechtete sie sich auf mich. Ich versuchte sie abzuwehren, aber mein Stuhl kippte um, und ich stürzte auf den Boden. Instinktiv rollte ich mich auf die Seite und schützte meinen Bauch. Sky hockte sich auf mich und hob die Faust …

Gabe kam in die Küche, einen leeren Kaffeebecher in der Hand, und erfasste die Situation auf einen Blick. Er packte Skys Arm, schleuderte sie weg von mir. Dann stellte er sich schützend über mich, den Becher in der Hand wie einen Schlagring aus Keramik.

»Raus«, sagte er mit schneidender Stimme. »Hau ab. Ist mir egal, wohin. Und lass dich nie wieder hier blicken.«

67

SUSIE

Hi, Sky, wollte dir nur sagen, dass Gabe es nicht so gemeint hat. Er war wütend und hatte Angst um mich. Wir würden dich sehr gern eines Tages wieder bei uns haben. Aber du müsstest versprechen, mit professioneller Hilfe an deinen Wut- und Gewaltthemen zu arbeiten. Susie xxx

68

SKY

Hi Susie wollte nur sagen dass dein Leben nicht mehr so scheiß perfekt sein wird wenn ich mit dir fertig bin xxx

GABE

UNS ist zu Ohren gekommen«, sagt Gerry Castle, »dass Mrs. Thompson möglicherweise schwanger ist.«

»Ach so?«, erwidere ich kalt. »Und darf ich fragen, wie Sie an diese vertrauliche ärztliche Information gekommen sind?«

»Es ist mir nicht gestattet, das offenzulegen. Wichtig wäre jetzt für uns zu wissen: Trifft das zu?«

Wir sitzen in einem verglasten kleinen Sitzungsraum beim Jugendamt, das in einem abscheulichen Siebzigerjahreklotz untergebracht ist, in dem Castles seltsame Kluft beinahe normal wirkt. Heute trägt er verzierte Cowboystiefel zum Anzug.

»Wir möchten das noch nicht bekannt geben, bevor das Kind lebensfähig wäre«, sagt Susie. »Ich hatte mehrere späte Fehlgeburten, müssen Sie wissen.«

»Das tut mir leid für Sie.« Castle blickt auf seine Notizen. »Die Sache ist: Wenn Sie schwanger sind, hat das Einfluss auf etwaige Ermittlungen in puncto Kindeswohlgefährdung.«

»Wieso das denn?«, sage ich kopfschüttelnd. »In welchem Zusammenhang soll denn Susies Schwangerschaft mit Sky stehen?«

»Da gibt es mehrere relevante Themen. Ihre Frau musste bereits einmal ihr Kind zur Adoption freigeben, weil das Gericht befand, dass eine potenzielle Kindeswohlgefährdung bestand. Ferner scheint Mrs. Thompson gegen gerichtliche Anordnungen verstoßen zu haben, weil sie Informationen über das Kind bekannt gab.

Und nun liegen erneut Beschuldigungen wegen möglicher Straftaten gegenüber dem gleichen Kind vor ... Es wäre fahrlässig von uns, wenn wir aufgrund unserer Einschätzung nicht ein vorgeburtliches Gutachten anfordern würden.« Als wir ihn beide verständnislos ansehen, fügt er hinzu: »Um festzustellen, ob in diesem Fall das Kind auch gefährdet sein könnte. Falls man zu dem Schluss kommt, dass es so ist, käme es zu einer weiteren gerichtlichen Adoptionsanordnung.«

SUSIE

INSTINKTIV legte ich schützend die Hände auf meinen Bauch. Was so nutzlos war, als würde ich das tun, wenn ein Bus auf mich zurast. Aber ich konnte nicht anders.

»Aber … das ist ungeheuerlich«, stammelte Gabe, der kreidebleich geworden war. »Sie können doch nicht … das … das ist ja wie staatlich geförderte *Abtreibung*!«

»Wir handeln ausschließlich im Interesse des Kindes. Inzwischen zweier Kinder.« Castle blieb ruhig, aber sein Blick huschte zu seinen Kollegen jenseits der Glasscheibe. Jetzt wurde mir auch klar, warum wir zu diesem Gespräch hierherbestellt worden waren. Unter Castles Tisch gab es vermutlich einen Notfallknopf.

Castle wandte sich zu mir. »Sie erinnern sich vielleicht an den Prozess von damals. Heute gibt es allerdings wesentlich mehr Einzelschritte. Wir versuchen, Eltern zu einem positiven Ergebnis zu verhelfen – deshalb ist Kooperationsbereitschaft enorm wichtig. Je engagierter Sie sich einbringen, desto mehr zeigen Sie, dass Sie unsere Bedenken ernst nehmen.«

»Ich verstehe das alles nicht«, sagte ich. »Welche Bedenken kann es denn da überhaupt geben?«

»Genau das soll bei dem Gutachten eingeschätzt werden.« Er warf Gabe einen Blick zu, und mir wurde klar, dass angesichts von Skys Vorwürfen mein Mann auf jeden Fall zu den Bedenken zählte.

SUSIE

DAS alles brach so über mich herein, dass mein Gehirn gar nicht hinterherkam. Mir war ständig flau im Magen – was mich dann zusätzlich belastete, weil ich Angst hatte, ich könne unserem Kind schaden. Ich googelte »Auswirkungen von Stress in Schwangerschaft« und las, dass das Risiko einer Fehlgeburt dadurch erhöht sei. Na toll.

Weil ich ohnehin eine Risikoschwangerschaft hatte, war ich unter ständiger Überwachung durch einen Facharzt. Er sagte, er könne mir Antidepressiva verschreiben, die Angstzustände linderten, aber ebenfalls die Gefahr einer Fehlgeburt erhöhten. Stattdessen empfahl er Bettruhe und viel Wasser … Mir wurde klar, dass die Medizin für Frauen in meiner Lage keine Lösungen anzubieten hatte. Keine Arznei oder Behandlung würde dafür sorgen können, dass ich mein Baby nicht verlor, wenn mein Körper eine andere Entscheidung treffen wollte.

Ebenso wenig wie es rechtliche Schritte gab, die uns die Sozialarbeiter vom Hals schaffen konnten. Es sei tatsächlich am besten zu kooperieren, bestätigte unser Anwalt. Und ja, das Jugendamt sei zu diesem Gutachten verpflichtet, weil es eine frühere Adoptionsanordnung gegeben hatte. Dennoch werde jeder Fall einzeln beurteilt. Selbst wenn die Vorwürfe gegenüber Gabe als so substanziell eingeschätzt würden, dass Sky nicht mehr zu uns zurückkehren durfte, bedeute das noch lange

nicht, dass man uns für außerstande hielt, ein anderes Kind großzuziehen.

Aus seinem Munde hörte sich das alles an, als sei die Vorgehens-
weise der Sozialarbeiter ganz normal – was aus seiner Sichtweise
wohl auch so war. Aber dann googelte ich »kann das Jugendamt
mein Kind wegnehmen«, und die Ergebnisse waren der reinste Horror – zahllose Erfahrungsberichte von Menschen, denen genau das
passiert war. Geschichten von voreingenommenen Sozialarbeitern, verfälschten Gutachten, Eltern, die dazu gedrängt wurden,
Aussagen zu machen, die ihre Lage vor Gericht verschlechterten.
Wie sollte ich ruhig bleiben, wenn so viel auf dem Spiel stand?

72

GABE

ICH finde Susie völlig aufgelöst vor. Sie hat sich diese ganzen Websites angeschaut, auf denen einem geraten wird, nicht mit den Sozialarbeitern zu reden oder sogar am besten das Land zu verlassen.

»Wir könnten nach Goa gehen. Da wollten wir doch immer schon ein Haus haben. Ich habe mich schon informiert wegen der Einwanderungsbestimmungen – man muss etwas wirklich Schlimmes gemacht haben, um dort nicht …«

»Suze«, sage ich behutsam. »Jetzt wegzurennen, wäre doch Irrsinn. Es würde außerdem so wirken, als hätte ich die Fotos von Sky wirklich gemacht – also mit anderen Worten: als sei ich schuldig und wolle vor dem Gesetz flüchten.«

»Wir müssen das aber ernst nehmen, Gabe.«

»Das tue ich. Aber ich weiß eben auch, dass wir nichts falsch gemacht haben. Sky hat es geschafft, uns beim Jugendamt als verdächtig dastehen zu lassen. Aber letztlich machen diese Leute nur ihren Job. Und überleg doch mal, wie viele Beweismittel sie gefälscht hat. Die Wahrheit muss früher oder später ans Licht kommen.«

Susie weist auf ihr iPad. »Im Internet wimmelt es von Menschen, die das auch geglaubt haben.«

»Und wir beide wissen nun wirklich nur allzu gut, wie viele Unwahrheiten im Internet verbreitet werden, oder? Du hast doch gehört, was der Anwalt gesagt hat: Man muss beweisen, dass wir als Eltern ungeeignet wären. Dabei wärst du jetzt garantiert eine wunderbare Mutter. Dein Leben ist doch ganz anders als damals, als man dir Sky weggenommen hat: Du bist verheiratet, gerichtlich liegt nichts gegen dich vor, wir haben ein schönes Zuhause und ein gesichertes Leben, du bist seit fünfzehn Jahren drogenfrei …«

»Das muss ich dir auch noch sagen«, murmelt Susie bedrückt. »Das stimmt nicht ganz.«

»Inwiefern?«, frage ich stirnrunzelnd.

»Ich habe mit Ned und Sky einen Joint geraucht. Nur dieses einzige Mal, aber …«

Ich starre sie verblüfft an, und dann fällt es mir wieder ein: der Konzertabend, nach dem ihre Haare nach Marihuana rochen.

»Ich glaube nicht, dass Sky darüber geredet hat, sonst hätten die sich schon längst da draufgestürzt«, sagt Susie. »Aber ich fürchte, das ist nur eine Frage der Zeit. Und wenn man das in Zusammenhang mit meiner Verurteilung damals sieht …«

»Dann leugnen wir es einfach ab«, erwidere ich. »Als weitere Lüge von ihr.«

Susie schüttelt den Kopf. »Sie werden einen Haartest machen. Damit kann man Drogenkonsum in den vergangenen drei Monaten feststellen. Und wenn sich herausstellt, dass ich diesbezüglich gelogen habe, wird man mir gar nichts mehr glauben. Das können wir nicht riskieren.«

»Okay. Aber ein einziger Joint ist jetzt wirklich kein Jahrhundertverbrechen. Wenn man allen Leuten, die mal einen geraucht haben, die Kinder wegnehmen würde, gäbe es kaum noch Familien.«

Mein Tonfall ist beruhigend, aber mir ist trotzdem alles andere als wohl. Einen Joint zu rauchen, ginge ja noch. Aber zusammen mit der fünfzehnjährigen Tochter und dem jungen Mann, mit dem sie später Sex hatte … in Gerry Castles Paralleluniversum würde das gar keinen guten Eindruck machen.

»Und es gibt noch ein weiteres Problem«, fügt Susie kläglich hinzu. »Je kleiner die Menge, desto unpräziser die Ergebnisse.«

»Oh nein.« Dann stehen wir als Pädophiler und als Drogensüchtige da, denke ich. Und zum ersten Mal bin ich mir nicht sicher, ob unsere Lage nicht wirklich so schlimm ist, dass es keine Rettung gibt.

Aber Susie trägt unser Kind unter dem Herzen, und das Letzte, was sie jetzt brauchen kann, sind weitere Ängste und Sorgen. Deshalb sage ich entschieden: »Wir hauen nicht nach Goa ab. Wir kriegen das auf die Reihe. Wenn deine Tochter glaubt, sie kann unsere Familie zerstören, soll sie sich lieber vorsehen.«

Susie nickt. Aber ich sehe ihr an, wie sehr es sie verletzt, wenn ich so über Sky rede. Und ich befürchte, dass dieses Thema nicht abgeschlossen ist, wie wir auch aus dieser Krise herauskommen werden.

73

GABE

Du hattest recht«, sage ich dumpf. »Wir hätten uns nicht auf Sky einlassen sollen.«

Marcus zuckt mit den Schultern. »Hinterher ist man immer schlauer. Aber Susie war in einer extrem komplizierten Lage, und ihr beide wolltet Sky helfen.«

Wir sitzen in einem Pub in Hillington, wo Marcus an einer zweitägigen Schulung für Pflegeeltern teilnimmt. Ich hatte mich gewundert, dass die Behörden offenbar der Ansicht sind, dass er nach fast zwanzig Jahren Erfahrung immer noch dazulernen muss. Aber Marcus hat mir erklärt, dass viel Geld und Zeit investiert wird, um erfahrene Pflegeeltern auf den aktuellen Stand zu bringen und neue auszubilden. Was mir wiederum verdeutlicht, wie viel Unterstützung der Staat ermöglicht, wenn er selbst rechtlich gesehen die Elternschaft übernimmt – im Gegensatz zu Adoptiveltern, die für alles selbst sorgen müssen und allein verantwortlich sind.

Marcus schaut mich mitfühlend an. »Aber ihr habt sicher eine schwierige Zeit hinter euch.«

»Das kann man laut sagen. Manchmal … hatte ich den Eindruck, dass Susie eine regelrechte Obsession mit Sky entwickelt hatte. Als sie dann auch noch beide die gleiche Kleidung trugen, kam es mir vor, als erkenne ich meine eigene Frau nicht mehr.«

»Man verändert sich, wenn man die Elternrolle übernimmt«,

sagt Marcus. »Und für Susie muss das doch überwältigend gewesen sein – vor fünfzehn Jahren wurde ihr ein Kind weggenommen, das jetzt plötzlich zurückkam.«

»Ja, sicher.« Ich trinke einen Schluck von meinem Guinness.

»Gabe, mein Lieber … macht dir noch irgendetwas zu schaffen?«, fragt Marcus vorsichtig.

Ich seufze. »Für mich ist ganz eindeutig, dass wir eine Entscheidung treffen müssen. Wir können nicht gleichzeitig darum kämpfen, Sky zurückzubekommen und unser Baby zu behalten. Wenn sie beschließt, aus irgendeinem Heim wieder abzuhauen und bei uns aufzutauchen … Susie wäre doch gar nicht mehr sicher vor ihr. Das Problem ist aber: Ich fürchte, Susie sieht das nicht so. Ich glaube, sie wünscht sich immer noch, mit beiden zu leben.«

Marcus denkt einen Moment nach und sagt dann: »Ich sehe das im Prinzip wie du: Ihr müsst Prioritäten setzen. Aber ich denke, es gibt da noch einen anderen Blickwinkel. Bei euch zu leben, war nicht sehr erfolgreich für Sky, oder? Sie hat genau dasselbe destruktive Verhalten entwickelt wie in ihrer vorherigen Familie. Vielleicht kannst du Susie diese Sichtweise nahebringen – dass bei euch zu leben, nicht förderlich ist für Skys Entwicklung.«

»Beim letzten Mal, als wir uns getroffen haben, hattest du ein Pflegekind mit reaktiver Bindungsstörung erwähnt. Weißt du, was aus dem Jungen geworden ist?«, frage ich.

Marcus nickt. »Ja, weiß ich tatsächlich. Jahre später tauchte er plötzlich bei einem der Weihnachtstreffen auf. Und er hatte Glück gehabt, kann man sagen. Seine Lage wurde immer schlimmer, aber dann ordnete ein Gericht an, dass er einen Platz in einer speziellen therapeutischen Gemeinschaft bekommen sollte. So was kostet Unsummen pro Jahr, man muss also ein echt extremer Fall sein, damit man an so einen Platz rankommt.«

»Was hat er denn gemacht, um dafür infrage zu kommen?«

»Hat versucht, seine Pflegeeltern umzubringen. Er hat das Haus in Brand gesteckt, während sie schliefen.«

»Ah.«

Marcus nickt. »Das möchte man eher nicht haben.«

»Und ganz bestimmt nicht, wenn man ein Kind erwartet.« Ich trinke noch einen Schluck. »Weißt du … als ich mit Rowena über Leah gesprochen habe, ist mir klar geworden, dass Donna und ich diese Tragödie als Paar einfach nicht bewältigen konnten. Schrecklich zu leiden, war einfacher, wenn ich nicht dauernd jemanden vor Augen hatte, der auch schrecklich litt, deshalb … haben wir uns einfach auseinandergelebt. Es war wie bei zwei Magneten, die sich gegenseitig abstoßen. Wenn es zum Schlimmsten käme und man uns das Baby wegnehmen würde … ich glaube nicht, dass unsere Ehe das überleben könnte. Wenn Susie nach dieser ganzen Leidensstrecke mit den Fehlgeburten endlich ein Kind bekommt, das sie im Arm halten und stillen kann – und dann kommen irgendwelche Sozialarbeiter und nehmen es ihr weg … der reinste Horror. Das würden wir sicher nicht durchstehen.«

»Sozialarbeiter sind keine bösen Menschen, Gabe«, sagt Marcus. »Die müssen einfach ihre Arbeit machen.«

»Ich glaube, du siehst die in besserem Licht als ich. Und ihr hattet niemanden wie Sky, die dauernd aus dem Hinterhalt attackierte.«

»Das stimmt«, pflichtet er mir bei. »Das ist eine echt unüberschaubare Situation. Weshalb ich auch sagen muss: Susie hat in einer Sache auf jeden Fall recht. Ihr müsst das Ganze äußerst ernst nehmen.«

»Aber wir haben doch schon einen Anwalt.«

»Der Rat eines Anwalts für Familienrecht in einer Kanzlei, die euren Hauskauf geregelt hat, reicht nicht aus für diese Lage, Gabe. Wenn ihr das in den Griff bekommen wollt, braucht ihr jemanden, der darauf spezialisiert ist, Kindesentzug zu verhindern.« Marcus zögert einen Moment. »Ich sollte das vielleicht nicht sagen, aber ich war schon ein paarmal auf der anderen Seite. Bei mir wurden Kinder untergebracht, um die noch vor Gericht gefochten wurde. Es gibt einige Kanzleien, gegen die die Behörden ungern antreten, weil sie dann vor Gericht meist sehr schlecht dastehen. Wenn ihr von diesen Anwälten auch nur eine Person an der Seite habt, ist das bereits eine Kampfansage. Wird euch ein Vermögen kosten, aber du kannst doch die Kohle, die du mit deinen Schnulzenballaden verdient hast, auch für was Sinnvolles ausgeben, oder? Also, ich würde das jedenfalls machen, wenn mein Kind und meine Ehe auf dem Spiel stünden.«

Nach kurzem Überlegen sage ich: »Du hast recht.« Ich schiebe Marcus einen Bierfilz zu. »Schreibst du mir die Namen auf, bitte?«

74

SUSIE

IN der zwölften Woche hatten wir den ersten Ultraschall. Im Warteraum saßen aufgeregte, glücklich wirkende Paare, die meisten viel jünger als wir. Nur Gabe und ich waren stumm und angespannt. Ich umklammerte seine Hand so fest, dass ich seine Knöchel knacken hörte.

Als wir den Raum betraten, fanden wir gleich zwei Sonografie-Ärztinnen vor. Mir fiel sofort wieder ein, dass im Falle einer schlechten Nachricht immer ein zweites Urteil verlangt war. In der einen schrecklichen Situation, als kein Herzschlag gefunden worden war, musste die Ärztin rauslaufen und sich Unterstützung holen, während wir Höllenqualen litten.

Ich legte mich sofort unaufgefordert auf die Liege. Mein Hals fühlte sich wie zugeschnürt an. Es ging auch sofort los – nur die üblichen Vorwarnungen über das kalte Gel, dann spürte ich den Sensor am Bauch. Drückte die Ärztin so fest, weil sie nichts finden konnte? Ich sagte mir, das sei bestimmt Einbildung, die Untersuchung liefe doch immer so ab. Trotzdem wandte ich den Kopf ab, wollte den Monitor nicht sehen, auf dem womöglich ein lebloses Baby zu erkennen war.

»Da ist der Herzschlag«, sagte die Ärztin ruhig, und ich brach auf der Stelle vor Erleichterung und Freude in Tränen aus.

»Wollen Sie es sehen?«, fügte sie hinzu.

Gabe hatte auch zu weinen begonnen, wir mussten uns beide

die Augen wischen, bevor wir auf den Monitor schauten. Wo ich allerdings auch kein Herz erkennen konnte, nur verschwommene Umrisse. Doch dann erschien wie durch Zauberei eine Wellenlinie unterhalb des Bilds, und aus dem Lautsprecher war das dumpfe Pochen eines Herzschlags zu hören.

»Oh mein Gott«, sagte ich. »Oh mein Gott.« Ich versuchte dennoch, die Freude zu dämpfen – es war schon einmal so weit gewesen, und ich hatte das Kind dennoch Wochen später verloren. Aber wir hatten immerhin den ersten Meilenstein erreicht.

Die Ärztinnen warfen sich ein Lächeln zu. »Dann gehe ich jetzt mal«, sagte die ältere und verabschiedete sich.

Nachdem der Herzschlag abgeklärt war, begann die andere Ärztin mit den weiteren Routineuntersuchungen. Und zum ersten Mal sah ich die Umrisse des Fötus in Schwarz- und Grauschattierungen wie auf einer Kohlezeichnung. Gabe und ich hielten uns an der Hand, und ich spürte, wie er weiterhin mit den Tränen rang.

»Wie präzise wissen Sie über Ihre Daten Bescheid?«, fragte die Ärztin.

»Ziemlich genau.«

»Wir hatten Terminpläne«, fügte Gabe hinzu, aber er klang immer noch wie in Trance.

»Wenn die Zeiten korrekt sind, ist das Kind ein wenig kleiner als durchschnittlich zu diesem Zeitpunkt«, sagte die Ärztin.

Ich starrte sie panisch an. »Was bedeutet das?«

»Vermutlich gar nichts«, antwortete sie beruhigend. »Das liegt innerhalb der Fehlermarge, aber wir werden es dennoch im Auge behalten. Normalerweise machen wir den nächsten Ultraschall bei zwanzig Wochen, aber Ihren werden wir früher ansetzen, denke ich. Ich sorge dafür, dass Sie eine Mitteilung bekommen.«

Noch ein Anlass zum Sorgenmachen, dachte ich. Dann fiel mir etwas ein. Bei meinen ersten Recherchen zur Ursache meiner Fehlgeburten hatte mich ein Arzt nach Cannabiskonsum gefragt.

Ich hatte wahrheitsgemäß geantwortet, dass ich seit Jahren nicht damit in Berührung gekommen sei. »Warum? Spielt das dabei eine Rolle?«, hatte ich dann gefragt.

»Es gibt Untersuchungsergebnisse, dass Cannabis das Risiko für Fehlgeburten erhöhen kann. Und für ein geringeres Geburtsgewicht.«

Ich wusste, dass der Soziale Dienst meine Arztunterlagen von mir verlangen würde. Sich zu weigern, wäre völlig sinnlos, weil sie dann durch eine gerichtliche Anordnung drankommen würden.

Bei der Vorstellung, wie Gerry Castle das Ultraschallfoto von unserem Baby studieren würde, packte mich das Grauen, aber nicht nur wegen dieses Eingriffs in die Privatsphäre.

Wenn man versuchte, das Bild einer Frau zu konstruieren, die ihre Lektionen aus der Vergangenheit immer noch nicht gelernt hatte, konnte man das Bild von diesem winzigen Wesen – der Kopf noch viel größer als der Körper, aber eindeutig ein kleiner Mensch, unser *Kind* – nicht nur als das Wunder erachten, das es für Gabe und mich war.

Sondern als Beweisstück.

75

SKY

WEIL ich mich mit dem versteckten Messer ritze, kann ich mich vorerst zusammenreißen, aber das geht bestimmt nicht mehr lange gut. Maya wird schon anhänglich, Jaylen nervt, und Nicole führt sich auf, als sei sie meine Mutter. Als hätte ich von denen nicht schon mehr als genug gehabt. Ich muss weg hier, bevor mich jemand festhalten muss wie Larissa. Das heißt also, ich brauche einen Plan B.

Und zwar einen ohne Susie und Gabe. Die wollen mich jetzt garantiert nicht mehr. Außerdem brauche ich bloß an dieses *Ding* in ihr denken, und mir wird glühend heiß vor Wut und Angst. Kommt mir vor, als hätte ich ihr gerade mal eine Sekunde den Rücken zugekehrt, und – *peng* – hat sie mich ersetzt.

Ich schaue immer wieder bei Facebook, ob sie es schon angekündigt hat. Aber da ist nichts außer ein paar Fotos von Sandy.

Die ich mir trotzdem angucke. Ich vermisse Sandy.

Dann probiere ich mal aus, ob sie ihr Passwort geändert hat, seit ich mir Zugang zu Gabes Computer und Handy verschafft habe. Zu meinem Erstaunen wurde nichts geändert.

Ich schüttle fassungslos den Kopf. Ist sie dumm, oder will sie noch mehr Probleme?

Dann gebe ich bei Google einen Namen ein, nach dem ich noch nie gesucht habe. Ist nicht ganz so offensichtlich, aber offenbar hat irgendein Algorithmus oder so was eine Verbindung entdeckt. Denn auf der zweiten Seite der Ergebnisse taucht der Name auf.

Ich starre darauf. Bin ich verzweifelt genug, diesen Schritt zu machen?

Aber es ist schließlich nicht so, dass ich einen Haufen Optionen hätte.

Es ist Zeit für einen Neuanfang. Ja – den nächsten.

76

SUSIE

SALLY Davis sah nicht wie eine Anwältin aus, die Behörden in Angst und Schrecken versetzen könnte. Sondern wie eine niedliche kleine Oma, die mit ihrem Hundchen spazieren geht. Aber wir hatten sie recherchiert und nur begeisterte Bewertungen gefunden.

Als ich ihr sagte, auf einigen Websites werde empfohlen, nicht mit dem Jugendamt zu kooperieren, nickte Davis geduldig.

»Ich habe einige Leute, die für diese Websites verantwortlich sind, bei Konferenzen kennengelernt«, sagte sie. »Und ich halte diese Ratschläge für hochriskant. In aller Regel führen sie zu einem Prozess, bei dem man das Gericht dazu auffordert, Gründe für eine Kindesentziehung vorzulegen. Sammelt man dagegen genügend Beweise, um zeigen zu können, was sich tatsächlich ereignet hat, stehen die Chancen gut, dass die Sozialarbeiter die Akte einfach schließen.«

»Was für Beweise müssten das sein?«, fragte Gabe.

»In diesem Stadium noch alles Mögliche. Bevor das Kind geboren ist, kann ohnehin nichts unternommen werden, das heißt, die Zeit ist auf Ihrer Seite. Als Erstes müssten Sie beweisen, dass Skys Beschuldigungen gegenüber Gabe gegenstandslos sind. Dann müsste bewiesen werden, dass Sie in jeder Hinsicht imstande sind, ein Kind großzuziehen. Beim ersten Punkt kann ich Sie nicht vertreten – dafür brauchen Sie jemanden, der auf Sexualstrafrecht spezialisiert ist –, aber beim zweiten. Es geht darum, Sie als kompetente Eltern darzustellen. Dazu gehören auch ganz simple Dinge, zum Beispiel zu zeigen, wie gut Sie für Ihren Hund sorgen. Oder aber: dass Sie bereit sind, Ihren Hund wegzugeben, falls er eine Gefahr für das Kind sein könnte.«

Ich dachte an unseren armen Sandy. Wie würde er mit einem Kleinkind zurechtkommen? Hoffentlich gut, aber wie konnten wir das vorab beweisen? Und wenn wir irgendein Bauernopfer bringen mussten, um dem Jugendamt unsere Flexibilität zu beweisen – würde es mir gelingen, Sandy einfach wegzugeben?

»Die Vorwürfe von damals gegen Susie waren absolut empörend«, sagte Gabe. »Vielleicht können wir die noch im Nachhinein entkräften?«

Davis schüttelte den Kopf. »Empörend oder nicht, das Gerichtsurteil ist erfolgt. Ist wesentlich einfacher, dem Jugendamt zu demonstrieren, dass diese Vorwürfe keinerlei Relevanz mehr haben.«

»Und was ist mit dem Cannabis?«, fragte ich. »Und der Möglichkeit, dass das Kind deshalb untergewichtig ist?«

»Nun, das ist keine Hilfe, aber auch kein Anlass zur Sorge. Wenn es keine anderen Beweise vor Gericht gäbe, wäre ich beunruhigt. Ich hoffe aber, dass wir vieles vorlegen können, was in die andere Richtung weist. Das ist jetzt Ihre Hauptaufgabe: zu beweisen, dass die Bedenken des Jugendamts gegenstandslos sind.«

77

GABE

HEUTE werden wir Ihr Genogramm und Ihre Eco-Map erarbeiten«, erklärt Gerry Castle.

»Schön«, sage ich munter. »Ähm ... was ist das genau?«

»Diagramme der Familie und sozialen Netzwerke des Kindes. Es ist erwiesen, dass Isolation der Eltern einer der höchsten Risikofaktoren für das Wohlergehen eines Kindes ist. Deshalb müssen wir uns einen Eindruck verschaffen, welche Menschen Sie beide unterstützen könnten.« Er schaut aus dem Fenster. »Zum Beispiel leben Sie hier sehr abgeschieden. Haben Sie sich mal überlegt, wie Sie mit dem Kind zum nächsten Spielplatz kommen? Wie sieht es mit Kursen zur Geburtsvorbereitung aus? Welche Nachbarn oder Verwandten könnten einspringen, wenn Sie dringend mal wegmüssen und Ihr Kind schläft?«

»Wir haben viele Freunde«, sagt Susie matt. »Die sind allerdings eher aus der Musikbranche als aus der Nachbarschaft oder der Verwandtschaft. Aber wir sind gut vernetzt.«

Castle betrachtet sie gleichmütig. »Wir stellen immer wieder fest, dass Kontakte in den Social Media mit tragfähigen Beziehungen verwechselt werden. Wenn wir das erste Familiennetzwerk-Treffen machen, hoffen wir auf mindestens zwölf Anwesende.«

»Augenblick mal«, sage ich. »Das *was*?«

»Wenn wir die Eco-Map erstellt haben, werden wir Ihre Verwandten und andere wichtige Personen zu einem Treffen einladen«, erklärt Castle. »Dann werden wir sie dazu anhalten, Gefährdungseinschätzungen für bestimmte Problembereiche anzugeben, einhergehend mit Sicherheitszielen, auf die Sie beide hinarbeiten sollen.«

»Aber wir haben noch niemandem gesagt, dass Susie schwanger ist«, wende ich ein. »Und ich möchte eigentlich auch ungern unseren Freunden und Verwandten berichten, dass wir wegen Beschuldigungen vom Jugendamt geprüft werden.«

Castle wirft mir einen missbilligenden Blick zu. »Einer der Vorteile davon, ein vorhandenes Netzwerk der Familie einzubeziehen, ist, dass das Tabu des Schweigens gebrochen wird, welches bei Kindesmissbrauch typischerweise vorherrscht.«

»*Kindesmissbrauch*? Das ist ja wohl …« Als ich Susies warnenden Blick sehe, verstumme ich. *Bereitwillige Kooperation, Gabe.* »Natürlich. Wenn es notwendig ist, machen wir das natürlich.«

»Viele Menschen erleben das dann als sehr positiven Prozess, wenn Sie sich konstruktiv daran beteiligen.«

»Dann wird das bei uns sicher auch so sein«, sage ich.

Mir fällt ein Begriff aus Susies Internet-Recherchen ein: *vorgetäuschte Kooperationsbereitschaft.* Wenn das Jugendamt einem das vorwirft, hat man wohl ganz schlechte Karten. Denn es geht nicht nur darum, zu tun, was diese Leute von einem erwarten – man muss sie vielmehr davon überzeugen, dass man seine Fehler wirklich einsieht und bereut, wie bei einer Art Gehirnwäsche. Macht man das nicht, gilt man als »präkontemplativ«, was das Allerschlimmste überhaupt ist: Es bedeutet, man ist noch nicht mal bereit zu akzeptieren, dass etwas mit einem nicht stimmt.

»Es wird auf jeden Fall gut sein, unsere Familien mit einzubeziehen«, sage ich und nicke eifrig. »Sie haben bestimmt jede Menge nützliche Ratschläge für uns.«

78

SUSIE

NACHDEM Castle gegangen war, saßen wir erst mal nur da und starrten wortlos auf die Eco-Map, die, ehrlich gesagt, ziemlich dürftig aussah. Meine Eltern hatte beide neue Partner und lebten vorwiegend im Ausland – mein Vater Tim in Rimini und meine Mutter Leilah in Südfrankreich. Gabes Eltern wohnten noch immer in dem Dreizimmerhaus in Leicester, wo er aufgewachsen war, hatten aber immer weniger Lust, es zu verlassen, sodass wir sie nur ein paarmal im Jahr sahen. Ich verstand mich gut mit Gabes Schwester und ihrem Mann, aber die wiederum lebten bei Cambridge. Alle ihre Kinder ins Auto zu verfrachten und dann zwei Stunden Fahrt auf sich zu nehmen, war so anstrengend für die beiden, dass sie uns nur selten besuchen konnten. Und was Parks mit Spielplätzen anging, hatte ich daran natürlich nicht als Erstes gedacht.

Großer Gott, mussten wir etwa auch noch umziehen, um das Jugendamt zu überzeugen?

Ich googelte »Gefährdungseinschätzungen«, um zu verstehen, was Castle damit meinte. Die Ergebnisse verbesserten meine Stimmung natürlich kein bisschen.

Großeltern sind beunruhigt, weil: Zoes Bedürfnisse bei Mum nicht an erster Stelle stehen. Damit Großeltern nicht beunruhigt sind: muss Mum sofort reagieren, wenn Zoe weint …

»Du solltest das lieber lassen«, sagte Gabe, als er sah, womit ich beschäftigt war.

»Ich weiß. Aber das ist nicht so einfach.« Ich schob das iPad weg. »Dir ist klar, dass wir jetzt gezwungen sind, unseren Familien von Sky zu erzählen, oder?« Bislang hatten wir nicht darüber geredet. Wir wollten Sky Zeit geben, sich einzugewöhnen, bevor wir sie mit Verwandtschaft konfrontierten.

»Oh Gott.« Gabe wurde bleich. »Dann muss ich meinen Eltern sagen, dass ich beschuldigt wurde, Nacktfotos von einem jungen Mädchen gemacht zu haben, von dem sie noch nicht mal etwas wissen.«

»Könnte doch noch schlimmer sein«, erwiderte Susie trocken. »Wenn du ihnen sagen müsstest, dass man deiner Frau wegen Sexual- und Drogendelikten schon mal ein Kind weggenommen hat … ach so, ja, warte, das *müssen* wir ihnen tatsächlich erzählen.«

Ich hatte seit jeher den Eindruck, dass Gabes Eltern mich irgendwie ablehnten. Jetzt würden sie dann mal *richtig* Grund dafür bekommen.

79

GABE

DER Staranwalt für Sexualstrafrecht, der uns wegen Skys Vorwürfen zur Seite stehen soll, heißt Mark Fraser.

»Unter normalen Umständen würde ich Ihnen raten, sich keine großen Sorgen zu machen«, sagt er uns beim ersten Treffen. »Die Bilder sind Kategorie C, das unterste Level. Selbst in dem unwahrscheinlichen Fall, dass Sie angeklagt und verurteilt würden, bekämen Sie dafür höchstens Sozialdienst oder eine Bewährungsstrafe. Wesentlich wahrscheinlicher ist aber, dass Polizei und Jugendamt die Akte einfach schließen.«

»Aber das hier sind keine normalen Umstände«, sagt Susie leise.

Fraser schüttelt den Kopf. Er ist um die dreißig und wirkt mit seinem runden rosigen Gesicht eher wie ein Chorknabe als wie ein Anwalt. »Das wird nur unter der Voraussetzung passieren, dass die Polizei zum einen auf Mr. Thompsons Geräten keine weiteren Fotos dieser Art findet und dass zum zweiten beweisbar ist, dass er nicht im Internet nach Inhalten dieser Art gesucht hat. Leider wird sich dieser Vorgang bis zu einem Jahr hinziehen, weil die Ermittlungsteams Abertausenden solcher Spuren folgen müssen.«

»Und dann ist unser Kind bereits geboren und wird uns womöglich weggenommen«, sage ich, als mir die Konsequenzen klar werden.

Er nickt. »Ganz genau. Um diese Beschuldigungen vorher aus der Welt zu schaffen, muss man offensiv vorgehen.«

»Und wie könnte das aussehen?«

»Also, man sollte sich nicht auf Skys potenziell gewalttätiges Verhalten konzentrieren. Das Jugendamt könnte das nämlich als weiteren Anlass für den Kindesentzug betrachten.« Als er unsere fragenden Blicke sieht, fügt er hinzu: »Das klingt erst mal widersinnig, ich weiß. Aber dem Gericht geht es ausschließlich um die Sicherheit des Kindes, nicht darum, wem hier Unrecht geschehen ist. Und nach allem, was Sie mir berichtet haben, könnte ein Baby tatsächlich durch Sky gefährdet sein – sie hat Susie misshandelt, damit sie eine Fehlgeburt erleidet. Wenn ein Risiko für das Kindeswohl besteht, wird das Gericht entsprechend reagieren und Ihnen das Kind wegnehmen.«

»Aber das ist doch … Wahnsinn«, sagt Susie entrüstet. »Der Staat sollte doch lieber dafür sorgen, dass Sky Hilfe bekommt, um ihre gewalttätigen Impulse unter Kontrolle zu bekommen – und nicht uns dafür bestrafen.«

Mark zuckt entschuldigend mit den Schultern. »Das ist eine Zwickmühle, fürchte ich. Einerseits sagt das Strafrecht, dass sie nicht verurteilt werden kann, solange sie kein Verbrechen begangen hat. Das Familienrecht dagegen will in die Zukunft schauen und voraussagen, ob sie diese Straftat potenziell begehen könnte.«

»Das können wir also nicht nutzen«, sage ich mit einem Seufzer. »Was haben wir denn dann noch in der Hand?«

»Wir müssen deutlich machen, dass Sky ein Muster mit Betrugsverhalten aufweist. Ideal wäre, wenn man das mit der reaktiven Bindungsstörung begründen könnte. Sie sagten, sie hätte den Sohn ihrer Adoptiveltern zu Nacktfotos veranlasst?«

Ich nicke. »Ja, Henry. Sie hat ihn mit einem Fake-Account getäuscht.«

»Meinen Sie, die Mulcahys würden eine eidesstattliche Erklärung dazu unterschreiben?«

Susie und ich werfen uns einen zweifelnden Blick zu.

»Wir könnten zumindest einen Versuch machen«, sage ich. »Bislang waren die nicht gerade kooperativ.«

»Weißt du noch – Sky hat gesagt, dass sie das Foto an ihren E-Mail-Account in der Schule geschickt hat, damit Henry es nicht auf ihrem Handy löschen konnte«, sagt Susie. »Vielleicht ist es da noch zu finden. Sie hat ja kurz danach die Schule gewechselt.«

Fraser macht sich eine Notiz. »Das könnte nützlich sein. Abgesehen von allem anderen: Wenn sie das Foto per E-Mail verschickt hat, hat sie sich bereits strafbar gemacht.«

»Augenblick«, sagt Susie ängstlich, »wir sprechen hier über meine Tochter.«

»Es geht nicht darum, sie verhaften zu lassen«, stellt Fraser klar, »sondern ihre Vorwürfe gegenüber Ihrem Mann zu entkräften.« Er hält einen Moment inne. »Ich fürchte allerdings, dass wir dazu auch Skys Freund mit einbeziehen müssen.«

»Ned?«, sagt Susie verwundert. »Was hat der damit zu tun?«

»Sie hatten mir gesagt, dass Sky ihn wegen ihres Alters belogen hat, um Sex mit ihm zu haben. Und der junge Mann hatte Mr. Thompson geschrieben, dass er nicht mit Sky geschlafen hätte, wenn er ihr wirkliches Alter gewusst hätte. Laut Paragraf 74 im Sexualstrafrecht muss eine Person in der Lage sein, in Geschlechtsverkehr einzuwilligen. Lügt also eine Person – zum Beispiel hinsichtlich einer Sterilisation – oder behauptet, Single zu sein, obwohl sie verheiratet ist, kann eine Anklage wegen Täuschung erfolgen, die im Zusammenhang mit sexuellen Handlungen vom Sexualstrafrecht als Vergewaltigung geahndet wird. Soweit ich weiß, wurde das zwar noch nie gegenüber Minderjährigen angewandt, die behauptet haben, über dem Schutzalter zu sein.

Aber rein rechtlich gesehen spricht nichts dagegen. Mit fünfzehn ist Sky bereits strafmündig.«

Ein Schweigen entsteht, während Susie und ich das verarbeiten. Schließlich sagt sie: »Wir werden Sky nicht der Vergewaltigung bezichtigen. Das kommt überhaupt nicht infrage.«

Fraser nickt. »Ich verstehe Ihre Gefühle. Aber noch mal: Wir wollen Sky nicht auf die Anklagebank bringen, sondern dafür sorgen, dass Ihr Mann *nicht* dort landet. Und außerdem dem Jugendamt – und gegebenenfalls einem Familiengericht, falls es so weit kommt – so viel an die Hand liefern, dass Sie Ihr Baby behalten können.«

Susie ist blass geworden und stützt den Kopf in die Hände.

»Wir werden außerdem den Sozialen Dienst unter Strafandrohung zwingen, die Unterlagen zu den Ermittlungen offenzulegen, die damals wegen Skys Beschuldigung gegen Ian Mulcahy stattgefunden haben«, fügt Fraser hinzu.

»Warum das?«, frage ich.

»Zum einen, um aufzuzeigen, dass Sky sich mit diesem Prozedere bereits auskennt. Bei Ihnen, Mr. Thompson, wusste sie bereits genau, welche Beweise notwendig sind, um jemanden in Verdacht zu bringen. Und zum zweiten: Da damals entschieden wurde, dass sie gelogen hat, kann man damit nachweisen, dass sie bereits eine Vorgeschichte mit falschen Beschuldigungen hat.«

Susie wirft mir einen erstaunten Blick zu, sieht dann Fraser an. »Aber Sky *hat* damals gar nicht gelogen. Mulcahy hat Beweise gefälscht, um diesen Eindruck zu erwecken, aber sie hat die Wahrheit gesagt.«

Fraser spreizt die Hände. »Möglich. Aber wenn der Soziale Dienst Mulcahy geglaubt hat, untermauert das sehr nachhaltig Mr. Thompsons Aussage.«

Susie ist so verstört, dass sie nicht antwortet.

»Wir müssten noch einen weiteren Punkt besprechen«, sagt Fraser. »Sky zu vermitteln, dass sie jederzeit weiterhin bei Ihnen willkommen ist, mag unter therapeutischen Gesichtspunkten wertvoll sein. In unserer Angelegenheit ist das allerdings nicht hilfreich. Aus einem anderen Blickwinkel betrachtet, sieht das nämlich danach aus, als versuchten Sie beide, Sky an den Ort zurückzulocken, wo ihrer Aussage nach ein Sexualdelikt stattgefunden hat. Das könnte mindestens als Zeugenbeeinflussung ausgelegt werden.«

»Sie verlangen von mir, dass ich ihr nicht mehr schreibe?«, fragt Susie schockiert.

»Nicht nur das. Ich schlage vor, dass Sie sämtliche Türschlösser austauschen lassen und Überwachungskameras mit automatischer Speicherung in der Cloud installieren lassen. Falls Sky bei Ihnen auftaucht, sollten Sie das sofort der Polizei melden. Die werden vermutlich nichts unternehmen, den Vorfall aber protokollieren. Damit können wir eine Beweiskette anlegen, die unsere Arbeitsrichtung stärkt.«

»Das ist grotesk!« Susie steht auf. »Das machen wir auf keinen Fall. Und diese anderen Sachen auch nicht. Ich dachte, wir wollten hier die Beschuldigungen gegen Gabe anfechten, nicht Sky zu einer Figur aus einem Horrorfilm machen.«

»Aber wenn das eine ohne das andere nicht geht?«, sage ich ruhig. »Wenn wir, um unser Ziel zu erreichen, gegen Sky vorgehen müssen? Was ist wichtiger – sie zu schützen oder unser Baby?«

Im Laufe unserer Ehe habe ich Susie schon verzweifelt und wütend und zutiefst entsetzt erlebt, allerdings selten gleichzeitig. Was ich aber noch nie bei ihr gesehen habe, ist der hasserfüllte Blick, der mich trifft, als ich diese Sätze sage.

»Verstehst du denn nicht, was ihr das antun wird? Wenn ausgerechnet *wir* mit Mulcahy gemeinsame Sache machen?« Sie schüttelt den Kopf. »Ich muss raus hier. Ich brauche frische Luft.«

Als ich aufstehen will, um sie zu begleiten, deutet sie auf meinen Stuhl. »Und *Zeit*, Gabe. Ich brauche Zeit zum Nachdenken. *Alleine.*«

Fraser wartet ungerührt ab, bis sie draußen ist. Ich vermute, dass er solche Szenen häufiger erlebt.

Wie Sky, denke ich. Als Susie hinausstürmte, sah ich Sky vor mir, wie sie aus unserer Küche rannte.

Ich zwinge mich, den Gedanken beiseitezuschieben. »Entschuldigung. Das ist alles sehr schwierig für meine Frau.«

Fraser nickt. »Ja, kann ich mir denken. Aber das bringt mich auf ein paar abschließende Punkte. Zum einen diese Journalistin, Fi White. Der möchte ich gern eine Unterlassungsanordnung verpassen und klarstellen, dass sie nichts mehr veröffentlichen darf, was potenzielle rechtliche Schritte gegen Sie beeinflussen könnte. Ist natürlich sehr ungünstig, dass die Polizei so lange für die Ermittlungen wegen der Fotos braucht. Das Gute daran ist allerdings, dass White dann mindestens ein Jahr lang nichts mehr über Sie schreiben darf. Bis dahin wird das Thema hoffentlich weitgehend in Vergessenheit geraten sein.« Fraser fügt hinzu: »Und wir können außerdem versuchen zu beweisen, dass es Sky war, die diese Beschuldigungen gegen Sie in dem Flüsternetzwerk gepostet hat, und dass sie erfunden waren. Was dann das Bild einer Person erhärten würde, die mit falschen Vorwürfen versucht, die Öffentlichkeit zu manipulieren, um Sie in Misskredit zu bringen.«

Ich nicke. Auch das wird Susie ganz bestimmt nicht gefallen. Aber mir ist klar, dass wir uns dringend darüber unterhalten müssen, wie wir weiter vorgehen wollen.

»Und dann«, fährt Fraser fort, »ist da natürlich auch noch zu klären, was wirklich vorgefallen ist. Wir haben uns bis hierhin so verständigt, als seien Sie tatsächlich komplett unschuldig in dieser Sache. Das ist in Ordnung, aber falls sich tatsächlich noch mehr Fotos dieser Art auf Ihren Geräten befinden, muss ich das jetzt wissen, damit wir Ihre Verteidigung entsprechend anlegen können. Es gibt beispielsweise einige sehr gute Therapiezentren, und falls wir während der Ermittlungen bereits sagen könnten, dass

Sie bereit sind, sich dort behandeln zu lassen, würde das Jugend-amt das in Betracht ziehen bei der Entscheidung über eine Ankla-geerhebung.«

Ich schüttle den Kopf. »Da ist nichts dergleichen. Also zumindest nichts, was durch mich selbst dort gelandet wäre.«

»Gut. Kommen wir zum letzten Punkt.« Fraser zögert einen Moment. »Ich verstehe sehr gut, warum das alles für Ihre Frau sehr schwierig ist. Aber meine Assistentin wird als Nächstes den Anwaltsvertrag ausstellen, und ich bin der Meinung, dass ich aus-schließlich Sie vertreten sollte, Mr. Thompson, nicht Sie beide. Vermutlich wäre das ohnehin gar nicht möglich, da die Vorwürfe ja gegen Sie gerichtet sind, nicht gegen Ihre Frau. Und für mich ist ganz klar: Falls wir gegen eine Anklage vorgehen müssen, könnte es zu einem Interessenskonflikt kommen.« Er hält inne. »Mit anderen Worten: Um Ihren Ruf zu retten, müsste ich Ihnen zu Handlungen raten, die Ihrer Frau ganz und gar nicht gefallen werden.«

80

SUSIE

WIR arbeiten nicht mit dem«, sagte ich, als Gabe schließlich herauskam. Während ich draußen wartete, war meine Wut noch heftiger geworden. »Der Mann ist absolut *unsympathisch*.«

»Und wurde uns von einer hochkarätigen Anwältin wärmstens empfohlen«, entgegnete Gabe fest. »Außerdem warst du doch diejenige, die darauf bestanden hat, das alles ernster zu nehmen, hast du das vergessen? Und du hast vollkommen recht damit, das sehe ich jetzt. Wir waren die ganze Zeit im Hintertreffen, während Sky alle Fäden in der Hand hielt.«

»Hör bitte auf, sie als *Täterin* darzustellen.«

»Aber das ist sie«, wandte Gabe mit ungeduldigem Unterton ein. »Sie will, dass uns das Baby weggenommen wird. Sie will unsere Ehe zerstören. Das sind *Fakten*, Susie – Sky hat das alles selbst gesagt.«

»Sie kann nicht dagegen an. Das ist Teil ihrer Störungen.«

»Und *unser Leben* wird sie *zer*stören, wenn wir ihr nicht Einhalt gebieten.«

»Was ist denn aus ›wir sind wir für immer vereint‹ geworden, Gabe?«, sagte ich schroff. Das war das Verletzendste, was mir gerade einfiel, und wahnsinnig ungerecht, aber ich wollte ihn provozieren. Ich wollte, dass er nicht immer so rational war, dass er sich nicht auf diesen grauenhaften Anwalt einließ und dass wir beide einen Weg aus diesem scheußlichen Chaos finden konnten, bei dem niemand Schaden nahm.

»Das war unterhalb der Gürtellinie«, murmelte er.

»Da hast du *gar nichts*.« Ich wusste schon, dass ich mich jetzt wie ein tobendes Kind aufführte, konnte mich aber nicht bremsen. »Du hättest schon vor Monaten deinen Mann stehen sollen, bevor das Ganze so eskaliert ist. Und wenn du vernünftige Passwörter auf deinen Geräten hättest, wäre das alles erst gar nicht passiert.«

»Also bin ich jetzt schuld?«, fragte er fassungslos.

»Und wer ist denn bitte schon auf Nacktbilder spezialisiert? Dieser Typ hat doch garantiert selbst eine Macke!«

»Schau«, sagte Gabe geduldig, »ich verstehe ja, dass dich das aufregt ...«

»Aus guten Gründen!«

»... aber sogar dir muss doch einleuchten, dass wir jetzt aufhören müssen, unser ganzes Leben auf Sky auszurichten. Sie ist fast erwachsen. Sie muss lernen, Verantwortung für ihr Verhalten zu übernehmen. Deshalb sollte man ihr auch nicht erlauben, ständig die Opferrolle zu übernehmen.«

Ich starrte ihn aufgebracht an. Dass er *sogar dir* gesagt hatte, brachte mich noch mehr in Rage, weil ich wusste, was er damit meinte: Ich war durch meine Liebe für eine Person, die ich kaum kannte, quasi blind für alles andere gewesen.

Und jetzt griff ich blindwütig nach dem Nächstbesten, was Gabe noch mehr wehtun würde.

»Hast du das auch zu deinen minderjährigen Groupies gesagt, Gabe? Oder hättest du das ihren Eltern gesagt? Dass die Mädchen doch *fast erwachsen* seien?«

Ich merkte ihm an, wie sehr er sich beherrschen musste, um nicht zu explodieren. »Wir erwarten ein Kind. Was wir uns schon lange gewünscht haben. Was *du* dir schon lange gewünscht hast. Wir müssen Prioritäten setzen, Susie. Unser Kind oder ...

oder …« Er machte eine hilflose Handbewegung. »Das ist doch klar, oder?«

Und das machte alles noch schlimmer, weil ich jetzt Skys Worte – *du musst dich entscheiden* – wie eine Endlosschleife in meinem Kopf hörte, ein tosender Orkan aus Verzweiflung und Wut. Um da herauszukommen, gab es nur einen Weg, und dort auf diesem Parkplatz irgendeines öden Gewerbekomplexes, wo Menschen zu Anwaltskanzleien marschierten und sich zweifellos wunderten, wer diese Irren waren, die sich hier anschrien, äußerte ich das denkbar Schlimmste überhaupt.

Das, woran ich nicht einmal selbst denken wollte.

»Und wenn ich gar kein Kind mehr mit dir haben will, Gabe? Wenn Sky mir inzwischen wichtiger ist als alles andere? Wenn ich lieber einen Schwangerschaftsabbruch möchte?«

81

SKY

RAHMI und Jaylen haben einen Riesenstreit und trennen sich, und danach haut Rahmi ab. Es gibt etwas Aufruhr beim Personal, dann tauchen zwei Uniformierte auf, um mit Barry zu reden. Sie wirken erstaunlich entspannt angesichts der Lage. »Alles gut, Baz? Mal wieder einer weniger? Wir sollten hier mal Mengenrabatt beantragen, wie's aussieht.«

Während Barry mit den Polizisten in sein Büro geht, erklärt Maya mir, was abläuft, wenn jemand verschwindet. Die Polizei sucht an naheliegenden Stellen wie Innenstadt, Bushaltestellen und einem Spielplatz, auf dem die Klebstoffschnüffler rumhängen. Wenn die Ausreißer da nicht gefunden werden, wird nichts weiter unternommen, außer abzuwarten.

Ich werfe Maya einen Seitenblick zu. »Hast du eine Ahnung, wo sie ist?«

»In einem Auto mit zwei Männern weggefahren. Bestimmt die übliche Nummer. Die geben ihr Keta.«

»Im Austausch für Sex mit ihnen?«

Maya zuckt mit den Schultern. »Oder mit ihren Kumpels.«

»Hast du das Barry schon mal gesagt?«

Sie schüttelt den Kopf, und mir ist auch sofort klar, warum. Man petzt nicht. Wir alle hier wollen das Gefühl haben, über unser Leben bestimmen zu können. Auch wenn es in Wahrheit natürlich nicht so ist.

»Und wenn sie nicht zurückkommt?«, frage ich.

»Die Polizei wartet vierundzwanzig Stunden ab, bevor sie die Fahndung rausgibt. Dann muss Barry sie als vermisst melden. Aber die Typen, die sie mitgenommen haben, wissen das. Die bringen sie vorher zurück.«

Mir kommt der Gedanke, dass Maya sich mit dem System hier ziemlich gut auskennt. Sie könnte mir bei Plan B behilflich sein.

Aber das heißt auch, dass ich ihr vertrauen muss – zumindest ein bisschen.

»Wenn jemand abhauen will, ohne dass die Polizei nach ihm sucht«, sage ich beiläufig, »wie würde man das anstellen?«

Maya wirft mir einen Blick zu. »Gefahndet wird immer. Aber wenn man nicht als Risikofall eingeschätzt wird, nehmen sie das lockerer.«

»Und wie kann man das hinkriegen?«

Sie zuckt mit den Schultern. »Eine Nachricht hinterlassen, in der das steht.«

»Das ist alles?«, frage ich verblüfft.

»Schon, ja. Ich meine, klar gibt es Berichte und alles. Aber wenn da steht, dass man nicht in Gefahr ist und nicht gefunden werden möchte, wird man nicht als Notfall eingeschätzt. Solange man nach Leuten wie Rahmi suchen muss …« Maya deutet auf den Streifenwagen vor der Tür. »Und sogar dann beschließen die vielleicht, dass jemand sich freiwillig entschieden hat. Heißt so viel wie: Du haust eines Tages mit ein paar Männern ab, die dich nicht zurückbringen, aber es ist allen scheißegal.«

Wieder frage ich mich, was Maya wohl an diesen Ort hier verschlagen hat. »Ah, okay. Danke.«

»Hast du das vor? Abhauen?« Ihr Tonfall ist gleichgültig, aber ich sehe ihren Blick und weiß genau, was da gerade passiert, weil ich es nur allzu gut kenne. Da fällt die Klappe, weil man mal wieder jemanden nicht behalten darf.

»Mal sehen«, antworte ich mit einem Schulterzucken. »Hab mich noch nicht entschieden. Kann sein, dass ich noch eine Weile bleibe.«

»Cool«, sagt Maya mit ihrer Flüsterstimme. Aber sie weiß so gut wie ich, dass ich lüge.

82

SUSIE

AUF der Rückfahrt herrschte Schweigen im Auto. Aber als meine Wut allmählich nachließ, wurde mir bewusst, dass ich dieses Mal wirklich zu weit gegangen war. Wir mussten dieses Gespräch zwar führen, aber in dieser Form auf einem Parkplatz … das war unverzeihlich.

Gabe und ich streiten uns so gut wie nie. Das liebe ich unter anderem so an ihm – dass er immer ruhig bleibt, so emotional ich auch gerade bin. Aber manchmal treibt mich diese Gelassenheit auch zur Raserei, und dann provoziere ich ihn irgendwie, nur um eine intensive Reaktion zu bekommen.

Als er auf der Zufahrt parkte und aussteigen wollte, legte ich ihm die Hand auf den Arm.

»Gabe … es tut mir leid.«

»Was tut dir leid? Was du gesagt hast oder wie du es gesagt hast?« Seine Stimme klang tonlos.

»Beides. Aber …« Ich holte tief Luft. »Ich *habe* wirklich seit einiger Zeit Zweifel. Oder zumindest … Ängste. Ich wusste nur nicht, wie ich mit dir darüber reden sollte.«

»Aber warum?«, fragte er verwirrt. »Wegen Sky?«

»Nicht direkt.« Ich versuchte die richtigen Worte zu finden. »Wenn ich das Kind bekomme, und es wird uns weggenommen … dann könnte sein Leben so werden wie das von Sky. Ich könnte es nicht ertragen, so etwas einem Kind von mir ein zweites Mal anzutun. Dann gibt es auch noch die Möglichkeit, dass wir diesen ganzen Stress jetzt durchhalten und ich es wieder verliere. Aber wenn ich einen Abbruch hätte ... gäbe es kein Für und Wider, oder? Das wäre die krasseste Abfuhr, die wir denen allen erteilen könnten. Und wir hätten sie vom Hals.«

»Du meinst ... du hättest dann die Kontrolle über die Situation«, sagte Gabe stirnrunzelnd, und ich dankte ihm stumm dafür, dass er mich zu verstehen versuchte.

»Ja.« Ich deutete auf unser Haus. »Wir haben ein gutes Leben, oder? Dieses Haus, Sandy, die Band ... Und jetzt haben wir vor, alldem einen weiteren Menschen hinzuzufügen. Die Vorstellung ist auch ... erschreckend. Ich bin mir nicht mal sicher, ob ich das überhaupt schaffen könnte.« Es hatte zu regnen begonnen, und die Tropfen pladderten auf die Windschutzscheibe.

»Weil, wenn ich ganz ehrlich mit mir selbst bin«, sagte ich leise, »das Gericht damals recht damit hatte, mir Sky wegzunehmen. Ich hatte mir das fünfzehn Jahre lang nicht eingestanden. Sondern habe mir im Gegenteil eingeredet, ich sei Opfer eines Fehlurteils geworden. Aber das stimmt nicht. Ich war eine durchgedrehte, verwöhnte zwanzigjährige Kokserin, die als Mutter eine Katastrophe gewesen wäre.«

»Das bist du aber nicht mehr«, erwiderte Gabe leise.

»Das würde ich mir auch gern einbilden. Aber schau dir die Tatsachen doch an. Der Versuch, Sky in der Familie aufzunehmen, ist auf ganzer Linie gescheitert. Und das liegt sicher nicht zuletzt an meinem Erziehungsstil.«

»Mach dich nicht selbst fertig, Suze. Sky war bereits schwer psychisch geschädigt, als sie zu uns kam.«

Aber er widersprach mir nicht.

Gedankenverloren verfielen wir eine Weile in Schweigen.

»Du hast da vorhin gesagt, es ginge um mich«, sagte Gabe schließlich. »Dass du mit mir kein Kind mehr haben möchtest.«

»Entschuldige. Ich habe versucht, dich zu provozieren. Die Schwangerschaftshormone machen auch einiges mit mir, weißt du.«

Er nahm die Entschuldigung mit einem Nicken an. »Aber ich spüre, dass trotzdem ein Körnchen Wahrheit in deiner Bemerkung ist. Unsere Beziehung hat sich auch verändert. Seit …« Er seufzte. »Weißt du, als du vorgeschlagen hast, den Sex nach Plan auszusetzen, war ich, ehrlich gesagt, erleichtert.«

Ich sah ihn von der Seite an. »Das war mir nicht klar.«

»Ich wollte mit dir darüber sprechen. Aber du bist mir dann zuvorgekommen.«

»Also … wärst du eventuell auch mit einem Abbruch einverstanden?« Diese Vorstellung fiel mir schwer. Ich war immer davon ausgegangen, dass Gabe das Kind auf jeden Fall haben wollte.

Er schüttelte den Kopf. »Nein. Ich meine … ich werde deine Entscheidung unterstützen, wie sie auch ausfällt. Sogar einen späten Abbruch, wenn es das ist, was du brauchst. Aber letztlich gibt es doch nie einen idealen Zeitpunkt, um ein Kind zu bekommen, oder? Und wir sollten uns schon klarmachen, denke ich, dass dies vielleicht unsere allerletzte Chance ist. Außerdem glaube ich fest daran, dass wir es schaffen werden. Wir können das Jugendamt aus dem Feld schlagen *und* einen Menschen großziehen, der liebevoll ist und versucht, gut für die Welt zu sein. Eine Person, die so bezaubernd und beeindruckend und mutig ist wie du.«

Ich legte meine Hand auf seine. »Wie *du*, meinst du sicher. Aber hab ganz lieben Dank. Es tut total gut zu wissen, dass du mich unterstützen wirst, falls es wirklich zu viel wird mit diesen ganzen Ermittlungen.«

Darauf erwiderte er nichts. Ich wusste sehr wohl, wie extrem diese Entscheidung für ihn sein würde. Aber ich wusste auch, dass er sein Wort halten würde.

Und dann war mir plötzlich auch absolut klar, dass ich die

Chance, mit diesem Mann ein Kind zu bekommen, niemals verschwenden würde. Ich hatte von ihm hören müssen, dass ich die Freiheit hatte, mich zu entscheiden. Aber nachdem er das ausgesprochen hatte, war ich mir auch ganz sicher, was ich wirklich wollte.

»Und Sky?«, fragte Gabe dann. »Habe ich deine Erlaubnis, mit allen Mitteln gegen ihre Beschuldigungen vorzugehen?«

»Ach, Gabe …«, sagte ich verzweifelt, »ich weiß es nicht. Ich weiß es einfach nicht.«

Er wartete ab. Mir war klar, welche unausgesprochenen Fragen von ihm jetzt in der Luft lagen: *Ich werde dich unterstützen, auch wenn das bedeutet, dass wir kein Kind zusammen haben werden. Aber wie sieht es mit dir aus? Wie weit reicht deine Unterstützung für mich?*

»Tu, was du tun musst«, sagte ich schließlich und brach auf der Stelle in Tränen aus.

83

SKY

Lieber Barry, liebe Nicole,
vielen Dank, dass ihr hier so gut für mich gesorgt habt. Ich habe
mich in diesem Heim sehr wohlgefühlt. Aber eine alte Freundin
aus Edinburgh hat mir angeboten, dass ich bei ihr wohnen kann,
und das will ich jetzt auch tun. Ich wollte euch nur versichern,
dass es mir also richtig gut geht und dass deshalb niemand nach
mir suchen muss.
  Liebe Grüße
  Sky

GABE

ICH brauche etwas von Ihnen«, sage ich zu Ian Mulcahy. »Und zwar ohne Widerrede.«

Er wirft mir einen argwöhnischen Blick zu. »Und das wäre?«

Wir sitzen auf einer Parkbank unweit der Behörde, in der er arbeitet. Mulcahy hat mir mürrisch fünf Minuten zugestanden.

»Sky hat Beschuldigungen gegen mich gemacht, die denen gegen Sie erstaunlich gleichen – bis auf die Tatsache, dass sie in meinem Fall hundertprozentig erfunden sind. Mein Anwalt benötigt von Ihnen eine eidesstattliche Erklärung, in der diese Parallelität verdeutlicht wird.«

»Ich habe nicht die Absicht, das alles wieder aufzuwühlen«, erwidert er.

»Sie werden es dennoch tun.«

Er schnaubt verächtlich. »Wohl kaum.«

»Hören Sie«, sage ich geduldig. »Es ist ganz einfach. Ich *möchte* diese Ermittlungen gegen Sie nicht als Teil meiner Verteidigung nutzen, und zwar nicht zuletzt, weil ich ganz genau weiß, dass Sie gelogen haben. Ich werde es aber tun, falls es nötig sein sollte. Und wenn es dazu kommt, wird das ein weiterer Baustein sein, um darzustellen, was für ein furchtbarer und toxischer Vater Sie waren. Dass Sie als Adoptivvater versagt haben, darf in Ihrer Berufswelt niemand erfahren, das hatten Sie ja gesagt. Nun, wenn Sie diese Erklärung nicht unterschreiben, werde ich dafür sorgen, dass Ihr Ruf als psychologischer Pädagoge ruiniert ist. Wir haben auf jeden Fall dieses Dokument von Ihnen an der Hand, das beweist, dass Sie eine Fünfzehnjährige aus dem Haus geworfen haben. So sollte ein pädagogischer Psychologe wohl eher nicht mit den Problemen einer ohnehin schon psychisch geschädigten Jugendlichen umgehen, wie?«

Mulcahy betrachtet mich nachdenklich. »Für einen Erpresser hatte ich Sie eigentlich nicht gehalten.«

»Ich bin auch zunehmend erstaunt über mich selbst. Sehen Sie es als Vergeltung dafür, dass Sie mir diese Dokumente über Susie geschickt haben.«

»Was? Das habe ich gemacht, um Sie zu schützen!«

Jetzt schnaube ich verächtlich. »Ja, na klar.«

»Im Ernst.« Er sieht mich an. »Überlegen Sie doch mal. Anna – Sky – wusste bereits alles über Susies Vergangenheit, Sie aber nicht. Hätte ich Ihnen diese Unterlagen nicht geschickt, würde Sky dieses Wissen noch immer als Druckmittel gegenüber Susie benutzen können. Ich gebe allerdings zu, dass ich einen Zweck damit verfolgt habe – ich dachte, es ist besser, wenn Sie über alles Bescheid wissen, damit Sie im Zweifelsfall nachsichtig sein können … mit Anna, meine ich, nicht mit Susie.« Er hält einen Moment inne. »Auch wenn Sie das sicher nicht so gesehen haben, aber ich habe mir damals wirklich für Anna gewünscht, dass das Zusammenleben mit Ihnen beiden gelingt – so weit für Anna eben überhaupt irgendetwas gelingen kann. Wie geht es ihr übrigens? Jenny möchte es unbedingt wissen.«

»Wir wissen es nicht«, antworte ich. »Sie wurde in einem Heim für Jugendliche untergebracht.«

Er nickt, als hätte er nichts anderes erwartet. »Sie können Ihrem Anwalt sagen, dass Sie die Erklärung von mir bekommen werden. Aber wissen Sie was? Ich glaube nicht, dass Ihnen das – auf lange Sicht – guttun wird. Anna ist unkontrollierbar und wird sich auch nicht ändern.«

SKY

ICH ziehe mein Bett ab, packe meine Sachen zusammen und lege den Brief auf den Nachttisch. Bevor ich aufbreche, lese ich ihn noch ein letztes Mal durch. Klingt wie ein höflicher Brief einer wohlerzogenen jungen Dame, denke ich, die ihren Gastgebern für ein schönes Wochenende dankt. Ich kann mir richtig vorstellen, wie Polizei und Sozialarbeiter den in ihren Sitzungen herumreichen und sich ratlos am Kopf kratzen. *Sie hat sogar ihr Zimmer tadellos aufgeräumt*, wird Barry vielleicht sagen. *Welcher Ausreißer macht denn so was?*

Jemand, der einen Plan hat, antworte ich stumm.

Kurz vor Morgengrauen schleiche ich nach unten. Es gibt immer eine Nachtwache, aber meist schlafen die oder sitzen vorm Fernseher. Die Eingangstür ist von innen abgeschlossen, damit niemand reinkann, aber wir dürfen von Rechts wegen nicht eingesperrt werden, das wäre Freiheitsberaubung. Offenbar haben wir immerhin noch die Freiheit, falsche Entscheidungen zu treffen.

Meine ist aber nicht falsch, rufe ich mir in Erinnerung. Ganz im Gegenteil.

Der erste Zug nach London fährt um Viertel vor sechs. Auf dem Bahnsteig sehe ich nur müde Pendler und Handwerker mit Warnwesten. Niemand beachtet mich. Ich werde zwar garantiert von Videokameras gefilmt, aber das spielt keine Rolle. Wenn ich wirklich nach Edinburgh unterwegs wäre, müsste ich ohnehin über London fahren.

In Marylebone esse ich am Bahnhof ein Croissant, um mir die Zeit zu vertreiben, dann fahre ich nach St Pancras und spaziere dort eine Weile herum. Durch den Regent's Park gehe ich nach St John's Wood. Inzwischen ist es fast acht, und auf den Straßen ist mehr los. Ich komme an einer Schule vorbei, wo Wachleute an der Tür stehen, als sei es ein Club mit Türstehern. Schließlich biege ich in eine Straße ein, in der ich vor fast jedem Haus Lieferwagen sehe – Gärtner, Bauunternehmen, Einrichtungsfirmen, Überwachungssysteme. Hier scheint jeder damit beschäftigt zu sein, Geld auszugeben.

Nur bei Nummer siebenundsechzig ist es ruhig, aber es scheint jemand zu Hause zu sein – auf der Zufahrt parken ein Mercedes G-Klasse und ein Porsche.

Ich drücke den Knopf an der Sprechanlage – ist eine von der Sorte mit Kamera – und posiere wie für ein Selfie, um mich anzukündigen.

Dann geht plötzlich die Tür auf, und ein Mann sprintet die Treppe runter. Er ist etwa in Gabes Alter, aber ziemlich klein und muskelbepackt wie ein Bodybuilder. Die grau melierten Haare sind kurz geschoren, an einem Ohr glitzert ein Piercing.

»Ich glaub's ja nicht«, sagt er und strahlt mich an. »Absoluter Hammer. Du hast es echt geschafft. Komm rein und gib deinem Alten eine dicke Umarmung.«

86

SKY

Hi, Jason. Ich heiße Sky und bin fünfzehn Jahre alt. Wenn du
2007 mit einer Frau namens Susie Jukes ein Kind hattest, könnten
wir uns dann vielleicht mal treffen? Ich glaube, du könntest mein
leiblicher Vater sein.
  Viele Grüße
  Sky

87

SUSIE

HAT das Kind schon einen Namen?«, fragte Gerry Castle, den Stift im Anschlag.

»Nein«, antwortete Gabe. »Wir wissen ja noch nicht mal das Geschlecht. Warum?«

»Ich muss für das Netzwerktreffen eine Akte anlegen«, erklärte er, für seine Verhältnisse erstaunlich entschuldigend. »Wenn Sie noch keinen Namen haben, muss ich ›Ungeborenes Thompson‹ schreiben. Wir können aber die Akte später nicht mehr umbenennen, weil sie in einem separaten gesicherten System gespeichert wird.«

Gabe machte eine gleichgültige Geste, als wolle er sagen: *Wir haben nun wirklich andere Sorgen.* Aber dann bemerkte er meinen Blick. *Bereitwillige Kooperation.*

»›Ungeborenes Thompson‹ ist in Ordnung«, sagte er munter. »Das käme vielleicht sogar infrage. Ich kenne Musiker, die ihren Kindern schlimmere Namen gegeben haben. Wie möchten Sie Ihren Tee?«

»Ich nehme jetzt doch lieber Hibiskus«, erklärte Leilah, »wenn du schon gerade dabei bist, Gabe.«

Es war uns mit Müh und Not gelungen, für das Netzwerktreffen zehn Leute zusammenzutrommeln, sodass wir insgesamt zwölf sind, wie Castle verlangt hatte: Gabes Schwester Hannah und ihren Mann Nick, meine Mutter Leilah und ihren neuen

Mann Matias und Gabes Eltern, Bill und Christine. Die Band hatte ich auch einbestellt, aber hauptsächlich, damit wir auf die notwendige Zahl kamen.

Castle hatte ein Flipchart mitgebracht, auf das er jetzt *Bedenken* schrieb.

»Als Erstes sammeln wir die Bedenken zum Thema Risiken«, erklärte er. »Danach werden wir uns überlegen, was Susie und Gabe tun müssen, damit sich niemand hier Sorgen machen muss.«

»Also, meine Hauptsorge …«, begann Hannah.

»Ja?« Castle zückte eifrig den Stift.

»… ist, dass Susie das Baby vom Jugendamt weggenommen wird.« Hannah blickte in die Runde. »Ich meine, deshalb sind wir schließlich hier, nicht? Um das zu verhindern.«

»Und diese Unterhaltung ist ein wichtiger Schritt auf dem Weg dahin«, versicherte ihr Castle und deutete mit dem Stift auf meine Mutter. »Fangen Sie doch bitte an. Was bereitet Ihnen Sorgen hinsichtlich des Wohls Ihres zukünftigen Enkelkinds?«

Leilah überlegte. »Für Susannah war es schon als Kind schwierig, bei einer Sache zu bleiben, zum Beispiel in der Schule. Man müsste sich vielleicht Sorgen machen, dass sie von dem Kind bald gelangweilt wäre.«

Und das von einer Frau, die hier mit ihrem dritten Ehemann aufläuft. Ich zwang mich mit eisernem Willen, lächelnd zu nicken, als sei ich von Herzen dankbar für diese mütterliche Weisheit.

Castle notierte sichtlich zufrieden *vom Kind gelangweilt* und nickte dann auffordernd Gabes Mutter zu.

Christine sah nervös ihren Mann an. »Was macht uns denn Sorgen, Bill?«

»Drogen«, antwortete er knapp. »Wäre ganz schlecht, wenn sie wieder Drogen nehmen würde.«

Ich nickte heiter, während Castle *Drogenkonsum* aufschrieb.

»Und Prostitution«, fügte Bill hinzu.

Sogar Castle hatte so viel Anstand, dass er kurz zögerte, bevor das Wort auf dem Flipchart landete.

Ich bin eine fünfunddreißigjährige schwangere Frau mit Ehemann und erfolgreicher Karriere, hätte ich am liebsten gebrüllt. *Keine durchgedrehte Zwanzigjährige, die einen widerlichen Typen dazu kriegen will, acht Gramm Koks rauszurücken.*

Stattdessen lächelte ich freundlich.

Gabe, der gerade mit dem Tee zurückkam, warf mir einen vielsagenden Blick zu. Ich stellte mir vor, wie wir hinterher über die ganze Szene zusammen lachen würden, und fühlte mich etwas besser.

Castle wandte sich meinem Stiefvater zu. »Was denken Sie?«

»Die beiden werden sicher hervorragende Eltern«, antwortete Matias in seinem bemühten, aber fast perfekten Englisch. »Ich habe jedoch zwei Bedenken. Werden sie hier, so weit entfernt von London, Personal bekommen? Und sie haben diesen wilden Hund im Haus.«

»Sandy ist ein *geretteter* Hund und längst eingewöhnt«, murmelte Gabe.

Etwas zweifelnd notierte Castle *Personal* und *Entfernung zur Stadt*.

»Ich sage Ihnen mal noch was gratis«, äußerte Bill. »Kinder großzuziehen, ist verflucht harte Arbeit. Nachdem Hannah auf die Welt kam, hatte Christine keine ruhige Minute mehr. Und Susie hat ja nicht mal einen richtigen Job.«

Mir blieb der Mund offen stehen, aber Gabe sagte ruhig: »Die meisten Menschen würden den Beruf ›Sängerin‹ durchaus als richtigen Job ansehen, Dad.«

»Sin-gen!«, rief Bill indigniert aus.

»Wir leben gut von unserem ›Sin-gen‹«, erwiderte Gabe. »Und zwar alle beide.«

»Na ja, aber du warst ja wohl eher ein Sexobjekt«, warf Hannah ein.

»Schönen Dank auch, Schwesterchen«, konterte Gabe.

»Weitere Bedenken?«, fragte Castle, der inzwischen aussah, als fände er das Ganze recht spaßig. Er schaute die Bandmitglieder an.

Jack überlegte. »Ich fänd's nicht gut, wenn das Kind ohne Ohrenschützer bei den Proben dabei wär. Mein neues Drum-Kit ist noch lauter als das alte.«

»Die richtige Schule ist auch sehr wichtig«, murmelte Matias.

»Auch wenn's bereits alle wissen«, bemerkte Bill, »aber die beiden haben schon einmal bewiesen, dass sie einen jungen Menschen nicht zur Ordnung rufen können.«

Schwungvoll schrieb Castle *Erziehungsstil.*

»*Das* glaube ich jetzt aber nicht«, wandte Leilah stirnrunzelnd ein. »Sie haben sich doch nur bemüht, dass das arme Mädchen sich bei ihnen wohlfühlt.«

»War ja zu erwarten«, murmelte Bill. »Jordans und das alles.«

»Was ist gegen Jordans einzuwenden?«, fragte Leilah erstaunt.

Ich warf Gabe einen hilflosen Blick zu. Wie hatten wir nur jemals erwarten können, dass so ein Treffen gut laufen würde? Wir hatten überheblich angenommen, dass wir weniger dysfunktional waren als andere Familien, weil niemand von uns in Sozialwohnungen leben musste. Die Wahrheit war jedoch, dass wir alle es uns aufgrund unseres Wohlstands erlauben konnten, die Verwandten nicht allzu oft zu sehen. Deshalb lief dieses Treffen, das eine reine Routinesache hätte sein können, nun derartig aus dem Ruder.

»Gut«, sagte Castle schließlich. »Ich denke, wir konnten einige nützliche Bedenken sammeln, Ihnen allen besten Dank dafür. Jetzt wenden wir uns der Frage zu, was gegen die Sorgen und Bedenken unternommen werden kann.«

Durchs Fenster sah ich einen Streifenwagen auf der Zufahrt halten. »Wurde die Polizei hierzu eingeladen?«, fragte ich Castle.

»Nicht dass ich wüsste«, antwortete er.

Gabe stand auf. »Ich schau mal, was sie wollen.«

Castle erklärte, wie wichtig es sei, langfristige Sicherheitsziele aufrechtzuerhalten, aber ich hörte kaum zu, sondern starrte nach draußen. Ich sah, wie Gabe im Gespräch mit den zwei Polizisten zuerst besorgt, dann ungläubig und schließlich wütend aussah. Nach und nach taten die anderen es mir gleich, bis zuletzt alle Anwesenden aus dem Fenster schauten.

Gabe kam wieder herein. »Es ist einfach nicht zu fassen«, sagte er aufgebracht. »Sky wurde als vermisst gemeldet.«

88

SKY

DAS Haus ist unglaublich. Nicht wie bei Susie und Gabe – bei denen sieht es aus wie in einem Wohnmagazin, mit den ganzen geschmackvollen Farben und den Shabby-Chic-Möbeln. Jasons Haus ist eher eine protzige Luxusvilla. Das Bett in meinem Zimmer hat am Fußende einen versenkbaren Fernseher. Die Badewanne ist mit Whirlpool-Düsen und einem Schalter für farbiges Licht ausgestattet. Im Keller gibt es einen Swimmingpool mit Unterwasserlautsprechern und im Fitnessraum einen riesigen Bildschirm mit Zugang zu einem virtuellen Fitnessstudio.

»Nicht schlecht für jemanden, der vier Jahre im Bau war, oder?«, sagt Jason stolz, als er mich herumführt.

Nicht nur er verbringt viel Zeit in dem Fitnessraum, sondern auch seine Freundin, Tabitha. Sie ist blond und dünn und war früher mal Model. Etwa jeden zweiten Tag geht sie shoppen in Läden, die alle in einer Straße liegen: Selfridges, Gucci, Tiffany, Chanel.

»Beim nächsten Mal nimmt sie dich mit«, sagt Jason zu mir. »Und es darf mich was kosten, Prinzessin. Ich liebe nichts mehr, als wenn meine Mädels mit jeder Menge Taschen aus der Bond Street nach Hause kommen.«

Er hat mir schon ein fettes Bündel Scheine für »Ausgaben« in die Hand gedrückt – obwohl ich hier natürlich gar keine habe. Und eine Schachtel mit dem neuesten iPhone. Ich kann's kaum glauben, so ein Ding kostet fast tausend Pfund.

»Dein altes nehm ich mal an mich«, erklärt er mit einem Zwinkern. »Und ich werd's an einem sicheren Ort verstauen. Wir wollen ja schließlich nicht, dass jemand mitkriegt, wo du übernachtest, oder?«

Eines der Wohnzimmer ist für seine Arbeit reserviert. Jeden Morgen legt Jason dort eine Reihe Handys auf den Glastisch – keine iPhones, sondern billige Prepaid-Teile. Jeden Abend nimmt er die SIM-Karten raus und verschwindet in der Gasse hinter dem Haus, um sie zu verstecken.

»Sind jetzt nicht mehr auf dem Grundstück«, hat er einmal erklärt, als er zurückkommt. »In meiner Branche kann man nicht vorsichtig genug sein.«

Um zu erraten, welche das ist, muss man kein Genie sein. Manchmal kommen Männer mit harten Gesichtern und osteuropäischem Akzent zum Abendessen, mit ihren Freundinnen, die alle so ähnlich aussehen wie Tabitha. Irgendwann müssen die Frauen dann alle rausgehen, damit die Männer ungestört reden können, wie in irgendwelchen Mafia-Filmen. Und manchmal, wenn es Probleme gibt, die sich nicht übers Handy lösen lassen, kommen tätowierte junge Männer durch die Seitenpforte in den Garten, die normalerweise verriegelt ist, und führen halblaute Gespräche mit Jason.

Manchmal höre ich ihn zufällig am Handy reden, oder er kommt sogar absichtlich in meine Nähe und zwinkert mir zu oder schneidet komische Grimassen. Die Unterhaltungen finden alle in einer Art Geheimsprache statt, mit Spezialbegriffen für Kokain, Heroin, Ketamin und Skunk, die ich aber bald verstehe. Die Drogen kommen aus Amsterdam, was aber auch mit einem Geheimwort benannt wird.

Es fühlt sich gut an für mich, wenn er diese Gespräche in meiner

Nähe führt und mir damit zeigt, dass er mir vertraut. Nicht wie Susie und Gabe, die mir vertraut haben, dass ich kein Geld stehle. Oder wie in Hilcham, wo darauf vertraut wird, dass man seinen eigenen Stundenplan macht. Bei Jason finde ich so toll, dass er mich damit in seine Welt aufnimmt.

Die Nachbarn glauben, dass er ein Logistikunternehmen hat. »Was ja irgendwie auch stimmt, Prinzessin. Das ist das Gute an diesem Viertel, hier kann jeder so leben, wie er will.«

Was im Klartext heißt: Ob man ein Top-Banker ist, der non-stop arbeitet, oder ein Promi, der den Paparazzi entkommen will – in dieser Wohngegend legt niemand Wert auf Quartiersmanagement oder Straßenfeste.

Bei unserem ersten Austausch war er misstrauisch. Interessantes Erlebnis für mich, denn normalerweise bin ich selbst immer misstrauisch. Es dauerte mindestens eine Woche, bevor er zum Reden bereit war. Dann haben wir uns eine weitere Woche nur auf Face-Time unterhalten, bevor er fragte, ob ich bei ihm wohnen wolle. Um erst mal zu gucken, ob wir überhaupt klarkämen, wie er sagte.

Und auch jetzt noch merke ich, dass er mich genau beobachtet und versucht, mich einzuschätzen.

Ich mache mir keine Illusionen. Dass ich Pflegekind war, ist aus seiner Sicht ein Vorteil – keine lästige Familie, die Schwierigkeiten machen könnte. Und dass ich zu jung bin, um als Polizeiinformantin zu taugen, ist definitiv auch ein Plus.

Da es von mir erwartet wird, gehe ich mit Tabitha shoppen. Macht Spaß, neue Klamotten zu haben, aber, offen gestanden, bin ich nicht so begeistert von den Läden, in die sie gerne geht. Deshalb verdrücke ich mich dann irgendwann in die Oxford Street, während sie die Boutiquen in der Bond Street abklappert.

»Mann, bei dir komme ich ja billig davon, Prinzessin«, sagt Jason, als er die Belege sieht. »Tabs, kannst du nicht auch mal da einkaufen?«

Nach der ersten Woche fragt er mich, was ich mit meinem Leben denn so machen will.

»Weil, wenn ich nämlich irgendwie helfen kann ...«, fügt er hinzu.

Als ich sage, dass ich Musik studieren will, saugt er Luft zwischen den Zähnen ein.

»An einer Uni? Wo denn?«

»Habe ich noch nicht entschieden.«

»Wie wär's mit Manchester?«

»Wieso Manchester?«

»Große Stadt, viele Studis, gute Szene. Gute *Musik*szene, meine ich.« Wir wissen beide, dass er damit auch was anderes meint.

Und dann lässt er sich das Ganze wohl durch den Kopf gehen, denn ein paar Tage später sagt er zu mir: »Hör mal, Prinzessin. Wie wär's denn, wenn du ein paar Botengänge für mich erledigst, solange du noch hier bist?«

89

SUSIE

GABE war außer sich vor Wut. »Wussten Sie davon?«, fragte er Castle immer wieder. »Wussten Sie, dass Sky aus dem Heim abgehauen ist, wo *Sie* für ihre Sicherheit sorgen sollten?«

»Ich wusste, dass es Bedenken gab«, antwortete Castle abwehrend. »Und sie ist zwar vorläufig verschwunden, aber vielleicht taucht sie wieder auf.«

»Die Polizei hat nicht die geringste Spur von ihr.« Gabe wies auf den Streifenwagen, der noch vor der Tür stand. »Die dachten, sie sei hier, verdammt. Unsere Adresse ist die letzte Information, die der Polizei vorliegt – so viel zur Aktualität.«

»Die meisten Ausreißer tauchen unversehrt wieder auf«, wandte Castle ein. »Ich glaube, sie hat einen Brief hinterlassen, dass sie zu einer Freundin in Edinburgh fahren wollte.«

»Sky hat keine Freunde in Edinburgh«, sagte ich dumpf. Ich fühlte mich gleichzeitig panisch und wie betäubt. »Und wie Sie uns ja ständig vor Augen halten, ist Sky vor dem Gesetz noch ein Kind. Warum wird nicht mehr getan, um sie zu finden? Weshalb ist das nicht längst in den Nachrichten?«

Castle zögerte. »Wenn junge Menschen verschwinden – Pflegekinder –, und zwar offenbar aus freien Stücken, sind die Medien meist nicht sehr interessiert. Tut mir leid, das sagen zu müssen.«

»*Sie* haben uns Sky weggenommen«, sagte Gabe. »Sie ist so

verletzlich, auf verschiedenen Ebenen. Wir hatten zumindest das Vertrauen, dass Sie für ihre Sicherheit sorgen würden.«

»Wir nehmen die Sicherheit der betreuten Kinder sehr ernst«, erwiderte Castle kleinlaut. »Aber wir können sie nun mal nicht einsperren.«

Wir gaben der Polizei eine Liste mit Adressen, wo Sky sich möglicherweise aufhalten konnte – Annabel, Ned, sogar die Mulcahys –, aber die waren bereits abgeklappert worden.

Als alle gegangen waren, zerbrachen Gabe und ich uns den Kopf, um auf weitere Ideen zu kommen.

Ich sah ihn an. »Danke, dass du dir Sorgen um sie machst. Manche Menschen in deiner Lage wären vielleicht froh, dass sie verschwunden ist.«

»Aber selbstverständlich mache ich mir Sorgen, Susie – Sky ist deine Tochter. Sie hat außerdem massive psychische Probleme und bereits etliche falsche Entscheidungen getroffen in ihrem Leben. Die hätten sie mit Argusaugen beobachten müssen.«

Wir verfielen in Schweigen.

»Irgendetwas muss uns einfallen«, sagte Gabe nach einer Weile. »Oder irgendwer. Im Gegensatz zur Polizei kennen wir Sky und können uns in sie hineinversetzen. Ich denke immer wieder an diesen Ausdruck, den Marcus benutzt hat: ›ghost kingdom‹. Gibt es eine Person, um die Sky auch so einen Mythos erschaffen haben könnte wie um uns?«

»Ich wüsste nicht, wer.«

Aber in dem Moment, in dem ich das aussprach, kam mir ein furchtbarer Gedanke. Er war so schlimm, dass ich ihn am liebsten sofort wieder vergessen hätte, aber das hätte uns nicht weitergebracht.

»Oh mein Gott«, sagte ich langsam.

Gabe sah mich an. »Was ist?«

»Sie könnte bei ihrem Vater sein.«

»Ihrem …«, begann Gabe. »Aber … du hast mir nie gesagt, wer ihr leiblicher Vater überhaupt ist.«

»Ich … ich hätte nicht gedacht, dass das noch irgendwie wichtig wäre. Ich habe dir das nicht absichtlich verschwiegen, wirklich nicht, Gabe. Nicht nachdem ich ja alles über den Prozess offenbart hatte. Nein, er war eben unwichtig, auch damals schon.« Ich holte tief Luft. »Aber Sky hatte mich einmal nach ihm gefragt, und ich habe ihr offen geantwortet. Es war der Mann, mit dem ich verhaftet wurde – der Drogendealer. Wir hatten vorher tatsächlich eine kurze Beziehung – bis ich gemerkt habe, dass er auch mit allen anderen Kundinnen Sex hatte, wenn er die Chance bekam. Ich habe Sky dann gesagt, er sei ein furchtbarer Typ, der nie etwas mit ihr zu tun gehabt hatte, und sie schien das zu akzeptieren. Aber ich weiß noch, dass sie mich nach seinem Namen gefragt hat. Und ich habe ihn ihr gesagt.«

90

SKY

MAYA hatte mir einmal erklärt, wie Drogenhandel funktioniert.

»Läuft alles von den Großstädten aus, hauptsächlich von London. Wenn Dealer eine neue Stadt dazunehmen, eröffnen sie da eine Basis, oder sie machen alles per Kurier. So oder so arbeiten sie mit Jugendlichen, die Ware und Geld befördern.«

»Wieso denn Jugendliche?«, fragte ich.

Maya zuckte mit den Schultern. »Weil die eher nicht angehalten und durchsucht werden. Mädels sind dafür sogar noch besser als Jungs.« Sie warf mir einen Seitenblick zu. »Hübsche weiße Mädchen, die gepflegt wirken, sind am begehrtesten. Die Dealer schicken sogar ihre Leute aus, um solche Mädchen anzuwerben. Von denen brauchen die ständig Nachschub.«

»Wieso, weil die Mädchen verhaftet werden?«

»Nee, das nicht mal. Aber gelistet.« Als Maya meinen fragenden Blick sah, fügte sie hinzu: »Die haben Listen bei der Polizei, auf denen jeder landet, den sie im Verdacht haben. Und wer da erst mal draufsteht, taugt nicht mehr als Kurier.«

Ich fragte mich unwillkürlich, ob Maya wohl auch mal auf so einer Liste gelandet war. »Was passiert dann mit denen, die gelistet wurden?«

»Mädchen werden dann manchmal als so eine Art Geschenk für die Älteren benutzt. Also, um mit denen Sex zu haben. Bei

Jungen täuschen sie einen Überfall vor, bei dem die Drogen verschwinden, damit sie die Jungen in der Hand haben. So nach dem Motto: Du schuldest uns jetzt dreitausend. Aber wenn ein Junge seinen Job gut gemacht hat und sich durchsetzen kann, kann er selbst ins Team aufsteigen.«

»Mädchen auch? Oder nur Jungs?«

Maya nickte. »Manchmal auch Mädchen. Die müssen sich aber wehren können. Die Banden sind alle mit Messern bewaffnet.«

Ich dachte an das Messer in meinem Zimmer, das ich benutzt hatte, um meine Wut loszuwerden. Wie gut es sich angefühlt hatte in meiner Hand. Als hätte ich ganz viel Macht.

Jason bringt mich in eine Wohnung hinter dem Bahnhof in Marylebone.

»Airbnb«, sagt er, als wir vor der Tür warten, bis geöffnet wird. »Die Besitzerin darf eigentlich nicht untervermieten, deshalb hat sie nichts dagegen.«

In der Wohnung wiegen zwei Jugendliche – einer in meinem Alter, der andere um die zwanzig – weißes Pulver ab und füllen es in Plastiktütchen. Ein dritter sitzt am Laptop.

»Lewis, K-Man«, stellt Jason die beiden an den Waagen vor. »Die organisieren den Vertrieb. Pauly ist unser Mann fürs Internet, und Jonny ist draußen im Einsatz. Jungs, wir sind ab jetzt ein Familienunternehmen. Das hier ist Sky, meine verloren geglaubte Tochter.«

Lewis und K-Man reagieren kaum. Pauly schaut kurz auf und nickt.

»K-Man, du nimmst Sky ein paarmal mit auf Tour.« Zu mir sagt Jason: »Die Transportmittel immer schön mischen. Zug ist gut, aber nicht täglich. Niemals Uber-Taxen, die speichern deine Daten. Die normalen Taxen von der Straße sind okay, aber teuer, also übertreib's nicht. Kannst du Moped fahren?«

Ich will gerade sagen, dass ich noch nicht Moped fahren darf. Aber dann fällt mir auf, dass ich demnächst Leute mit Drogen beliefern werde. Dann ist es wohl auch ziemlich egal, ob ich illegal Moped fahre.

»Das lernst du im Nu«, sagt Jason. »Aber leg dir einen brauchbaren Helm zu, ja? Meine Prinzessin soll sich doch nicht ihren hübschen Kopf verbeulen. Und immer das Visier runterklappen wegen der Überwachungskameras.«

91

GABE

WIR geben der Polizei Jasons Namen durch. Als sich danach niemand meldet, rufe ich wieder an.

»In unseren Akten ist vermerkt, dass mit dem Mann gesprochen wurde«, teilt mir eine gelangweilte Stimme mit. »Er hatte keinen Kontakt mit dem Mädchen.«

»Und wenn er lügt?«

»Warum sollte er das tun?«

Als ich die Unterhaltung Susie schildere, sagt sie: »Mir fällt beim besten Willen keine andere Person ein, bei der Sky sein könnte.«

»Ich weiß, aber sie ... hat auch nur wenige Monate bei uns gelebt. Es gibt sicher vieles, was wir nicht über sie wissen.«

Susie runzelt die Stirn. »Du hörst dich an, als sei sie für immer verschwunden.«

»Nein, das meine ich nicht so. Sie wird bestimmt wieder auftauchen.«

Das hoffe ich natürlich wirklich. Aber dennoch fallen mir Ian Mulcahys Worte wieder ein: *Anna ist unkontrollierbar und wird sich auch nicht ändern.*

Mark Fraser, unser Anwalt, erachtet Skys Verschwinden nicht als Vorteil für uns. »Der Gegenseite fehlt jetzt zwar die einzige Zeugin. Aber Sky kann eben auch ganz plötzlich wieder zum

Vorschein kommen … Ich denke, wir verfolgen unsere Strategie wie geplant.«

Weshalb ich wieder Ian Mulcahy anrufe, um mir die Adresse von Jill und Mike Fletcher geben zu lassen, den Pflegeeltern, bei denen Sky untergebracht war, als sie zur Adoption freigegeben wurde. Sie wohnen noch im gleichen Haus wie damals, und die Tür wird mir von einem Mädchen in Skys Alter geöffnet.

»Amazon?«, fragt das Mädchen und beäugt mich forschend durch seine Brille.

Ich schüttle den Kopf. »Ich würde gern deine Eltern sprechen. Sind sie zu Hause?«

»Mum?«, ruft das Mädchen über die Schulter. »Ist für dich.«

Kurz darauf kommt eine Frau Mitte fünfzig an die Tür, trocknet sich dabei die Hände mit einem Geschirrtuch ab.

»Könnte ich ganz kurz mit Ihnen sprechen?«, frage ich. »Es geht um ein Mädchen, das vor etwa zwölf Jahren bei Ihnen Pflegekind war.«

»Sky?«, fragt sie besorgt. »Kommen Sie rein.«

Wir gehen ins Wohnzimmer, und Jill Fletcher schließt die Tür, bevor wir uns setzen.

»Rosie weiß natürlich, dass sie adoptiert ist«, erklärt sie dabei. »Aber über Sky weiß sie nicht viel. Sind Sie Sozialarbeiter?«

»Nein.« Ich erläutere kurz den Grund meines Hierseins.

Mrs. Fletcher seufzt. »Oh Gott, dieses arme Mädchen. Es war eine schreckliche Zeit damals. Wir hatten vorgehabt, sie zu adoptieren, aber die Behörde hat uns damals immer mehr Kinder zur Pflege gegeben. Zuerst Rosie, dann Sky und zuletzt auch noch Morgan. Er war sieben. Sie dürfen die genauen Hintergründe nicht offenbaren, weshalb die Kinder weggegeben wurden, aber meist bekommen wir zumindest ein paar Hinweise. Bei Morgan wussten wir, dass er sexuell missbraucht worden war, erfuhren aber keine Details.«

»Ah.« Mir dämmert schon, wie das Gespräch weitergehen wird – ein Teufelskreis des Grauens und der Verwahrlosung, der von Generation zu Generation weitergegeben wird.

Mrs. Fletcher nickt. »Es gab aber keinerlei Anzeichen, dass er selbst sexuelle Gewalt ausüben würde. Im Gegenteil: Morgan war introvertiert, schweigsam und ängstlich. Wir konzentrierten uns darauf, ihm das Gefühl von Geborgenheit zu geben ... aber es war mühsam, vor allem mit zwei lebhaften Dreijährigen. Wahrscheinlich sind die beiden Mädchen ein bisschen zu kurz gekommen. Aber sie wirkten immer glücklich und zufrieden und spielten zusammen mit ihren Puppen.«

Sie hält einen Moment inne, kann nicht weitersprechen.

»Was passiert ist, wurde uns dann klar durch einen Teddybär, mit dem sie immer spielten«, fährt Mrs. Fletcher schließlich fort. »Mike bemerkte, dass jemand den Schritt des Bärs aufgetrennt und einen Bleistift hineingesteckt hatte. Rosie sagte uns, das sei Sky gewesen, und als wir mit ihr sprachen, hat sie erzählt, was Morgan mit ihr gemacht hatte. Schon wochenlang.«

»Großer Gott«, sage ich erschüttert.

Sie nickt. »Wir haben versucht, alles in den Griff zu bekommen, aber es war unendlich schwierig. Mike schlief in Morgans Zimmer, um ihn zu überwachen, ich bei den Mädchen. Sky war damals in schlechtem Zustand: Sie machte ins Bett, wollte nicht essen, lief zu Fremden hin und benahm sich unangemessen ... Wir waren am Ende unserer Kräfte. Der Soziale Dienst versuchte zu helfen, aber letztlich standen wir eben doch mit den drei armen geschädigten Kindern alleine da. Und schließlich blieb uns nichts anderes übrig, als Morgan wieder abzugeben.«

Mrs. Flechter versinkt einen Moment in Schweigen.

»Damals hatte auch das Adoptionsverfahren begonnen«, fährt sie schließlich fort. »Immer wieder Treffen mit Sozialarbeitern,

Hausbesuche, Diagramme von Menschen, die uns unterstützen könnten ...«

»Das kenne ich«, sage ich verständnisvoll.

»... und dabei sah es so aus, dass wir gar niemanden trafen. Wie denn auch, solange wir nicht wussten, ob Sky ... das möchte ich erst gar nicht aussprechen.«

»Deshalb haben Sie dann beschlossen, nur Rosie zu behalten und Sky wieder wegzugeben.«

Mrs. Fletcher sieht gequält aus. »Wenn man es so ausdrückt, klingt das brutal. Aber wir dachten, dass sie nur so die Hilfe bekommen könnte, die sie brauchte. Hätten wir sie adoptiert, hätten wir überhaupt keine Unterstützung mehr gehabt, und was hätte dann aus Sky werden sollen? Und da wurden die Mulcahys gefunden ... Die Adoptionsbehörde bat uns allerdings, nicht mit ihnen über Skys Probleme zu sprechen. Das sollte auf anderem Wege erfolgen.«

»Was wurde aus Morgan?«

»Kam in ein Kinderheim. Ich habe gehört, dass er eine Zeitlang in einer Jugendstrafanstalt war.« Mrs. Fletcher beginnt zu weinen. »Das ist so schrecklich, aber was hätten wir tun sollen? Wir standen vor der Entscheidung, entweder einem der Kinder ein stabiles Zuhause bieten zu können oder bei allen dreien zu scheitern. So fühlte es sich zumindest damals an.«

»Machen Sie sich keine Vorwürfe«, sage ich tröstend. »Sie haben ein Kind adoptiert, das ist eine ganz große Leistung. Und Rosie macht einen guten Eindruck auf mich.«

»Ja.« Mrs. Fletcher wischt sich die Augen. »Sie hat sich gut entwickelt. Aber sagen Sie mir – haben wir das Richtige gemacht? Hat Sky die nötige Unterstützung bekommen? Der Soziale Dienst stand damals extrem unter Druck ... Und die Mulcahys machten einen sympathischen Eindruck auf uns. Er ist ja Psychologe, deshalb wurden sie wahrscheinlich auch ausgesucht ... weil er sicher wusste, wie er richtig mit Sky umgehen musste.«

»Also, es war …« Ich verstumme, unsicher, wie ich mich äußern soll. Mir wird klar, dass nicht nur Susie unter der Adoption von Sky gelitten hatte, sondern auch Mrs. Fletcher. Sie hatte sich genauso damit herumgeschlagen, ob sie die richtige Entscheidung getroffen hatte.

Aber ich möchte sie nicht belügen.

»Eine Zeitlang lief es gut, und alle waren glücklich, glaube ich«, sage ich schließlich. »Aber als Sky in die Pubertät kam, wurde es schwierig.«

Mrs. Fletcher nickt. »Wissen Sie, diese Zeit war mit Rosie auch kein Zuckerschlecken. Es gab eine Phase, da … ich erzähle lieber keine Details. Aber wir haben alles gemeinsam durchgestanden, und jetzt ist das Leben mit ihr sehr harmonisch. Also gibt es für Sky vielleicht auch noch bessere Aussichten …«

»Das hoffe ich wirklich auch sehr.«

92

SKY

ICH wollte immer nur eines: in Ruhe gelassen werden.

Alleine komme ich klar. Aber sobald andere mit im Spiel sind, fängt der Stress an.

Entweder sie werden wütend oder sie versuchen, nett zu mir zu sein. Und *das* hasse ich wirklich am allermeisten. Nettsein führt immer zu irgendeinem Scheiß.

Aber ich habe einen Trick, um damit umzugehen. Wenn ich will, dass Leute aufhören, nett zu sein, mache ich sie wütend. Dann fühle ich mich wieder wohl. Als sei dann alles so, wie es sein muss.

Mum und das Monster, Susie und Gabe, Annabel, Maya – alle brauchen ständig irgendwas von mir. Alle wollen von mir geliebt werden. Wenn sie wirklich wollen, dass ich glücklich bin – warum lassen sie mich nicht einfach in Ruhe?

Ist Jason anders? Wahrscheinlich nicht. Ich meine, bei ihm weiß ich zumindest genau, was er von mir will, das macht alles einfacher. Aber bestimmt findet er mich bald langweilig oder wird rührselig, wie Susie. Wahrscheinlich Ersteres. Für sentimental halte ich den eher nicht.

Als er eines Tages sagt, »K-Man berichtet mir, du machst alles super da draußen«, ahne ich deshalb schon, was als Nächstes kommt.

Ich zucke lässig mit den Schultern. Es stimmt, ich komme

wirklich gut zurecht. Hat sich gezeigt, dass man als Drogenkurier vor allem eines beherrschen muss: Ruhe bewahren. Wenn man einen Streifenwagen sieht. Wenn ein durchgeknallter Kunde droht, einen mit dem Messer zu attackieren. Wenn Blado und Dash, K-Mans Handlanger, mich in einen Lieferwagen stecken und drohen, mich umzubringen, dann aber nur dumm rumlachen und sagen, das sollte ein Witz sein.

Das Mopedfahren habe ich auch gelernt. Macht sogar Laune, durch den Verkehr zu sausen mit einem Rucksack voller Drogen oder Bargeld auf dem Rücken.

Manchmal muss ich Kunden auch direkt beliefern, was ich aber weniger spannend finde, als Kurier zu sein. Aber es gehört zum Job dazu, und ich will unbedingt lernen.

Anfangs hatte ich noch jede Menge falsche Vorstellungen. Ich dachte, ich würde mit kaputten Crackheads und Junkies zu tun haben, aber damit lag ich voll daneben. Kann an der Gegend liegen, die wir beliefern – die Pendlervorstädte –, oder auch an der Art von Drogen, mit denen wir handeln. Jedenfalls besteht unsere Kundschaft vor allem aus berufstätigen Menschen aus der Mittelschicht. Die wollen hauptsächlich Koks und ein paar Pillen. Niemand will Downer, alle wollen sich gut fühlen.

Stimmt also, ich mache alles super. Und ich merke, dass Jason mit mir zufrieden ist.

Aber jetzt zögert er, als gäbe es schlechte Nachrichten. Ich zwinge mich zum Pokerface, um mir nichts anmerken zu lassen.

»Du weißt, dass du nicht für immer hier wohnen kannst, oder, Prinzessin?« Er beobachtet mich genau, um meine Reaktion einzuschätzen.

Ich nicke. »Verstehe ich. Zu riskant für dich.«

»Für *uns beide*. War toll, dich hier zu haben, aber es darf nicht passieren, dass mir die Bullen auf die Pelle rücken. Und *du* willst ja auch nicht riskieren, dass die dich dann hier finden, oder?«

Ich zucke mit den Schultern. »Nee. Das war's also? Du schmeißt mich raus?« Ich spüre den vertrauten Mix aus Ablehnung und Wut in mir. Nie ist irgendwas von Dauer. Wieso habe ich mir das nur eingebildet?

»Whoa! Auf gar keinen Fall! Komm her, meine Prinzessin.« Er nimmt mich in seine muskelbepackten Arme und drückt mich fest. Seine Brust fühlt sich an wie eine Betonplatte. »Nein, ich hab mir Folgendes gedacht: Ich besorge dir ein hübsches kleines Apartment in der Gegend, in der du arbeitest«, sagt er, als er mich wieder loslässt. »Nicht irgendeine Absteige, sondern eine Wohnung in einem schicken Apartmentkomplex, wo keiner sich für die Nachbarn interessiert. Ist dann so was wie ein Familien-Franchise-Unternehmen, und du steigst in den Full Service ein. Die Spitzenklasse in unserer Branche. Was meinste?«

Full Service – das ist der andere Einsatzbereich, den bisher nur Jonny bedient, den man selten zu Gesicht bekommt. Dabei hält man sich zunächst irgendwo auf, wo viele potenzielle Kunden unterwegs sind – auf dem Camden Market zum Beispiel – und verteilt Visitenkarten mit der Aufschrift *Full Service Partybedarf – sofortige Lieferung*. Dann wartet man, bis die Nachrichten auf dem Handy eingehen, und liefert die Ware superschnell aus. Das Angebot ist für Leute, die eine Stunde Wartezeit aufs Taxi oder das Essen zu lang finden und bereit sind, für schnelleren Service auch mehr zu bezahlen.

»Ich glaube sowieso, dass die Zukunft in unserer Branche so aussieht«, fügt Jason hinzu. »Nette Mittelschicht-Kids wie du, die mit dem Motorroller angebraust kommen, alles sauber, freundlich und entspannt. Wer möchte sich denn bitte schön vorstellen, dass man sich was in die Nase zieht, was vorher im Hintern von irgendeinem schwitzenden Straßenjungen gesteckt hat? Du dagegen fällst nirgendwo auf, und die Kunden kriegen ihr Zeug schnell und easy. Und wenn's mal irgendwo Ärger gibt, kannst du auf K-Man und Dash zählen.«

Ich stelle mir vor, wie es sein mag, allein zu leben. Niemand in der Nähe, der mir übers Haar streicht oder nett sein will oder mich fragt, wie ich mich fühle. Nur Respekt, genug Geld und Freiheit.

Da die Alternative wohl ein abgeranztes Kinderheim wäre, ist die Entscheidung eindeutig.

»Ja, gern«, sage ich. »Würde mir gefallen.«

»Cool«, erwidert Jason. »Ganz mein Mädchen.« Er betrachtet mich nachdenklich. »Aber ich möchte, dass du vorher noch was für mich tust. Eine Art Gefallen. Und nach allem, was ich gehört habe, hast du wahrscheinlich sogar Spaß daran.«

93

SUSIE

WIR gingen gerade mit Sandy spazieren, als mein Handy klingelte. Es war Stu, unser Bassist, wahrscheinlich wegen der Probe später. Ich ließ ihn auf die Mailbox sprechen.

Aber dann kam Sekunden später eine Nachricht von Chrissie, dem Keyboarder.

Spinnst du??????

Und die nächste gleich darauf von Jack.

Nicht dein Ernst, oder?

Ich versuchte mir anzuhören, was Stu auf die Mailbox gesprochen hatte, aber der Empfang war schlecht, und wir waren schon fast zu Hause, als ich zumindest einen Teil verstehen konnte. Stu klang wütend, und es ging irgendwie um Facebook und Instagram.

Zu Hause klappte ich mein Lap auf und rief die Seite von Silverlink auf. Der jüngste Post war von heute Morgen, kurz nach neun, mit meinem Namen, wie alle folgenden auch.

Aber ich hatte ihn nicht geschrieben.

Mit großer Trauer und großem Bedauern verkünde ich hiermit die Auflösung von @silverlink und das Ende meiner Ehe. Die jüngsten

Beschuldigungen wegen sexuellen Fehlverhaltens gegenüber meinem Ehemann und Mentor, Gabe Thompson, haben sich leider als wahr erwiesen. Ich möchte mein tiefstes Mitgefühl gegenüber den Leidtragenden und allen Opfern der toxischen Umgangsformen von @WHT zum Ausdruck bringen.

Noch schockierender ist die Tatsache, dass dazu auch meine fünfzehnjährige Tochter zählt, die Opfer von Grooming seitens Gabe wurde, während sie bei uns lebte. Die Polizei ermittelt wegen anstößiger Fotos von ihr, die auf Gabes Handy und seinen Computern gefunden wurden. Bitte respektiert mein Bedürfnis nach Privatheit in dieser schwierigen Zeit.

SUSIE

ICH suchte nach dem Lösch-Button, fand aber unerklärlicherweise keinen. Dann versuchte ich zu schreiben, dass das alles nicht wahr sei. Zuerst dachte ich, es würde nicht funktionieren, weil meine Hände zu sehr zitterten, aber dann tauchte die Anmeldezeile auf, und ich musste meinen Benutzernamen und mein Passwort eingeben.

Falsches Passwort.

»Scheiße«, sagte ich panisch und versuchte es noch einmal.

Falsches Passwort.

»Sie muss dich blockiert haben.« Gabe starrte mir entsetzt über die Schulter.

»Aber wie ist das möglich?«

»Entweder sie kennt dein Passwort und hat es geändert, oder sie weiß die Antwort auf deine Sicherheitsfragen. Hat sie dich jemals gefragt, wo du herkommst? Und wie dein erstes Haustier hieß?«

»Großer Gott ... ja, bestimmt. Wir haben viel über meine Vergangenheit geredet.«

Ich schaute wieder auf den Bildschirm. Es gab schon unzählige Kommentare und schockierte Emojis. Mir fehlten die Worte für die Ohnmacht, die ich in diesem Moment empfand.

Zu spät wurde mir klar, dass ich nach dem Vorfall mit Gabe natürlich alle meine Passwörter hätte ändern müssen. Aber es war einfach komplett unvorstellbar für mich, dass Sky mir so etwas antun würde.

Ich rief Stuart an. »Stu, das ist alles unwahr. Kannst du bitte bei Facebook und Insta posten, dass ich gehackt wurde? Und nimm mich als Administrator raus, bis ich mich wieder anmelden kann.«

»Mach ich.« Er zögerte. »Weißt du, wie es dazu kam?«

»Ich denke schon, ja. Sky. Sie hat auch diese Beschuldigungen gegen Gabe im Internet verbreitet.«

»Sky?«, fragte er fassungslos. »Unsere sogenannte Backgroundsängerin? Diese kleine Bitch musst du abservieren, Susie.«

Ich seufzte. »Es ist längst alles völlig aus dem Ruder gelaufen. Ich erkläre es euch, wenn wir uns sehen, aber kannst du jetzt erst mal ganz schnell diese Posts machen? Und bitte – ich verstehe, dass du dich aufregst, aber sei so gut und bezeichne meine Tochter nicht als Bitch.«

Während ich mit Stu redete, hatte sich Gabe an mein iPad gesetzt.

»Ich habe den Hack bei Facebook gemeldet. Aber ich glaube, die müssen das erst überprüfen, bevor sie dir wieder Zugang geben.«

»Warum hat sie das nur gemacht?«, fragte ich. »Wo sie doch weiß, wie viel mir die Band bedeutet.«

»Ja«, sagte Gabe hilflos. »Ich glaube, genau darum geht es. Sie weiß, dass sie damit alles zerstört. Ich denke, dass sie auf diese Weise alle Brücken hinter sich abbrechen will.«

95

SKY

ZWEI Dinge sind noch zu erledigen, bevor ich in das Apartment ziehe, das Jason mir gekauft hat. Zwei anonyme Nachrichten, die ich schreiben muss, von einem Fake-Account ohne Posts.

Die erste geht an Susie und Gabe. Ich habe die Eskalation auf Facebook mit gemischten Gefühlen verfolgt. Einerseits ist es cool zu erleben, wie ein Plan so reibungslos funktioniert – fühlt sich an, als könne ich zusehen, wie etwas Riesiges, Solides und Wertvolles durch ein einziges Streichholz in Flammen aufgeht. Und Jasons Schadenfreude ist ansteckend – einmal tanzten wir wirklich vor Freude durchs Zimmer, lachend und mit triumphalem Abklatschen. Aber andererseits …

Andererseits ist da diese kleine Stimme in mir, die raunt: *Susie hat sich wirklich bemüht. Sie hat ihr Bestes gegeben.*

Scheiß drauf. Ich hatte gelobt, ihr heuchlerisch perfektes Leben zu zerstören, und das werde ich auch tun. Und ich weiß aus Erfahrung, dass halbe Sachen nichts bringen. Wenn man sich auch nur ein kleines bisschen drückt, kriegt man zu hören, man habe sich verändert. Und schon hat man die Kontrolle verloren.

Ich schicke ihr nur sieben Wörter:

Das kriegt man wenn man Menschen kaputtmacht

Die Nachricht an Maya ist noch kürzer.

Kann losgehen

Dann nehme ich die SIM-Karte aus dem Handy und gehe nach unten, wo Jason auf mich wartet.

»Alles klar, Prinzessin?«, fragt er.

Ich nicke. »Am Start.«

Ich gebe ihm die SIM-Karte, und er reicht mir ein Prepaid-Handy. »Gut darauf aufpassen, ja? Das ist jetzt dein Arbeitswerkzeug.«

»Mach ich. Gehen wir.«

96

GABE

DIE Polizei bestellt mich zu einer Vernehmung ein. Ich gehe natürlich mit meinem Anwaltsteam hin. Zusammen kosten mich die beiden über tausend Pfund pro Stunde. Die Banksys werde ich demnächst wohl doch verkaufen müssen.

Vor dem Verhör reden die beiden Anwälte allein mit den Detectives und sehen ziemlich beunruhigt aus, als sie zurückkommen.

»Es gibt kein neues Beweismaterial«, sagt Sally Davis. »Aber eine weitere Beschuldigung.«

»Was denn?«

»Der Leiter des Heims, aus dem Sky verschwunden ist, hat die Polizei angerufen.« Davis hält einen Moment inne. »Anscheinend hat Sky einem Mädchen dort gesagt, dass sie *Sie* treffen wollte.«

Ich zucke mit den Schultern. »Das war aber nicht so.«

»Ja, aber Sie verstehen schon, weshalb die Polizei jetzt mit Ihnen reden will, oder?« Als Davis meinen verständnislosen Blick sieht, fügt sie hinzu: »Wenn Sie die letzte Person waren, die Sky gesehen hat, und die Polizei wegen Nacktfotos auf Ihren Geräten gegen Sie ermittelt – nun, dann liegt eine Vermutung nahe, die sehr übel aussieht. Sie sollten sich innerlich wappnen. Denn man hält es jetzt für möglich, dass Sie etwas mit Skys Verschwinden zu tun haben.«

Diesmal ist DC Eddo in Begleitung eines älteren Mannes. Detective Inspector Hoare spricht sehr wenig, was seine Anwesenheit noch bedrohlicher macht.

Eddo zeigt mir Skys Brief.

»Hat sie Freundinnen oder Freunde in Edinburgh, die Ihnen bekannt sind?«, fragt sie.

»Ich weiß absolut nichts davon«, antworte ich. »Aber wie ich gerade erst zu meiner Frau gesagt habe: Wir kannten Sky erst ein paar Monate.«

»Kommt Ihnen irgendetwas daran sonderbar vor? Fällt Ihnen etwas auf?« Eddo tippt auf die Plastikhülle, in der sich der Brief befindet.

»Ja ... also ... ich finde, er ist eigenartig formuliert.«

»Als hätte ihn jemand anderer für sie geschrieben, meinen Sie das? Jemand, der älter ist?«

Zu spät erkenne ich, worauf ihre Fragen abzielen. »Falls ja – ich war es jedenfalls nicht. Ich hatte nichts mehr mit Sky zu tun seit dem Tag, an dem sie bei uns zu Hause meine Frau körperlich angegriffen hat.«

»Das mag sein«, erwidert Eddo. »Aber Sky hat versucht, Sie zu erreichen. Als wir ihre Handydaten überprüft haben, fanden wir eine Nachricht, die sie an dem Tag geschrieben hat, als sie aus dem Heim verschwand. Die Nachricht wurde an Ihr Handy geschickt, das wir in Verwahrung genommen haben. Und wir konnten die Nachricht lesen.«

Ich runzle die Stirn. »Aber wieso sollte sie eine Nachricht an ein Handy schicken, das ich gar nicht bei mir habe?«

»Vielleicht wusste Sky nicht, dass es von der Polizei in Gewahrsam genommen wurde.«

»Doch, das wusste sie natürlich. Sie selbst hat doch diese Fotos darauf gespeichert und dann den Sozialen Dienst informiert.«

»Das behaupten Sie. Aber sie hat dem Sozialarbeiter nicht von

Anfang an die gesamte Vorgeschichte zu den Fotos erzählt. Erst als sie von einer Person aus unserem Team befragt wurde, die auf Sexualdelikte spezialisiert ist.« Eddo hält einen Moment inne. »Sky bezeichnete ihr Verhältnis zu Ihnen in diesem Gespräch als ›Affäre‹. Es ist wohl unnötig, darauf hinzuweisen, dass die Justiz eine ›Affäre‹ nicht als angemessene Beziehung zwischen einem erwachsenen Mann und einer Fünfzehnjährigen betrachtet.«

Mir verschlägt es die Sprache. Sally Davis sagt ruhig: »Ich möchte hier zu Protokoll geben, dass mein Mandant aussagt, niemals irgendeine Form von sexuellem Kontakt mit Sky gehabt zu haben. Vielleicht könnten Sie ihm die Nachricht zeigen, damit er weiß, womit er es hier zu tun hat.«

»Selbstverständlich.«

Eddo schiebt eine weitere Plastikhülle über den Tisch. Sie enthält ein Foto von meinem Handy. Auf dem Display ist die Nachricht zu lesen:

Bin unterwegs. Freu mich!!xxx

»Skys Handy wurde circa eine Stunde später ausgeschaltet«, sagt Eddo, »und seither nicht mehr in Betrieb genommen. Sky hat weder ihre Bankkarte benutzt noch Freunde kontaktiert. Die letzten Bilder von Überwachungskameras, die wir von ihr haben, stammen vom Bahnhof St Pancras. Sky steht dort auf dem Gleis für die Züge nach Chesham. Dort wohnen Sie, nicht wahr? Für eine Verbindung nach Edinburgh hätte Sky vom Bahnhof King's Cross abfahren müssen.«

»So oder so, ich habe Sky nicht mehr gesehen«, sage ich entnervt. »Und auch nichts von ihr gehört, bis auf eine anonyme Nachricht, die Susie erhielt, nachdem ihr Facebook- und ihr Instagram-Account gehackt worden waren. Wir sind ziemlich sicher, dass Sky dahintersteckt, können es aber nicht beweisen. Vielleicht könnten sich Ihre IT-Spezialisten das mal ansehen, wenn sie mit meinem Handy fertig sind.«

Eddo beäugt mich nachdenklich. »Sie haben viel zu verlieren in dieser Situation, oder? Ihre Karriere wurde bereits geschädigt durch die Beschuldigungen wegen sexuellen Fehlverhaltens gegenüber Minderjährigen.«

»Um das klarzustellen«, mischt Sally Davis sich ein, »keine der Handlungen, deren mein Mandant beschuldigt wurde, ist hierzulande gesetzwidrig – abgesehen von den Posts, die Sky selbst verfasst hatte und von denen sie später zugab, dass sie frei erfunden waren.«

Eddo nickt. »Ist bekannt. Aber die Fotos auf Mr. Thompsons Handy wären auch illegal, wenn Sky sexualmündig wäre.« Sie wendet sich wieder zu mir. »Sie behaupten weiterhin, dass die Posts mit den Beschuldigungen im Internet von Sky gemacht wurden?«

»Ich weiß es definitiv.«

»Dann waren Sie doch sicher sehr wütend auf sie.«

»Ein bisschen schon, ja.«

»Nehmen wir jetzt vorerst einmal an, dass Sie recht haben und die anstößigen Fotos auf Ihren Geräten von Sky dort gespeichert wurden.« Eddo zuckt mit den Schultern. »Sie ist erst fünfzehn. Vielleicht hatte sie gehofft, dass Ihre Frau die Fotos entdecken und damit alles zum Vorschein kommen würde. Aber das wäre sicher nicht in *Ihrem* Interesse gewesen. Sie haben doch bestimmt gehofft, das Ganze irgendwie vertuschen zu können.«

»Diese Vermutung ist völlig absurd«, erwidere ich.

»Besitzen Sie einen dunkelblauen Audi Kombi mit der Nummer LX77 ANU?«

Verblüfft nicke ich. »Ja. Warum?«

»Wir haben eine richterliche Genehmigung, Ihren Wagen in Polizeigewahrsam zu nehmen. Er wird von unserem Spurensicherungsteam untersucht.« Eddo wirft einen Blick auf ihre Uhr. »Er dürfte in etwa um diese Zeit von einem Abschleppwagen abgeholt werden.«

»Aber ... wonach suchen Sie denn?«, frage ich verständnislos. »Ich meine, natürlich finden Sie dort Spuren von Sky – ich habe sie oft zur Schule gefahren.«

»Wir suchen nach Spuren von Gewaltanwendung. Im Moment läuft noch eine Vermisstensuche nach Sky. Aber angesichts dieser neuen Information, die wir erhalten haben, und der Tatsache, dass Sky so spurlos verschwunden ist ... ist es nicht auszuschlie-ßen, dass sie ermordet wurde.«

Ich starre Eddo schockiert an. Die weiteren Vermutungen sind mir klar, ohne dass sie ausgesprochen werden: *Und Sie sind der Hauptverdächtige.*

97

GABE

SIE kann doch nicht ewig verschwunden bleiben«, sagt Susie. »Früher oder später wird sie wieder auftauchen.«

Ich schüttle benommen den Kopf. »Das habe ich anfänglich auch gedacht. Aber laut unseren Anwälten verschwinden jährlich Tausende von Menschen, die nie gefunden werden. Und eine Mehrheit von ihnen sind Kinder und Jugendliche aus Heimen und Pflegefamilien.«

Seit ich wieder zu Hause bin, versuche ich diese neue Entwicklung zu verstehen. Es war schon schlimm genug, dass man mich verdächtigte, Nacktfotos von Sky gemacht zu haben. Aber dass ich ein Sexverhältnis mit ihr gehabt und sie dann umgebracht haben sollte – das war nun endgültig absolut haarsträubend.

Susie und ich merken erst jetzt, wie hoffnungslos naiv wir gewesen waren. Und dass wir Sky viel zu sehr vertraut hatten, vor allem Susie. Aber es war eben auch verständlich, dass sie mit ihrer vor fünfzehn Jahren verlorenen Tochter leben wollte. Susie war in einer schrecklichen Zwickmühle gewesen.

Und jetzt sind wir in einem Albtraum gefangen, der stündlich grauenhafter zu werden scheint.

Zumindest scheint es dem Baby gut zu gehen. Susie muss jetzt alle zwei Wochen zum Ultraschall – »zur Beruhigung«, hatte ihre Ärztin gesagt –, und jedes Mal, wenn ich den Herzschlag höre und diesen winzigen neuen Menschen sehe, der eingerollt wie ein

Boxhandschuh in Susies zunehmend größerem Bauch treibt, wird es realer für mich.

Susies Zweifel haben auch nachgelassen. Es ist fast, als sei unser Kind das Einzige, was ihr jetzt Halt gibt in dieser Zeit, in der wir von allen Seiten attackiert werden.

Was passieren wird, wenn der Vater des Kindes wegen Mordes angeklagt wird, steht allerdings in den Sternen.

»Wenn sie gefunden würde, wäre das jedenfalls vom Tisch«, sage ich. »Dann kann man zumindest nicht mehr behaupten, ich hätte sie umgebracht.«

»Die Polizei hat ja die Vermisstensuche nach ihr eingeleitet«, erwidert Susie und legt die Hand auf ihren Bauch. Sie ist jetzt in der zwanzigsten Woche.

»Meinst du wirklich? Wenn die sich jetzt auf Mordermittlungen versteifen, werden sie doch nicht mehr intensiv nach Sky suchen«, wende ich ein.

Wir verfallen eine Weile in Schweigen.

Schließlich sagt Susie: »Dieser Facebook-Hack ... meinst du, es lässt sich irgendwie zurückverfolgen, wo sie war, als sie das gemacht hat?«

»Interessante Frage ... ich hab keine Ahnung. Aber Stu könnte das wissen.« Susies Bassist verbringt mindestens so viel Zeit damit, an Verstärkern, Effektpedalen und anderen Gerätschaften herumzubasteln wie mit dem Spielen seines Instruments. Mit technischen Fragen aller Art wenden wir uns immer an Stu.

Susie trifft eine Entscheidung. »Los, wir fragen ihn. Gibst du mir mal mein Handy?«

Als sie Stu erreicht, stellt sie das Handy auf Lautsprecher und erklärt unser Anliegen.

»Klar, das ist möglich«, sagt Stu. »Bei jeder Anmeldung registriert Facebook automatisch den Standort des Geräts.«

Ich sehe Susie überrascht an. »Echt? So einfach ist das?«

Stu erklärt uns Schritt für Schritt, wie wir die Information in Susies Facebook-Account finden können – und tatsächlich, am Tag des Hacks ist ein Gerät in Westminster verzeichnet.

»Also ist sie schon mal nicht in Edinburgh«, sagt Susie. »Wusste ich's doch.«

»Lässt sich das noch präzisieren, Stu?«, frage ich.

»Mit dieser Anmeldung leider nicht, da wird nur die IP-Adresse registriert.«

»Verdammt.« Westminster ist zu groß, das bringt uns nicht weiter.

»Du hast ja sicher den Standortverlauf in deinem Facebook-Account deaktiviert, oder, Susie?«, fragt Stu.

»Standortverlauf?«, wiederholt sie ratlos. »Was ist das?«

»Ähm ... okay«, sagt Stu und beginnt geduldig zu erklären. »Also, wenn du Facebook nicht daran hinderst, werden die präzisen GPS-Koordinaten deiner Telefon-App bis auf fünf Meter genau erfasst. Diese Information ist für Facebook sehr nützlich. Nehmen wir mal an, du hältst dich bei einem Autohändler auf. Dann kann Facebook Werbeplätze auf deiner Seite an einen Autohersteller verkaufen, was besonders effektiv ist in Kombi mit allen weiteren gesammelten Daten – wie viel zum Beispiel dein Haus wert ist oder wie viele Kinder auf deinen Privatfotos zu sehen sind. Früher konnte man das sogar auf einem normalen Browser aufrufen, doch dann gab es einen Aufstand wegen Verletzung der Privatsphäre, deshalb wurde das geändert. Aber die Daten sammelt Facebook weiter, die sind viel zu wertvoll. Die behalten sie nur inzwischen für sich. Falls Sky euch eine Textnachricht auf dem Handy geschickt ...«

»Halt, warte mal«, unterbreche ich ihn. »Das hat sie getan. Anonym, aber die Nachricht kam garantiert von ihr. Meinst du, damit kann man eventuell ihren Aufenthaltsort ermitteln?«

»Hm ... ja, könnte möglich sein. Die Daten sind sicher erfasst.

Ob ich sie aufschlüsseln kann, ist die andere Frage. Aber es gibt Foren, in denen man sich gegenseitig bei so was hilft ... Schickt mir mal die Nachricht, ich schau, was ich tun kann.«

Ein paar Stunden später ruft Stu zurück. »Ich habe eine Adresse für euch, die ihr ausprobieren könnt. 67 Barwell Place, in St John's Wood. Laut Handelsregister befindet sich da auch der Firmensitz eines Logistikunternehmens, Miller Logistics.«

Ich sehe Susie an. Sie ist blass geworden und nickt langsam. »Großen Dank, Stu«, sage ich ins Handy. »Sieht aus, als hättest du sie für uns gefunden.«

»Das ist er«, sagt Susie, als das Gespräch beendet ist. »Jason Miller. Und was machen wir jetzt? Die Polizei informieren?«

»Könnten wir tun, aber was soll uns das bringen? Die haben ja schon mit ihm gesprochen, und er hat behauptet, Sky seit fünfzehn Jahren nicht gesehen zu haben. Außerdem können wir immer noch nicht beweisen, dass sie hinter dem Hack steckt.«

Susie überlegt. »Dann lass uns doch selbst hinfahren. Wenn wir sie da sehen, muss man uns glauben.«

»Du meinst, wir sollen das Haus observieren?« Nach allem, was ich von Skys leiblichem Vater weiß, wird er wohl kaum begeistert sein, wenn wir vor seiner Villa herumlungern.

Susie nickt. »Wir suchen uns einen unauffälligen Platz. Na los, Gabe. Du hast doch selbst gesagt, dass du da nur rauskommst, wenn man beweisen kann, dass Sky am Leben ist.«

Also fahren wir nach London in die Innenstadt. Barwell Place ist eine kurze Wohnstraße, nicht weit entfernt von den Abbey Road Studios, und die Nummer 67 erweist sich als protziger Backsteinklotz mit weißen Säulen am Eingang. Ein roter Porsche und ein schwarzer Mercedes G-Klasse stehen auf der Zufahrt. Jason Miller scheint jedenfalls keine Finanzprobleme zu haben.

Wir parken in einigem Abstand und warten. Aber auch nach einer Stunde haben wir an dem Haus keinen einzigen Menschen gesichtet.

»Puh, das ist schon eine Quälerei.« Susie seufzt.

Just in diesem Moment kommt eine gertenschlanke Blondine mit teuer wirkender Frisur und Chanel-Handtasche aus dem Haus, steckt sich eine dunkle Sonnenbrille ins Haar und blickt auf ihr Handy. Ein Uber-Taxi hält am Straßenrand, und die Frau steigt ein.

Kurz darauf tritt ein kleiner muskelbepackter Mann mit rasiertem Kopf vor die Tür. Der Mann trägt Jogginghose, Sweatshirt und Laufschuhe.

Susie erstarrt. »Das ist er. Das ist Jason.«

Ich beobachte ihn neugierig. Ich habe im Lauf der Zeit einige Expartner von Susie kennengelernt, und obwohl ich mich mit denen nicht unbedingt angefreundet hätte, konnte ich doch nachvollziehen, was sie an ihnen attraktiv gefunden hatte. Meist waren das Frontmänner von Bands gewesen – charismatische Persönlichkeiten, die an Susie ihre Lebenslust geschätzt hatten. Jason Miller dagegen ist ein ganz anderer Typ Mann.

»Ich war achtzehn, als ich ihn kennenlernte«, sagt Susie, als könne sie meine Gedanken lesen. »Er war sehr … selbstsicher. Typen wie den gab es nicht auf den Partys meiner Eltern. Und auch nicht in meiner Schule.«

»Kann ich mir denken.«

Nach ein paar Dehnübungen setzt Jason die Kapuze seines Sweatshirts auf und joggt Richtung Regent's Park, macht dabei Boxkombinationen in der Luft.

»Und jetzt?«, fragt Susie. »Sollen wir an der Haustür klingeln?«

»Lass uns noch eine Weile warten. Vielleicht kommt Sky ja raus.«

Das machen wir, aber Susie wird zusehends nervöser. »Egal«,

sagt sie. »Ich klingle jetzt da.« Sie steigt aus und geht auf das Haus zu, ich folge ihr.

Sie drückt ein paarmal auf den Klingelknopf, aber nichts tut sich.

»Ach, Mist«, sagte sie und verzieht frustriert das Gesicht. »Okay, ich gebe auf. Gehen wir.«

Als wir uns umdrehen, steht Jason Miller vor uns.

»Sieh an, wen haben wir denn da«, sagt er gefährlich ruhig. »Wenn das mal nicht Susie Jukes ist.«

Susie wirkt wie versteinert. »Jason«, sagt sie. »Das ist mein Mann, Gabe.«

»Ach ja?« Er mustert mich abschätzig von Kopf bis Fuß. »Sieh's mir nach, wenn ich dem nicht die Hand drücke, ja?«

»Wir suchen nach Sky«, sagt Susie tapfer. »Wir wissen, dass sie hier ist.«

»Und wie kommt ihr auf diese Idee?«

»Sie hat uns eine Nachricht geschrieben«, werfe ich ein.

Er würdigt mich keines Blickes, sondern sagt zu Susie: »Du hast mich nicht informiert, dass sie meine Tochter ist, als wir damals aufgeflogen sind. Habe ich erst vom Sozialen Dienst erfahren, während ich einsaß. Ich war vielleicht bescheuert, dass ich nicht selbst darauf gekommen bin. Aber du warst damals so eine Schlampe, das Kind hätte ja von jedem sein können.«

»Also, Augenblick mal …«, sage ich und trete einen Schritt auf ihn zu.

»Ja?« Er beäugt mich amüsiert. »Und was willste jetzt machen, Bürschchen? Du stehst vor meinem Haus auf meinem Grundstück und behauptest, ich sei so ein Drecksverl, der seine Tochter entführt … Glaubst du im Ernst, es schert jemanden, wenn ich dich kurz und klein schlage? Aber wenn du da wirklich Bock drauf hast … bitte gerne …«

Als ich schweige, nickt er verächtlich. »Dachte ich mir. Weichei.«

»Sky war hier«, sagt Susie jetzt. »Ich weiß es. Sie hat von hier aus meinen Facebook-Account gehackt.«

»Oje, oje«, sagt Jason mit gespieltem Mitgefühl. »Muss schlimm sein, wenn die ganze Welt erfährt, dass man einen Kinderschänder geheiratet hat.« Er wirft mir einen Blick zu. »Nimm's mir nicht übel, *Gabe*.«

»Was, *du* warst das?«, fragt Susie fassungslos.

»Ich?« Er schüttelt den Kopf. »Nee, nee. Ich hab keine Ahnung von Computern. Damit komme ich gar nicht klar.«

»Dann Sie und Sky gemeinsam«, sage ich. »Was auch bedeutet, dass Sie wissen, wo sie ist.«

Er fixiert mich ungerührt, und ich verstehe jetzt gut, weshalb Susie ihn als selbstsicher beschrieben hat.

»Schau, Freund«, sagt er ruhig. »Ich hab nicht die geringste Ahnung, wo Sky ist. Aber ich sag's mal so: *Wenn* ich es wüsste, dann sollte sie sich lieber in Acht nehmen. Weil ich nämlich nichts lieber täte, als mich dafür zu rächen, dass die Schlampe, die ihre Mutter ist, mich für vier Jahre hat einfahren lassen. Und jetzt haut ab, bevor ich irgendwas tue, was ich später bereue.«

»Darauf wäre ich nie gekommen«, sagt Susie später im Auto. »Dass er mir die Schuld an seiner Haftstrafe gibt. Ich dachte, er hätte verstanden, dass ich mit der Polizei kooperieren musste, um Sky vielleicht zurückzubekommen.«

»Na ja, er kam mir nicht vor wie der verständnisvollste Mensch unter der Sonne«, sage ich trocken.

»Er *weiß*, wo sie ist, das spüre ich. Und er wird sie in Gefahr bringen, um sich an mir zu rächen.«

»Das hat er vielleicht nur behauptet, um dir Angst zu machen. Er ist immerhin ihr Vater.« Ich sage das, um Susie zu beruhigen, glaube es aber selbst nicht. Jason Miller strahlte für mich keinerlei Wärme oder Menschlichkeit aus, nur eiskaltes Kalkül.

Und da ich jetzt sein Ambiente erlebt habe – die teuren Autos, das protzige Haus –, habe ich keinerlei Zweifel mehr daran, wie er sein Geld verdient. Wenn Sky in diese Szene hineingerät, landet sie womöglich auch irgendwann im Knast.

Oder es passiert etwas noch Schlimmeres.

»Okay, zumindest haben wir jetzt neue Infos für die Polizei«, sage ich. »Jason wurde wegen Drogenhandel verurteilt. Den müssen sie doch ohnehin auf dem Schirm haben.«

Susie nickt. »Ich rufe gleich an, wenn wir zu Hause sind.« Sie schaut aus dem Fenster. »Oh, Sky … was hast du nur getan?«

98

NICKY

WIE cool, ich habe jetzt so was wie eine eigene kleine Firma. Als Erstes bestelle ich mir im Internet Visitenkarten mit dem Text *Full Service Partybedarf – Sofortige Lieferung* und der Nummer meines neuen Prepaid-Handys. Warum soll man denn ein Erfolgsprinzip ändern – in dieser Gegend arbeiten viele Leute in London und wissen, was der Text bedeutet. Nicht großartig anders, als wenn man einen Flyer von Deliveroo oder Uber Eats im Briefkasten hat, auf dem Lieferungen in diesem Bezirk angekündigt werden. *Super, wieso erst jetzt,* werden wahrscheinlich die meisten denken.

Nur dass ich gezielter vorgehe. Als die Karten da sind, verteile ich sie am Bahnhof an Millenials mit stressigem Bürojob in London, die sicher am Wochenende Dampf ablassen wollen. Und an ein paar andere Zielgruppen: Studierende, cool wirkende Oberschüler und Leute, von denen ich glaube, dass sie Pflegejobs haben. Menschen in der Pflege lieben Drogen.

Am Vormittag, wenn es am Bahnhof ruhiger wird, gehe ich in die Ortsmitte und halte Ausschau nach Müttern mit Buggys. Ein paar Karten verteile ich auch an ältere Menschen, die interessanter gekleidet sind als der Durchschnitt. Ein Immobilienmakler verlangt leise eine ganze Handvoll Karten. Auslieferfahrer, gestresste Manager, junge Köche in Weiß, die am Hinterausgang eine rauchen, sind auch immer dankbare Abnehmer.

Niemand versucht mich anzugraben, niemand droht mir mit der Polizei. Im Gegenteil – die Leute wirken so dankbar, als sei ich die Pannenhilfe.

Um sechs Uhr abends geht's dann los bei WhatsApp. Die Leute wollen wissen, wie schnell ich liefern kann.

Am Ende der Woche schaffe ich schon einen Tausender pro Tag ran. Und ich bekomme zwanzig Prozent, was viel mehr ist, als würde ich auf Franchise-Basis irgendwo Kosmetika verticken. Jason hat unter dem Namen »Bucks Hospitality« ein Konto eröffnet, auf das ich jeweils dreitausend in bar einzahle, wie er mir aufgetragen hat. Mein Anteil wird von dort aus auf ein anderes Konto überwiesen, das er unter meinem neuen Namen angelegt hat: Nicky Mason.

Am Samstag habe ich am meisten zu tun, da rase ich mit dem Roller durch die Gegend und liefere an Pubs, Golfclubs, Wochenmärkte und Sozialbauten. Es gibt zwei Bars, in die ich wegen meines Alters nicht reinkomme, aber ich verkaufe an die Gäste, die davor Schlange stehen. Eine Gruppe Mädels, die Junggesellinnenabschied feiern, bestellen fünf Gramm Koks und zwölf Emmas, die ich übergeben soll, wenn die Ladys in die Stretchlimo steigen.

Aber üblicherweise werden mal hier ein Gramm, da ein paar Pillen bestellt, und ein bisschen Gras zum Runterkommen am Sonntag.

Am Montag nehme ich mir frei. Die Wohnung ist nett, muss aber noch aufgehübscht werden. Ich bestelle mir einiges in einem Einrichtungsladen in High Wycombe und ein paar Banksy-Drucke, für den Susie-und-Gabe-Vibe.

Wenn ich an die beiden denke, spüre ich jedes Mal ein bisschen Reue. Hoffe ich, dass Gabe wegen meiner ganzen Aktionen durch die Hölle geht? Eigentlich nicht. Ich dachte, es würde sich gut anfühlen, Susie und ihn fertigzumachen. Aber jetzt merke ich, dass ich mich irgendwie weiterentwickelt habe und dass das gar nicht mehr so zu mir passt.

Am Dienstag rufe ich K-Man an und bestelle neue Ware. Er liefert natürlich nicht selbst aus, das machen die Jüngeren. Deshalb erwarte ich irgendein Kid, als es in dem vereinbarten Rhythmus an der Wohnungstür klingelt.

Und dann steht Jaylen vor mir – Jaylen aus dem Heim.

»Was zum Teufel machst *du* hier?«, frage ich.

Er sieht auch völlig verblüfft aus. »Arbeiten. Wie du auch.«

Jaylen schaut über meine Schulter in die Wohnung und macht große Augen. »Whoa, ist das nobel hier. Wen vögelst du, um an so was ranzukommen, Sky?«

»Niemanden. Und jetzt gib die Ware her und verpiss dich.«

Er reicht mir den Rucksack und zieht ab. Aber danach ist mir ziemlich unbehaglich zumute. Er ist der einzige Mensch in meinem neuen Leben, der von meiner Vergangenheit weiß. Jaylen ist wahrscheinlich schlau genug, mich nicht zu verpfeifen. Aber ich nehme mir trotzdem vor, K-Man darüber zu informieren.

99

SUSIE

DANACH passierte eine Weile gar nichts mehr. Wir hörten weder von der Polizei noch von Sky. Sogar die Leute vom Jugendamt schienen so beschäftigt zu sein, dass die geplanten Treffen wegen unseres Babys ständig verschoben wurden.

Ich erreichte die vierundzwanzigste Woche, was sich fantastisch anfühlte. Theoretisch war das Kind jetzt bereits lebensfähig. So weit war ich noch nie gekommen.

Beim nächsten Ultraschall fragte mich die Ärztin, ob wir das Geschlecht wissen wollten. Ich überraschte mich selbst, indem ich Ja sagte. Als ich Gabe ansah, um seine Reaktion abzuwarten, zögerte er zuerst, nickte dann aber.

»Sie bekommen ein Mädchen«, verkündete die Sonografin.

Ein Mädchen … Uns waren beide Geschlechter recht, aber ich hatte mir Gabe immer gut als Vater von Mädchen vorstellen können. Sie werden sich gegenseitig vergöttern, dachte ich. Und der Gedanke machte mich nicht eifersüchtig, sondern ich ergriff lächelnd seine Hand. Wenn auch mit einem Anflug von Wehmut, denn damals, vor all den Jahren, hatte ich ebenfalls in der vierundzwanzigsten Woche erfahren, dass mein Kind ein Mädchen sein würde.

Wenn ich meine winzige ungeborene Tochter auf dem Monitor sah, musste ich immer auch an Sky denken. Es kam mir zunehmend vor, als bahne sich für ihr Leben irgendeine schreckliche

Tragödie an. Und obwohl ich widerstrebend akzeptierte, dass ich wohl nichts mehr für Sky tun konnte, würde auch die Geburt einer weiteren Tochter meine Vergangenheit nicht löschen können. Ich würde für immer die Mutter sein, die das Leben ihrer Erstgeborenen ruiniert hatte.

Zwei Tage nach dem Ultraschall bekam ich unerwartet einen Anruf von Fi White.

»Ich rufe nicht aus beruflichen Gründen an«, sagte sie nach einem kurzem vorsichtigem Smalltalk. »Sie wissen ja, dass ich vorerst nichts über Gabe schreiben darf. Aber ich wurde von einer Person kontaktiert, die Sie kennenlernen sollten, meine ich.«

»Wieso? Worum geht es?«

Fi zögerte. »Ich denke, das sollten Sie besser erst beim Treffen erfahren. Aber ... kommen Sie bitte alleine. Wenn Gabe dabei ist, würde die Person sicher nicht reden.«

Wir verabredeten uns in einem Costa Coffee an der Euston Road. Als ich hereinkam, sah ich neben Fi eine Frau etwa in meinem Alter mit stylishem Kurzhaarschnitt und Lederjacke.

»Das ist Ella«, sagte Fi, als sie uns vorstellte.

»Hallo«, sagte ich, als ich mich Ella gegenübersetzte. Das Herz schlug mir bis zum Hals, aber ich versuchte, ruhig zu wirken. »Sie möchten über Gabe sprechen, habe ich gehört?«

Ella nickte nervös. »Ja, ich glaube schon. Ich habe so viel darüber nachgedacht und x-mal hin und her überlegt.«

Sie wirkte immer noch unentschieden auf mich, deshalb sagte ich behutsam: »Waren Sie ein Fan von Gabe?«

Ella schüttelte den Kopf. »Nein, ich gehörte zu dem Team, das die Europatour von Wandering Hand Trouble für MTV filmte.«

»Wann war das?«

»2011.«

Ich rechnete rasch. Sie war damals auf keinen Fall minderjährig gewesen. Das war schon mal eine Erleichterung.

»Ich war fünfundzwanzig damals«, fügte sie hinzu. »Und habe zum ersten Mal im Ausland gearbeitet.«

Sie verstummte wieder, als sei sie nicht sicher, ob sie weitersprechen wollte.

»Hören Sie … lassen Sie sich so viel Zeit, wie Sie brauchen«, sagte ich. »Aber ich kann Ihnen versichern, dass ich hergekommen bin, weil ich hören möchte, was Sie zu erzählen haben. Ich werde nicht wütend werden, und ich werde Ihnen in jedem Fall glauben. Wenn Gabe etwas Unrechtes getan hat, möchte ich es wissen.«

»Okay. Ich versuche es.« Ella holte tief Luft. »Alle wussten, dass Gabe und Donna sich getrennt hatten, jeder redete darüber. Er wirkte still und zurückhaltend, nicht wie die anderen. Kai und Danny waren immer laut und schrecklich nervig. Aber Gabe war so … sympathisch. Ich wollte ihn wirklich gerne kennenlernen. Und ich war sicher auch ein bisschen in ihn verknallt.«

Ich nickte ermutigend, obwohl ich von Kopf bis Fuß angespannt war.

»Einmal … waren wir zufällig zusammen in einem Aufzug im Hotel, ganz alleine. Er grüßte mich. Am nächsten Abend, in einer anderen Stadt, passierte das Gleiche wieder, und Gabe sagte, er würde mich wirklich nicht stalken – was ich nett von ihm fand, denn schließlich war er der Star, und man hätte eher umgekehrt auf diese Idee kommen können.

Ich habe erklärt, dass ich zu dem Filmteam gehöre, und Gabe fragte, ob wir was zusammen trinken wollten. Eigentlich dachte ich, an der Bar, aber er meinte, da hingen jede Menge Fans herum. Deshalb gingen wir auf sein Zimmer.«

Sie verstummte wieder. Diesmal wartete ich ab, bis sie von sich aus weitersprach.

Schließlich holte sie tief Luft und sagte: »Er schenkte uns beiden fast ein Glas voll Whisky ein. Die Flasche Bourbon war schon halb leer … ich denke, er hatte vorher schon davon getrunken. Wir unterhielten uns, und dann sagte er ganz plötzlich: ›Wie wär's mit Sex?‹

Ich wusste erst mal gar nicht, was ich sagen sollte. Weil ich mich in dem Moment noch nicht entschieden hatte. Ich meine, klar lag das irgendwie nahe, aber ich war ja erst fünf Minuten oder so in dem Zimmer. Es kam mir dann so vor, als ginge es nur darum – fast als sei ich eine Nutte oder so. Und wie er das sagte … es war gar nicht charmant oder so. Nur nüchtern und knapp.

Aber dann dachte ich mir: Hey, er ist von der Band, und vielleicht läuft das bei denen so … mit den Fans, meine ich. Und ich dachte auch, wenn ich Nein sage, ist er sauer auf mich, und ich verliere dann vielleicht meinen Job bei der Tour.«

»Sie hatten das Gefühl, keine andere Wahl zu haben«, sagte ich behutsam.

Ella nickte. »Ich hatte geglaubt … Na ja, das war auch mein Fehler. Ich hatte mich, ohne vorher nachzudenken, in eine vertrackte Situation gebracht. Und am einfachsten war es zuzustimmen. Ich wollte nicht zu diesen Frauen gehören, die wegen so was einen großen Aufstand machen. Und fürchtete wahrscheinlich auch, dass die Stimmung ansonsten verdorben wäre oder dass Gabe verärgert sein würde.«

Diesmal war mein Nicken vor allem verständnisvoll. Denn als ich fünfundzwanzig war, war ein Großteil meiner sexuellen Kontakte so abgelaufen.

Ella rannen jetzt Tränen über die Wangen. Sie schluckte und sprach weiter.

»Er sagte, ›du kannst gehen, wenn du willst‹, aber seine Stimme war so … kalt und unpersönlich. Als würde er mich *abweisen*. Und ich … ich sagte dann, nein, ich würde bleiben. Ich verstehe bis

heute nicht, weshalb ich das gemacht habe. Ich hätte einfach verschwinden sollen. Aber wahrscheinlich hoffte ich irgendwie, dass
doch noch etwas besser werden würde … dass wir vielleicht weiterreden könnten, wenn wir den Sex hinter uns hätten oder so.«

Sie holte tief Luft. »Also fingen wir an … er war hinter mir und
irgendwie total … ich weiß nicht … so *mechanisch*. Als sei ich ihm
völlig egal. Ich habe ihm gesagt, er solle aufhören, ich hätte keine
Lust mehr darauf. Hat er dann auch gemacht, aber dann … drehte
er plötzlich durch. Tigerte durchs Zimmer, schrie herum und
fluchte. Und irgendwann nahm er das Glas, aus dem er getrunken
hatte, und warf es an die Wand.«

Ella hielt wieder einen Moment inne, um sich zu fassen.

»Als es zerbrach, habe ich geschrien, glaube ich. Und er … veränderte sich schlagartig, so als sei er aus einem Traum aufgewacht. Er sagte immer wieder, dass es ihm leidtäte, dass er
gar nicht wisse, was passiert sei. Ich weinte, weil ich völlig verstört war. Er sagte, er würde mich zu meinem Zimmer begleiten. Ich merkte, dass er allein sein wollte. Wir zogen uns beide an,
und vor meiner Zimmertür hat er sich noch mal entschuldigt und
gefragt, ob ich okay sei. Ich sagte Ja und irgendetwas wie ›bitte er-
zähl niemandem davon‹. Warum ich das gemacht habe, kann ich
heute nicht mehr nachvollziehen … vielleicht weil ich dachte, *er*
hätte Angst, dass *ich* das herumerzähle. Er versprach, das nicht
zu tun.

Danach verbrachte ich eine schlaflose Nacht, weil ich Angst um
meinen Job hatte und mir Sorgen machte, wie wir weiter miteinander umgehen sollten. Ein paar Tage später bekam ich von anderen mit, dass nicht nur Gabes Ehe gescheitert, sondern dass auch
seine kleine Tochter gestorben war. Ich dachte mir, dass er sich
vielleicht deshalb so seltsam benommen hatte, und versuchte ihm
einfach aus dem Weg zu gehen. Und ich redete mit niemandem
über das alles. Dann kam meine Essstörung zurück, und ich

musste ohnehin aufhören zu arbeiten. Ich war dann eine ganze Weile in ziemlich üblem Zustand.«

Ella versank eine Weile in Gedanken und sagte schließlich: »Bis heute kann ich nicht klar erkennen, welchen Anteil wir beide an dieser Situation hatten. Ich meine, als ich mit Gabe auf sein Zimmer ging, war ich sicher weniger psychisch stabil, als ich glaubte. Aber es dauerte sehr lange, bevor es mir wieder besser ging.«

»Das tut mir unendlich leid, Ella«, sagte ich mitfühlend. »Wie schlimm das alles für Sie gewesen sein muss.«

Sie nickte. »Als ich dann diesen Artikel von Fi las ... fühlte ich mich irgendwie gestärkt. Weil ich mich immer wieder gefragt hatte, ob das eine einmalige Szene gewesen war oder ob Gabe damals mit vielen Frauen so umging. Deshalb habe ich Kontakt zu Fi aufgenommen. Weil ich hören wollte, ob es noch mehr Vorwürfe gegen ihn gab, die sie vielleicht nicht schreiben durfte, weil es als Verleumdung gegolten hätte oder so.«

»So eine Geschichte hatte ich bislang von niemandem gehört«, ergänzte Fi White. »Allerdings hatten mir mehrere Leute erzählt, wie viel Gabe damals getrunken hat. Wohl hauptsächlich allein auf seinem Zimmer.«

»Ob es nun hilft oder nicht ... ich kann Ihnen jedenfalls versichern, dass ich Gabe so niemals erlebt habe«, sagte ich. »Das ist nicht der Mann, den ich kenne. Was aber nicht heißt, dass ich ihn entschuldigen will oder auch nur ein einziges Wort von dem anzweifle, was Sie gerade geschildert haben. Ich glaube nur, dass er damals in schrecklichem Zustand war.«

»Ja«, bestätigte Ella. »Das glaube ich auch.«

Danach verfielen wir alle drei in Schweigen.

»Ich werde das niemals an die Öffentlichkeit bringen«, sagte Fi schließlich. »Auch dann nicht, wenn ich wieder schreiben darf. Das habe ich mit Ella so abgesprochen.«

»Ich danke Ihnen, Ella«, sagte ich. »Und, Fi … wissen Sie, wann die Phase, in der Gabe sich so benahm, zu Ende war?«

»Soweit ich weiß, war es wohl der Hauptgrund, warum die Band sich aufgelöst hat – die anderen bekamen ja mit, wie verzweifelt er war. Deshalb sollte die nächste Tour auch die letzte sein.« Sie sah mich an. »Und bei der ist er dann auch Ihnen begegnet, nicht? Gleich am Anfang. Und nach allem, was ich gehört habe, ist er seither ein ganz anderer Mensch.«

100

GABE

SUSIE und ich reden bis spät in die Nacht.

Die furchtbare Wahrheit ist, dass ich mich nicht mehr an diese Begegnung erinnern kann. Es gab noch viele andere dieser Art, die nicht weniger schlimm waren – Fi White ist nicht auf sie gestoßen. Meine Erinnerungen aus dieser Zeit sind undeutlich – nackte Körper, Whiskyflaschen, Blackouts. Fans für eine halbe Stunde Ablenkung, die dann wieder aus dem Zimmer geschoben wurden. Ich war auch auf Pillen. Der Kurier, der Kai und Danny mit Koks versorgte, brachte mir regelmäßig Xanax und Temazepam. Ich nahm alles wie durch einen Schleier wahr. Aber dennoch nicht verschwommen genug.

Eine Szene habe ich noch in Erinnerung: als ich beim Sex mit einem Fan lautlos weinte und nicht aufhören konnte.

Das war mein damaliges »ghost kingdom«: Ich glaubte, dass ich durch die Körpernähe zu jungen Frauen irgendetwas rückgängig machen konnte. Dabei gelang es mir bestenfalls, ein paar Minuten lang zu vergessen.

Wobei die Fans damals auch nicht mehr *so* jung waren. Es gab die Band immerhin schon fünfzehn Jahre, unser Publikum war mit uns älter geworden. Zumindest waren es also keine Schulmädchen mehr, mit denen ich so umging.

Was aber nicht das Geringste entschuldigt, das ist mir vollkommen klar. Frauen waren für mich Mittel zum Zweck, wie für andere

Marihuana, Alkohol oder Glücksspiel. Und ich spürte durchaus, dass sie sich ausgenutzt fühlten. Dieser enttäuschte Blick, wenn sie merkten, dass ich nicht reden oder schmusen wollte.

Ich erinnere mich auch noch an eine junge Frau, die beim Rausgehen an der Zimmertür zu mir sagte: »Stimmt schon, was man immer hört: Besser, man lernt seine Helden niemals kennen.«

Ich sagte mir damals, dass die Frauen doch bekamen, was sie wollten. Auf den Gedanken, dass einige durch diese Erlebnisse traumatisiert sein könnten, bin ich tatsächlich nie gekommen. Ich redete mir ein, dass Sex bestimmt das Harmloseste war, was man tun konnte. Aber ich weiß noch, dass mir Schamgefühle extrem zusetzten. Und am nächsten Abend: die nächste Stadt, das nächste Hotel, die nächste attraktive junge Frau, die sich anbot.

Ich war in einer grauenhaften Spirale aus Selbstverachtung und Verzweiflung gefangen. Und nichts half.

Aber es war eben auch zu spät für jede Hilfe.

Leah war zwei, als Donna und mir zum ersten Mal auffiel, dass etwas nicht stimmte. Zuerst hatten wir noch gedacht, es sei gut, dass Leah morgens so lange schlief. Irgendwann fragten wir uns aber, ob das für eine Zweijährige wirklich normal war. Und beim Aufwachen war sie manchmal schweißgebadet.

Der Kinderarzt vermutete, sie habe irgendeine Infektion. Dann bekam sie eine Mandelentzündung, und er gab ihr Antibiotika. Das Fieber ging nicht zurück, aber er sagte, das dauere seine Zeit.

Als rote Flecken auf ihrer Haut auftauchten, machten wir den Meningitistest – drückten ein Glas auf die Stellen – und gerieten in Panik, als sie nicht verschwanden. Die Ärzte in der Notaufnahme waren sicher, dass es sich nicht um eine Hirnhautentzündung handelte, machten aber ein Blutbild.

Sechs Stunden später waren die Ergebnisse da. Leah hatte zu viele weiße Blutkörperchen und zu wenige rote. Sie hatte ziemlich sicher Leukämie.

Damals wussten wir noch nicht, dass es mehrere Arten von Leukämie bei Kindern gibt. Akute myeloische Leukämie. Akute lymphatische Leukämie. Unverständliche lateinische Begriffe, von denen abhängt, ob die Krankheit vielleicht heilbar oder aber unheilbar ist.

Leah wurde einer Knochenmarkbiopsie unterzogen, Computertomografie, Röntgen, alles mit Vollnarkose. Die Leukämie wäre eventuell heilbar gewesen, aber man entdeckte einen Tumor in der Lunge. Man implantierte einen Portkatheter in der Brust für die Chemotherapie, der sich manchmal entzündete, dann musste man mit der Chemo pausieren.

Als wir nach der Behandlungsdauer fragten, erfuhren wir, dass es sich um Jahre, nicht um Monate handeln würde.

Aber wir hielten durch, entwickelten irgendwie eine Überlebensstrategie. Gespräche mit anderen Eltern auf der Station, die das Gleiche erlebten, waren eine Hilfe. Und man hat ja ohnehin keine andere Wahl, als weiterzumachen. Irgendwie klarzukommen mit dem Erbrechen, dem Hautausschlag, den Mundgeschwüren, der Verstopfung, dem Durchfall, dem Nasenbluten. Dem Haarverlust – als ich zum ersten Mal ein Büschel von Leahs schönen Haaren auf dem Kopfkissen fand, brach ich in Tränen aus.

Am Eingang zur Station hing eine altertümliche Schiffsglocke, bekannt als die »O-B-Glocke«. Ärzte sprechen nie davon, dass eine Krebserkrankung »geheilt« sei, sondern lediglich davon, dass Untersuchungen »ohne Befund« verliefen. Wenn ein Kind zur Routineuntersuchung kam und ohne Befund war, durfte es beim Verlassen der Station die Glocke läuten, weil es keine Behandlung mehr brauchte, und alle Anwesenden klatschten Beifall. Die Glocke erklang nicht oft, aber wenn ich sie hörte, stellte ich mir immer vor, wie Leah an dem Seil ziehen würde. Ich hoffte, sie würde noch so klein sein, dass ich sie dafür hochheben musste.

Als die Chemo nicht anschlug, bekam sie alle vierzehn Tage

Medikamente mittels einer Lumbalpunktion, jeweils unter Vollnarkose. Jedes Mal wenn ich Leah danach aus der Station trug und an der Glocke vorbeikam, warf ich einen Blick darauf und stellte mir die Szene mit dem Läuten vor. Manchmal klopfte ich sogar behutsam mit dem Fingerknöchel daran, um den Laut zu hören. Es war ein eingestrichenes C.

Nach und nach verlor Leah ihre Bewegungsfähigkeit, und ihre Kopfform veränderte sich. Wir sagten uns, das hätte mit den starken Medikamenten zu tun. Wir wollten daran glauben, dass noch immer alles gut werden konnte.

Und dann hatte es tatsächlich irgendwann den Anschein. Die Blutplättchen vermehrten sich, die Leukozyten nahmen ab. Wir waren zwar noch lange nicht entspannt, aber zumindest nicht mehr in permanentem Alarmzustand. Leah bekam die Chemo wieder durch den Port.

Zwei Tage vor ihrem dritten Geburtstag hatte sie leicht erhöhte Temperatur. Wir gaben ihr ein Schmerzmittel für Kinder und legten sie ins Bett.

Als ich eine halbe Stunde später nach ihr schaute, war ihre Atmung abnorm schnell und die Stirn glühend heiß.

Wir riefen einen Krankenwagen, und sie bekam sofort Infusionen. Ich war entsetzt, als ich sah, dass sie kein Schmerzempfinden zu haben schien, sie bemerkte nicht einmal den Einstich der Kanüle.

Der Notarzt gab ans Krankenhaus Leahs Blutdruck durch – fünfzig zu zwanzig. Als wir ankamen, war er so niedrig, dass er nicht mehr gemessen werden konnte.

Es war ein septischer Schock. Den Ärzten war kein Vorwurf zu machen – manchmal wird eine Blutvergiftung zu spät erkannt, aber in Leahs Fall wurde sofort gehandelt und versucht, sie zu retten. Aber im Wettlauf mit der Zeit behielt das Organversagen die Oberhand.

Bei ihrer Bestattung hatten wir eine Schiffsglocke mitgebracht. Als die Sargträger den winzigen Sarg hinaustrugen, läutete ich die Glocke, und ihr Klang hallte in der Kirche wider. Eingestrichenes C. Keine Behandlung mehr.

Gleich von Anfang an trauerten Donna und ich auf sehr unterschiedliche Weise. Sie weinte viel und wollte viel sprechen – über jede einzelne Episode der Erkrankung, jede Minute am Ende, als würde das Geschehen erträglicher, wenn wir es endlos wiederholten. Ich dagegen war wütend – und um diese Wut zu beherrschen, wurde ich distanziert und kalt. Aber manchmal brach sich die Wut Bahn, und als Donna nach einem halben Jahr beschloss, nach New York zurückzugehen, war es eine Erleichterung für mich, dass sie das allein tun wollte. Mir stand die nächste Tour bevor. Seichte Popsongs zu trällern, war nicht tröstlich, geschweige denn ein Vergnügen, aber ich konnte jedenfalls zu alten Strukturen zurückkehren. Und legte mir dabei neue Laster zu. Das war der Anfang der düsteren Phase.

Als Donna mir mitteilte, sie wolle die Trennung auf Dauer, wurde meine Wut – muss ich zu meiner Schande gestehen – noch destruktiver. Ich weiß, dass ich mich hätte anders verhalten sollen. Ich hätte eine Therapie anfangen und mich von flüchtigen Begegnungen fernhalten sollen, bis ich wieder stabiler war. Aber von ein paar oberflächlichen Gesprächen mit den Bandmitgliedern abgesehen, redete ich mit niemandem.

Bis ich am ersten Tag unserer letzten Tour hinter der Bühne eine bezaubernde Backgroundsängerin vorfand, die in Tränen aufgelöst war, und sie fragte, was passiert sei. Hätte Susie mir nicht von Sky erzählt, hätte ich wohl auch nie über Leah gesprochen. In diesem Moment, als ich mich öffnete, wurde ich ein anderer Mensch.

Und bin es seither geblieben.

101

SUSIE

GABE weinte, nachdem er mir alles erzählt hatte. Und meine Gefühle waren auch sehr kompliziert. Denn *ich* konnte ihm nicht vergeben – das konnten nur Ella und andere betroffene Frauen selbst tun. Andererseits war es aber so berührend zu erleben, wie der Mann, den ich liebte, seine intimsten Geheimnisse und Verfehlungen mit mir teilte, dass ich ihm unbedingt irgendeine Absolution erteilen wollte.

Zum Glück war er jedenfalls sicher, in dieser Phase in sexueller Hinsicht nichts Illegales getan zu haben. Als er Ella damals fragte, ob sie Sex haben würden, und ihr sagte, sie könne auch gehen – was sie als kalt und abweisend empfunden hatte –, wollte er ihr damit auch die Möglichkeit geben zu verschwinden. Und seinen Ausbruch, den sie als Wut über ihre Bitte, den Sex abzubrechen, gedeutet hatte, sah er selbst als Zorn über sich selbst, weil er sich erneut auf eine flüchtige Begegnung eingelassen hatte.

Aber wir wussten beide, dass das eigentliche Thema ein anderes war. Hat man Gelegenheitssex mit jemandem, lässt man sich auf die unausgesprochene Vereinbarung ein, nicht achtlos mit den Gefühlen des anderen Menschen umzugehen. Zwei Personen entblößen sich buchstäblich und machen sich damit so verletzlich wie in keiner anderen Lebenslage. Das Mindeste, was man dem anderen dabei schuldet, sind Rücksichtnahme, Zärtlichkeit, Behutsamkeit und Wertschätzung.

All das hatte ich von Gabe immer bekommen, weshalb mir sein Verhalten Ella gegenüber auch komplett unverständlich war. Doch das war eben eine weitere komplexe Wahrheit über Menschen: dass – wie Rowena uns in einem anderen Zusammenhang einmal verdeutlicht hatte – gute Menschen böse Taten verüben können, vor allem dann, wenn sie selbst Böses erlebt haben.

»Deshalb warst du dann letztlich auch so verständnisvoll, als du von meiner Verurteilung erfahren hast«, dachte ich laut. »Weil du auch schon mal am Ende warst.«

Gabe nickte. »Ich hatte versucht, das anzusprechen. Aber es war der falsche Zeitpunkt, weil du so sehr mit Sky beschäftigt warst. Deshalb bist du darüber hinweggegangen.«

»Wir sind schon beide ziemlich verkorkst, oder?«

Gabe streichelte meinen Bauch. »Haben wir überhaupt ein Kind verdient?«

»Niemand hat ein Kind verdient. Das ist ja das Besondere daran.«

Er zögerte. »Und ich? Verändert all das, was du gehört hast, etwas an deinen Gefühlen für mich? Ich könnte gut verstehen, wenn du jetzt denkst, ich sei gar nicht der Mann, den du geheiratet hast.«

Ich legte meine Hand auf seine. »Das alles ist echt heftig, und ich werde sicher eine Weile brauchen, um es zu verarbeiten. Aber du bist dir bewusst, dass dein Verhalten falsch war. Und, ganz ehrlich: Du bezahlst ja schon einen hohen Preis dafür, weil die Band auseinandergegangen ist. Ich denke, wir schaffen das.«

»Danke«, sagte er leise. »So wie du zu Sky gehalten hast, hätte ich mir ja denken können, dass du auch zu mir stehen würdest.«

Er blieb einen Moment stumm. »Weißt du … während wir geredet haben, ist mir etwas klar geworden. Sky ist im gleichen Jahr geboren wie Leah. Wenn sie noch leben würde, wäre sie jetzt fünfzehn.«

»Daran habe ich noch nie gedacht.«

Er nickte. »Und mir kam unwillkürlich der Gedanke: Was würde ich mir für sie wünschen? Wenn sie solche Probleme hätte wie Sky momentan, meine ich. Die Antwort lautet: Ich würde mir jemanden wünschen, der auf sie achtgibt. Jemanden, der alles Erdenkliche tut, um sie zu schützen. Der über all ihre Taten hinwegsieht und sich auf das Gute in ihr konzentriert. Ich hätte für Leah alles getan, absolut alles. Jetzt ist das nicht mehr möglich. Aber ich kann *dich* unterstützen. Was ich damit sagen will, ist: Gib nicht auf.«

102

NICKY

MIT fünftausend Pfund in Scheinen ist mein Rucksack ziemlich vollgestopft.

So viel kann ich am Schalter außerhalb der Bank nicht einzahlen. Deshalb fahre ich mit dem Zug nach Marylebone, um das Geld bei K-Man abzuliefern. Ich stelle den Rucksack hinter meine Beine, wo er sicher ist, und schaue aus dem Fenster.

Die Tür zum nächsten Wagen geht auf, und ein Polizist mit einem Hund kommt herein. Einen Moment lang erstarre ich vor Schreck, zwinge mich dann aber zum Entspannen. Ich habe ja nichts außer Geld bei mir.

Der Hund erinnert mich ein bisschen an Sandy. Als sie vorbeigehen, beuge ich mich zu ihm und streichle ihn.

Er wendet sich zu mir und leckt meine Hand ab. Aber dann beschnüffelt er plötzlich meinen Rucksack, als sei er voller Fleisch, erstarrt und fängt an zu bellen.

»Ist das Ihr Rucksack, Miss?«, fragt der Polizist.

Wir fahren gerade im Bahnhof von Gerrards Cross ein, und ich springe auf und renne los. Polizist und Hund müssen sich zwischen mir und dem Rucksack entscheiden. Ich rase durch die nächsten zwei Wagen, warte dann darauf, dass die Türen zum Gleis aufgehen. Inzwischen bin ich fast ganz vorn im Zug angekommen. Als ich zurückschaue, sehe ich den Polizisten näher kommen. Er hat den Rucksack über der Schulter, sagt etwas zu dem Hund und lässt ihn von der Leine. Der Hund rast los, aber zum Glück gehen in diesem Moment die Türen auf. Von draußen drängen Leute in den Zug und versperren dem Hund den Weg. Ich winde mich durch die Menschenmenge und sprinte den Fahrsteig zum Ausgang entlang. In dem Moment, als ich über die Bahnsteigsperre flanke, schaue ich hoch – direkt in die Überwachungskamera am Eingang.

Scheiße.

Als ich weit genug vom Bahnhof weg bin, versuche ich zu Atem zu kommen. Dass ich jetzt in einer furchtbaren Lage bin, ist mir klar. Aber ich kann mich nicht um den Anruf drücken.

»Hallo, Prinzessin«, meldet sich Jason.

Ich berichte, was passiert ist.

»Du schuldest mir fünftausend«, sagt er tonlos.

»Ja. Ich zahl's dir zurück. Ich verzichte auf meinen Anteil, bis …«

»Läuft so nicht«, unterbricht er mich. »Weil du jetzt gelistet sein wirst. Arbeitest du weiter, gefährdest du alles. Und bringst die womöglich noch auf meine Spur.«

»Das würde ich nie tun, das schwöre ich dir.«

»Ach ja? Deine Mum und ihr Sexverbrecher waren auch schon bei mir. Hat sich rausgestellt, dass deine Aktion auf Facebook doch nicht so sicher war, wie du behauptet hast. Tut mir leid, Prinzessin. Du hast dich grade selbst überflüssig gemacht. Wir müssen uns was anderes einfallen lassen, wie du die fünftausend verdienen kannst.«

»Was meinst du damit?«, frage ich langsam.

»Gibt Wege. Ich meine, du hast dieses noble Apartment. Ich denke an Escort-Arbeit.«

Er klingt so sachlich, dass ich gar nicht gleich verstehe, was er meint. »Das ist … das will ich nicht machen.«

»Ja, ja, das denken viele Mädchen zuerst … bis sie merken, wie die Alternativen aussehen. Aber wir können langsam anfangen. Erst mal ein bisschen als Camgirl arbeiten. Mit einem der Jungs eine nette Show hinlegen.«

Ich bleibe stumm. Meine Gedanken rasen. Ich hatte gehofft, Jason wollte mich in seinem Leben haben. Dass er mich lieben würde, hatte ich mir nicht vorgemacht. Aber geglaubt, dass ich doch mehr für ihn sei als ein beliebig ersetzbarer Drogenkurier.

Mir ist ganz übel, als mir klar wird, dass es Jason von Anfang an um Geld ging. Er wollte mich lediglich für seine Zwecke benutzen.

Wie hatte ich nur so blöd sein können.

»Außerdem«, fügt er hinzu, »magst du Sexarbeit. Hat deine alte Dame schließlich auch gemacht, oder? Und der Apfel fällt ja nie weit vom Stamm. Geh in deine Wohnung zurück und warte weitere Anweisungen ab. Jemand kommt vorbei und sagt dir, was du machen sollst.«

Da ich nirgendwo anders hinkann, gehe ich tatsächlich in die Wohnung. Aber nachdem ich dort zwanzig Minuten lang auf und ab getigert bin, wird mir klar, dass das alles total falsch läuft.

Auf welche Idee Jason auch verfällt, wie ich das verlorene Geld verdienen soll – es wird ekelhaft sein. Ich muss jetzt der Tatsache ins Auge blicken, dass er mich von Anfang an manipuliert hat.

Ich hole mir eine Tasche und stopfe Kleider hinein. Wo ich hingehe, werde ich mir unterwegs überlegen müssen, vorerst habe ich keinen blassen Schimmer.

Als ich durchs Zimmer laufe, schaue ich zufällig aus dem Fenster und sehe Jaylen aufs Haus zumarschieren. Er trägt seine Jacke in der Hand, und irgendetwas scheint darunter verborgen zu sein. Etwas Großes, Schweres.

Ich gehe zur Haustür und reiße sie auf. Als Jaylen mich sieht, bleibt er stehen.

»Was hast du denn da, Jaylen?«, frage ich. »Schwert? Säure? Gewehr?«

Etwas verlegen enthüllt er eine Machete. »Das.«

»Und damit sollst du mir Angst machen? Also gut, ich hab jetzt offiziell ganz furchtbar Angst. Auftrag erfüllt.«

Er bleibt stumm, und ich habe den Eindruck, dass er sich mehr fürchtet als ich.

»Oder mache ich *dir* vielleicht Angst?«, füge ich hinzu. »Buh!«

Er rührt sich nicht, schaut mich nur an.

Und mir wird schlagartig klar, dass er sich nicht vor *mir* fürchtet.

Sondern vor dem, was er mit mir machen soll.

»Bist du hier, um mich abzustechen?«, sage ich langsam.

Er hebt die Machete, zittert aber so heftig, dass die Spitze kleine Kreise in der Luft macht wie ein Taktstock.

»Sag denen, dass du gesehen hast, wie ich abgehauen bin. Dann lassen sie dich in Ruhe, und du musst es nicht machen.«

Er schüttelt den Kopf. »Haben gesagt, du würdest sie an die Bullen verpfeifen. Ich soll dafür sorgen, dass du nicht redest.«

»Die lügen dich an. Stimmt schon, jemand will mich aus dem Weg schaffen, aber nicht wegen der Bullen.« Ich hole tief Luft. »Der Boss von diesem Business hier will das. Der ist mein Vater.«

»Nicht dein Ernst«, keucht Jaylen. »Dein *Dad* hat das angeordnet?«

Ich nicke.

»Wie übel ist das denn.«

»Seh ich auch so.«

Weil Jaylen sich immer noch nicht bewegt, sage ich: »Ich gehe jetzt. Ich weiß, dass du mich nicht umbringen willst, Jaylen.« Ich spreche möglichst ruhig, weil ich an ihm vorbeigehen muss. Natürlich würde ich lieber noch meine Sachen aus der Wohnung holen, aber etwas sagt mir, dass ich den Blickkontakt halten muss, damit Jaylen nicht doch noch durchdreht.

Ich habe zwanzig Pfund in der Tasche. Damit werde ich jetzt wohl auskommen müssen.

Ganz langsam gehe ich an ihm vorbei, drehe mich dann um und laufe rückwärts, lasse ihn nicht aus den Augen. Er umklammert die Machete und fängt zu weinen an.

»Du bist zu gut für so was«, sage ich noch. »Pass auf dich auf.« Dann renne ich los.

Als ich mich der Straße nähere, sehe ich K-Man und Blado von einer niedrigen Mauer aufspringen, auf der sie gewartet haben. Hätte ich mir denken können – die wollen sichergehen, dass Jaylen das durchzieht. Ich rase über das Grundstück, höre dabei, dass die beiden hinter mir aufholen. Im letzten Moment erreiche ich den Roller, der zum Glück sofort anspringt. Als ich losfahre, sehe ich K-Mans anderen Handlanger, Dash, in einem schwarzen SUV, der jetzt vorfährt, damit die anderen reinspringen können. Der Roller ist natürlich nicht schnell, aber wendig, und während die vor einer Schule im Stau stecken bleiben, weil Eltern gerade ihre Kinder abholen, sause ich an der Schlange vorbei. Kurz darauf bin ich auf der Straße nach London. Kaum noch Benzin im Tank, aber das noch größere Problem ist die Frage: *Und wohin jetzt?*

103

GABE

ICH bin gerade nach Hause gekommen, als DC Eddo mich anruft.

»Sky wurde gesehen«, erklärt sie. »Gestern, von einem Polizeihundeführer, im Zug von High Wycombe nach London. Sie ist weggerannt, wurde aber von einer Überwachungskamera registriert.«

»Also ist sie nicht tot«, sage ich erleichtert. »Damit dürfte ja wohl auch klar sein, dass ich sie nicht umgebracht habe.«

»Ja, wir haben Ihren Anwälten mitgeteilt, dass Sie nicht mehr unter Mordverdacht stehen.« Eddo hält einen Moment inne. »Wir müssten allerdings in einer anderen Sache dringend mit Sky sprechen.«

»Wieso, was hat sie getan?«

»Als sie vor dem Hundeführer weglief, ließ sie einen Rucksack zurück, der fünftausend Pfund enthält – der Hund wurde dafür ausgebildet, große Geldmengen zu erschnüffeln. Wir glauben, dass es sich um Drogengeld handelt.«

»Drogengeld?«, wiederhole ich. Das überrascht mich eigentlich nicht, ist aber trotzdem gar nicht gut.

»Wir müssten Sky auch vernehmen zum Tod eines vierzehnjährigen Jugendlichen namens Jaylen Harris. Er wurde tot aufgefunden in der Nähe eines Hauses, in dem Sky mutmaßlich unter einem falschen Namen gelebt hat – in einer Wohnung, die kürzlich von einer Offshore-Firma angekauft wurde.«

»Und Sie glauben, dass Sky damit zu tun hat?«

»Nicht direkt. Aber jemand, auf den ihre Beschreibung passt, wurde kurz vor dem Tod des jungen Mannes beim Verlassen des Grundstücks beobachtet. Und es sieht auch ganz danach aus, als stünde der Mord an Jaylen Harris mit Drogendelikten in Zusammenhang. Er wurde erstochen und hatte selbst eine Machete bei sich, die allerdings nicht zum Einsatz kam. Wir vermuten, dass es eine Verbindung zwischen dem Mord und dem gefundenen Geld gibt.«

»Das hat bestimmt alles mit Skys Vater zu tun – ihrem leiblichen Vater«, sage ich. »Er war wegen Drogenhandel im Gefängnis.«

»Die Möglichkeit besteht. Wir haben allerdings derzeit nichts in der Hand, was eine Vorladung zur Vernehmung rechtfertigen würde, geschweige denn eine Hausdurchsuchung. Sky könnte uns aber vermutlich mehr sagen.«

»Und deshalb wollen Sie mit ihr sprechen?«

»Die Gründe sind noch etwas gravierender, fürchte ich.« Eddo zögert. »Wenn die Polizei eine große Geldmenge aus Drogenhandel findet, statuiert die Bande nicht selten ein Exempel an der Person, die einen Fehler gemacht hat. Als Racheakt.«

»Sie meinen also … dass Sky jetzt in noch größerer Gefahr sein könnte«, sage ich langsam.

»Ich will es mal so sagen: Wir haben Grund zur Annahme, dass Sky stark gefährdet ist, ja. Teilen Sie uns bitte sofort mit, wenn sie mit Ihnen oder Mrs. Thompson Kontakt aufnimmt.«

Nach dem Gespräch ist mir flau im Magen. Wenn Sky Jason Millers Geld verloren hat – wird es dann zu ihrem Schutz dienen, dass sie seine Tochter ist? Ziemlich sicher nicht, wird mir klar. Der fürchtet doch garantiert, dass sie ihm die Polizei auf den Hals hetzt. Er wird also seine Leute darauf ansetzen, Sky zu finden.

Ich muss wieder an den verächtlichen Blick denken, mit dem Jason Miller mich von Kopf bis Fuß gemustert hat – *Dachte ich mir. Weichei* –, und mir läuft es eiskalt den Rücken hinunter.

104

SKY

ICH bin jetzt seit fünf Tagen obdachlos, und das ist so was von scheiße.

Den Roller habe ich an einer U-Bahn-Station stehen gelassen und mich unter die Rushhour-Menge gemischt, um den Kameras so weit wie möglich zu entgehen. Aber als ich dann in London ankam, hatte ich eben absolut nichts mehr. Keinen Anlaufort, keine Beschäftigung, nicht mal mehr genug Geld, um mich in ein Café zu setzen. Und es regnete auch noch.

Als ich im Bahnhof St Pancras herumgelaufen war, um die falsche Fährte zu legen, war ich zuletzt in dem Teil gelandet, wo die Eurostar-Züge abfahren. Jetzt fiel mir wieder ein, dass ich Obdachlose gesehen hatte, die dort schliefen, weil es wärmer war. Deshalb legte ich mich in der ersten Nacht auch dort auf eine Bank. Ich hatte nicht einmal einen Schlafsack, nur die Kleider, die ich trug.

Um drei Uhr nachts weckte mich jemand vom Personal und sagte, ich solle nach Hause gehen. Der Mann dachte wahrscheinlich, ich schliefe einen Partyrausch aus.

Ich streifte ziellos durch die Straßen und versuchte Typen zu meiden, die vielleicht zu Jasons Truppe gehören konnten. Dann entdeckte ich eine lange Schlange Obdachloser, die an einem Suppenwagen anstanden. Zuerst waren sie aggressiv, weil sie dachten, ich würde eine Mahlzeit schnorren wollen, die eigentlich ihresgleichen zustand. Aber dann hatte einer Erbarmen und erzählte mir von einer Tagesstätte, wo man Unterkunft und eine warme Mahlzeit bekommen konnte. Offenbar gibt es Hostels für Menschen, die gerade erst obdachlos geworden sind, aber die haben lange Wartelisten. Und die anderen Heime sind wohl ziemlich unangenehm.

»Wie ist das mit der Polizei?«, fragte ich. »Müssen die Tagesstätten Namen weitergeben?«

Er warf mir einen kurzen Blick zu. »Nee, müssen sie nich.«

Als das Zentrum am nächsten Morgen aufmachte, bekam ich einen Schlafsack, warme Kleidung und einen Rucksack. Bei dem Kleiderbündel war eine Beanie dabei, unter der ich meine Haare verstecken konnte, damit ich von den Kameras nicht mehr erkannt wurde. Und dann war ich wieder auf der Straße.

Was man sich kaum vorstellen kann, ist, wie sehr Obdachlosigkeit einen auslaugt und müde macht. Nachts schlief ich kaum vor Angst. Selbst wenn ich es mal schaffte, nicht an die Bedrohung durch Jasons Schergen zu denken, ist ja da immer noch der ganze andere Scheiß. Obdachlose werden bepisst, verprügelt oder mit halb vollen Fastfood-Schachteln beworfen von besoffenen jungen Männern, die so was nachts um zwei witzig finden. Nur tagsüber ist es einigermaßen sicher zu schlafen. Aber der Boden ist hart und kalt, und die Situation ist erniedrigend. Wenn man aus seinem Schlafsack späht, sieht man nur Füße. Andere Menschen sind wie erhabene Gottheiten, die mit hocherhobenem Kopf ihren wichtigen Tätigkeiten nachgehen. Und ich konnte mir mühelos vorstellen, wie die mich von oben herab betrachteten und für einen weiteren nach Pisse stinkenden Junkie hielten.

Also war ich dauernd müde und verängstigt. Und obendrein furchtbar wütend. Diese ganzen eingebildeten Ärsche, die glaubten, sie würden nie an meiner Stelle sein. Dabei braucht es dafür nur ein paar falsche Entscheidungen und ein bisschen Pech.

In meiner zweiten Nacht bot mir ein Typ im Anzug fünfzig Tacken, damit ich ihm einen blase. Er zeigte mir den Schein, riss ihn dann in zwei Hälften und warf mir eine davon hin. »Um zu beweisen, dass ich es ernst meine. Die andere Hälfte kriegst du danach.«

»Echt nett«, sagte ich, zerriss meine Hälfte in kleine Fetzen und verstreute sie auf dem Boden. Worauf der Typ mich wüst beschimpfte und davonstapfte.

In der Tagesstätte sagte mir eine Sozialarbeiterin, wenn ich Opfer sexueller Gewalt geworden sei, hätte ich bevorzugt Anrecht auf eine Unterkunft. »Viele Mädchen, die auf der Straße leben, sind von zu Hause weggelaufen, weil sie sich bedroht fühlten«, fügte sie hinzu. »War das bei dir auch so, Sky?«

Ich machte den Mund auf, um ihr die ganze lückenlose Geschichte mit Gabe aufzutischen, hatte aber aus irgendeinem Grund keinen Bock mehr darauf.

»Ja«, sagte ich. »Es gab Misshandlungen. Vor allem durch mich.«

Und als ich das aussprach, merkte ich, dass ich es wirklich so empfand. Bizarre Lage, um auf so was zu kommen – während ich gerade obdachlos und ohne Geld durch London streifte.

Ich habe jetzt angefangen zu betteln. Auch krass erniedrigend, die Leute denken ja, man wolle das Geld nur für Drogen. Aber zwei Wochen dieselbe Unterwäsche tragen ist noch schlimmer. Und wirtschaftlich betrachtet, geht das sogar. Wenn man alle paar Minuten jemand anbettelt und nur eine Person von zwanzig einem einen Zehner gibt, hat man immer noch mehr als den Mindestlohn pro Stunde.

Also war ich irgendwie immer noch Geschäftsfrau.

Mit meinem hart erarbeiteten Einkommen fahre ich mit Bussen, um mir die Zeit zu vertreiben. In den Doppeldeckern ist es schön warm und riecht nach Cappuccino und Fastfood und feuchten Mänteln. Wenn man am Fenster einschläft, hat man danach nasse Haare vom Kondenswasser.

Aber sogar dort bin ich unerwünscht. Leute starren mich an und setzen sich weg. Schulkinder machen gemeine Bemerkungen über den Geruch. Eine Mutter mit Baby setzt sich, erleichtert seufzend, neben mir nieder, zu müde, um mich zu beachten, und steht dann hastig wieder auf.

Während ich eindöse, gebe ich mich meinen Fantasien hin. Wie ich zu allen Orten zurückkehre, wo ich aufgewachsen bin, und sie niederbrenne. Ich mochte Feuer immer schon, aber jetzt bin ich regelrecht besessen von der Vorstellung. Die adrette Doppelhaushälfte des Monsters. Das ach so perfekte Farmhaus von Gabe und Susie. Das verlogen bunte Kinderheim und Jasons Protzpalast. Es wäre so befriedigend, eine richtige *Mission*, das alles nacheinander dem Erdboden gleichzumachen und die Flammen zu beobachten, so gigantisch und kraftvoll und zerstörerisch wie meine Wut.

Ein letzter Arschtritt für alle vor dem Unvermeidlichen.

Passt doch auch. Ich bin obdachlos, die haben alle ihre Häuser. Jetzt werde ich mal für Ausgleich sorgen. Diese ganzen hochnäsigen Pendler hier – die haben keinen blassen Schimmer, wie gefährlich und entschlossen ich bin.

SUSIE

IN ganz London hängten wir Plakate mit einem Foto und der Aufschrift WER HAT SKY GESEHEN? auf. Wir wandten uns an eine Vermissteninitiative, die unsere Suche in den Medien publik machte. Und nachdem ich einen verzweifelten Aufruf gepostet hatte, unterstützten uns die vielen Fans von Silverlink – die uns wieder folgten, nachdem der Hack bekannt geworden war –, indem sie die Suche nach Sky weiter im Internet verbreiteten.

»Ihr werdet sie finden«, sagten uns alle. »Sie sieht so unverwechselbar aus, irgendjemandem wird sie auffallen.«

Aber diese Leute wussten natürlich nicht, dass Sky gar nicht gefunden werden wollte. Das machten wir nicht publik. Denn während wir nach ihr suchten, tat die Truppe von Jason das garantiert auch. Weshalb wir nicht wussten, ob wir lieber hoffen sollten, dass jemand sie entdeckte oder dass sie unauffindbar blieb.

Es gab zahllose Berichte von wohlmeinenden Menschen, die glaubten, Sky gesehen zu haben. Eine Frau beschrieb detailliert die Schuluniform, die Sky getragen hatte, und die Schulbücher, die sie in der Hand hielt. Eine andere behauptete, sie hätte Sky an ihren Augen erkannt, obwohl sie einen Hijab trug.

Aber nach einer Weile ließen auch die Fehlmeldungen nach. Die Leute hatten nur eine kurze Aufmerksamkeitsspanne, bevor sie sich lieber mit dem nächsten spannenden Video beschäftigten.

»Ich glaube, ich habe das falsch angefangen«, sagte ich eines

Abends bedrückt zu Gabe, nachdem ich wieder einen Tag lang ergebnislos Plakate aufgehängt hatte und Falschmeldungen nachgegangen war.

»Den Suchaufruf?«

»Nein ... alles im Umgang mit Sky. Ich glaube, ich war so besessen davon, dass wir das hinkriegen würden, dass ich eigentlich nur scheitern konnte. Sie und ich wünschten uns wohl beide etwas, das gar nicht möglich ist – mit einem Zauberstab wedeln und hoffen, dass die Adoption niemals stattgefunden hätte. Aber so war es nun mal. Und ich glaube, Sky hat noch vor mir verstanden, dass auch noch so viel bedingungslose Liebe die letzten fünfzehn Jahre nicht ungeschehen machen kann. Wenn ich nur ein bisschen mehr Abstand gehalten hätte und alles langsamer angegangen wäre ... dann hätten wir vielleicht wirklich eine Beziehung aufbauen können. Stattdessen habe ich versucht, das zu sein, was sie ganz sicher nicht mehr brauchen konnte – eine Mutter. Und deshalb ist alles schiefgelaufen.«

»Komm her«, sagte Gabe zärtlich und nahm mich in die Arme. »Du solltest dir wirklich keine Vorwürfe machen. Es gibt keine Gebrauchsanweisung für so eine Situation, weißt du – du musstest doch ständig improvisieren. Wir alle. Und außerdem warst du schließlich selbst noch traumatisiert durch die Adoption.«

»Und wenn sie nun wirklich tot ist?«, flüsterte ich an seiner Schulter.

»Schsch. Ist sie nicht. Das hätten wir erfahren. Außerdem ist sie schlau.«

»Aber selbst *wenn* wir sie finden – was dann? Dann hat sie immer noch Probleme mit der Polizei wegen der Drogendelikte. Und ich bin lebender Beweis dafür, dass eine Verurteilung wegen so was einem das gesamte Leben verpfuschen kann.«

»Du«, erwiderte Gabe, »bist der lebende Beweis dafür, dass Menschen sich verändern und einen Neuanfang schaffen können.

Und wenn wir Sky finden, werden wir dafür sorgen, dass sie die beste Hilfe bekommt, die es gibt. Sie muss das nicht allein durchstehen.«

SKY

ICH stehe vor dem Farmhaus. Es ist dunkel und kalt, aber ich bin inzwischen so daran gewöhnt, dass ich es kaum bemerke. In der Hand halte ich einen Plastikkanister mit Benzin, ein Feuerzeug steckt in meiner Jackentasche.

Es kommt mir vor, als sei ich eine Ewigkeit nicht mehr hier gewesen.

Durchs Fenster sehe ich Gabe und Susie in der Küche. Susie sieht traurig aus, Gabe nimmt sie in die Arme. Als er ihr etwas ins Ohr raunt, lächelt sie dankbar. Es ist ein Schock für mich, als mir klar wird, dass ihre Gefühle für ihn offenbar trotz allem, was passiert ist, unverändert sind.

Sie entscheidet sich immer noch für ihn statt für mich.

Und jetzt muss auch ich eine Entscheidung treffen.

Ich schraube den Kanister auf.

Hebe ihn über meinen Kopf und übergieße mich mit Benzin. Es fühlt sich gut an. Als käme ich endlich nach Hause.

Irgendwie wusste ich immer schon, dass es dazu kommen würde. Dass ich in diesen dunklen Urzustand zurückkehren würde, getränkt mit stinkender Flüssigkeit, schleimig und bereitwillig.

Meine Hand gleitet in die Tasche, ergreift das Feuerzeug, um neu geboren zu werden.

GABE

Zentrale: Welchen Rettungsdienst brauchen Sie?

Gabriel Thompson (GT): Die Feuerwehr, bei uns brennt ein Haus ...

Zentrale: Ich verbinde Sie.

[Klingelton]

Calltaker (CT): Sie sind bei der Feuerwehr. Geben Sie mir Ihre vollständige Adresse durch.

GT: Das ist [aus Datenschutzgründen entfernt]. Beeilen Sie sich bitte. Es ist ein strohgedecktes Gebäude, das Dach steht schon in Flammen. Und wir brauchen auch die Polizei – der Brandstifter ist noch hier.

CT: Einsatzwagen sind bereits unterwegs zu Ihnen. Sie glauben, das Feuer wurde absichtlich gelegt?

GT: Ich weiß es. Die junge Frau beobachtet jetzt den Brand mit einem Benzinkanister in der Hand. Ich glaube, sie wollte uns umbringen.

CT: Streifenwagen sind auch unterwegs. Haben alle Personen das brennende Gebäude verlassen?

GT: Ja, wir sind alle draußen. Wenn die Einsatzkräfte schnell sind, können sie die Brandstifterin noch festnehmen. Aber Vorsicht, sie hat sich mit Benzin übergossen.

CT: Sie werden so schnell wie möglich da sein. Befinden sich alle Personen in sicherem Abstand zu dem Brand?

GT: [unverständlich, schreit]

CT: Anrufer, sind Sie noch dran? Ich muss noch einige Details aufnehmen.

GT: Sie läuft weg. Man muss sie aufhalten, aber es ist noch niemand hier!

CT: Bleiben Sie bitte in der Leitung, Anrufer.

GT: [Martinshorn]

CT: Sind die Einsatzkräfte vor Ort?

GT: Ja, gerade eingetroffen. Sie wurde gefasst. Vielen Dank.

108

GABE

SIE stand also einfach nur da und starrte auf die Flammen«, sagt DC Eddo.

Ich nicke. »Wie hypnotisiert. Und als Ihre Kollegen zu ihr gingen, ließ sie sich einfach abführen.«

Eddo macht sich eine Notiz. »Und zu diesem Zeitpunkt brannte die Scheune bereits lichterloh.«

»Genau. Ging komplett in Flammen auf. Ich hatte Equipment im Wert von über hunderttausend Pfund da drin. Zum Glück ist alles versichert, aber es ist trotzdem eine Katastrophe für uns. Das Studio war meine Lebensgrundlage.«

»Warum hat Sky das Studio in Brand gesteckt, was meinen Sie?«, fragt Eddo. »Es wäre doch viel naheliegender gewesen, das Haus anzuzünden. Dort waren schließlich Sie«, sie wirft einen Blick auf ihre Notizen, »Sie wurden wach, gingen auf die Toilette und merkten dabei, dass Ihr Hund bellte.«

Ich zucke mit den Schultern. »Keine Ahnung. Ich habe Skys Verhaltensweisen noch nie verstehen können. Sie war selbst mit Benzin getränkt. Die Therapeutin, bei der sie in Behandlung ist, meint, Sky wollte vielleicht beide Gebäude und sich selbst in Brand stecken, hätte aber im letzten Moment irgendein Gefühl von Verantwortung oder Reue empfunden. Deshalb glaubt die Therapeutin auch, dass eine passende Behandlungsmethode bei Sky Erfolg versprechend sein könnte.«

»Ja, ich habe das Gutachten der Therapeutin gelesen.« Eddo blickt auf ihre Papiere. »Und ich sehe, Sky hat eingewilligt, dass das Gutachten dem Gericht als Beweismittel vorgelegt wird.«

»Ihre Anwältin, Sally Davis, hält es für ein wichtiges Element der Verteidigung.«

»Das leuchtet mir ein.« Eddo betrachtet mich forschend. »Die Unterbringung in einer therapeutischen Gemeinschaft wird sehr kostspielig sein. Ich wundere mich, dass die lokalen Behörden sich damit einverstanden erklären.«

»Es ist das Einzige, was Sky helfen kann«, sage ich ruhig. »Das hat auch das Jugendamt eingesehen.«

Zumindest nachdem wir klargemacht hatten, dass wir den juristischen Kampf um unser ungeborenes Baby beilegen würden, wenn man uns garantierte, dass Sky die bestmögliche therapeutische Unterstützung bekommen würde. Nachdem sie zugegeben hatte, dass ihre gesamten Beschuldigungen erfunden waren, war ja mehr als deutlich geworden, dass uns gegenüber seitens des Jugendamts viel zu voreilig gehandelt worden war. Und dass man viel zu lange gezögert hatte, notwendige Hilfsschritte für Sky einzuleiten.

»Und Sie bezahlen das also alles.« DC Eddo bleibt hartnäckig. »Sie und Ihre Frau. Skys Therapeutin, die Expertengutachten, die kostspieligen Anwälte …«

Ich breite die Hände aus. »Was soll ich dazu sagen? Sky gehört zur Familie. Blut ist dicker als Wasser.«

Eddo lächelt spärlich. »Das sieht Skys leiblicher Vater sicher anders.«

»Ja, leider. Und das ist ein weiterer Grund, warum die therapeutische Gemeinschaft für Sky lebenswichtig ist. Nach seiner Verhaftung hätte sie ohnehin in ein Zeugenschutzprogramm aufgenommen werden müssen. Eine sichere Gemeinschaft ist da wahrscheinlich sogar noch kostengünstiger für den Staat.«

DC Eddo erwidert nichts.

Ich füge hinzu: »Die Drogenermittler haben uns gesagt, dass Skys Aussage immens wertvoll für deren Arbeit war. Und sie sind hundertprozentig der Ansicht, dass sie eher ein Opfer von Kinderausbeutung als selbst kriminell war.«

»Aber sie hat immerhin die Nacktfotos auf Ihren Geräten gespeichert«, wendet Eddo ein. »Das ist zweifellos eine kriminelle Handlung. Und das Delikt, wegen dem ich gegen Sky ermittle.«

»Die Fotos gehören zur niedrigsten Kategorie anstößiger Bilder«, sage ich. »Und diese Handlung von Sky war von denselben psychischen Problemen motiviert, wegen denen sie inzwischen eingewilligt hat, sich in eine spezielle Therapie zu begeben. Wenn Sie also diese therapeutischen Schritte auch unterstützen würden, anstatt Sky weiter zu kriminalisieren …«

»Dann hätten Sie eine einheitliche Befürwortung von allen Beteiligten. Alle würden dem Gericht die gleiche Einschätzung vermitteln.« Eddo nickt. »Und das Verblüffende dabei: Das alles wurde nur möglich wegen des Brandes. Wenn Sky nicht Ihr Studio angezündet hätte und wenn Sie sie nicht gesehen und ins Haus geholt hätten, dann läge sie jetzt vermutlich irgendwo tot am Straßenrand. Anstatt die kostspieligste Unterstützung zu bekommen, die der Staat Menschen wie ihr bieten kann.«

»Sky war eben sehr leichtsinnig«, erwidere ich gelassen.

»Oder aber sehr einfallsreich.« Eddo steht auf. »Ich kann es nicht genau begründen, habe aber das Gefühl, dass in dieser ganzen Angelegenheit jemand sehr, sehr einfallsreich war. Ich kann nur hoffen, dass diese Person genau weiß, was sie tut.«

Erleichtert stehe ich auch auf.

Die Polizistin streckt mir die Hand hin. »Wiedersehen, Mr. Thompson. Wobei ich eher annehme, dass wir uns nicht mehr wiedersehen werden. Es sei denn, ich werde ins Dezernat für Versicherungsbetrug versetzt.«

SUSIE

AN einem kalten klaren Februartag besuchten wir Sky zum ersten Mal. Die therapeutische Gemeinschaft war in einem edwardianischen Anwesen unweit von Aylesbury untergebracht, das auch ein ehemaliges Hotel oder ein kleines Internat hätte sein können. Nur die Tatsache, dass die Rasenflächen an der Zufahrt in Gemüsegärten umgewandelt worden waren, in denen jetzt dick vermummte Jugendliche mit Spaten die Erde umgruben, wies auf eine andere Nutzung des altehrwürdigen Gebäudes hin.

Wir warteten in einem großen Raum, der früher das Billardzimmer gewesen sein mochte. An einer Seite gab es einen kleinen Stuhlkreis, vermutlich für Gruppensitzungen. Ein junges Mädchen ging an uns vorbei, die Arme voller Milchpackungen. Die gesamte Atmosphäre war entspannt und freundlich.

Als Sky hereinkam, strahlte sie uns an. »Oh, wow – so schön, euch zu sehen!« Dann blickte sie auf Lily, die in ihrem Tragetuch schlief. »Hey, wie toll! Ihr habt mein Halbschwesterchen mitgebracht!«

»Möchtest du sie mal auf dem Arm halten?«, fragte Gabe lächelnd.

Sky zögerte, nickte aber dann. »Ja, gern.«

Er löste das Tuch und legte Lily behutsam in Skys Arme. Dabei war er aber hundertprozentig wachsam, bereit, jederzeit zu reagieren.

»Sie riecht so fantastisch.« Sky schnüffelte an Lilys Kopf. »Und wie friedlich sie ist.«

»Nur weil sie die ganze Nacht Radau gemacht hat«, sagte ich. »Und sie wird auch jeden Moment zu quengeln anfangen, damit es was zu futtern gibt. Unsere Lily ist durchaus nicht das liebe süße Engelchen, das sie zu sein scheint.«

Wie aufs Stichwort zog Lily die Nase kraus, ballte die kleinen Fäuste und reckte sich – Vorzeichen für das hungrige Geschrei, das gleich darauf folgen würde.

»Und wie läuft hier alles für dich, Sky?«, fragte Gabe, nachdem ich Lily an die Brust gelegt hatte.

»Ah …« Sky holte tief Luft. »Ziemlich gut, glaube ich. Aber sie sagen einem, dass man Geduld braucht. Ein Jahr hier ist der Mindestaufenthalt. Wir haben jeden Morgen und Abend Gruppensitzungen, manchmal auch noch zwischendrin. Jeder von uns kann ein Treffen verlangen, zu dem dann alle erscheinen müssen. Die Grundidee ist, dass die Gemeinschaft selbst quasi die Therapie übernimmt. Wir treffen auch alle Entscheidungen gemeinsam – was wir essen, was wir unternehmen, sogar wer hier aufgenommen wird.« Sie lächelte scheu. »Ich habe zum Beispiel eine Whats-App-Gruppe angelegt. Damit wir uns Updates schreiben können, ohne alle aus dem Bett zu holen. Scheint ganz gut anzukommen.«

»Das ist ja super«, sagte ich. »Wir freuen uns sehr, wenn du nach Hause kommst, aber der Zeitpunkt muss für dich natürlich passen. Und schön zu hören, dass du dich hier wohlfühlst.«

Sky nickte. »Vielen Dank, dass … ihr das ermöglicht habt.« Sie sah Gabe an, der auch nickte. Es war nicht nötig, noch einmal auf die Details einzugehen. Aber seine schnelle Reaktion hatte Sky das Leben gerettet. Als er aus dem Küchenfenster geschaut und gesehen hatte, wie sie sich mit Benzin übergoss, war er nach draußen gerannt und hatte ihr den Kanister und das Feuerzeug entwunden. Er brachte sie ins Haus, wo wir dann alles erfuhren. Wie sie auf der Straße gelebt hatte, in ständiger Angst vor der Polizei und Jasons Killern. Wie sie sich sehnlichst gewünscht hatte, ihre Taten ungeschehen machen zu können.

»Aber immer, wenn irgendwas gut ist«, sagte sie damals unter Tränen, »will ich das alles kaputtmachen. Und ich werde es wieder tun, ich spüre das. Ich wäre so gern anders, aber ich habe keine Ahnung, wie ich mich ändern kann.«

Da erzählte Gabe ihr von Marcus und dem Jungen, der in dieser therapeutischen Gemeinschaft untergekommen war, nachdem er das Haus seiner Pflegeeltern in Brand gesteckt hatte. Und der nach dieser Therapie ein anderer Mensch geworden war.

»Wenn du dich wirklich aufrichtig verändern möchtest«, sagte Gabe, »wäre das wohl der einzige Weg. Aber das wird nur im äußersten Notfall vom Staat ermöglicht. Wir müssen etwas inszenieren, das den Behörden Grund zu diesem Schritt gibt.«

Sky sah ihn fragend an. »Das würdet ihr für mich tun? Euer Haus abbrennen?«

»Na ja ... das Studio vielleicht. Alles, was da drin ist, kann ich ersetzen. Sieht ja ohnehin nicht so aus, als würde es bald wieder zum Einsatz kommen.«

Sky nickte. »Danke, Gabe. Und ... ich will wirklich ernsthaft versuchen, mich zu bessern, ich versprech's euch.«

»Das weiß ich«, erwiderte Gabe. »Und im Übrigen ... in gewisser Weise war alles, was passiert ist, auch für Susie und mich gut. Wir mussten deshalb über vieles reden, was schon längst hätte zur Sprache kommen müssen.«

Das war vor sechs Monaten gewesen. Alle Gutachten zusammenzubekommen und für den notwendigen Gerichtsbeschluss zu kämpfen, verschlang nicht nur viel Zeit, sondern auch das restliche Geld vom Verkauf der Banksys. Aber Gabe und ich waren uns einig, dass es all das wert war, wenn wir damit Sky die nötige Hilfe ermöglichen konnten.

Jetzt streichelte sie zärtlich Lilys Kopf. »Ich will es schaffen, hier rauszukommen, bevor sie zu groß wird.«

»Das bekommst du hin«, sagte ich ermutigend. »Und so lange es auch dauert und so schwer es sein mag … du weißt, dass wir immer für dich da sind, ja?«

»Ja«, sagte sie leise. »Das weiß ich jetzt wirklich.«

Wie sich gezeigt hat, ist dies also eine Geschichte über zweite Chancen.

Kai kehrte nicht mehr in seine TV-Show zurück, Danny musste seine Oldtimersammlung verkaufen, als die Einnahmen von WHT aufgebraucht waren. Aber Gabe überraschte alle mit einer öffentlichen Entschuldigung für sein Fehlverhalten in der Vergangenheit. Der Konsens war eigentlich, dass das nicht nötig gewesen wäre, weil der Mediensturm zu diesem Zeitpunkt schon abgeflaut war. Nur wenige Menschen, darunter Ella und Fi White, wussten, wofür Gabe sich wirklich entschuldigte.

Wir hören immer wieder von der Leitung der Gemeinschaft, dass Sky gute Fortschritte macht. Aber die psychischen Schäden, die in fünfzehn Jahren entstanden sind, können natürlich nicht im Handumdrehen verschwinden. Man hat uns gewarnt, dass es keinerlei Garantien gibt und dass die Prozesse Jahre dauern können. Aber wir finden, dass Anzeichen einer neuen Reife bereits bei ihr spürbar sind.

Und wir haben unser Baby. Manche Leute sind der Ansicht, wir sollten Sky niemals in unserer Nähe haben – wie Stu und andere zu mir gesagt haben: Wie soll Lily jemals sicher sein, wenn Sky bei euch lebt? Diese Menschen denken immer noch, dass ich mich Illusionen hingebe, wenn es um meine ältere Tochter geht. Aber ich habe Gabe, der mich im Zweifelsfall darauf hinweisen wird. Und bislang haben wir allen Grund zu glauben, dass Skys Therapie erfolgreich sein wird.

Außerdem steht noch gar nicht fest, ob sie überhaupt bei uns leben will. Zum einen hat sie wieder Kontakt mit den Mulcahys aufgenommen, und Jenny hat sie besucht. Sky weiß inzwischen, dass die beiden sich alle Mühe gegeben haben, sie zu lieben; ich werde ihnen allerdings nie verzeihen, dass sie ihren Namen geändert haben.

Mittlerweile hat Sky auch einen Freund, einen Jungen aus der Gemeinschaft, und es ist die Rede davon, dass einige von ihnen sich nach der Therapie gemeinsam an der gleichen Uni bewerben wollen. Wer weiß – vielleicht wird Sky also an mehreren Orten leben, und wir werden nur einer unter vielen sein, an denen sie sich zu Hause fühlt.

In letzter Zeit habe ich öfter an den Abend gedacht, an dem sie empfangen wurde. Damals hatte ich nur gedacht, es sei einfach ein blöder Abend mit schlechtem Sex gewesen, in einer miesen Beziehung. Und später, als ich bessere Männer kennengelernt und erlebt hatte, wie sich ein respektvoller Umgang miteinander anfühlt, hatte ich mir gesagt, ich sei selbst schuld gewesen, weil ich mir Jason ausgesucht hatte. Ich hatte versucht, Gabe die Gründe zu beschreiben: irgendeine Anziehung, und es war spannend gewesen, mit jemandem zusammen zu sein, den alle anderen ablehnten.

Jason hatte immer gewitzelt, er sei mein Sexobjekt. Dass es natürlich umgekehrt war, wollte ich mir nicht eingestehen. Aber ich bestand zumindest darauf, dass er ein Kondom trug, was er hasste.

Bis zu diesem Abend, an dem ich zu spät merkte, dass es nicht vorhanden war.

»Wo ist es?«, fragte ich panisch.

»Geplatzt. Aber keine Sorge, Prinzessin, ich war rechtzeitig draußen.«

Damals war ich nicht auf die Idee gekommen, dass er mich angelogen hatte – eine Lüge, die heutzutage vor dem Gesetz als sexuelle Gewalt gilt. Aber nachdem ich Jason inzwischen wiedergesehen und mit erwachsenem Blick betrachtet hatte, bin ich ganz sicher, dass er gelogen hat.

Welch passende Ironie des Schicksals, dass nun ausgerechnet die Frucht dieses Übergriffs dafür gesorgt hat, dass er seiner gerechten Strafe nicht entgeht.

Und da ich nun endlich akzeptiert habe, dass ich mit Sky nicht umgehen sollte wie eine Mutter – wie kann unsere Beziehung dann aussehen? Wir sind blutsverwandt, haben auf ewig eine biologische Verbindung. Aber wer ich für Sky sein kann – dafür will mir kein Wort einfallen, und vielleicht ist das auch richtig so. Denn feste Bezeichnungen würden unsere Möglichkeiten einschränken. Ohne Definitionen können wir frei entscheiden, wer und wie wir füreinander sein wollen, können gemeinsam auf diese Reise gehen – und wer weiß, wo sie uns hinführt und wie wir uns dabei wandeln.

ANMERKUNG DES AUTORS

ICH bin leidenschaftlicher Verfechter der Adoption unter günstigen Bedingungen und von ihrem Wert überzeugt. […] Jedoch fürchte ich, dass ich beim Verfassen dieser Gesetzesregelungen die emotionalen Auswirkungen nicht genügend berücksichtigt habe. Ganz besonders befürchte ich, dass ich der Tatsache, dass eine Adoptionsanordnung nicht nur ein notwendiges Arrangement zur Unterbringung von Kindern ist, nicht genügend Bedeutung beigemessen habe. […] Eine angeordnete Adoption ist eine Operation, die tief in Herz und Geist von mindestens vier Menschen schneidet und sich mehr oder minder auf jeden einzelnen Tag ihres Lebens auswirkt.

Lord Wilson, Denning Society Lecture, 2014

Obwohl Abstammungsurkunden von Adoptivkindern in Großbritannien versiegelt bleiben, bis das Kind das achtzehnte Lebensjahr erreicht, geht die Adoption Society davon aus, dass jedes vierte Kind über Social Media bereits vorher Kontakt zu leiblichen Elternteilen aufnimmt. Vor allem die Einführung der *Later Life Letters*, der Lebensbriefe – seit 2005 gesetzlich verpflichtend –, führte dazu, dass eine ganze Generation von Adoptivkindern recht mühelos ihre leiblichen Verwandten ausfindig machen konnte. Bei vielen kam es so zu Treffen, bei dem das Adoptivkind wichtige

Informationen über seine Identität und Vergangenheit erhalten kann. Die Begegnung ist jedoch nicht risikolos, vor allem wenn beide Parteien mit unterschiedlichen Erwartungen aufeinandertreffen.

Für das Schreiben über eine solche Begegnung, die anfänglich misslingt, habe ich Details aus Lebenserinnerungen, Aussagen von Betroffenen und eigene Interviews genutzt. Die Geschichte von Sky und Susie ist natürlich keineswegs typisch – die Mehrzahl aller Adoptionen verläuft erfolgreich, ebenso wie die Begegnungen mit leiblichen Eltern. Ich habe mich jedoch sehr um Authentizität bemüht, und eine kleine Minderheit von Adoptiveltern wird mit den Bindungsstörungen vertraut sein, die hier geschildert wurden.

Die Therapie, der Sky anfänglich unterzogen wurde, ist ebenfalls kein Produkt meiner Fantasie, sondern wurde wahrhaftig noch 2010 in Großbritannien unter der Bezeichnung »Festhaltetherapie« empfohlen. Die erklärenden Informationen im Buch sind einem Bericht der American Professional Society on the Abuse of Children (APSAC) entlehnt und werden allgemein als Wendepunkt in der Einschätzung dieser Therapie betrachtet. Heutzutage werden therapeutische Gemeinschaften als bessere Intervention erachtet, obwohl leider durch Kürzungen im Staatshaushalt in Großbritannien immer weniger davon existieren.

Herzlichen Dank an meine Lektorin Stef Bierwerth für ihre feinfühligen Vorschläge zum Text; an die vielen Adoptiveltern und -kinder, die ihre Erfahrungen mit mir teilten; an die Kinder- und Jugendpsychiaterin Dr. Emma Fergusson, die mir erlaubte, sie zu allem, von Bindungsstörungen bis zu Gewalt gegen Eltern, auszufragen; etwaige Irrtümer, Missverständnisse oder freie Interpretationen gehen auf mich zurück. Und ganz besonders möchte ich meinem Literaturagenten danken, Caradoc King, dessen eigenes Buch *Problem Child* ein brillant geschriebener Bericht über den Lebensweg eines Adoptivkinds ist. Dieser Roman ist Caradoc gewidmet: lebender Beweis dafür, dass solche Geschichten gut ausgehen können.

»Ein eiskalter Pageturner
für heiße Sommernächte.«
Redaktionsnetzwerk Deutschland

Schockierend. Süchtig machend. Diesen Thriller kann man nicht mehr vergessen.

Du schlägst die Augen auf und etwas stimmt nicht. Du
weißt nicht, was dir passiert ist. Du liegst in einem fremden
Bett. In einem Krankenhaus. Neben dir steht dein Mann Tim,
ein erfolgreicher Unternehmer. Er hat Tränen in den Augen,
weil du – seine geliebte, perfekte Frau – am Leben bist.
Du denkst, du hättest einen schweren Unfall gehabt. Doch
dann sagt Tim: Wir haben jahrelang daran gearbeitet,
dass ich dich wiederbekommen konnte …

Du entdeckst dein Leben wie mit fremden Augen. Du ahnst
Gefahr, aber du weißt nicht, wo genau sie lauert. Du weißt
nur: Du musst wachsam sein. Denn irgendwo in deinem
schönen Haus, bei deinen Liebsten liegt der Grund dafür –
der Grund, warum du vor Jahren gestorben bist.

Der neue sensationelle Thriller der Bestsellerautorin

Eine abgelegene Insel vor der wilden Küste Irlands: An einem Sommertag versammeln sich Familie und alte Freunde, um die Hochzeit von Julia und Will zu feiern. Alles ist bis ins kleinste Detail geplant, es soll ein rauschendes Fest werden – doch der Wind dreht, und ein heftiger Sturm schneidet die Insel von der Außenwelt ab. Bald macht das Gerücht die Runde, dass dieser Ort ein schreckliches Geheimnis verbirgt. Und auch unter den Gästen dringen immer unaufhaltsamer alte Feindseligkeiten und lang begrabene Geheimnisse ans Licht. Dann wird einer der Feiernden tot draußen im Moor gefunden. Und die Situation auf der Insel eskaliert …

PENGUIN VERLAG